MIRA®

Der Preis dieses Bandes versteht sich einschließlich
der gesetzlichen Mehrwertsteuer.

Umwelthinweis:
Dieses Buch wurde auf chlor- und säurefreiem Papier gedruckt.

Connie Brockway

Spion meines Herzens

Roman

Aus dem Amerikanischen von
Birgit Schwarz

MIRA®

MIRA® TASCHENBUCH
Band 25528
1. Auflage: Juni 2011

MIRA® TASCHENBÜCHER
erscheinen in der Cora Verlag GmbH & Co. KG,
Valentinskamp 24, 20350 Hamburg
Geschäftsführer: Thomas Beckmann

Deutsche Taschenbucherstausgabe

Titel der nordamerikanischen Originalausgabe:
My Pleasure

erschienen bei: Pocket Books, New York

Konzeption/Reihengestaltung: fredebold&partner gmbh, Köln
Umschlaggestaltung: pecher und soiron, Köln
Redaktion: Bettina Steinhage
Titelabbildung: Harlequin Enterprises S.A., Schweiz
Autorenfoto: © by Connie Brockway
Satz: Buch-Werkstatt GmbH, Bad Aibling
Druck und Bindearbeiten: CPI – Ebner & Spiegel, Ulm
Printed in Germany
Dieses Buch wurde auf FSC®-zertifiziertem Papier gedruckt.
ISBN 978-3-89941-861-3

www.mira-taschenbuch.de

1. KAPITEL

FECHTGRUSS:
Zeremonielle Begrüßung des Gegners

Vauxhall Garden, London
Juni 1805

„Irgendwo im Himmel weint Maestro Angelo."

„Wer hat das gesagt?" Der junge Lord „Figgy" Figburt, der gerade dabei gewesen war, seinen jugendlichen Begleitern eine Parade vorzuführen, fuhr herum. Er spähte den schwach beleuchteten Lovers Walk in Vauxhall Garden hinunter, um zu sehen, wer den Namen des größten Fechtmeisters des letzten Jahrhunderts angerufen hatte.

„Das war ich." Eine große geschmeidige Gestalt löste sich aus dem Schatten und trat auf die Burschen zu. Es sah aus, als füge sich die Dunkelheit selbst zu einer stofflichen Form zusammen. „Ich habe wirklich versucht, mich nicht einzumischen. Es war meine feste Absicht, stumm vorüberzugehen", sagte der Fremde mit einem eleganten schottischen Akzent. In seinem Gesicht, das halb von der Dunkelheit verborgen war, blitzten weiße Zähne auf. „Aber solange noch ein Funken Leben in mir ist, kann ich nicht zulassen, dass ein Sport, der mir so lieb ist, derart beschmutzt wird."

„Was m-meinen Sie mit ‚Angelo weint'?", verlangte der Koloss Thom Bascomb beschwipst zu wissen. Er war für die abendliche Maskerade als ziemlich stark behaarte Schäferin verkleidet. „Was w-wollen Sie Figgys Fechtkunst unterstellen?"

„Ich unterstelle gar nichts. Ich habe allerdings *festgestellt*, dass seine Rimesse abscheulich ist. Dennoch … er ist durchaus kein hoffnungsloser Fall."

Der Schotte trat näher zu ihnen hin, und das gedämpfte Licht der Gaslaternen, die in den Bäumen hingen, enthüllte einen der attraktivsten Männer, die Figgy je zu Gesicht bekommen hatte: einen großen, gertenschlanken und athletisch wirkenden Kerl, der im Gegensatz zu den anderen Besuchern der nächtlichen Festivität darauf verzichtet hatte, ein Kostüm anzuziehen. Stattdessen trug er dunkle Hosen, einen schwarzen Gehrock mit einer blauen Weste darunter und eine einfache weiße Halsbinde, an der ein Schmuckstück befestigt war, eine kleine goldene Krawattennadel in Form einer Rose.

Einfach alles an ihm verursachte bei Figgy ein Gefühl der Unbeholfenheit, und das verdross ihn außerordentlich. „Dies ist ein *Kostümball,* Sir! Das bedeutet, dass man ein Kostüm tragen muss“, verkündete er gereizt. „Sehen Sie Thom hier? Der ist in Wirklichkeit gar kein Mädchen, und ich bin auch kein Rajah.“

„Was Sie nicht sagen.“

Thom wankte nach vorne und starrte den Schotten wütend an. „Als was genau sind Sie denn verkleidet, Mister?“

Der Schotte, der beinahe ebenso groß war wie Thom, aber mindestens zwanzig Kilo weniger wog, ließ seinen Blick an dem dicken eingeschnürten Leib des jungen Mannes bis hinunter zu den bauschigen rosa Rüschenröcken wandern. „Als Gentleman?“, schlug er mit weicher Stimme vor.

Während Thoms Gesicht leuchtend rot anlief, ertönte aus der Gruppe der restlichen Burschen schallendes Gelächter. Thom verlangte jedoch keine Genugtuung für die Beleidigung. Obwohl der Alkoholdunst das bisschen Vernunft, das der Bursche besaß, vernebelte, witterte er etwas Gefährliches an dem Schotten. Etwas, das außerhalb seiner Erfahrungen lag. Etwas … Tödliches.

„Wer sind Sie?“, forderte er.

„Ramsey Munro.“ Der Mann neigte leicht den Kopf. „Ich

bin der Besitzer der *École de la Fleur*, eines kleinen Fechtsaales in White Friars. Stets zu Diensten, meine jungen Herren."

„*Sie* wollen ein Fechter sein?", höhnte Thom und reichte Figgy eine Flasche, die er aus den Tiefen seiner Röcke hervorgezaubert hatte.

„Das bin ich", erwiderte Munro. „Ich kam zufällig gerade vorbei, als ich hörte, wie Sie über das Internationale Fechtturnier sprachen, das bald stattfindet. Sie ziehen in Erwägung, daran teilzunehmen?"

„Und wenn dem so wäre?", fragte Figgy. „Was geht Sie das an?"

„Nichts. Aber da ich die Kunst des Fechtens unterrichte, hat es mich interessiert. Ich blieb stehen und sah, wie Sie eine Rimesse ausführten, die selbst ein Kind hätte abwehren können."

„Ich schätze, Sie könnten das besser?"

Der Mann zog in einer eleganten Geste die Schultern hoch. „Viel wichtiger ist, dass ich Sie lehren könnte, es besser zu machen."

Figgy, der Spaß witterte, grinste. Er war mit Abstand der beste Fechter der gesamten Gruppe. „Könnten Sie Thom beibringen, meine Rimesse zu parieren?"

Munro blickte zu Thom hinüber. „Der Schäferin? Selbstverständlich."

„Oder einem der anderen?" Figgy deutete auf seine übrigen Begleiter, die alle sichtlich angetrunken um sie herumstanden.

„Jedem Einzelnen von ihnen."

Er klang viel zu überzeugt von sich, und Figgys Selbstvertrauen schwand. Vielleicht kannte der Schotte eine geheime *botte,* irgendeinen Trick, der kaum Übung erforderte, sondern schnell zu erlernen war, und den man kaum parieren konnte?

Zum Teufel, jetzt konnte er nicht mehr zurück. Er hätte

sich nur gewünscht, dass er nicht ganz so betrunken gewesen wäre. Bei diesem Gedanken hob er die Flasche und leerte sie in einem Zug. Im selben Moment nahm er aus den Augenwinkeln eine Bewegung am anderen Ende des Kiesweges wahr. Eine Gestalt, die wie ein Lakai aus dem vergangenen Jahrhundert gekleidet war, eilte auf sie zu.

Figgy beobachtete sie, dankbar für die Ablenkung. Trotz der männlichen Kleidung konnte es keinen Zweifel daran geben, dass die Gestalt in den rubinroten Samtkniehosen und dem engen Gehrock ganz eindeutig eine „Sie" war – eine süße, kurvige, appetitliche „Sie". Sie hatte ihr Haar unter eine schwarze Kappe gestopft und ihr Gesicht mit einer schwarzen Seidenmaske bedeckt, aber nichts konnte den Schwung ihrer Hüften verbergen, ebenso wenig wie ihre Brüste, die der Anstrengung des Mädchens, sie zurückzubinden, förmlich hohnsprachen.

Ob sie eine Dame war oder eine Dirne, machte kaum einen Unterschied. Sie war ohne Begleitung auf einem Maskenball in Vauxhall Garden, auf dem berüchtigten Lovers Walk. Was bedeutete, dass sie bestenfalls eine zerbrechliche Barke war, die nach einer Klippe suchte, um daran zu zerschellen, und schlimmstenfalls ein Lastkahn aus Haymarket, der Ausschau nach neuen Passagieren hielt. In jedem Fall war sie leichte Beute, und das Spiel, das er mit ihr zu spielen gedachte, würde überaus leicht sein. Er lächelte.

„Sie könnten das also", meinte er zu Munro, „tatsächlich jedem beibringen?"

„Ja."

„Wie wäre es dann mit *ihr?*" Figgy zeigte auf die Frau.

Ihr Schritt verlangsamte sich. Das Licht einer Laterne ließ ihre saphirblauen Augen hinter der Maske aufblitzen. Oh ja, er mochte blaue Augen.

Munro drehte den Kopf. „Eine Frau?", fragte er verachtungsvoll mit einem gelangweilten Blick. „Nein."

Figgy grinste vor Erleichterung. Nachdem er den Fremden als Aufschneider entlarvt hatte, konnte er ihn nun fortschicken und sich den Rest des Abends anderen, plötzlich wesentlich interessanter erscheinenden Dingen widmen.

„Das ist mir ganz recht", erwiderte Figgy gutmütig. „Ich würde ihr nämlich selbst gerne ein paar Dinge beibringen, mit denen sie deutlich mehr anfangen kann."

Seine Freunde lachten, während die Frau nach kurzem Zögern eine andere Richtung einschlug und ihren Schritt beschleunigte. Thom hielt sie auf, indem er seinen massigen Arm um ihre Taille legte.

„Lassen Sie mich los, junger Mann." Ihre Stimme war tief, gelassen und unerwartet energisch. Wenn Thom nicht ganz so betrunken gewesen wäre, hätte er vermutlich seinen Arm zurückgezogen und wäre kleinlaut davongeschlichen. Aber Thom war betrunken. Sehr betrunken.

„Komm schon, Süße", schmeichelte er. „Wir sind genau das, was du gesucht hast."

„Das sind Sie mit Sicherheit nicht." Sie wehrte sich nicht. Stattdessen reckte sie einfach das Kinn über ihrem spitzenbesetzten Halstuch vor und blickte durch ihre schwarze Seidenmaske in Thoms schief grinsendes Gesicht. „Kommen Sie", fuhr sie mit einer Stimme fort, die kaum mehr als ein Flüstern war. „Haben Sie nichts Besseres zu tun? Wollen Sie nicht lieber den Unterstand des Nachtwächters umstoßen oder die Laternen mit Steinen bewerfen?"

„Das haben wir gestern Abend gemacht", gab Thom zu und zog sie ins Licht.

Figgy bemerkte, wie Munro sich versteifte, und blickte neugierig zu dem Schotten hinüber. Er hätte schwören können, dass Munro einen Augenblick lang überrascht aussah.

„Meine Herren", sagte die Frau, „Sie verwechseln mich

offensichtlich mit jemandem oder halten mich für etwas, das ich nicht bin.“

In dem sichtbaren Teil ihres Gesichtes hatte sie etwas Farbe bekommen, aber sie hörte sich nicht ängstlich an. Vielleicht war sie schon ein alter Hase in solchen Dingen? Ein Stammgast in Lustgärten und auf ausgelassenen Veranstaltungen? Herrlich.

„Nein, das tun wir nicht.“ Einer der Burschen schüttelte den Kopf. „Wir haben dich gleich als das erkannt, was du bist. Ein Paradiesvogel, der nach einem Nest sucht.“

Sie sah auf jeden Fall aus wie eine Dirne, so viel war klar. Ihre Beine waren lang und ihr Po gerundet, und die Kniehosen umschlossen das alles gerade eng genug, dass die Fantasie auch das ergänzen konnte, was das Auge nicht sah. Dazu hatte sie noch eine glatte Haut, die blass und klar wie Elfenbein war, und einen tiefrosa Mund, dessen kurze geschwungene Oberlippe eine appetitlich volle Unterlippe krönte.

„Ihnen ist ein Fehler unterlaufen“, wiederholte sie und versuchte, sich loszumachen.

„Nicht so schnell!“, protestierte Thom und zog sie zurück.

„Das ist doch lächerlich. Ich habe keine Zeit, mit kleinen Jungen zu spielen. Lassen Sie mich los.“ Sie riss ihre Hand weg.

Kleine Jungen? Figgy trat vor sie hin und verstellte ihr den Weg. Er wurde diesen Monat achtzehn! Er würde ihr zeigen, wer hier ein Junge war und wer ein Mann! Egal, ob sie eine Marchioness oder eine Küchenmagd war, sie war von selbst hierhergekommen, die Burschen hatten sie nicht gerufen. Wenn die Frau keine Lust hatte, ein bisschen zu flirten, hätte sie eben nicht alleine auf dem Lovers Walk herumstreunen sollen. Und sie hätte sich auch nicht so unanständig kleiden sollen. So, wie sie aussah, bettelte sie die Männer ja geradezu darum an, ihr ihre Aufmerksamkeit zu schenken … und noch so allerhand anderes.

Außerdem hatte er sein Florett auf den Kiesweg fallen lassen, er hatte nicht vor, ihr wehzutun, er wollte nur diese unglaublichen Lippen kosten …

„Ich habe meine Meinung geändert." Munro stand plötzlich zwischen Figgy und dem Mädchen. „Ich kann ihr nicht nur beibringen, Ihre Rimesse zu kontern. Ich kann ihr beibringen, Sie zu entwaffnen."

„Was?" Figgy blinzelte. Er hatte Munro völlig vergessen. Er hatte alles vergessen, außer seinem Vorhaben, etwas an dieser hochnäsigen Zuckerschnecke zu naschen. Und genau das wollte er jetzt auch tun.

„Natürlich nur", fuhr die höfliche Stimme fort, „wenn Sie so kühn sind, wie ich vermute."

Kühn? Figgy hielt im Begriff, nach dem Mädchen zu fassen, inne. Er hatte das unangenehme Gefühl, dass Munro gerade seine Courage infrage gestellt hatte.

„Was? Natürlich bin ich das", murmelte Figgy und runzelte die Stirn. Unbestritten war er das. Wer hätte das bezweifeln können?

„Wetten Sie mit mir?"

Figgy nickte prompt. Wie jeder Narr in der Gesellschaft hielt auch er sich für einen regelrechten Wettspezialisten, wenn auch für einen, der gelegentlich vom Unglück verfolgt wurde.

„Ich habe zehn Pfund", fuhr der Schotte fort, „und sage, dass diese Frau nach einer fünfzehnminütigen Lektion in der Lage sein wird, Sie zu entwaffnen."

„Und ich habe zwanzig Pfund und sage, schenk ihm seine zehn und schick ihn nach Hause!", verkündete Thom laut, während er sich mit den Augen an dem Mädchen gütlich tat.

„Einhundert", erwiderte Munro prompt.

Das brachte Thom und den Rest von Figgys Freunden zum Verstummen. Eine Wette über einhundert Pfund klang interessant. Vor allem, weil sie wussten, dass Figgy am vorletzten Abend ordentlich verloren hatte und sich heute darauf verlassen musste, dass seine Freunde ihm das Spiel finanzierten.

„Mach es!", rief jemand.

Eine Frau sollte ihn entwaffnen können? Einhundert Pfund? Das klang bei Weitem zu einfach.

„Gemacht."

„Das ist doch lächerlich!", meldete sich die Frau zu Wort. Sie wandte sich um, und obwohl sie eine Maske trug, konnte Figgy genau erkennen, in welchem Augenblick sie Munro sah, ihn wirklich sah. Sie hielt inne und schien von seinem verflucht hübschen Gesicht gefangen zu sein wie eine Taube in einem Netz. Drei Herzschläge lang stand sie wie festgefroren, dann drängte sie sich an Munro vorbei und verkündete leidenschaftlich: „Ich bin nicht …"

Munro ergriff ihren Oberarm, zog sie mühelos an sich und schnitt ihr so das Wort ab.

„Ich fürchte, wer oder was Sie sind, macht zu diesem Zeitpunkt keinerlei Unterschied mehr, meine Liebe", sagte er und bog sie über seinen Arm nach hinten. „Jetzt seien Sie ein braves Mädchen und keine Spielverderberin."

Obwohl er stark angetrunken war, entging Figgy nicht, dass ihr eine scharfe Antwort auf der Zunge lag. Aber auch die verhinderte Munro, indem er sich tief über sie beugte.

„Als Glücksbringer", sagte er und küsste sie.

2. KAPITEL

ALLER:
Französisch für „gehen“

Obwohl sie bereits ihr fünfundzwanzigstes Lebensjahr erreicht hatte, war Helena Nash noch nie geküsst worden – jedenfalls nicht so. Hart, gekonnt und unpersönlich. Beleidigend unpersönlich. Sie hätte ebenso gut ein Kleiderständer oder eine Dirne sein können.

Ihre Schwester Kate hätte Widerstand geleistet, und ihre kleine Schwester Charlotte hätte sich mit Händen und Füßen gewehrt, aber das war nicht Helenas Art. Sie hatte Distanziertheit zu einer Kunstform erhoben. Jetzt wandte sie diese Kunst an und distanzierte sich innerlich von der Vorstellung, die der Schotte gerade gab. Und sie hatte keinerlei Zweifel daran, dass es genau das war: eine Vorstellung, die eher dazu diente, ein Publikum zu beeindrucken als den Empfänger.

Sie wusste natürlich, wer er war. Sie hatte es in dem Moment gewusst, als das schwache Licht auf sein fein gemeißeltes Gesicht gefallen war, während er sich ihr zugewandt hatte. Jeder, der Ramsey Munro jemals erblickt hatte, würde sich an ihn erinnern, ebenso wie er jeder Frau bekannt vorgekommen wäre, die sich schon einmal den Teufel in seiner verführerischsten Form vorgestellt hatte. Er sah einfach zu atemberaubend gut aus.

Vor beinahe vier Jahren, als sie ihn zum ersten Mal gesehen hatte, war er genauso schön gewesen, aber die Zeit hatte seine klassischen Züge mit abgeklärter Weisheit durchdrungen und sie zu diamantener Härte geschliffen. Wäre er in früheren Zeiten geboren worden, so hätte sein Gesicht Michelangelo zu Meisterwerken inspiriert: eine leicht römische Nase, feste, bewegliche Lippen, tief liegende, mandelförmige Augen und ein kräftiges, eckiges Kinn. Er war so groß und mager, dass er Helena an einen kaiserlichen Jagdhund erinnerte, an ein elegant modelliertes Tier, das sich durch tödliche Schnelligkeit und große Ausdauer auszeichnet. Seine Schultern waren breit, seine Hüften schmal, seine langen Beine muskulös und sein Bauch flach.

Selbst wenn er nicht vor langer Zeit im schmucklosen Salon ihrer Mutter gestanden und den Eid abgelegt hätte, ihrer Familie zu Diensten zu sein, hätte sie doch seinen Namen gekannt. Dieser Name wurde in den Fluren der Opernhäuser von unzähligen Matronen, Ehefrauen und teuren Kurtisanen geflüstert, seine körperlichen Vorzüge wurden von den Anstandsdamen aufgezählt, die ihren Schutzbefohlenen pflichtbewusst beim Tanze zusahen, beim Nachmittagstee wurde über seine Eroberungen spekuliert, und überall wurde sein beißender Witz und seine lässige Kultiviertheit von Möchtegernlebemännern nachgeäfft.

Während sie sich seinen Ruf in Erinnerung brachte, klammerte Helena sich an Munros breiten Schultern fest, um nicht das Gleichgewicht zu verlieren, bereit, seinen Affront auf dieselbe Art zu erdulden wie schon so vieles seit das Glück ihrer Familie sich gewendet hatte: mit nüchterner Gleichgültigkeit, unerschütterlicher Würde und kühler … und kühler …

Sein Kuss hatte sich verändert.

Und plötzlich war alles anders.

Seine Lippen wurden weicher, sein sanfter Mund bewegte sich einfühlsam auf ihrem. Es war ein zarter verführerischer Kuss. Ein samtweiches Verschmelzen der Lippen, ein Austausch von Atem, eine süße Einladung zur Sünde und – oh Gott! Seine Zunge berührte ihren Mund, zeichnete träge die Umrisse ihrer Lippen nach, neckte sie, bis sie ihre Lippen öffnete, und streifte dann zart ihre Zähne.

Nie zuvor hatte sie so etwas erlebt!

Sie vergaß alles: den Grund, aus dem sie hier war, die Angst, dass jemand sie verfolgte, das verabredete Treffen am Ende des Weges und das furchtbare Gefühl, von missgünstigen Augen beobachtet zu werden.

Er legte seinen Arm um ihre Taille und zog sie näher an sich. Eine Hand glitt an ihrem Hals hinauf und umfing ihr Kinn. Das Flehen, das in dieser leichten Berührung lag, lähmte sie. Ihr sorgfältig aufgebauter Schutzwall begann zu zerbröckeln, und in diesem Moment, kurz bevor er völlig in sich zusammenstürzte, erwachte tief in ihrem Inneren etwas, das ihr Leben lang dort geschlummert hatte, und sie erkannte die Gefahr.

Sie versuchte, sich aufzurichten, aber er bog sie noch weiter zurück, und sie klammerte sich schwindelig und mit weichen Knien an ihn. Er raubte ihr den Atem. Er stahl ihre Zurückhaltung. Er riss ihre Barrikaden nieder. Sein Kuss erweckte Gefühle zum Leben, an die sie sich nur schwach aus düsteren fiebrigen Träumen erinnerte: erotische, begierige, leidenschaftliche Gefühle.

Sie bebte, und im Gegenzug zog er sie einen Augenblick lang noch enger an sich. Dann hob er sie hoch und stellte sie auf die Füße, und sie wusste, dass er den Kuss gleich beenden würde. Gütiger Himmel! Ihre Finger bohrten sich tiefer in die steinharten Muskeln unter seinem Gehrock, während sie hilflos seine fliehenden Lippen verfolgte.

„Jesus!“, entfuhr es ihm rau, und abermals drückte er sie fest an seinen Körper. Seine Lippen öffneten sich über ihren. Dieses Mal gehörte seine Aufmerksamkeit vollkommen und ungeteilt ihr, und er blendete alles außerhalb dieses Kusses aus. Sein ungebremstes Verlangen ergoss sich über sie, durchströmte sie. Es war eine feurige Leidenschaft, die ihre eigene erwachende Lust in den Schatten stellte, fordernd und …

Um sie herum erschallte derbes Gelächter.

Er hob den Kopf. Was auch immer die anderen in seinen leuchtenden Augen sahen, ließ das Gelächter verstummen. Sie hatte das Publikum vollkommen vergessen.

„Bei meiner Ehre", kicherte jemand, „mir war nicht bewusst, dass Sie ihr etwas über *das* Schwert beibringen wollten!"

Er beugte sich über sie. „Wenn Sie unbeschadet hier wegkommen wollen, spielen Sie mit."

Und dann stand sie plötzlich wieder auf den Beinen. Um sie herum drehte sich alles, und ihr Herz pochte heftig gegen ihre Rippen. Warum tat er das? Warum sollte er sich Sorgen um das Schicksal einer ihm unbekannten Frau machen? Denn er konnte auf keinen Fall wissen, wer sie war! Sie hatte absichtlich tief gesprochen und ihren Yorkshire-Akzent unterdrückt.

Wie hätte Munro ahnen können, dass er ausgerechnet Colonel Nashs geradezu überirdisch abgeklärte Tochter küsste? Eine der drei Töchter, die er zu beschützen geschworen hatte – sehr wahrscheinlich auch vor Beleidigungen wie der, die er ihr eben zugefügt hatte –, als Wiedergutmachung dafür, dass ihr Vater sein eigenes Leben für Ramsey gegeben hatte? Sie konnte es selbst kaum glauben! Auch wenn sie sich in Wirklichkeit weniger gekränkt fühlte als vielmehr ... verwirrt.

„Es wird langsam Zeit, Munro! Ein Einsatz steht auf dem Spiel!"

„Ganz recht", erwiderte er. „Nun die Lektion. Die *andere* Lektion."

Noch mehr männliches Gelächter ertönte und rief ihr wieder die widerwärtige Situation ins Bewusstsein, in der sie sich befand, die lächerliche Wette und die Rolle, die sie dabei spielte. Sie konnte das nicht tun. Sie hatte noch nie auch nur eine Waffe in der Hand gehalten. Die betrunkenen Burschen, die sie umringten, würden sich eine andere Zerstreuung suchen müssen. „Ich kann nicht …“

Munro blickte sie scharf an, und sie schluckte ihren Protest herunter. Anscheinend lagen die Dinge etwas komplizierter, als ihr bewusst war.

Der bullige junge Mann mit der Lockenperücke und den leuchtend rosa Röcken verschränkte die Arme über der eingeschnürten Brust, trat vor sie hin und blockierte ihr den Weg, während der Bursche, der wie ein Rajah gekleidet war und dessen Züge von schwarzer Farbe verdeckt waren, boshaft grinste.

„Danke.“ Munro stellte sich mitten auf den Kiesweg. „Achten Sie bitte genau auf das, was ich Ihnen jetzt zeigen werde, Miss. Ich werde ein paar einfache Manöver vorführen, die Sie dann später nachmachen werden. Haben Sie das verstanden? Gut. Wenn jetzt einer der Burschen so nett wäre, sich mir zum Zwecke der Demonstration zur Verfügung zu stellen?“

„Was soll das alles?“, protestierte Figgy, der Junge mit dem Turban. „Sie haben gesagt, Sie bringen ihr bei, mich zu entwaffnen!“

„Und genau das werde ich auch tun. Aber die beste Art, etwas zu lernen, ist, es zunächst einmal zu sehen. Keine Sorge, junger Held, Sie werden Ihren Wettkampf bekommen.“ Munro blickte sich um. „Wer assistiert mir? Nun kommen Sie. Sie werden schließlich derjenige sein, der mit einem Florett bewaffnet ist. Ich bitte Sie lediglich darum, dass Sie mich angreifen. Ist das denn so schwer?“

„Nein.“ Einer der jungen Männer rappelte sich auf und warf den Weinschlauch zu Boden, aus dem er getrunken hatte. „Ich mache es.“

Munro schob seine Stiefelspitze unter die Klinge von Figgys Florett, das noch immer am Boden lag, katapultierte es in die Luft, fing es elegant auf und hielt es dem Burschen hin, dessen Mund weit offen stand. „Hier. Jetzt präsentieren und attackieren Sie."

„Was?"

Ramsey seufzte. „Präsentieren ... und attackieren Sie."

„Was?"

„Spieß ihn auf, verdammt noch mal!", brüllte Figgy.

„Oh!" Der Bursche sprang mit plötzlicher Schnelligkeit, wenn auch ohne jede Eleganz, auf Munro zu und stieß die Klinge vor. Nur, dass sein Ziel nicht mehr da war. Und das Florett, das der Bursche gehalten hatte, hielt jetzt Munro in der Hand.

Der Junge starrte ihn erstaunt an. „Was ist passiert?"

„Ich habe Sie entwaffnet. Das war doch Sinn und Zweck der Übung, oder nicht?", fragte Munro und hielt ihm die Waffe hin. „Wenn Sie sich in einem Duell wiederfinden, in einem echten Duell, und wenn plötzlich Ihr Leben von Ihren Fähigkeiten abhängt und Sie keine nennenswerten Fähigkeiten besitzen, dann sollten Sie sicherstellen, dass Sie zumindest eines sehr gut beherrschen, und das wäre dann in Ihrem Fall, meine jungen Herren, wie man seinen Gegner entwaffnet."

„Ha!", stieß der junge Mann verächtlich aus und riss Munro das Florett aus der Hand. „Nun, das werden wir ja sehen – aha!"

Er sprang wieder vor, und dieses Mal war Helena darauf vorbereitet und beobachtete genau, was passierte.

Eine kleine Gewichtsverlagerung, eine Bewegung von Munros Arm, und das Florett des Jungen war darunter. Munro drückte die Klinge mit dem Arm gegen seine Rippen, schob mit der Schnelligkeit einer angreifenden Schlange seinen Unterarm darunter und wieder darüber, umgriff mit seinen Fingern den oberen Teil der Schutzglocke und pflückte die Waffe mühelos aus der Hand des jungen Mannes.

„So in etwa. Haben Sie es gesehen, Miss?" Er drehte den Kopf und blickte sie mit forschendem Blick ruhig an.

Sie nickte ernst und versuchte, zuversichtlich zu wirken.

„Das ist natürlich nur die einfachste Art, jemanden zu entwaffnen. Es gibt noch andere Methoden, die ein wenig mehr Kraft erfordern." Er hielt die beschlagnahmte Waffe hoch. „Würde jemand anders es vielleicht gerne einmal probieren?"

Mit einem Grollen trat der behaarte junge Mann mit dem Rock und der Perücke vor, den die anderen Thom genannt hatten. „Ich."

Munro schüttelte den Kopf. „Mit den Röcken sind Sie zu leicht besiegbar." Er wandte sich Figgy zu. „Wie wäre es mit Ihnen, junger Herr? Hier." Munro warf das Florett zu ihm hinüber. „Hierfür benötige ich auch eine Waffe. Ah!" Er hatte Thoms Schäferinnenstab entdeckt. Mit einem Lächeln hob er ihn hoch und wog ihn in den Händen. „Das hier ist hervorragend geeignet."

Figgy kicherte hämisch. „Oh ja. Ich könnte auch einen Mann entwaffnen, wenn ich einen Stab hätte, der zweimal so lang ist wie sein Florett."

Sogleich brach Munro den Stab über seinem Knie und halbierte ihn, womit er ein gutes Stück kürzer war als das Florett des Rajahs. „Präsentieren Sie."

Bei dem scharfen Befehl glitt der Bursche automatisch in die richtige Position.

„Sie sind am Zug", sagte Munro und stützte sich lässig auf den gebogenen Griff des Stabes, dessen zersplittertes Ende sich in die Erde grub.

Figgy leckte sich über die Lippen und versuchte eine zaghafte Parade. Mit leicht ungeduldigem Gesichtsausdruck schlug Munro die Klinge mit der Hand weg.

„Nun kommen Sie", tadelte er. „Ich habe ein Stück Holz. Sie hingegen haben Stahl."

Die Provokation funktionierte. Mit einem Grunzen machte Figgy einen Ausfallschritt und stieß zu. Die zersplitterte Spitze von Munros Stab flog hoch, wirbelte einmal um die glänzende Stahlklinge herum, fuhr blitzartig zum Heft, und plötzlich flog das Florett in die Dunkelheit und der Junge schüttelte fluchend seine Hand.

„Würden Sie das gerne noch einmal sehen, Miss?" Auch wenn Munro so tat, als spreche er mit ihr – sein träger, belustigter und unglaublich gefährlich wirkender Blick ruhte auf der Gruppe der jungen Burschen.

Was würde es bringen, wenn er es noch einmal demonstrierte? Es würde ihr vollkommen unmöglich sein, die Aktion nachzumachen, und das wusste er auch. „Nein. Ich glaube, ich habe es verstanden."

„Genau wie ich vermutet hatte. Wie dem auch sei, vielleicht würden Sie gerne eine subtilere Methode ausprobieren, um Ihren Gegner zu entwaffnen …"

„Nein!", unterbrach Figgy wütend. Er hielt sich immer noch die schmerzenden Finger. „Keine weiteren Demonstrationen! Sie haben ihr genügend Instruktionen gegeben. Die Wette war, dass Sie ihr in fünfzehn Minuten beibringen können, mich zu entwaffnen. Also, sie soll es probieren."

Munro lächelte. „Natürlich. Nehmen Sie Ihre Waffe."

Einer der Burschen warf Figgy das Florett zu. Der Rajah fing es im Flug und begann dann, damit ganz wild in der Luft herumzufuchteln.

Plötzlich riss der große Schotte die Augen auf, als sei ihm etwas eingefallen. „Aber … das ist ja vollkommen unmöglich."

„Was?", wollte Figgy wissen und hieb weiter durch die Luft.

Munro hob die Hände, die Handflächen nach außen gewandt. „Sie hat kein Florett. Keine Waffe. Sie können wohl kaum von ihr verlangen, diesen Stock zu verwenden."

Helena stieß einen Seufzer der Erleichterung aus. Das war also sein Plan.

Figgy grinste boshaft mit schmalen Lippen. „Mitnichten. Ed, gib ihr deinen Degen."

Ein Junge, der von irgendwo einen Degen hervorgezaubert hatte, trat vor und hielt ihr die Waffe hin.

Oh nein. Sie wich zurück, doch schon hatte Munro ihr Handgelenk ergriffen und stieß das Heft des Degens gegen ihre Handfläche. Seine behandschuhte Hand bedeckte ihre, er legte ihre Finger um den Satinbezug des Hefts und schloss sie darum.

Das war Wahnsinn. Sie fühlte sich wie eine Figur in einem grotesken Schauerroman, unfähig, sich zu bewegen, unfähig, sich zurückzuziehen, als würde sie von einer gefährlichen Strömung mitgerissen.

Die Angst lähmte ihre Gedanken. Das Geräusch ihres eigenen Atems dröhnte laut in ihren Ohren. Dabei war ihr Angst bisher völlig fremd gewesen. Ihr einziger Gedanke war, dass der Bursche, betrunken, wie er offensichtlich war, ihr das Florett sehr wahrscheinlich direkt ins Herz stoßen würde. Egal, ob er das beabsichtigte oder nicht, das Resultat wäre das Gleiche – sie würde sterben. Es wäre so eine *dumme* Art zu sterben, hier, *jetzt.*

„Sobald ich ‚präsentieren' sage, lassen Sie den Degen fallen und machen einen Schritt nach hinten. Haben Sie das verstanden?", wies Munro sie so leise an, dass niemand außer ihr es hören konnte.

Ob sie das verstand? Sie konnte nicht einmal atmen. „Nein."

„Es wird alles gut gehen."

„Oh ja. Ich bin überzeugt davon, dass der Bursche sehr gut einschätzen kann, wie tief er seine Klinge in mich hineinstoßen darf, ohne mich lebensgefährlich zu verletzen!", flüsterte sie mit zittriger Stimme zurück. Am Rande ihres Sichtfeldes begann alles zu verschwimmen.

Munro drückte seine Hand noch fester um ihre und brachte Helena durch den plötzlichen Schmerz wieder zurück in die Gegenwart. Ihre Wimpern flogen hoch und sie begegnete überrascht und verletzt seinem Blick. Seine leuchtenden Augen hatten sich unter den üppigen schwarzen Brauen verdunkelt. „Es wird alles gut. *Das schwöre ich bei meiner Ehre.*"

Erstaunlicherweise glaubte sie ihm. Er hatte es geschworen. Sie erinnerte sich wieder an jenen anderen Schwur, den er vor dreieinhalb Jahren abgelegt hatte. Er hatte schön und elegant wie die Sünde selbst vor ihrer Familie gestanden, er war gekommen, um Wiedergutmachung zu leisten, und hatte versprochen, ihnen zu Hilfe zu kommen, wenn es je nötig werden sollte. Und sie hatte ihm damals ebenso geglaubt, wie sie ihm jetzt glaubte. Was, wie sie vermutete, wohl nicht gerade für ihr Urteilsvermögen sprach. Dennoch nickte sie.

Er wandte sich ab, und sie sah sich einem sehr betrunkenen, sehr übellaunigen jungen Mann gegenüber, dessen Turban schief über einem schwarz angemalten Gesicht saß. Mit einem höhnischen Grinsen hob er sein Florett und salutierte ihr. Sie hob unbeholfen die eigene Waffe und versuchte, es ihm nachzutun.

„Sind Sie bereit?", hörte sie Munro fragen.

„Ja, ja", erwiderte Figgy. „Nie zuvor habe ich so leicht hundert Pfund verdient. Ich habe beinahe Schuldgefühle."

„Präsentieren Sie."

Es war ein Leichtes, Munros Anweisungen zu folgen. Die schwere Waffe fiel im selben Moment aus ihren zitternden Fingern, in dem seine große Gestalt zwischen den jungen Mann und sie trat. Ein Schrei ertönte, und gerade, als sie nach hinten stolperte, ergriff Munro die Klinge ihres Gegners und bremste seinen Hieb. Er zog dem Jungen lässig die Waffe aus der Hand.

Sie würde nicht sterben. Sie würde nicht sterben! Die pure Freude dieses Gedankens durchströmte sie, und ihr wurde schwindelig davon.

„Das ist nicht fair!“, protestierte der Junge. „Sie hat es nicht einmal versucht.“

„Das habe ich wohl!“, behauptete sie mit einem verlegenen Lächeln.

Munro sah sie mit übertriebener Enttäuschung an und schüttelte den Kopf. „Nein, Miss. Das haben Sie nicht. Sie haben sich lediglich selbst entwaffnet.“

Sie ließ den Kopf hängen und versuchte, zerknirscht zu wirken. „Das ist richtig. Ich habe mich selbst entwaffnet. Es tut mir fürchterlich leid.“

Munro sah wieder zu den Burschen hinüber und seufzte laut. „Ich bin außerordentlich enttäuscht darüber, dass meine ursprüngliche Einschätzung richtig war. Sie ist schließlich doch nur eine Frau. Es ist unmöglich, sie zu unterrichten.“

„Ich kann ja kaum lesen“, gab sie trübselig zu.

Figgys Mund öffnete und schloss sich wie der eines Fisches, der an Land gespült wurde. Einmal. Zweimal. „Aber Sie …“

„Ich schulde Ihnen hundert Pfund? Vollkommen korrekt.“ Munro fasste sich in die Tasche und nahm mehrere Scheine von dem kleinen Stapel, den er herauszog. Er drückte sie Figgy lächelnd in die Hand.

„Rechtmäßig gewonnen“, sagte er, und während die anderen sie noch verwirrt anstarrten, nahm er Helenas Arm.

Er schenkte Figgy ein Lächeln. „Der einzige Vorteil, den Sie je in einem Duell haben könnten, junger Herr, ist Ihr offenkundiger Mangel an Vertrautheit mit Ihrer Waffe. Niemand, der Sie damit sieht, könnte Sie wirklich ernst nehmen. Wenn Sie sich allerdings je dazu entschließen sollten, diesen Sport ernsthaft zu betreiben, schauen Sie doch einfach bei mir vorbei. In White Friars."

„Aber … aber … das Mädchen!", rief Thom anklagend und ignorierte völlig, dass sein Freund beleidigt worden war.

Munro schüttelte traurig den Kopf über die erbärmlich wirkende Gruppe. „Aber Gentlemen – und ich darf doch annehmen, dass Sie Gentlemen sind?"

Sie blickten sich gegenseitig prüfend an, um festzustellen, wie die aktuelle Meinung zu diesem Thema war, bevor sie alle zögerlich nickten.

„Sie würden doch nicht etwa das Geld *und* das Mädchen nehmen wollen, oder etwa doch?" Munro wartete nicht auf eine Antwort. Er drehte sich um und zog Helena mit sich. „Das hatte ich auch nicht erwartet."

3. KAPITEL

OPPOSITIONSPARADE:
Abwehraktion, die die gegnerische Offensive ablenkt, ohne den Klingenkontakt zu verlieren

Sie verließen den Lovers Walk und betraten den breiteren, wenn auch ebenso schwach beleuchteten South Walk. Nachdem sie nun endlich nicht mehr den vorwurfsvollen Blicken der Burschen ausgesetzt war, blieb Helena stehen, um Munro für seine Hilfe zu danken.

Sie starrte in seine Augen hinauf. Diese Augen übten eine hypnotische Wirkung aus, ihre Farbe war wie die eines mythischen Meeres, ihr Blau schier zu tief, um es zu ergründen.

„Ja?"

Oder wie das Blau einer Pfauenfeder, satt, exotisch und königlich.

„Sie wollten etwas sagen?"

„Ja." Sie blinzelte. „Ich wollte Ihnen versichern, dass ich nicht vorhatte, die Burschen noch weiter zu provozieren oder etwas zu sagen, das sie dazu reizen würde, Gewalt anzuwenden. Ich bin keine Närrin." Sie zuckte innerlich zusammen, als ihr bewusst wurde, dass sie in ihrer Aufregung vergessen hatte, ihren weichen Yorkshire-Akzent zu unterdrücken. Sie musste daran denken, heiser und mit Londoner Färbung zu sprechen.

Es wäre viel zu erniedrigend, wenn Ramsey Munro bemerken würde, dass die Tochter des Mannes, den er als seinen Retter verehrte, als Junge verkleidet durch Vauxhall geisterte. Sie konnte die Erinnerung an ihren Vater nicht derart beschmutzen, und genauso wenig konnte sie ihre Anwesenheit hier erklären.

Munro wirkte belustigt. „Und Sie glauben, dass eine Frau, die so gekleidet ist, wie Sie es gerade sind, noch irgendetwas tun müsste, um heißblütige junge Männer dazu zu reizen … oder zu provozieren … Gewalt anzuwenden?"

„Nein." Ihr schoss das Blut ins Gesicht. „Ja. Ich meinte damit, dass ich durchaus nicht ungeübt darin bin, unerwünschte Annäherungsversuche abzuwehren."

„Verzeihen Sie mir, dass ich Ihre Besonnenheit infrage gestellt habe. Ich hatte keine Ahnung, dass ich mich in der Gegenwart einer so vernünftigen … *Frau* befinde?"

Die Art, wie er „Frau" sagte, machte das Wort zu einer Frage. Er wollte herausfinden, welche Stellung sie in der Gesellschaft einnahm. War sie eine Dame, die ein Abenteuer suchte? Eine verheiratete Frau, die ihren Liebhaber treffen wollte? Oder sogar eine Dirne?

Letzteres schockierte sie wesentlich weniger, als es das vermutlich hätte tun sollen. Schließlich ließ ihre Anwesenheit hier ohne jede Begleitung und in Jungenkleidung auf einiges schließen.

„Was wollten Sie den Burschen denn sagen, um sie davon zu überzeugen, Sie unbeschadet weitergehen zu lassen?", fragte Munro neugierig, als sie auf seine unausgesprochene Frage nicht einging.

„Dass ich auf dem Weg zu einer Verabredung mit jemandem von königlichem Blut sei", antwortete sie.

Sie hatte eindeutig das Gefühl, ihn überrascht zu haben, obgleich nichts an seinem Ausdruck sich veränderte. Er legte lediglich den Kopf schief. „Und, waren Sie das?"

„Nein. Es sei denn, der junge Mann, den ich treffen wollte, stellt plötzlich fest, dass er ein vollkommen anderes Elternpaar sein Eigen nennen kann, als er bisher geglaubt hat."

„Das soll schon vorgekommen sein."

Sie schüttelte nachdrücklich den Kopf. „In diesem Fall

nicht, was ein Jammer ist.“

Wenn Oswald Goodwin nur wirklich eine Verbindung zur königlichen Familie hätte, dann wäre er vielleicht nicht so furchtbar arm und sie müsste nicht verkleidet umherschleichen, um sich mit ihm zu treffen.

Seine Augen verengten sich. „Ich hätte gedacht, dass eine Frau wie Sie sich ihre Begleiter mit mehr Bedacht wählt.“

Da die Geheimnisse, die sie hüten musste, nicht ihre eigenen waren, konnte sie ihm weder erklären, aus welchem Grunde sie hier war noch ihm ihren Namen verraten.

„Ich handle durchaus mit Bedacht. Üblicherweise bin ich mir über die Stellung und den Charakter eines Mannes vollkommen im Klaren, bevor ich … Der Mann, den ich suche, bedeutet mir nichts, außer als …“ Sie brach ab, ihre Wangen röteten sich. Sie war in einer unmöglichen Lage. Wenn er glaubte, dass sie eine Dame auf Abenteuersuche war, so war das eine Sache, aber wenn er sie für eine Prostituierte hielt, war das etwas vollkommen anderes. „Ich bin keine …“ Sie suchte nach der besten Bezeichnung und entschied sich, dieselbe zu verwenden wie er. „Ich bin nicht die *Frau,* für die Sie mich halten. Ich bin nicht“, sie beugte sich ernst vor, „die Frau, die ich zu sein scheine.“

„Ach wirklich?“ In seinen Augen funkelte Belustigung auf. „Aber Ihre Vorstellung ist außergewöhnlich überzeugend! Sogar bis hin zu der weichen Nachgiebigkeit Ihrer …“

Sein Mund verzog sich zu einem wölfischen Grinsen. „Nun, ich muss gestehen, dass ich vollkommen darauf hereingefallen bin.“ Er beugte sich vor und fuhr vertrauensvoll fort: „Ich hoffe nur sehr, dass Sie nicht herumerzählen werden, wie hitzig ich auf Sie reagiert habe. Es wäre mir äußerst unangenehm, wenn ich deswegen irgendjemanden zum Duell herausfordern müsste. So etwas kann eine Abendgesellschaft vollkommen ruinieren.“

„Was?“, stammelte sie.

„Sie sind verblüfft.“ Er trat einen Schritt zurück. „Aber auch nicht mehr als ich. Ich bin von Ihren Fähigkeiten zutiefst beeindruckt. Ich hatte bereits davon gehört, dass es im East End Clubs gibt, wo Gentlemen wie Sie erstaunliche Verwandlungen von einem Geschlecht zum anderen vollführen, aber ich habe mir nie ...“

„Ich bin kein Gentleman!“

„Auch das würde man niemals erraten“, sagte er tröstend. „Vielleicht sind Sie es nicht von Geburt, aber was Sprechweise und Manieren angeht, so sind Sie jedem Edelmann ebenbürtig“, er runzelte die Stirn, „ebenso wie jeder Edelfrau in meiner Bekanntschaft ...“

„Ich bin in keinster Weise ein Mann!“, verkündete sie bestürzt. „Ich bin durch und durch weiblich. Ich bin nur nicht diese Art von Frau!“

„Ach?“ Er legte den Kopf schief und betrachtete ihre Figur und ihr Gesicht mit offensichtlichem Zweifel. Als ihre Weiblichkeit zum ersten Mal in ihrem Leben derart infrage gestellt wurde, konnte Helena es sich nicht verkneifen, die Brust herauszustrecken und das Kinn so zu heben, dass der lange anmutige Hals, den schon viele Männer als makellos bezeichnet hatten, ins beste Licht gerückt wurde.

„Nun?“, forderte sie hochmütig.

Ein vergnügtes Lächeln erschien auf seinem Gesicht. „Ich glaube Ihnen. Sie gehören dem weiblichen Geschlecht an. Was ausgezeichnet ist, da ich zugeben muss, dass ich mir bereits Sorgen um mein Urteilsvermögen gemacht habe. Ganz zu schweigen von meinen Hoffnungen auf künftige Erben.“

Sie hätte beleidigt sein sollen. Gedemütigt. Zumindest entrüstet. Stattdessen lachte sie.

Und Munro, der gerade im Begriff gewesen war, sich umzuwenden, hielt inne und betrachtete sie mit einem trägen Lächeln, das nicht recht zu dem aufblitzenden Interesse in seinen Augen passen wollte.

Ihr wurde bewusst, dass er nicht erwartet hatte, dass sie lachen würde. Und gleichzeitig wurde ihr auch bewusst, dass es ihr gefiel, ihn zu überraschen. Sie vermutete, dass dies bei ihm überaus selten vorkam. Denn auch wenn sie bereits zahllose Angebote diverser Herren bekommen hatte, stand es für sie außer Zweifel, dass er noch mehr Angebote von Damen bekommen hatte. Mit dem Unterschied, dass sie stets abgelehnt hatte, wohingegen er, wollte man den Gerüchten glauben, des Öfteren annahm.

„Wenn ich Sie da hinten bei den Burschen gekränkt habe", erklärte er, „tut es mir leid. Ich hielt es für besser, Ihre Kränkung zu riskieren, als Ihren Ruf aufs Spiel zu setzen."

„Ich war nicht gekränkt", erwiderte sie. „Ich bin Ihnen dankbar und stehe in Ihrer Schuld. Danke."

Während sie gesprochen hatten, war um sie herum die Nacht hereingebrochen, und nun trug ein leichter warmer Abendwind den berauschenden Duft nächtlicher Blüten zu ihnen hin. Sie waren alleine in der schattenverhangenen Dämmerung, und er stand viel zu nah bei ihr. Oder sie zu nah bei ihm? Sie konnte es nicht sagen.

„Es ist warm hier. Am Fluss wird es kühler sein." Sie blickte sich um, und als sie am anderen Ende des Weges hellere Lichter entdeckte, ging sie rasch darauf zu.

Er holte sie ein und begleitete sie schweigend zu der Stelle, wo der South Walk sich mit dem Cross Walk kreuzte. Hier war es heller und belebter, da immer mehr Menschen herbeikamen, um das Feuerwerk zu sehen. Sie wollte sich unter den Strom mischen, doch er hielt sie zurück.

„Dieser Kuss …", hob er an.

„Nur ein Kuss", log sie.

„Sie sind außerordentlich verständnisvoll." Er umfasste

ihre Hand und streichelte mit seinem Daumen leicht über die zarte Haut an der Innenseite ihres Handgelenks. Sie erschauerte und verspürte eine prickelnde Wärme, die sich in ihrem Inneren sammelte und ihre Gedanken dahinschmelzen ließ.

Mit einiger Anstrengung gelang es ihr, sich zusammenzunehmen. Sie war noch nie in ihrem Leben in Ohnmacht gefallen, und sie würde auch jetzt nicht damit anfangen. Sie mochte vielleicht zart und zerbrechlich aussehen, aber das war sie nicht. Das war sie nie gewesen. Schon oft hatte sie erlebt, dass Verehrer äußerst verwirrt gewesen waren, wenn sie das herausgefunden hatten. „Mich zu küssen war eine überaus geschickte Art, mich aus einer äußerst unangenehmen Lage zu befreien."

Sie lächelte und zog sich hinter die Mauer ihrer viel gerühmten Gelassenheit zurück, solange es ihr noch möglich war. Er betrachtete sie mit einem rätselhaften Gesichtsausdruck. Wie konnte ein so ruchloser Mensch so gut aussehen, fragte sie sich. Wie konnte andererseits jemand, der so gut aussah, irgendetwas anderes sein als ruchlos?

„Ich bin beeindruckt, dass Sie diesen Kuss so nüchtern betrachten", bemerkte er mit einem seltsamen Tonfall und ließ ihre Hand los. „Warum sagen Sie mir nicht, was Sie *wirklich* hierher geführt hat?"

„Das habe ich Ihnen doch bereits gesagt. Ich bin gekommen, um einen jungen Mann zu treffen."

„Zu welchem Zweck?"

„Glauben Sie, dass Sie das irgendetwas angeht?"

„Als Ihr Beschützer beanspruche ich das Recht, es zu erfahren."

Er würde das Thema nicht ruhen lassen, bis sie ihm eine Antwort gab. „Zum üblichen Zweck, nehme ich an", antwortete sie hochnäsig.

„Und kommen Sie oft hierher, aus den *üblichen* Gründen?"
„Ziemlich oft."
„Lügnerin", sagte er, und in seiner Stimme lag etwas, das wie Zuneigung klang. „Sie sind hier kein Stammgast. Darauf würde ich meinen Degen verwetten."
„Warum? Weil Sie heute Abend schon so viel Erfolg mit Ihren Wetten hatten?", fragte sie trocken.
Er lachte. „Touché. Dennoch, diese Wette würde ich gewinnen. Sie wissen nicht einmal, in welcher Richtung der Fluss liegt."
„Woher wollen Sie das wissen?"
„Weil Sie gesagt haben, dass Sie zum Fluss wollen, und jetzt gehen Sie in genau die entgegengesetzte Richtung." Er neigte den Kopf näher zu ihr. „Also. Noch einmal. Was machen Sie hier?"
Sie konnte es ihm nicht sagen. Sie hatte geschworen, Floras Geheimnis zu hüten. Aber sie hatte vor langer Zeit gelernt, dass es eine Möglichkeit gab, eine Befragung zu beenden, und die bestand darin abzulenken.
„Also gut. Wenn Sie durchaus auf einer Antwort bestehen. Ich habe einen jungen Mann kennengelernt, der in dem Haus, in dem ich …", sie zögerte, „in dem ich lebe, nicht willkommen ist. Also haben wir hier ein Treffen arrangiert." Es war nah an der Wahrheit, von ein paar wichtigen Kleinigkeiten abgesehen.
„Er ist verheiratet?", fragte er ruhig.
„Ja."
Fiel ein Schatten über das schöne Gesicht? „Und sind Sie es?"
„Nein!"
„Warum verschwenden Sie dann Ihre Zeit mit einem verheirateten Mann?" Er klang ein wenig belustigt, und ihr wurde bewusst, dass ihr entsetztes Leugnen nicht gerade dazu

beitrug, sie sorglos und unbekümmert wirken zu lassen. Aber sie war eine ausgezeichnete Schauspielerin. Jahrelang hatte sie tagein, tagaus eine Rolle gespielt, die ihrem wahren Charakter vollkommen fremd war. Also würde sie einfach in eine neue Rolle schlüpfen.

Sie warf ihm einen frivolen Blick zu, die Augen von ihren langen Wimpern verschleiert. „Weil ich es satt habe, tugendhaft und pflichtbewusst zu sein. Ich bin fest entschlossen, ein … Abenteuer zu erleben."

Seine Augen verengten sich, und ein winziger Muskel an seinem Mundwinkel zuckte. Glaubte er ihr? Sie konnte ihn nicht einschätzen. Mutig hielt sie seinem Blick stand. Einen Herzschlag lang. Fünf. Zehn.

„Und was ist mit Ihrem verheirateten Verehrer passiert?"

Sie zuckte mit den Schultern. „Offensichtlich war er engstirniger, als wir beide erwartet hatten."

„Nun", er beugte sich vor, und sein Blick streifte wie eine Liebkosung über ihren Mund, „dann haben Sie Ihr Ziel also noch nicht erreicht?" Plötzlich wirkte er sehr ernst.

Erschrocken wich sie zurück. „Doch. Jedenfalls so weit, wie es mir angenehm ist."

Als hätte ihre Antwort ihn von einer unangenehmen Verpflichtung entbunden, richtete er sich auf, nahm ihre Hand, und legte sie, nun wieder ganz beiläufig, auf seinen Arm. Er neigte den Kopf. „Dann erlauben Sie mir, Sie zum Tor zu geleiten. So früh am Abend sollte es ein Leichtes sein, eine Droschke aufzutreiben."

Den Park verlassen? Sie hielt inne. Sie konnte jetzt nicht fortgehen. Vielleicht wartete Oswald noch. „Vielen Dank, aber das wird nicht nötig sein."

„Sie haben bereits eine Kutsche?"

„Nein." Sie schüttelte den Kopf. „Ich werde mir eine mieten müssen. Später." Sie bezweifelte, dass sie Oswald noch finden würde, aber sie musste es zumindest versuchen.

„Darf ich Ihnen dann meine Begleitung für den Abend anbieten? Gewisse Leute halten mich für ein …“, er senkte seine Stimme etwas, „… ganz vortreffliches Abenteuer.“

„Das wird nicht nötig sein.“

Er war es nicht gewohnt, abgewiesen zu werden. „Haben Sie überhaupt eine Vorstellung davon, welche Art von Aufmerksamkeit eine junge Frau ohne Begleitung an einem Ort wie diesem provoziert?“

Das hatte sie natürlich nicht. Sie war noch nie in ihrem Leben an einem Ort wie diesem gewesen. Jedenfalls nicht ohne Begleitung. „Ich glaube, ich habe heute Abend eine recht viel sagende Kostprobe davon erhalten, nicht wahr?“, entgegnete sie und bemühte sich, so gelassen wie möglich zu klingen.

„Nein“, erwiderte er in scharfem Tonfall. „Das waren Kinder. Hier gibt es Männer, die sich nicht einfach nur ein Spiel daraus machen, sich wie Tiere zu benehmen, sondern die Tiere sind. Wenn Sie also wirklich unbedingt noch bleiben müssen, erlauben Sie mir, Ihr Führer zu sein – für die Dauer Ihres … Abenteuers.“ Bei dem letzten Wort verzogen sich die schön modellierten Lippen zu einem Grinsen. „Ich kann Ihnen versichern, dass ich äußerst fachkundig bin.“

Daran hatte sie keinen Zweifel.

„Danke, trotzdem nein.“ Oswald Goodwin würde sich ihr nie nähern, wenn er sie in der Begleitung eines anderen Mannes sähe. Außerdem sagte ihr ihre innere Stimme – auf die sie sich bisher stets hatte verlassen können –, dass es bei Weitem gefährlicher für sie wäre, bei Ramsey Munro zu bleiben.

Die Spannung zwischen ihnen schlug förmlich Funken. Sie konnte ihn kaum ansehen – sein Gesicht, seine Brust, seinen Hals, seinen Mund –, ohne die Kontrolle über sich zu verlieren und seiner Faszination zu erliegen. In diesem Moment wünschte sie sich nichts sehnlicher, als bei ihm zu bleiben. Mehr als sie sich seit sehr langer Zeit irgendetwas gewünscht hatte.

„Hey!“ Ein forderndes Zupfen an ihrem Ärmel löste die Spannung. Sie blickte hinunter, direkt in das schmutzige Gesicht eines Straßenjungen, der zu ihr hochsah. „Hier.“ Der Junge hielt ihr eine blutrote Rose hin, die weit aufgeblüht und etwas zerfleddert war und einen langen dornenlosen Stiel hatte.

„Was ist das?“, fragte sie.

„Irgend so ’n Kerl hat mir Geld dafür gegeben, Ihnen die zu bringen“, sagte der Junge. „Und das hab ich hiermit gemacht. Bitte schön!“ Mit einer frechen Handbewegung sprang der Junge zurück in die Menge und ließ Helena mit der Rose stehen.

Sie musste von Oswald sein. Ein Zeichen, dass er sie aus der Nähe beobachtete und darauf wartete, dass sie alleine war. Sie blickte auf und sah, dass Ramsey sie mit einem eigenartigen Gesichtsausdruck anschaute.

„Na bitte. Er ist gekommen“, sagte sie und klang erfreuter, als sie sich in Wahrheit fühlte. „Jetzt müssen Sie mir doch nicht Ihren Abend opfern. Also, noch einmal vielen Dank, Mr. Munro. Gute Nacht.“

Sie wollte sich umwenden, aber er trat vor sie hin. „Es erscheint kaum gerecht, dass Sie meinen Namen kennen, ich Ihren jedoch nicht.“

Sie zögerte, unschlüssig, welchen Namen sie sich geben sollte. Es musste etwas Einfaches und Fröhliches sein, etwas, das stark und mutig klang. Etwas, das anders war als sie und mehr so, wie sie gerne gewesen wäre. „Sie können mich Corie nennen.“

Und noch bevor er ihr antworten oder sie zurückhalten konnte, schlüpfte sie an ihm vorbei und eilte den Pfad hinunter.

Wer hätte gedacht, dass ihn das zögerliche Verlangen in dem Kuss einer jungen Frau so bis ins Innerste berühren könnte? So sehr, dass er einen einzigartigen Augenblick lang alles außer ihr vergessen hatte? Vielleicht war er doch noch nicht so abgestumpft, wie er immer gedacht hatte. Daran sollte er weiter arbeiten, überlegte Ramsey bitter.

Nachdenklich sah er Helena Nash hinterher. Und es war Helena Nash, trotz all ihrer gegenteiligen Behauptungen und des aufgesetzten Londoner Akzents, mit dem sie ihre Herkunft aus Yorkshire zu verbergen versucht hatte. In ihrer kurzen gemeinsamen Zeit hatte er sie beinahe ein halbes Dutzend Mal dazu aufgefordert, ihre Identität zu enthüllen. Aber wenn sie sich als eine andere ausgeben wollte – nun, sie wäre nicht die erste Dame, die das tat, und er hatte mit Sicherheit nicht das Recht, sie zu demaskieren.

Er beobachtete, wie sie durch die Menge ging. Bei dem Anblick, den sie in ihren Kniehosen bot, würde es nicht schwer sein, ihr zu folgen. Er musste einfach in die Richtung gehen, in die die Männer ihre Köpfe drehten.

Er warf dem Verkäufer eines nahen Standes, der billige Dominos feilbot, ein paar Münzen hin, nahm einen der Umhänge und warf ihn sich um die Schultern. Die Kapuze zog er weit in die Stirn, sodass sein Gesicht nicht zu erkennen war. Dann folgte er Helena durch das Gedränge. Er begnügte sich damit, weiter hinten im Strom der Feiernden zu bleiben und sie zu beobachten. Über die Jahre war er sehr geübt darin geworden, Abstand zu Helena Nash zu halten.

Seit fast vier Jahren war er seinem Schwur treu geblieben, seinen Körper und seine Fähigkeiten dem Schutz der Nash-Schwestern zu widmen. Seine Verpflichtung der mittleren Schwester Kate gegenüber hatte mit ihrer Hochzeit mit Christian MacNeill, seinem liebsten Kindheitsgefährten, geendet. Charlotte war fast noch ein Kind und stand unter dem

Schutz einer wohlhabenden, wenn auch etwas eigenwilligen Familie, die die besten Verbindungen hatte. Nur Helena benötigte seine gezielte Aufmerksamkeit. Und während diese Aufmerksamkeit zu Beginn nur oberflächlich gewesen war, hatte sie sich über die Jahre verändert und war zu seinem persönlichen Steckenpferd geworden. Der Gedanke brachte ein bitteres Lächeln auf seine Lippen.

Sie faszinierte ihn. Sie war so kühl. So ruhig und still und doch … Wie oft hatte er das Feuer in ihren blauen Augen aufblitzen sehen und sich gefragt, was diese leidenschaftliche Glut hervorgerufen hatte? Oder vielleicht war das heimliche Feuer hinter ihrer kalten Fassade nur seiner Fantasie entsprungen? Das Rätsel hatte sein Interesse an ihr wachgehalten und immer stärker werden lassen.

Obgleich er sie seit Jahren beschützte, hatte er sich kaum je erlaubt, nah genug bei ihr zu sein, um ihre Stimme zu hören. Und jetzt hatte er tatsächlich mit ihr gesprochen. Und sie geküsst. Und es hatte sich herausgestellt, dass das Feuer, über das er sich so oft Gedanken gemacht hatte, echt war.

Zu echt.

Er beobachtete, wie sie sich durch die Menge schlängelte, wobei das rasche Drehen ihres Kopfes zeigte, dass sie nach jemandem Ausschau hielt. Die Rose in ihrer Hand vibrierte, während sie sich drehte, stand kurz still und wackelte erneut.

„Wer hat dir diese Rose geschickt, Mädchen?“, murmelte er. „Wer hat es geschafft, dich aus dem Turm der Hexe in einen dunklen Wald wie diesen zu locken?“

Sie hatte gesagt, dass sie eines Abenteuers wegen gekommen war. War sie das wirklich? Sein Blick verhärtete sich.

Von allen Menschen, die er auf dem berüchtigten Lovers Walk zu sehen erwartet hätte, war sie die Letzte. Und wenn, dann ganz gewiss nicht in Jungenkleidung. Und mit Sicherheit nicht alleine. Sie sollte jetzt lieber sicher in der Speicherkammer eingeschlossen sein, die Lady Tilpot vermutlich für Bedienstete von ungewissem gesellschaftlichem Stand bereithielt, anstatt kopflos in eine Gruppe betrunkener Burschen hineinzulaufen, die darauf versessen waren, ihre Männlichkeit unter Beweis zu stellen.

Er war erleichtert, dass er dort gewesen war, nachdem er zuvor ein Geschäft abgeschlossen hatte, das ihm fünfhundert Pfund für das Startgeld des Internationalen Fechtturniers eingebracht hatte. Dieses sah er als Möglichkeit, sich eine Zukunft zu sichern, die weitaus weniger ungewiss war als seine momentane Lage, in der er davon abhing, dass reiche Adelige ihn dafür bezahlten, dass er sie in der Kunst des Fechtens unterrichtete. Als er den Park gerade hatte verlassen wollen, war er über die Gruppe junger Männer gestolpert, hatte eine Chance gesehen, noch ein paar zahlungskräftige Kunden für seinen Fechtsaal zu gewinnen, und sich darangemacht, ihr Interesse zu wecken. Dann … war *sie* gekommen.

Sie wandte sich um und runzelte die glatte Stirn, und er drückte sich zurück in den Schatten einer Baumgruppe. Der Wind flüsterte wie ein sehnsuchtsvoller Liebhaber, und das Geplapper der Feiernden erschien übermäßig aufgeregt. Natürlich hatte seine Anwesenheit an einem Ort wie diesem sie nicht überrascht – er hatte sich in den letzten Jahren einen gewissen Ruf erworben –, aber sein Kuss hatte es getan.

Hatte irgendetwas je anregender geschmeckt? War sein Körper je so plötzlich, so stark erregt worden? Und das alles durch einen Kuss, der den Hunger in ihm nur weckte, ohne ihn zu stillen. Geblieben war ein schmerzliches Verlangen.

Auch sie hatte es gespürt. Er hatte gefühlt, wie die Feuersbrunst, die ihn innerlich verzehrte, ihr eigenes Verlangen entzündet hatte.

Doch warum konnte er die Vorstellung, dass sie ein Abenteuer suchte, nicht akzeptieren? Schließlich war sie fünfundzwanzig Jahre alt. Warum hätte er es anstößig finden sollen, dass sie eine Möglichkeit suchte, dieselben quälenden Bedürfnisse zu befriedigen, die auch ihn aufwühlten? Weil das nicht die Helena Nash war, die er stundenlang mit einer Intimität bewacht, beobachtet und studiert hatte, die nur wenige Liebespaare kannten.

Doch er musste zugeben, dass es vieles gab, das er nicht wusste. Zum Beispiel hatte er zwar erwartet, dass sie reif und gelassen war, aber nicht, dass sie lachen würde. Er hatte nicht damit gerechnet, dass sie mit ihm scherzen, ihn herausfordern und necken würde, dass sie die Zurückhaltung, die Frauen in ihrer Stellung üblicherweise übten, aufgeben würde – Frauen, die ihr Leben meisterten, indem sie ihre Zungen und ihre Gedanken im Zaum hielten.

Er kannte Helena Nash bei Weitem nicht so gut, wie er es nach seiner jahrelangen Beobachtung geglaubt hatte, und diese Vorstellung faszinierte ihn ebenso sehr, wie sie ihn verunsicherte.

Vor ihm wurde Helena langsamer, blieb schließlich stehen und blickte sich noch einmal um. Sie hatte denjenigen, der ihr die Rose geschickt hatte, nicht gefunden. Diese Rose. Er schüttelte das unbestimmte Gefühl von Unbehagen ab, das sie in ihm hervorrief. Wie er nur allzu gut wusste, unterschied sich die Bedeutung, die Rosen für ihn hatten, grundlegend von dem, was romantischer veranlagte Menschen mit den Blumen verbanden.

Helena verließ den Park durch das nächste Tor.

Er folgte ihr und verbarg sich zwischen zwei Droschken, als sie auf die vorderste in der Reihe der wartenden Kutschen zuging. Der Fahrer kletterte von seinem Sitz herunter und half ihr in das Gefährt, bevor er wieder hinaufstieg. Ramsey wartete noch, um zu sehen, ob jemand sich zu ihr gesellte, zog dann den Domino aus und warf ihn einem jungen

Straßenkehrer zu, der auf seinen Besen gestützt in der Nähe stand. Der Bursche würde den Umhang am nächsten Abend für das Doppelte von dem verkaufen, was er sonst an einem ganzen Abend verdiente. Egal, wen Helena hatte treffen wollen, und egal aus welchen Gründen, er hatte sie versetzt. Der Mann musste ein verdammter Idiot sein.

Die Droschke schlingerte hinaus in den Verkehr, während Ramsey ihr nachsah. „Du bist weit weg von zu Hause, Mädchen", murmelte er nachdenklich, bevor er sich umwandte und auf die Brücke über den Fluss zuging. „Andererseits – sind wir das nicht alle?"

Manchester, England
Oktober 1787

Der gebeugte Aufseher führte Ramsey Munro den schmalen, schwach beleuchteten Korridor des Armenhauses von Manchester entlang, in dem es nach Urin und Schweiß stank, bis zu der kleinen Kammer am Ende des Gangs, die als Empfangsraum für die mittellosen Jungen genutzt wurde. Hier war er zwei Wochen zuvor hergebracht worden, nachdem der Wachtmeister ihn gefunden hatte, wie er heulend neben der Leiche seiner Mutter saß. Sie war von einer Kiste erschlagen worden, die aus dem Flaschenzug am dritten Stock eines Warenhauses gefallen war.

Der Aufseher hielt vor der Tür inne und beäugte Ramsey mitleidig. „Es wäre besser, wenn du mit diesem Mann gehst, der dich holen will, und später auf der Straße abhaust. Verlass die Stadt. Du bist viel zu hübsch, um hier alt zu werden. Mich wundert's, dass du so lang durchgehalten hast, aber nachdem du zwei von drei Tagen in der Zelle verbracht hast, weil du beim Prügeln erwischt worden bist, hatten die anderen Bur-

schen wohl nicht viel Gelegenheit, irgendwas mit dir anzustellen.“

Ramsey machte sich nicht die Mühe zu antworten. Sein Mund schmerzte, da beide Lippen noch von seinem letzten Kampf aufgeplatzt waren, er fühlte sich schwach, und ihm war schwindelig. Das Schlimmste daran, in eine Zelle gesteckt zu werden, war nicht die völlige Isolation, sondern die Tatsache, dass die einzigen Nahrungsmittel, die man bekam, Brot voller Mehlwürmer und Wasser waren. Der Rat des Aufsehers war jedenfalls gut. Es würde nur eine Frage der Zeit sein, bis ein paar der älteren Jungen sich zusammentaten, um ihn zu überrumpeln.

Der Aufseher sah ihn noch einmal an, zuckte mit den Schultern, öffnete die Tür und schob ihn in den Raum. Ramsey blinzelte in dem hellen Licht. Er war dieses Mal zwei Tage lang in der Isolationszelle gewesen, und die wurde bewusst dunkel gehalten.

„Guter Gott, Kind, was haben sie nur mit dir gemacht?“ Die Stimme hatte einen starken schottischen Akzent. Der unerwartete Dialekt trieb beinahe Tränen in Ramseys Augen. Aber er war neun Jahre alt, kein Kind mehr. Das letzte Mal, als er geweint hatte, war es an der Seite seiner toten Mutter gewesen, und er konnte sich keinen Grund vorstellen, der ihn danach noch hätte zum Weinen bringen können. Er hatte die Tränen ein für alle Mal hinter sich gelassen, dachte er bitter.

„Nichts, Sir“, murmelte er mühsam mit seinen geschwollenen Lippen und schielte zu der großen Gestalt hinauf, die mit einer Mönchsrobe bekleidet war. Der Mann war nicht sehr groß, aber er war so dünn, dass er größer wirkte. Sein dichtes Haar schimmerte wie Zinn, und die Zeit hatte auf beiden Seiten seines großen Mundes und seiner Adlernase tiefe Linien eingegraben. Aber seine Augen waren sanft und klar,

und Ramsey hatte das sichere Gefühl, dass diese Augen selten etwas übersahen, was sehenswert war.

„Ich bin Vater Tarkin, der Abt von St. Bride's, und ich bin gekommen, um dich dorthin mitzunehmen. Um dich nach Hause zu bringen."

Das Wort löste einen plötzlichen Anfall von Wehmut bei Ram aus, aber er unterdrückte das Gefühl. „Ich habe kein Zuhause, Sir. Und ich war mit Sicherheit noch nie an einem Ort namens St. Bride's. Sie müssen mich mit jemandem verwechseln."

„Ich verwechsle dich nicht. Du bist Cora Munros Sohn."

Als er den Namen seiner Mutter hörte, wurde Ramsey aufmerksam. „Woher kennen Sie meine Mutter?"

„Ihre Familie war einst einer der größten Clans in den Highlands, und sie war die Urenkelin eines Chieftains. Und das Einzige, was mir wichtiger ist als die Tatsache, dass ich Highlander bin, ist, dass ich Priester bin. Natürlich kannte ich sie. Sie hatte Augen wie Bergseen und einen Stolz, wie ihn nur der Samen eines Kriegers hervorbringen kann. Ich bin nach England gekommen, sobald ich ihren Brief erhalten habe. Es tut mir sehr leid, dass ich zu spät gekommen bin, um euch beide hier herauszuholen, und dass ich so lange gebraucht habe, dich zu finden, nachdem ich von ihrem Tod gehört hatte."

Ramsey starrte ihn an, erstaunt über das, was er hörte. Er strich sich unsicher mit der Hand über die Haare und wurde von den kurzen Stoppeln, die noch übrig waren, nachdem der Barbier des Armenhauses seinen Kopf rasiert hatte, wieder an seine momentanen Schwierigkeiten erinnert.

„Meine Mutter hat Sie gebeten, uns zu holen?", fragte er ungläubig. Er hatte gewusst, dass sie Tag für Tag verzweifelter geworden war, aber …

„Sie hat mir geschrieben, dass sie in Schwierigkeiten steckt,

und hat gefragt, ob ich jemanden in dieser Stadt kenne, der ihr helfen könnte. Ich bin aus freien Stücken gekommen. Und jetzt würde ich dich gerne mit zurück nach St. Bride's nehmen."

„Warum?"

Zum ersten Mal lächelte der Abt, und seine Augen leuchteten auf. „Wie typisch für einen Munro, auch dann noch nach der Speisekarte zu fragen, wenn er am Verhungern ist. Begnüge dich damit, dass es bei den Jesuiten einen alten Spruch gibt, der Folgendes besagt: ‚Gib mir das Kind, bevor es das siebente Jahr erreicht hat, und ich zeige dir den Mann.' Ich weiß, dass du älter bist als sieben, aber ich habe immer noch große Hoffnungen für deine Zukunft. Wirst du jetzt mit mir kommen?"

„Was soll ich in Ihrer Abtei machen?", fragte Ram. Er wusste, dass er unverschämt wirkte, aber es war ihm unmöglich, den Stolz abzulegen, den er von seinem Vater geerbt hatte.

„Daran arbeiten, das Wissen und die Fähigkeiten zu erwerben, die wir dich lehren werden. Es sind noch andere Burschen in St. Bride's. Normalerweise zwischen einem Dutzend und zwanzig, und sie arbeiten alle sehr hart. Ich vermute, dass das noch nie von dir verlangt worden ist, nachdem du der Enkel eines englischen Marquis bist – wenn auch nicht legitim."

Ramsey spürte, wie sein Gesicht sich rötete. Der Kommentar des Abtes hatte genau ins Ziel getroffen. Bis sein Vater in einem Duell gestorben war, um die Ehre von Ramseys Mutter zu verteidigen, hatten sie ein prächtiges Leben geführt. Auch wenn sie in den Augen der Engländer nicht rechtmäßig verheiratet waren, so waren seine Eltern doch sonst in jeder Hinsicht ein Ehepaar gewesen, und als Ramseys Vater von Seiten seiner eigenen Mutter ein riesiges Vermögen geerbt hatte,

hatte er ein großes Haus in Schottland erworben und seiner Familie jeden Luxus und jede Annehmlichkeit gewährt, die man mit Geld kaufen konnte.

Ramsey hatte Unterricht im Fechten und Reiten, Benimmstunden und eine klassische Bildung erhalten. Aber mit dem Tod seines Vaters war das alles vorbei gewesen. Seine Mutter und er waren aus dem einzigen Zuhause vertrieben worden, das er je gekannt hatte, wie Diener, die beim Tod ihrer Herrschaft entlassen werden – mit nichts als ein paar persönlichen Besitztümern und ohne einen Ort, wo sie hätten hingehen können.

„Glaubst du, dass du sowohl zu harter körperlicher Arbeit als auch zu geistiger Anstrengung fähig bist?“

Er hielt dem Blick des Abtes stand. „Aye.“

Der Abt lächelte, offensichtlich war er zufrieden. „Gut. Dann haben wir ein Einvernehmen. Du wirst unverzüglich mit mir kommen.“

„Unter einer Bedingung.“

Der Abt, der im Begriff war, sich abzuwenden, fuhr überrascht herum. „Du stellst Forderungen?“

Ramsey war sich nicht sicher, ob der Mönch belustigt oder wütend war, aber in den sanften blassen Augen blitzte ein Anflug von stählerner Härte auf. Ramsey schluckte und nickte. Er war sich seiner Anmaßung wohl bewusst, aber dennoch nicht bereit nachzugeben. „Ich will nicht, dass irgendjemand erfährt, wer mein … wer mein Großvater ist oder wer mein Vater war oder meine Mutter.“

Der Abt runzelte die Stirn, und seine silbrigen Brauen senkten sich. „Aber warum, mein Junge? Du hast auf Seiten deiner Mutter eine lange und stolze Ahnenreihe, und auch väterlicherseits ist deine Abstammung ehrwürdig.“

„Die Clans sind tot und gehören der Vergangenheit an“, sagte Ramsey mit gepresster Stimme. „Genau wie meine El-

tern. Mein Großvater hat keinen Finger gerührt, als meine Mutter ihn um Hilfe ersuchte. Ich bin Ramsey Munro, und das ist alles, was ich je sein will. Versprechen Sie es mir.“

Der Abt forschte lange in Rams Gesicht, bevor er langsam nickte. „Nun gut, Ramsey Munro. Es soll sein, wie du es wünschst.“

4. KAPITEL

KLINGENSCHWÄCHE:
Das äußerste Drittel der Klinge; die Spitze und zugleich die schwächste Stelle

Körperliches Verlangen? War das nicht einfach nur eine andere Bezeichnung für Lust?

Obwohl Helena erst nach Einbruch der Dunkelheit am Stadthaus der Tilpots ankam, wusste sie doch, dass ihre lange Abwesenheit unentdeckt bleiben würde. Es war der Abend, an dem Lady Tilpot ihre wöchentliche Whistrunde besuchte, und Helenas Arbeitgeberin würde bis weit nach Mitternacht fort sein. Langsam stieg Helena die Hintertreppe hinauf, die zu ihrer Kammer im dritten Stock führte.

Ihre Reaktion auf die Ereignisse des Abends war unschicklich, aber keineswegs unverständlich. Auch als sie noch die Tochter eines wohlhabenden Gentlemans gewesen war, hatte ihr das Aufsehen, das ihr Äußeres erregte, Sorge bereitet. Seit dem Tod ihres Vaters hatte sie stets auf der Hut sein müssen, um sich vor ungebührlichen Übergriffen zu schützen. Diese waren, da sie als ebenso arm wie schön galt, beinahe täglich vorgekommen, bevor sie ihre jetzige Stellung bei Lady Tilpot angetreten hatte.

Nur weil Munros Kuss, seine Aufmerksamkeit, seine pure Männlichkeit so unerwartet gekommen waren, hatte sie solche Erregung verspürt. Und sie war klug genug, um zu wissen, dass der Reiz des Verbotenen der vollkommen überraschenden Episode noch zusätzliche Würze verliehen hatte. Ja, ihr momentaner Zustand war verständlich. Weniger verständlich war die Tatsache, dass die Erinnerung an seinen Kuss einfach nicht verblassen wollte. Es war aus und vorbei!

Sie erreichte den obersten Treppenabsatz und freute sich

schon darauf, die ganze Sache alleine und in Ruhe zu überdenken. Unglücklicherweise wartete Flora mit wippenden gelbblonden Löckchen an der Tür ihrer Kammer auf sie und rang erbärmlich die Hände. Mit einem Gefühl von Resignation fasste Helena an dem Mädchen vorbei, öffnete die Tür, und bedeutete Flora hineinzugehen. Wahrscheinlich war es ohnehin besser, nicht zu lange über die fleischlichen Details ihres abendlichen Ausfluges nachzudenken. Sie hatte hier bereits genug Probleme, die ihre Aufmerksamkeit vollständig in Anspruch nahmen.

„Hast du ihn gesehen?", fragte Flora begierig, sobald sie die Tür hinter sich geschlossen hatten.

„Nein. Mr. Goodwin ist gar nicht erst erschienen", antwortete Helena mit leicht gerunzelter Stirn. Nachdem er die Rose geschickt hatte, musste irgendetwas vorgefallen sein, das ihn daran gehindert hatte, sich mit ihr zu treffen. Sie warf die welke Rose auf den Waschtisch und zog sich die Jungenmütze vom Kopf. Ihr helles flachsblondes Haar fiel ungebändigt auf ihren Rücken hinunter.

„Oh." Ein ganzes Meer von Enttäuschung lag in dem kurzen Wort. „Dann wurde er am Kommen gehindert und wird nächste Woche dort sein."

Helena zog erst Halstuch und Gehrock aus und danach auch den Rest der altertümlichen Kleidung, die in einem vergangenen Jahrhundert einem Angestellten der Tilpots gehört haben musste, und legte alles wieder zurück in die unterste Ecke ihrer Kleidertruhe. Dann zog sie ihren wollenen Morgenmantel über, band den Gürtel eng zu, und stählte sich für das, was als Nächstes gesagt werden musste.

„Es tut mir leid, Flora", sagte sie, ohne sich umzuwenden, um die Wirkung ihrer Worte nicht mit ansehen zu müssen, „aber ich kann nicht weiter als Bote zwischen dir und Mr. Goodwin fungieren."

Sie hielt den Atem an und zählte lautlos bis drei. Dann hörte sie, wie Flora auf dem Boden zusammensackte. Seufzend drehte sie sich um und betrachtete das junge Mädchen, gleichzeitig verärgert und mitleidig. Früher einmal hätte sie wohl gedacht, dass Flora wie eine zerbrechliche kleine Orchidee aussah, wie sie dort lag und ihre hellen Röcke sich anmutig um sie bauschten. Aber in letzter Zeit wurde Helena bei Floras Zusammenbrüchen – die immer häufiger vorkamen – eher an ein unansehnliches, feuchtes, benutztes Taschentuch erinnert.

„Bitte steh auf, Flora."

„Du bist unsere einzige Freundin, und jetzt lässt du uns im Stich", war die von Tränen erstickte Antwort.

„Ich lasse euch nicht im Stich", entgegnete Helena aufgebracht. An diesem Abend wäre sie beinahe von einem betrunkenen Burschen aufgespießt worden. Wenn Ramsey Munro nicht diese Wette eingegangen wäre …

Ein Gefühl von Bestürzung stieg in Helena auf, als ihr bewusst wurde, dass sie Ramsey hundert Pfund schuldete und nicht den geringsten Versuch unternommen hatte, ihm das Geld zurückzuzahlen.

„Helena?" Das hübsche, blasse kleine Gesicht erhob sich von seinem Bett aus feuchtem Musselin. „Es tut mir leid. Ich bin mir sicher, dass du uns nie im Stich lassen würdest. Es ist nur, weil ich gerade so … so … überspannt bin! Bitte, was ist denn passiert?"

Flora. Sie würde sich später um das Problem ihrer Schulden bei Munro kümmern. Jetzt hatten Flora und ihre Probleme erst einmal Vorrang.

„Ich habe Mr. Goodwins Anweisungen bis ins Kleinste befolgt", antwortete sie, „aber er war nicht an dem vereinbarten Treffpunkt, und trotz all meiner Bemühungen, ihn zu finden, ist es mir nicht gelungen."

„Dann ist der schlimmste Fall eingetreten! Er wurde gefangen genommen!" Wieder warf Flora sich mit dem Gesicht nach unten auf Helenas Fußboden.

„Pssst. Deine Tante könnte schon zurück sein", ermahnte Helena sie und ließ sich erschöpft auf die Bettkante fallen.

„Das ist mir egal!", heulte Flora, wenn auch etwas leiser als zuvor.

„Es sollte dir aber nicht egal sein", wies Helena sie streng zurecht. „Du wirst keinen Penny von Lady Tilpot bekommen, wenn sie herausfindet, was du getan hast. Und es dauert noch vier Jahre, bis du einundzwanzig wirst und über das Geld verfügen kannst, das dein Vater bis dahin für dich verwalten lässt. Von daher wirst du bis zu diesem Zeitpunkt von dem Geld leben müssen, das Lady Tilpot dir gibt. Es sei denn, Mr. Goodwin entdeckt noch irgendeinen unglaublich wohlhabenden und – es tut mir leid, das sagen zu müssen, Flora, aber meine Wahrheitsliebe zwingt mich dazu – überaus *unkritischen* Gönner, dem es gefällt, ein riesiges Vermögen aus dem Fenster zu werfen, indem er es deinem jungen Verschwender schenkt."

Wie üblich ignorierte Flora alles, was Helena gesagt hatte, bis auf das, was am wenigsten mit der ganzen Sache zu tun hatte. „Früher dachtest du nicht, dass Oswald ein Verschwender ist!"

Eine Fehleinschätzung, die Helena seitdem täglich bereute. „Ich gebe zu, dass ich ihn früher charmant fand."

„Er *ist* charmant."

„Er ist aber auch ein Schurke."

Das Mädchen blinzelte überrascht und verletzt mit seinen großen braunen Augen. „Wie kannst du so etwas sagen, Helena?"

„Wer außer einem Schurken wäre mit einem jungen Mädchen durchgebrannt, sobald sein Vormund und die überaus schuldbeladene Gesellschafterin seines Vormundes für eine Woche nach Brighton fahren?"

„Er hat mich wieder zurückgebracht, bevor irgendjemand bemerkt hat, was wir getan haben", führte Flora zu seiner Verteidigung an. „Außer dir, Helena. Du bist so unglaublich klug." Sie blickte Helena mit unverhohlener Bewunderung an. „Aber der Rest der Welt weiß nichts davon, dass wir durchgebrannt sind, also ist mein Ruf vollkommen unbeschädigt."

„Schreibe ihm keine edlen Motive zu, wo der Grund in Wirklichkeit doch so banal ist. Mr. Goodwin hat dich nur deshalb umgehend zurückgebracht, weil du dir die Seele aus dem Leib geschrien hast, als du in deinem Bett im Gasthaus zum ersten Mal eine Wanze gesehen hast", erwiderte Helena. „Und es hat keinen Zweck, das zu leugnen, Flora. Du hast es mir selbst gesagt."

Flora versuchte nicht, es zu leugnen. Sie schauderte lediglich. „Ich habe festgestellt ... *wir* haben festgestellt, dass ich für eine einfache Lebensweise nicht geeignet bin."

„Haben wir das Problem nicht alle?", fragte Helena trocken, stand auf, und ging zu dem Tisch, auf dem eine Waschschüssel und ein Wasserkrug standen. „Jetzt steh auf und wisch dir das Gesicht ab. Und auch wenn Mr. Goodwin nicht durch und durch ein Schurke ist, dann ist er doch zumindest ein Opportunist."

Sie goss ein wenig Wasser in die Schüssel und tunkte eine Ecke eines Tuches hinein, bevor sie es auswrang und dem Mädchen reichte.

Flora richtete sich auf, nahm das Tuch, und begann pflichtbewusst, sich das Gesicht zu waschen. Das war eine von Floras Eigenheiten: Sie war sehr leicht abzulenken und äußerst beeinflussbar – abgesehen von dieser unerwarteten Sturheit in allem, was Oswald Goodwin betraf.

Als Helena die Stelle als Gesellschafterin bei Lady Tilpot angenommen hatte, hatte es gut zehn Tage gedauert, bis ihr überhaupt bewusst geworden war, dass eine weitere Frau in dem riesigen modischen Stadthaus lebte. Angesichts Lady Tilpots überwältigend dominanter Präsenz waren schon wesentlich lebhaftere Persönlichkeiten als Flora welk und blass erschienen. Eigentlich war es ein Wunder, dass Flora überhaupt noch ein Rückgrat besaß.

Helena hatte versucht, Floras Selbstwertgefühl zu stärken, indem sie die harmlose Tändelei zwischen Flora und Oswald Goodwin ermutigt hatte. Er war eines Nachmittags mit einer Gruppe angesehener Junggesellen gekommen und wollte dann gar nicht mehr gehen. Es war offensichtlich gewesen, dass er gleichermaßen von Lady Tilpot verängstigt und von Flora bezaubert war. Flora waren seine Dichteraugen und sein sanftes Lächeln aufgefallen, und ihre bewundernden Blicke waren Helena nicht entgangen.

Er hatte eine makellose Ahnenreihe, leere Taschen und war so bedrohlich wie ein Schoßhündchen und damit der ideale Kandidat, um ein junges behütetes Mädchen darin zu ermutigen, an seinen eigenen Wert zu glauben und daran, dass dieser über die 20 000 Pfund hinausging, die Lady Tilpot einer scheinbar endlosen Reihe heiratsfähiger junger Männer schamlos vor die Nase hielt.

Wann war nur aus dem Schoßhund der Fuchs im Hühnerstall geworden? Helena hatte sich nie träumen lassen, dass Oswald Goodwin ein junges Mädchen ausnutzen würde. Sie war ganz im Gegenteil so von seiner Arglosigkeit überzeugt gewesen, dass sie einige Treffen zwischen Flora und ihm ermöglicht und ihnen sogar ein paar Augenblicke privater Unterhaltung zugestanden hatte, in denen sie natürlich, wie es sich gehörte, in gebührender Entfernung dabeigesessen hatte. Er hatte kein einziges Mal auch nur Floras Hand berührt!

Mit Sicherheit hatte er sie nicht so geküsst, wie Ram Helena geküsst hatte – nein, nein, nein, sagte Helena sich fest. Daran durfte sie nicht denken. *Das* war ein zufälliger Augenblick des Wahnsinns gewesen, ein Ausflug in eine Welt körperlicher Sinnlichkeit, der nie wiederholt werden durfte. *Das* war seine Welt, dies hier war ihre. Diese beiden Welten würden sich nie wieder überschneiden.

Es sei denn, sie würde feststellen, dass ihr nichts anderes übrig blieb, als ihm die hundert Pfund persönlich zu überbringen …

„Warum beschuldigst du den lieben Ossie, ein Opportunist zu sein?“ Floras Stimme unterbrach Helenas Gedanken. Das Mädchen war dabei, das Tuch sorgfältig zusammenzufalten.

„Nun, falls deine Tante keine Scheidung erzwingen kann, hat er doch eine sehr reiche Ehefrau, nicht wahr?“ Da Floras Gesicht zunehmend düster wurde, redete sie schnell weiter. „Und wenn es euch gelingt, eure Ehe geheim zu halten, bis du deine Erbschaft angetreten hast, hat er alle Vorteile auf seiner Seite. Sein künftiger Wohlstand ist gesichert, und gleichzeitig kann er jetzt verantwortungslos die Gegenwart genießen.“

„Wie kannst du so etwas Abscheuliches sagen!“, rief Flora aus. „Was ist nur über dich gekommen, Helena? Das passt so gar nicht zu dir! Wo ist mein Engel? Meine liebe schöne Freundin? Ich kann kaum glauben, dass so unfreundliche Worte von jemandem kommen, der so schön ist! Von jemandem, der aussieht wie ein Engel!“

„Flora …“

„Ja“, wiederholte Flora. „Du bist ein Engel! Wie sonst könntest du so gelassen sein, trotz all der Mühsal, die dir das Leben gebracht hat? Wie könntest du meine Tante ertragen, wenn du nicht geradezu eine Heilige wärst? Und du bist so schön." Das Mädchen sah sie voller Bewunderung an, und Helena seufzte.

Es war Helena vorgekommen, als sei diese Schönheit, über die alle so oft sprachen, in ihrem sechzehnten Lebensjahr plötzlich über Nacht erschienen. Damals wie heute hatte sich das nie wirklich *echt* angefühlt. Sie war auf die plötzliche und übertriebene Aufmerksamkeit nicht vorbereitet gewesen, die ihr von da an zuteil wurde, und hatte sich bemüht, gelassen und unbeeindruckt zu bleiben. Sie hatte entdeckt, dass es die Menschen liebten, sich mit hübschen Dingen zu umgeben – viel zu oft, ohne dabei einen Gedanken daran zu verschwenden, was hinter dem schönen Äußeren liegen mochte, das sie verehrten.

Selbst ihre Schwester Kate schien Helenas distanzierte Haltung als Anzeichen für einen Mangel an inneren Werten zu betrachten. Auf jeden Fall hatte sie Helena nach dem Tod ihrer Eltern nie um Hilfe oder um ihre Meinung gebeten, sondern hatte ganz einfach die Führung der restlichen Familie übernommen. Und Helena, die ihre ohnehin schon überforderte Schwester nicht noch zusätzlich belasten wollte, hatte betrübt zugelassen, dass Kate über ihr Leben bestimmte. Bis Lady Tilpot gekommen war. Bis sie eine Gelegenheit gefunden hatte, aus der vornehmen Zurückhaltung, die sie über die Jahre perfektioniert hatte, praktischen Nutzen zu ziehen.

„Ich will genauso sein wie du, Helena", sagte Flora mit großen ernsten Augen. „Ich will bewundert und respektiert werden und …"

„Flora!", unterbrach Helena sie scharf. „Ich werde nicht respektiert. Ich bin nur gerade von Nutzen. Das ist nicht dasselbe. Es ist sogar sehr weit davon entfernt."

Flora blickte sie verwirrt an.

Helena hatte kaum Hoffnung, dass Flora sie verstehen

würde. Sicherheit, Familie, ihre Stellung im Leben, ihre gefeierte Schönheit, all die Dinge, die Flora besaß und die Helena früher auch einmal besessen hatte, hatten sich als Illusion erwiesen.

Ihre viel gerühmte Schönheit? Nach dem Tod ihrer Mutter war sie so dünn geworden, dass ihr nur mehr mitleidige Blicke gefolgt waren. Ihre Stellung? War mit den Besitztümern, die der Erblinie nach jemand anderem zufielen, verschwunden. Sicherheit? Mit ihrem Vater gestorben. Ihre Familie? In alle vier Winde verstreut. Kate war auf dem Kontinent und zog gemeinsam mit ihrem frischgebackenen Ehemann, Colonel Christian MacNeill, mit der Armee, und Charlotte war inoffiziell von einer Familie voller Taugenichtse und Wirrköpfe adoptiert worden.

Helena hatte keinen Einfluss auf die Launen, die ihr Leben bestimmten, aber sie hatte Einfluss darauf, wie sie auf diese reagierte. Daraus konnte eine mittellose Waise wie sie durchaus einige Befriedigung ziehen. Trotzdem musste sie versuchen, Flora von dem Kurs abzubringen, den das Mädchen eingeschlagen hatte.

„Wenn man ein gewisses Maß an Schönheit besitzt, wird wenig sonst von einem erwartet. Und selbst ein leidlich guter Charakter, der normalerweise keinerlei Aufmerksamkeit erregen würde, wird bei jemandem, der ein angenehmes Äußeres besitzt, als Tugend angesehen. Was wohl kaum von Weisheit zeugt, nicht wahr?“

Flora sah sie verständnislos an. Subtilität hatte bei ihr noch nie funktioniert.

„Flora, von einem hübschen Mädchen erwarten die Menschen kaum etwas. Aber das ist eigentlich auch egal. Was jedoch nicht egal ist, ist dies: Wenn wenige Erwartungen an einen gestellt werden, fängt man selber an, nur wenig von sich zu erwarten. Darin liegt die Gefahr. Man findet sich möglicherweise damit ab, weniger zu sein, als man andernfalls vielleicht sein könnte."

„Aber du bist vollkommen!", verkündete Flora. Dann senkte sie den Blick und zog einen Schmollmund. „Zumindest warst du das."

„Wohl kaum."

„Aber in letzter Zeit", fuhr Flora fort, ohne Helenas Einwand zu beachten, „nun, es schmerzt mich, das sagen zu müssen, aber in letzter Zeit bist du geradezu hartherzig geworden!"

Das brachte Helena beinahe zum Lachen. Wenn sie hartherzig gewesen wäre, wäre sie schon vor einem Monat aus Lady Tilpots Haus geflohen und hätte sich darauf verlassen, dass Kate ihr den versprochenen Anteil an dem Schatz geben würde, den sie und ihr Mann in Schottland gefunden hatten. Nur zwei Dinge hielten Helena davon ab, zur Bank zu gehen und mit dieser Sicherheit einen Kredit aufzunehmen – der Anwalt ihres Schwagers hatte ihr mitgeteilt, dass das kein Problem darstellen würde –, um sich davon ein eigenes Haus zu kaufen und ein bescheidenes, aber komfortables, zurückgezogenes Leben zu führen.

Der erste Grund war, dass die letzten vier Jahre sie gelehrt hatten, dem Schicksal mit Vorsicht zu begegnen. Sie bezog ihr einziges Einkommen derzeit von Lady Tilpot, und was auch immer man sonst gegen die Dame sagen konnte, sie bezahlte jedenfalls gut für das Privileg, ihre Dienerschaft tyrannisieren zu dürfen. Der zweite und wichtigere Grund war, dass sie sich für Floras momentane missliche Lage mitverantwortlich fühlte und der Meinung war, dass sie es dem Mädchen schuldig sei, zu bleiben und zu versuchen, alles wieder in Ordnung zu bringen.

Also hatte sie sich nicht um ein Darlehen bemüht. Sie hatte Lady Tilpot noch nicht einmal etwas von ihrem unvorhergesehenen Glück erzählt, da die alte Despotin jeden hinauswarf, den sie in Verdacht hatte, nicht in ständiger Angst vor einer Kündigung zu leben. Und wenn sie erst einmal entlassen worden war, dessen war Helena sich sicher, würde sie nie wieder als Floras Freundin willkommen sein. Es würde ihr nicht einmal gestattet sein, über die Türschwelle zu treten, und die Untergebenen, die Lady Tilpot beschäftigte, würden wohl kaum ihre Stellungen riskieren, indem sie einer ehemaligen Gesellschafterin halfen.

Flora wurde so streng bewacht wie eine Prinzessin in einem Turm, dachte Helena. Abgesehen von der einen bemerkenswerten Ausnahme vor einem Monat, als Helena von einem kurzen Besuch in Brighton mit Lady Tilpot zurückgekehrt war und Flora, ähnlich wie heute, in ihrer Kammer vorgefunden hatte. Erst hatte das Gesicht des Mädchens geleuchtet, dann war Flora zusammengesackt, und schließlich hatte sie Helena ihre Hochzeit mit Oswald gebeichtet.

„Du weißt, dass Ossie alles tut, was in seiner Macht steht, um wieder mit mir zusammen sein zu können!“, hob Flora jetzt erneut an.

„Oh ja“, erwiderte Helena trocken. „Seine bisherigen Bemühungen waren wirklich bemerkenswert – weil sie katastrophal unüberlegt waren. Wie konnte Mr. Goodwin nur auf die Idee kommen, dass es ihm gelingen würde, am Spieltisch ein Vermögen zu gewinnen?“

„Er hatte ein bisschen Pech, das ist …“

„Nein, Flora.“ Helena unterbrach ihre Ausflüchte. „Er war so dumm, dass es schon beinahe kriminell ist!“

Sie ignorierte Floras Schlucken und fuhr fort im Bemühen, Flora den wahren Charakter des Mannes, mit dem sie durchgebrannt war, vor Augen zu führen. „Er hat alle wertvollen Besitztümer, die er sein Eigen nennen konnte, zu Geld gemacht und den Erlös in den verrufensten Spielhöllen durchgebracht. Nachdem es ihm anscheinend nicht genügte, einfach nur insolvent zu sein, hat er sich bereitwillig in die Fänge von nicht nur einem, sondern gleich zwei Wucherern begeben und das Geld, das er sich dort geliehen hat, seinem restlichen Besitz hinterhergeworfen. Nur ein Narr lernt nicht aus seinen Fehlern, Flora, und ich sehe keinerlei Hinweis darauf, dass Mr. Goodwin aus seiner derzeitigen Lage irgendetwas anderes gelernt hat, als seinen Gläubigern aus dem Weg zu gehen!"

„Das ist so ungerecht!", protestierte Flora mit bebender Stimme. „Er versucht nur, genügend Bargeld aufzutreiben, damit wir unabhängig und ... und ... komfortabel zusammenleben können!"

„Ich werde dir sagen, was ungerecht ist", widersprach Helena mit fester Stimme. „Es ist ungerecht, welchen Risiken er seine Freunde aussetzt, die ihn vor seinen Gläubigern verstecken und ihm helfen, die Geldverleiher zu meiden. Meine Güte, Flora, der Mann flüchtet von Versteck zu Versteck wie ein Dieb! Wir können keinen Kontakt zu ihm aufnehmen, weil niemand weiß, wer ihn gerade für die Nacht bei sich aufnimmt oder ihm Geld leiht, um sich ein Zimmer zu mieten."

Flora wurde klar, dass Helena nicht vorhatte, ihre harten Worte über Oswald Goodwin zurückzunehmen, und warf sich erneut zu Boden. „Du hasst ihn!"

Helena spürte, wie ihre Wut sich in Luft auflöste. Sie war noch nie fähig gewesen, ihren Ärger lange zu schüren. Sanft berührte sie das Mädchen an der Schulter. „Ich hasse ihn nicht. Ich bin nur, nun ja, besorgt wegen seiner knappen Mittel."

„Er hat seine Mittel aufgebraucht!"

Helena schloss kurz die Augen und fragte sich wieder einmal, welche vorübergehende Verblendung sie dazu veranlasst hatte, sich an einer derartigen Dummheit zu beteiligen. Aber noch während sie sich diese Frage stellte, wusste sie bereits, dass sie im Grunde keine andere Wahl gehabt hatte.

Sie traute keinem von Lady Tilpots Bediensteten zu, das Wissen um Floras und Oswalds Ehe für sich zu behalten, geschweige denn, als Bote für die beiden zu fungieren. Sie hatten viel zu viel Angst vor ihrer Herrin. Und es stand außer Frage, dass Flora keinesfalls ihren Ruf und den Zorn ihrer Tante riskieren konnte, indem sie nachts draußen herumlief. Außerdem hatte Helena ernsthafte Zweifel daran, dass Flora sich ohne Begleitung in den Straßen zurechtfinden würde, geschweige denn, dass es ihr gelingen würde, zu Vauxhall Garden zu gelangen.

So blieb nur Helena übrig. Und Helena, die nun endlich erfahren hatte, wie es war, selbstständig zu handeln, statt immer nur auf die Aktionen anderer Leute zu reagieren, stellte fest, dass es ein starkes und berauschendes Gefühl war. Und dass es süchtig machte.

Um den Augen derer zu entgehen, die den jungen Goodwin suchten, hatte Helena die Idee gehabt, sich auf überfüllten öffentlichen Maskeraden mit ihm zu treffen. Glücklicherweise hatte die Gesellschaft in dieser Saison eine regelrechte Leidenschaft für Kostümbälle und Maskeraden entwickelt. Gelegenheiten, sich mit einem Domino oder einer Maske zu verkleiden, gab es zur Genüge.

Dies war das dritte Mal, dass sie unbemerkt durch eine Menschenmenge geglitten war, um sich mit Mr. Goodwin zu treffen. Die vorherigen Treffen waren ohne Zwischenfall verlaufen. Aber heute Abend hatte sich alles geändert.

Unruhig fuhr Helena sich mit den Fingerspitzen über den Mund. Ihre Lippen fühlten sich leicht geschwollen an, brannten noch in der Erinnerung an seine Küsse. Seltsam. Sie konnte sich nicht daran erinnern, Angst vor Figburt empfunden zu haben. Der Einzige, den sie gefürchtet hatte, war ein großer gut aussehender Schotte gewesen, mit schwarzen Locken und den Augen eines vom Glauben abgefallenen Priesters.

„Egal, ob du Ossie gutheißt oder nicht, Helena, du musst noch einmal hingehen! Ich würde dich nicht darum bitten, wenn es irgendeine andere Möglichkeit gäbe“, erklärte Flora mit der Ernsthaftigkeit jener, die glauben, die Wahrheit zu sprechen. „Ossie muss sich im Datum vertan haben, oder er wurde aufgehalten, oder er hat irgendjemanden gesehen und hat es nicht gewagt, sich dir zu nähern. Bitte versuch es noch einmal. Bitte.“

Dieses Mädchen! Ihrer Hysterie konnte Helena widerstehen, aber einer ehrlichen Bitte aus tiefstem Herzen? Sie war in einem Netz gefangen, das sie selbst gewebt hatte, und bis ihr etwas eingefallen war, was sie tun konnte – und trotz ihrer inbrünstigen Gebete hatte sie keinen Zweifel daran, dass sie diejenige war, die sich etwas überlegen musste, und nicht Mr. Goodwin oder Flora –, würde sich daran auch nichts ändern.

Die einzige Alternative bestünde darin, sie alle drei Lady Tilpot auf Gedeih und Verderb auszuliefern. Es zeugte von Helenas wachsender Verzweiflung, dass sie die unwahrscheinliche Möglichkeit, Lady Tilpot könne vielleicht Gnade walten lassen, auch nur in Betracht zog.

„Also gut, Flora.“

Das Gesicht des Mädchens leuchtete auf wie die Sonne nach einem Frühlingsgewitter.

„Aber nur noch ein letztes Mal.“ Sie erwiderte Floras Lächeln matt. „Und du musst mir versprechen, nicht mehr auf meinem Fußboden zu heulen. Der Teppich färbt schon aus.“

5. KAPITEL

MANIPULATOREN:
Daumen und Zeigefinger der Fechthand

Eine Woche später kümmerte Helena sich um die Gäste in Lady Tilpots Salon. Es handelte sich in erster Linie um eine Gruppe modischer junger Herren, und diese zogen es vor zu stehen, anstatt zu versuchen, sich in ihren hautengen Hosen hinzusetzen. In Verbindung mit Lady Tilpots Inneneinrichtung, die sich hauptsächlich dadurch auszeichnete, dass so viele überladene Familienerbstücke wie möglich in den Salon gequetscht waren, wurde es außerordentlich erschwert, sich einen Weg durch den stickigen überheizten Raum zu bahnen. Helena gab trotzdem ihr Bestes, um ihren verschiedenen Verpflichtungen nachzukommen, die darin bestanden, stets für genügend Erfrischungen zu sorgen, sich mit Anstandsdamen und Großvätern zu unterhalten und sicherzustellen, dass Flora ins bestmögliche Licht gerückt wurde. Das einzige Problem bei Letzterem lag darin, dass es unmöglich war, das Mädchen schmeichelhaft zu präsentieren, wenn es nicht anwesend war.

Eine Weile zuvor hatte Flora sich wegen Kopfschmerzen entschuldigt, worüber Helena durchaus erleichtert war. Wenn Flora nicht hier war, um die Auswahl an begehrten Junggesellen, die der Heiratsmarkt derzeit zu bieten hatte, in Augenschein zu nehmen und sich ihrerseits in Augenschein nehmen zu lassen, würden sich die Gäste mit Sicherheit früh verabschieden. Danach würde Lady Tilpot wie jeden Donnerstag zu ihrer abendlichen Whistrunde aufbrechen und Helena die Gelegenheit geben, noch einmal zu versuchen, in Vauxhall Garden Kontakt zu Oswald Goodwin aufzunehmen.

„Nein, nein, Mrs. Weinberger“, rief Lady Alfreda Tilpot

einer preußischen Dame zu, der gerade der Fächer heruntergefallen war. „Bemühen Sie sich nicht, Sie vertreiben sonst noch das Tier."

Lady Tilpot, die ein flaches Gesicht, eine flache Brust und ein rundes Hinterteil besaß, ließ den missbilligenden Blick aus ihren Fischaugen viel sagend auf der kleinen gefleckten Katze ruhen, die auf Mrs. Weinbergers Knien saß. Lady Tilpot verabscheute lebende Tiere im Haus. „Lassen Sie Miss Nash Ihren Fächer aufheben. Sie muss schließlich etwas für ihr Geld tun. Miss Nash! Heben Sie Mrs. Weinbergers Fächer auf!"

Helena erhob sich sofort. Sie erkannte den unterschwelligen Grund für die Aufforderung: Lady Tilpot hatte beschlossen, dass Helena an ihren Status erinnert werden musste, ebenso wie jeder andere im Raum auch. Dabei war dies gar nicht notwendig.

Bereits in ihrer ersten Saison war Helena bewusst geworden, dass sie begutachtet wurde wie eine Stute bei Tattersalls, und sie hatte sich höflich, aber eisern geweigert, an der Fleischbeschau teilzunehmen. Es bestand nicht die geringste Gefahr, dass sie mit einem der anwesenden Herren durchbrennen würde.

Sie wusste, wo ihr Problem lag. Während es allen anderen zu genügen schien, dass sie hübsch war, wollte sie selbst mehr. Sie wollte, dass sie einmal ein Mann ansah und sich fragte, was sie dachte, welche Charakterstärken sie besaß und welche Schwächen. Sie wollte, dass sich jemand die Zeit nahm, sie kennenzulernen, sie zu entdecken, sie wirklich zu *sehen.*

Sie entschuldigte sich und ging zu Mrs. Weinberger hinüber. Sie war neugierig, weil die preußische Dame gewöhnlich nicht zu Lady Tilpots Gästen gehörte. Einerseits war sie viel zu schön – klein mit einer sinnlichen Figur, großen blau-grünen Augen und Haaren in der Farbe von Herbstlaub. Andererseits war sie einigermaßen berüchtigt, und Lady Tilpot hatte so strenge Moralvorstellungen wie nur heimliche Sünder sie haben.

Aus dem Klatsch und Tratsch von Lady Tilpots Freundinnen wusste Helena, dass die Preußin sich einer Wette wegen einmal als Junge verkleidet hatte, um eine Stellung im Haushalt eines Prinzen zu bekommen, eine Position, die sie eine ganze Woche lang bekleidet hatte, bevor sie entdeckt worden war. Damit hatte sie sowohl die Wette als auch den Spitznamen „Page" für sich gewonnen. Mrs. Weinberger war sogar die Inspirationsquelle für Helenas eigenes Kostüm gewesen.

„Ungeachtet der Anweisungen der Tilpot", sagte Mrs. Weinberger leise, als Helena sich bückte, um den Fächer aufzuheben, „hätte ich meinen Fächer natürlich selbst aufgehoben, wenn ich nicht mit Ihnen hätte sprechen wollen."

„Madam?"

„Ich habe Sie beobachtet. Sie sind hier genauso fehl am Platze wie ich", erklärte Mrs. Weinberger. „Mein Ehemann und ich wurden nur eingeladen, weil Robert zu den Favoriten bei dem bevorstehenden Internationalen Fechtturnier gehört. Aber im letzten Moment ist ihm etwas dazwischengekommen, und die Tilpot konnte mich nicht mehr ausladen."

Das erklärt vieles, dachte Helena. Auch wenn Lady Tilpot engstirnig war, Dummheit konnte man ihr nicht unterstellen. Sie hatte erkannt, dass all die jungen Männer, die sie für eine Ehe mit Flora interessieren wollte, derzeit vollkommen der vorherrschenden Fechtbegeisterung verfallen waren. Da das Turnier immer näher rückte, trafen täglich neue Fechtmeister aus den verschiedensten Ländern ein. Lady Tilpot benutzte die berühmtesten von ihnen dazu, begehrte Junggesellen auf ihre Soireen zu locken.

„Wie ich sehe, verstehen Sie", fuhr Mrs. Weinberger fort. „Ich lasse zu, dass sie mich für ihre Zwecke missbraucht, weil es mich amüsiert. Aber Sie ..." Sie klopfte einladend auf das

Kissen neben sich. „Kommen Sie, setzen Sie sich zu Princess und mir."

„Princess?", fragte Helena und nahm Platz. Die kleine schwarz-weiß-braun gefleckte Katze sah nicht gerade aus, als wäre sie von königlichem Blut. Ihre ungleichen Ohren waren ausgefranst, und ihre rosa Nase vernarbt.

Mrs. Weinberger nickte. „Aber natürlich. Sie ist eine große Prinzessin in Verkleidung." Sie streichelte sanft die ausgefransten Ohren der Katze, woraufhin das kleine Tier in ein tiefes kehliges Schnurren verfiel. „Zum Glück sehe ich sie als das, was sie ist, und nicht als das, wozu die Welt sie gemacht hat. Jetzt erzählen Sie mir etwas über die hier versammelte Gesellschaft."

Helena fing bei dem wohlbekannten Earl an, der gerade voller Unbehagen der rotgesichtigen Lady Tilpot lauschte und während ihrer Tiraden ab und zu mit dem Kopf nickte. „Ich vermute, dass der Earl gerade eine Entschuldigung für die Abwesenheit seines Sohnes – und einzigen Erben – überbringt, die eine schwere Enttäuschung für Lady Tilpot ist."

„Und wer ist der kahlköpfige Mann, der sich gerade zu den beiden gesellt?"

Ein gebeugter Mann trat unterwürfig und mit ehrerbietigem Gesicht zu Lady Tilpot. Er hatte die Art von Gesicht, dessen Alter unmöglich zu schätzen ist, da es ebenso glatt und faltenlos war wie sein Hinterkopf. Seine Züge waren recht angenehm, fand Helena, und seine Augen wirkten in manchen Augenblicken alt und traurig und leuchteten in anderen voller unerwartetem Humor auf. Leider war sein Körperbau nicht annähernd so ansprechend, ein Eindruck, der von seiner schlecht sitzenden Kleidung noch zusätzlich unterstützt wurde. Sein Gehrock bauschte sich an den Schultern, seine Breeches waren an den Knien zu weit und spannten sich zu eng über seinem kleinen runden Bauch.

„Das ist Hochwürden Tawster."

„Ah", erwiderte Mrs. Weinberger, „Lady Tilpots Hausgeistlicher. Ich habe gehört, dass der letzte das Handtuch geworfen hat."

Helena unterdrückte ein Lächeln. „Hochwürden Tawster ist nicht so schlimm wie sein Vorgänger. Manchmal wagt er es sogar, Lady Tilpot zu widersprechen."

Als sie Mrs. Weinbergers ungläubigen Blick sah, musste Helena doch lächeln. „Zugegebenermaßen nur sehr selten." Sie mochte Hochwürden Tawster recht gerne. Er tat ihr ein bisschen leid. Es war so offensichtlich, dass er ein gutes Leben führen wollte, ein Ziel, das sich mit seiner ebenso offensichtlichen Vorliebe für einen bequemen Lebensstil jedoch schlecht vertrug.

Sie lenkte Mrs. Weinbergers Aufmerksamkeit auf eine Gruppe von Herren in der Nähe des Kamins und erklärte, dass es sich um den Sohn eines irischen Earls, zwei Viscounts und einen Baronet handelte.

„Und wer ist der gut aussehende Mann, der alleine dort drüben steht?", fragte Mrs. Weinberger.

„Lord Forrester DeMarc, Viscount DeMarc", antwortete Helena kühl. Der Viscount hätte als Modell für den modischen Herrn der feinen Londoner Gesellschaft durchgehen können, mit seinen sandfarbenen Hosen, dem tiefblauen Gehrock und der gelben Weste. Seine Kleidung brachte seine große athletische Figur perfekt zur Geltung.

Ein gelegentliches Lächeln hätte ihn wesentlich sympathischer gemacht als der überhebliche Ausdruck, den er gerade zur Schau stellte. Andererseits bezweifelte Helena, dass es irgendetwas gab, was ihr den Viscount hätte sympathischer machen können. Eine Woche zuvor hatte DeMarc es mithilfe einer Ausrede geschafft, alleine mit ihr in Lady Tilpots Salon zu sein. Er hatte sie angestarrt und die ganze Zeit auf eine unangenehm wissende Art gelächelt, ohne auch nur ein einziges Wort zu sagen.

Helena hatte schon vor langer Zeit festgestellt, dass den Aufmerksamkeiten eines Herrn oft einfach dadurch ein Ende gemacht werden konnte, dass man ihn ignorierte – insbesondere, da sie weder Geld noch Verbindungen besaß, die den Aufwand gerechtfertigt hätten, sie zu umwerben. Aber DeMarc hatte den Hinweis nicht verstanden.

An der Art, wie er sie ansah, war etwas Besitzergreifendes, das sie anmaßend fand, vor allem, da er sich offensichtlich für zu wichtig hielt, um mehr als nur ein paar Augenblicke in höflicher Konversation mit ihr zu verbringen, bevor er sich anderen, bedeutenderen Personen zuwandte.

„Ich habe von ihm gehört."

„Haben Sie das?", fragte Helena leichthin, bevor sie diskret auf die einzige andere junge Dame im Raum deutete, ein übersprudelndes Wesen mit tizianroten Locken, grünen Augen und einer beeindruckenden Oberweite. „Das ist Jolene Milar."

„Jolly" Milar hatte sich ihren Spitznamen nicht durch ihr fröhliches Gemüt, sondern einer gewissen moralischen Nachlässigkeit wegen eingehandelt. Glücklicherweise wusste Lady Tilpot davon nichts. Wäre sie sich darüber im Klaren gewesen, so hätte nicht einmal die Tatsache, dass Jollys Bruder einer der reichsten Junggesellen der Londoner Gesellschaft war, dem Mädchen Zutritt zu Lady Tilpots Salon verschafft. Die kleinen Sünden einer verheirateten Frau konnte man vielleicht übersehen, wenn die Versuchung groß genug gewesen war, aber bei einem unverheirateten Mädchen war so etwas vollkommen inakzeptabel. „Ihr Bruder ist eine gute Partie."

Mrs. Weinberger lehnte sich vor. „Was mich wieder zu meiner ersten Frage führt. Warum sind *Sie* hier? Es kann nicht aus Zuneigung sein … ah!" Ihre schönen Augen weiteten sich. „Aber was für ein Irrtum! Es *ist* Zuneigung. Aber sicherlich nicht zu der Tilpot? Ein junger Mann vielleicht?“

Helena spürte, wie die Röte in ihrem Gesicht aufstieg.

„Miss Nash?“

Helena fuhr herum und blickte Lord DeMarc ins Gesicht. Sie war sich ihrer flammend roten Wangen nur allzu bewusst. „Sir.“

„Sie sind aufgeregt“, stellte er steif fest. „Ich hoffe, die Unterhaltung“ – sein vorwurfsvoller Blick wanderte zu Mrs. Weinberger hinüber – „war nicht zu hitzig?“

Bei seiner impliziten Kritik lachte Mrs. Weinberger. Ihre Stimme klang wie das Klingeln von Glöckchen in dem stickigen Raum. „Ah – Lord DeMarc, wenn ich nicht irre?“

DeMarc neigte den Kopf. „Madam.“

„Mein Ehemann hat von Ihnen gesprochen.“ DeMarcs Blick wurde schärfer. „Er sagt, Sie sollen mit dem Degen geradezu formidabel sein.“

„Ich kann mich nicht daran erinnern, dem Herrn vorgestellt worden zu sein“, antwortete DeMarc mit widerwilligem Interesse.

Mrs. Weinberger zuckte mit den Schultern. „Er geht in viele der besten Fechtsäle. Er sieht zu. Und er spricht mit den Meistern darüber, wer als würdiger Gegner anzusehen ist und wen man getrost vernachlässigen kann. Vielleicht hat er auch mit Ihrem Meister gesprochen?“

„Und welcher Meister sollte das sein?“

Mrs. Weinberger legte den Kopf schief. „Ich dachte, das wäre Mr. Ramsey Munro, oder etwa nicht?“

Helena, die gerade über das seidige Fell von Princess gestreichelt hatte, hielt inne. Ramseys Bild tauchte schlagartig vor ihrem inneren Auge auf, ein gefallener Engel, ein heiliger Sünder. Wieder spürte sie seinen Kuss, den Geschmack seines Atems, das Gefühl seiner Zunge an ihrer. Das alles kam so plötzlich und heftig, als hätten diese Erinnerungen die ganze letzte Woche auf sie gelauert und nur auf eine Gelegenheit gewartet, ihre Sinne zu bestürmen und ihre Welt auf den Kopf zu stellen.

„Ich habe in vielen Fechtsälen und bei vielen Lehrern studiert“, hörte sie DeMarc sagen, „aber ich würde keinen von ihnen als meinen Meister bezeichnen. Mit Sicherheit nicht Ramsey Munro, auch wenn er als Übungsgegner überaus kompetent ist.“

Auf der anderen Seite des Raumes drehte Jolly Milar den Kopf wie ein Fuchs, der ein Huhn gewittert hat, und ging auf die Gruppe zu.

„Nein? Vielleicht ist das auch besser so“, erwiderte Mrs. Weinberger. „Es wäre ungehörig, wenn ein Meister gegen seinen Schüler antritt, und ich habe gehört, dass Mr. Munro fest entschlossen ist, selbst am Turnier teilzunehmen.“

„Nicht, dass Munro wüsste oder sich darum scheren würde, was sich schickt und was nicht – er ist berüchtigt dafür, in allen Angelegenheiten des Protokolls äußerst nachlässig zu sein. Aber darf ich fragen, wo Sie dieses Gerücht gehört haben?“, erkundigte sich DeMarc.

„Wieder einmal war mein Ehemann mein Informant“, erwiderte Mrs. Weinberger.

„Wie außergewöhnlich“, verkündete DeMarc mit schlecht verhülltem Missfallen, „dass Ihr Ehemann Sie zu seiner Vertrauten erwählt hat.“

„Wieso?“, fragte Mrs. Weinberger, die von seiner Ablehnung vollkommen unbeeindruckt schien.

„Hier in England beschützen wir unsere Frauen und Kinder und schließen sie von allen Dingen aus, mit denen sie nichts zu tun haben. Gesellschaftlich gleichermaßen wie politisch.“

„In meiner Heimat ist es genauso. Aber mein Gemahl“, Mrs. Weinbergers Blick wurde zärtlich, „ist ein ganz besonderer Mann. Beispielsweise hat dieses Gerücht, dass Mr. Munro vorhat, an dem Turnier teilzunehmen, ihn beinahe ebenso sehr beunruhigt, wie es ihn erfreut hat."

„Wie kommt das, Madam?", fragte Jolly Milar, die zu ihnen getreten war.

„Selbstverständlich will jeder wahre Fechter sich mit dem Besten messen, und Ramsey Munro ist der Beste", erklärte Mrs. Weinberger.

Ja, dachte Helena, natürlich muss Ramsey Munro der Beste sein. Er kann nichts Geringeres sein. Eleganz und Tödlichkeit, entfesselt in dem Zischen von Stahl, in einer leisen Bewegung oder einem hitzigen Kuss.

„Einer der Besten", korrigierte DeMarc. „Aber wie dem auch sein mag, ich bezweifle, dass Ramsey Munro in der Lage ist, das Antrittsgeld aufzubringen. Fünftausend Pfund sind für einen Mann wie Munro sehr viel Geld."

Und doch hatte er dem Burschen hundert Pfund gegeben …

„Und was für eine Art von Mann ist er, Lord DeMarc?", fragte Mrs. Weinberger.

„Ein Mann mit einem unbestrittenen und außergewöhnlichen Talent zum Fechten. Aber nichtsdestotrotz ein gewöhnlicher Mann."

„An Ramsey Munro ist ganz und gar nichts Gewöhnliches", erklärte Jolly Milar und begann, mädchenhaft zu kichern. „Es wird gemunkelt, dass ganz London von seinen verflossenen Liebschaften geradezu übersät ist."

Verflossene Liebschaften. Aber natürlich. Sie hatte es gewusst. Gerüchte über seine Eroberungen gab es zuhauf, und wenn die Gerüchte in der letzten Zeit nicht ganz so zahlreich gewesen waren, so hatte er vielleicht gelernt, diskret zu sein. Wie konnte man seinen Erfolg bei Frauen bezweifeln, so wie er aussah, mit seiner Haltung, seinem Mund und seinen Hän-

den? Helena schluckte und lächelte höflich. Um DeMarcs Adlernase zuckte es, und selbst Mrs. Weinberger sah Jolly scharf an. „Sie kennen den Gentleman?"

„Er ist kein Gentleman", sagte DeMarc kalt.

Wieder einmal stimmte Helena im Stillen zu: Ramsey Munro war kein Gentleman. Auch das hatte sie schon lange gewusst. Der Brief, den Munro und seine Begleiter mit in das Haus ihrer Mutter gebracht hatten, hatte diese Tatsache ohne Reue oder Entschuldigung erwähnt, einfach um ihr Bedauern darüber auszudrücken, dass die Unterstützung, die sie Helenas Familie anboten, weder in Form von Geld noch von gesellschaftlicher Einflussnahme erfolgen konnte.

„Auf jeden Fall ist er unbestritten der Prinz von White Friars", sagte Jolly mit einem kleinen Schnauben. „Sein Thron steht am Ende seines Fechtsaales, und dort ist er der unangefochtene Herrscher."

„Woher wissen Sie das?", fragte Mrs. Weinberger.

„Ich war dort", erwiderte Jolly keck.

„In seinem Fechtsaal?" DeMarc sah sie ungläubig an.

„Oh ja, das ist der letzte Schrei!", verkündete Jolly begeistert. „Wir gehen alle samstags dorthin und schauen zu. Alle jungen Damen tun das."

Inzwischen hatte die kleine Gruppe Lady Tilpots Aufmerksamkeit geweckt. Da sie es hasste, von einer Unterhaltung ausgeschlossen zu sein, die Klatschgeschichten oder unerfreuliche Neuigkeiten versprach, hievte sie sich hoch, ergriff Hochwürden Tawsters Arm in einer unbarmherzigen Umklammerung und watschelte los, den entschuldigend dreinblickenden Geistlichen im Schlepptau.

„Das ist unanständig!", erklärte DeMarc, als Lady Tilpot und der Pfarrer zu ihnen stießen. „Nicht wahr, Hochwürden?"

„Was?", fragte der Pfarrer. „Einer sportlichen Veranstaltung beizuwohnen?"

„Fechtsäle sind Schulen für junge Herren und keine Ausstellungsräume“, bekräftigte DeMarc. „Eine Frau, die sich daran ergötzt, kann man wohl kaum als Dame bezeichnen.“

„Die Welt ist wahrlich zu nachgiebig in dem, was sie erlaubt, aber vielleicht sollten wir unsere Gebete und unsere Empörung doch ernsteren Verfehlungen widmen als dem Besuch eines Fechtsaales?“, schlug Hochwürden Tawster sanft vor.

Helena lächelte den Pfarrer ermutigend an und hätte schwören können, dass er ihr zuzwinkerte.

„Keineswegs“, verkündete Lady Tilpot.

„Lady Tilpot, Sie widersprechen Ihrem Pfarrer?“, fragte Mrs. Weinberger.

„Vollkommen. Unsere jungen Leute werden eines Tages den Ton in der Gesellschaft angeben, und aus diesem Grund können wir unsere Ansprüche in Bezug auf ihr Benehmen gar nicht hoch genug stecken. Wir müssen ständig wachsam auf jedes Anzeichen von Untugend oder moralischem Verfall blicken und ihnen diese schnellstmöglich austreiben.“

„Sie haben natürlich recht“, lenkte der Pfarrer ein, „aber ich halte es für wichtig, darauf zu vertrauen, dass unsere jungen Leute stolz auf ihr Erbe sind und daher nichts tun würden, um ihren edlen Namen Schaden zuzufügen.“

„Es sei denn, sie sind nicht allzu wohlerzogen.“ Lady Tilpot sah Helena direkt an.

„Sie meinen doch gewiss nicht Miss Nash?“, ereiferte sich Hochwürden Tawster entgeistert. „Ich kenne sie zwar erst seit Kurzem, aber in dieser Zeit hat sie stets nur das allerbeste und freundlichste Verhalten an den Tag gelegt.“

„Natürlich“, verkündete Lady Tilpot kalt. „In meinem Haushalt dulde ich nichts Geringeres.“ Sie betrachtete Helena mit einem verkniffenen Lächeln. „Aber“, fuhr sie schulmeisterlich fort, „so gut ihre Manieren auch sein mögen, man erkennt doch immer die Abstammung. Es ist offensichtlich, dass es irgendwann in Miss Nashs Familie eine unvorteilhafte Verbindung gegeben haben muss."

Helena spürte, wie sie sich versteifte. Sie durfte sich nicht provozieren lassen. Sie ließ sich nie provozieren.

„Das ist vollkommener Blödsinn!" Mrs. Weinbergers Belustigung war verflogen. Sie begegnete Lady Tilpots wütendem Blick mit Kälte. „Wenn ich mich nicht sehr irre, war ihr Vater Colonel Roderick Nash."

Mrs. Weinberger wandte sich Helena zu, und ihr Blick wurde sanfter. „Das ist doch richtig, oder? Er war ein Mann, der im Leben respektiert und im Tode geehrt wurde."

„Ja, in der Tat", antwortete Helena leise und voller Dankbarkeit. Aber ... woher konnte die Dame aus Preußen das wissen? Es stimmte, dass ihr Vater sich in der Armee einiges Ansehen erworben hatte, aber nicht in dem Maße, dass sein Name in der Gesellschaft allgemein bekannt gewesen wäre. „Es überrascht mich, dass Sie etwas über ihn wissen."

„Mein Ehemann verfolgt den Verlauf des Krieges sehr genau. Er ist ein großer Bewunderer Ihres Vaters, und", sie warf DeMarc einen Blick zu, „als die Vertraute meines Mannes habe ich einiges über den Herrn erfahren. Beispielsweise weiß ich, dass er sich, als er auf diplomatischer Mission in Frankreich unterwegs war, freiwillig im Austausch gegen drei schottische Gefangene angeboten hat, drei junge Männer, die bei den Franzosen unter Spionageverdacht standen und hingerichtet werden sollten."

Sie sprach leiser und klang mitleidsvoll. „Ich weiß auch, dass er nach dem Tausch", sie senkte voller Mitgefühl die Stimme, „hingerichtet wurde. Er starb als Held."

Mrs. Weinbergers Worte brachten alles schlagartig wieder zurück: Helenas anfänglichen überwältigenden Schmerz, der noch gesteigert worden war durch Kates Wut auf ihren

Vater, weil er sein Leben für drei Fremde geopfert hatte, die Bestürzung, als sie festgestellt hatten, dass die Familie ihr Recht, auf dem Anwesen zu wohnen, verloren hatte, die betäubende Erkenntnis, dass sie York verlassen mussten. Und mitten in diesem Sumpf aus Trauer und Verzweiflung waren die drei jungen Männer aufgetaucht, um derentwillen Colonel Nash sein Leben gelassen hatte, und hatten den Eid abgelegt, alles zu tun, was die Familie ihres Retters verlangte, egal, was es war. Was hätten diese Leute gesagt, wenn sie gewusst hätten, dass Ramsey Munro einer dieser Männer gewesen war?

„Miss Nashs Vater hat sicherlich jede Ehrerbietung verdient", gab Lady Tilpot nach kurzem Zögern widerwillig zu. „Aber ihre Schwestern sind ein ganz anderes Thema. Die verwitwete ist erst vor Kurzem eine unerhörte Verbindung eingegangen und hat einen einfachen schottischen Soldaten geheiratet. Sagen Sie, dass es wahr ist, Miss Nash."

„Das ist es wirklich", stimmte Helena mit einem Gefühl der Erleichterung zu. Zumindest musste sie sich in dieser Angelegenheit nicht schuldig fühlen, weil es ihr unmöglich war, ihre Verwandten zu schützen. Kate und Christian brauchten ihre Unterstützung nicht und hätten sie auch gar nicht gewollt. Sie gaben nichts auf die Meinung der Gesellschaft.

„Das allein könnte man ja noch als Absonderlichkeit abtun. Aber die jüngere Schwester ist der offensichtliche Beweis dafür, dass sich im Stammbaum der Familie Nash unerwünschte Elemente verbergen."

Die feinen Härchen in Helenas Nacken begannen, sich aufzustellen. Kate war schon immer in der Lage gewesen, auf sich selbst aufzupassen, aber Charlotte – die impulsive, leidenschaftliche, unabhängige Charlotte – hatte schon immer ausschließlich auf ihr Herz und ihre Launen gehört.

Kurz nach dem Tod ihrer Eltern hatten Helena und Kate

beschlossen, dass Charlotte wenigstens die Vorteile einer guten Erziehung genießen sollte, wenn sie schon sonst nicht viel hatte, das sie im Leben weiterbringen konnte. Sie hatten alles ihnen Mögliche getan, um ihr den Besuch einer exklusiven Schule zu ermöglichen. Aber als Charlotte die Schule beendet hatte, war sie bei der ersten Gelegenheit aus Helenas und Kates Einflussbereich geflohen und hatte sich bei der Familie einer Schulfreundin, dem einzigen Kind von Baron Welton, eingeschmeichelt.

Helena war ehrlich genug, um zuzugeben, dass es ihr zunächst sehr recht gewesen war, die schwierige Aufgabe, einen starrsinnigen Backfisch zu beschützen und zu führen, an eine in der Gesellschaft etablierte Familie abzugeben. Als sie später erkannt hatten, dass es in dieser Familie wenig Schutz und keinerlei Führung gab, hatte sich Charlotte unverhohlen geweigert, den Haushalt der Weltons zu verlassen.

Mit einem schelmischen und keineswegs entschuldigenden Lächeln hatte Charlotte Helena gegenüber erklärt, dass sie keinerlei Interesse daran hatte, in Armut zu leben, dass sie ihre modischen Kleider und ihr hübsches Zimmer liebte und dass sie in einem Alter war, wo weder Helena noch Kate „irgendetwas daran ändern konnten, verdammt noch mal!" Und dann hatte sie ihr zugezwinkert.

Vor Kurzem hatte Helena gehört, dass Charlotte in letzter Zeit Umgang mit wenig angesehenen Personen pflegte. Sie hatte viele Male versucht, mit Charlotte über dieses Thema zu sprechen, aber ihre Bemühungen waren stets erfolglos gewesen. Wenn sie die Weltons zu Hause aufsuchte, war Charlotte immer unterwegs. Die wenigen Zeilen, die Charlotte als Antwort auf Helenas abwechselnd bittende und fordernde Briefe geschrieben hatte, waren knapp und unbekümmert gewesen, voll mit Neuigkeiten bezüglich ihrer Garderobe und dem neuesten Klatsch und Tratsch aus dem Umfeld ihrer Wahlfamilie.

Es war zum Verrücktwerden. Es gab keine anderen Möglichkeiten, Charlotte zu erreichen. Die leichtlebigen Menschen, mit denen die Weltons verkehrten, gehörten kaum zu der Sorte von Leuten, die Lady Tilpot in ihr Haus einlud. Am Ende hatte Helena die unumstößliche Tatsache anerkennen müssen, dass Charlotte Helenas „Übergriffe“ auf ihr Leben weder wollte noch dulden würde, und auch wenn es sie unglücklich machte, wusste Helena doch nicht, was sie noch hätte unternehmen können.

Dementsprechend rief der Name ihrer jüngeren Schwester auf Lady Tilpots verkniffenen Lippen bei Helena sowohl Beschützerinstinkte als auch Schuldgefühle hervor. Helena vermutete sogar, dass sie einen großen Teil ihres schlechten Gewissens auf Flora übertragen hatte. Charlotte konnte sie nicht helfen, so sehr sie es auch versuchte, und sie wollte ihre Hilfe auch gar nicht, doch Flora konnte Helena unterstützen, und das Mädchen nahm es dankbar an.

„Nun, Miss Nash? Haben Sie nichts zu Ihrer Verteidigung vorzubringen?“, fragte Lady Tilpot.

Helena biss sich auf die Lippen. Wenn sie zu vorlaut war, würde Lady Tilpot sie sofort entlassen, und Flora wäre allein. Sie musste Lady Tilpot nur noch wenige Wochen lang ertragen. Ein paar Wochen. Das würde ihr gelingen. „Charlotte“, sagte sie schließlich mit gepresster Stimme, „hat einen guten Ruf.“

„Ja“, gab Lady Tilpot zu, „aber wie lange noch?“ Und nachdem sie diesen letzten Schuss abgefeuert hatte, wandte sie sich mit einem Blick, der deutlich sagte, dass sie dieses Gespräch für beendet hielt, dem Pfarrer zu. „Hochwürden Tawster, würden Sie so freundlich sein, mir Ihren Arm zu reichen? Ich wünsche mich hinzusetzen.“

Der Pfarrer sprang sofort herbei. Vielleicht wurde ihm plötzlich wieder bewusst, wer die Butter auf seinem Brot bezahlte. Und seinem stattlichen Bauch nach zu urteilen, schien er Butter zu mögen.

„Nun, jedenfalls", Jolly wandte sich wieder dem Thema von vorher zu, sobald Lady Tilpot und der Pfarrer außer Hörweite waren, als wären Lady Tilpots Ansichten über gute Erziehung ein Aufstoßen gewesen, das etwas peinlich war und am besten einfach ignoriert wurde, „was ich gerade über Ramsey Munro erzählen wollte. All die jungen Damen besuchen samstagnachmittags seinen Fechtsaal, und ..."

„Miss Nash, ich fürchte, diese Unterhaltung langweilt Sie." DeMarcs kalte Stimme übertönte Jollys Erzählung.

Helena sah ihn gereizt an. Sie wollte hören, was Jolly über Ramsey Munro wusste.

„Sie können die Leute, von denen Miss Milar redet, wohl kaum kennen, und ich bezweifle, dass sich Ihr Bekanntenkreis mit dem von Mrs. Weinberger überschneidet." Er bot ihr seinen Arm. „Ich bin mir sicher, dass Sie mir gerne Lady Tilpots Sammlung von Kupferstichen zeigen möchten, nicht wahr?"

Wenn sie nicht unentschuldbar unhöflich sein wollte, konnte sie nicht umhin, aufzustehen und seinen Arm zu nehmen. Er eskortierte sie auf die andere Seite des Raumes, wo Lady Tilpot einige Kupferstiche arrangiert hatte, damit ihre Gäste sie betrachten konnten.

Er tat nicht einmal so, als sähe er sich die Stiche an. „Bitte. Jetzt haben Sie meine ganze Aufmerksamkeit. Das sollte Ihnen doch gefallen."

Helena blinzelte, unsicher, ob sie ihn richtig verstanden hatte. „Sir?"

„Es tut mir leid, dass Sie diese Frau ertragen mussten."

Wieder sah Helena ihn erstaunt an. Würde er Charlotte gegen Lady Tilpot in Schutz nehmen? Vielleicht hatte sie ihn doch zu früh verurteilt ...

„Die Preußen gelten allgemein als ungehobelt, und dann auch noch diese Milar." Er schauderte leicht.

Nein. Er würde ihr nicht beistehen.

Sie suchte verzweifelt nach einer Antwort, aber es war vollkommen zwecklos. Sie konnte ihm wohl kaum widersprechen und behaupten, dass die Unterhaltung mehr als eine belanglose Plauderei gewesen war, aber sie konnte ihm auch nicht zustimmen. Also sagte sie nichts. Und sie hasste es, nichts zu sagen. Genau, wie sie es gehasst hatte, nicht in der Lage zu sein, Charlotte gegen Lady Tilpot zu verteidigen. Aber zumindest vorerst würde sie alles tun, was nötig war, um für die unglücklichen Liebenden das Beste zu erreichen.

„Sie ertragen Ihre Stellung mit rühmenswerter Duldsamkeit, Miss Nash", murmelte DeMarc anerkennend.

Allem Anschein nach fand er es bewundernswert, still zu leiden. Vermutlich mochte der Mann es auch, wenn seine Hunde vor ihm Angst hatten. Helena senkte die Augen, damit er ihren Zorn nicht sah. „Sir."

„Sie kleine Schlange. Sehen Sie mich an. Niemand beobachtet uns. Sie waren diskret." Ihr Kopf schoss hoch. Er lächelte. „Aber doch nicht zu diskret. Ich habe Ihr Interesse bemerkt. Auch andere haben das. Ich merke, wie Sie mich ansehen. Ich sehe Ihr Lächeln."

Ihr Erstaunen wich Bestürzung.

„Jetzt bleibt mir nur noch eine Frage: Was ist diesbezüglich zu tun?"

Nein. Oh nein. Sie konnte es sich nicht leisten, seine Gefühle zu verletzen. Ein Mann wie Forrester DeMarc würde jede Ablehnung schlecht aufnehmen. Aber sie konnte ihn auch nicht ermutigen, und das nicht nur, weil sie keinerlei Lust dazu hatte. Wenn Lady Tilpot Helena verdächtigen würde, ihre Soireen für Flora dafür zu nutzen, Männer auf sich selbst aufmerksam zu machen, würde sie Helena sofort entlassen.

Sie konnte Flora nicht im Stich lassen. Nicht jetzt. Noch nicht. Krampfhaft suchte sie nach einer passenden Antwort.

„Sie sind zu freundlich", murmelte sie schließlich.

„Miss Nash!" Lady Tilpots gebieterischer Ruf erschallte wie ein Peitschenschlag durch den Raum, und zum ersten Mal empfand Helena pure Dankbarkeit für diesen launischen fordernden Schrei. „Hören Sie sofort auf, Lord DeMarc in Beschlag zu nehmen, und kommen Sie her."

Ohne sich noch einmal umzublicken, gehorchte Helena.

6. KAPITEL

PRÄPARATION:
Unbedrohliche Aktion, die dazu dient, die erste Phase einer Attacke einzuleiten

Die Schatten des Nachmittags hatten sich zu langen violetten Streifen ausgedehnt, als Helena ein paar Schillinge in die Hand des Aufsehers am Eingang von Vauxhall Garden drückte. Dieses Mal hielt sie die Augen hinter ihrer Seidenmaske nicht gesenkt. Was ihr in der Woche zuvor an diesem Ort widerfahren war, hatte sie keineswegs entmutigt, sondern vielmehr ihr Selbstbewusstsein gestärkt. Die Aufregung der anderen Besucher war ansteckend, ihre Gesichter waren fröhlich, und ihr Gelächter erfüllte die Luft.

Ein ärmlich gekleidetes Mädchen, das direkt hinter dem Tor stand, drückte Helena einen kleinen Strauß Veilchen in die Hand, reckte das kleine zähe Gesicht zu Helena hoch und musterte sie gründlich, bevor es sagte: „Ich weiß ja nich so genau, ob Sie ein Mann oder eine Frau sind, aber das macht auf jeden Fall zwei Penny."

„Gib mir die Blumen für einen Penny, und ich werde dir mein Geheimnis verraten", neckte Helena das Mädchen.

Das Kind schnaubte. „So sehr interessiert mich das auch wieder nich. Außerdem hat meine Ma mir gesagt, wenn irgendwann jemand versucht, mir irgendwas zu zeigen, soll ich Zeter und Mordio schreien. Also, geben Sie mir jetzt zwei Penny, oder soll ich schreien?"

Helena lachte, warf dem Mädchen die Münzen hin und steckte die Blumen hinter die Krempe ihres weichen Filzhutes, bevor sie weiterging. Es belustigte und beeindruckte sie gleichermaßen, dass dieses kleine dünne Kind ein solches Selbstbewusstsein und so ein sicheres Auftreten an den Tag legte. Sie konnte sich nicht daran erinnern, schon einmal so schnell abgefertigt worden zu sein.

Es musste an der Maske liegen. Niemand konnte ihr Gesicht oder ihre Haare sehen. Normalerweise lenkte ihr Aussehen stets alle Aufmerksamkeit auf sie. Es war eine ganz neue Erfahrung, so unbeachtet durch eine Menschenmenge zu gehen. An diesem Ort und in dieser Kleidung konnte sie alles sagen, was sie wollte, ohne sich um eine beiläufige Unbesonnenheit oder eine spitze Bemerkung oder darum, dass sie zu laut gelacht oder etwas Unpassendes gesagt hatte, zu sorgen. Doch genau das war auch die Gefahr, die eine Maskierung mit sich brachte: die Euphorie der Freiheit. Und mit dieser Freiheit hatte sie bisher kaum Erfahrung.

Bis zu diesem letzten Monat war sie noch nie an einem Ort wie Vauxhall Garden gewesen. Tatsächlich war sie überhaupt noch nie irgendwo gewesen, ohne wenigstens von einem Dienstmädchen oder einem Diener begleitet zu werden. Die Erfahrung war wirklich berauschend. Sie könnte …

„Ich könnte alles mit dir machen, was ich will. Jetzt sofort. Du gehörst mir“, flüsterte eine heisere Stimme nah an ihrem Ohr.

Helena wirbelte herum, aber die Menge war dicht gedrängt, und jeder von einem Dutzend Leuten, die sie umgaben, hätte der Besitzer der Stimme sein können: der dicke Mann in dem Renaissance-Kostüm, die Frau mit der Gipsmaske in dem Kimono, der Matrose oder die indianische Prinzessin. Sie zwang sich zur Ruhe. Wahrscheinlich waren die Worte gar nicht für sie bestimmt gewesen. Das Gefühl, verfolgt zu werden, das sie schon die ganze Woche über geplagt hatte, musste ihre Fantasie angeregt haben. Es war einfach eine Reaktion auf die plötzliche Freiheit, geboren aus der tief verwurzelten Überzeugung, dass alles seinen Preis hatte.

Sie bahnte sich einen Weg zum Mittelpunkt der Gärten,

einem Ort, der *The Grove* genannt wurde, und von da aus zum Lovers Walk. Ihre Freude war von dem unangenehmen Zwischenfall getrübt. Mit etwas Glück würde Oswald an diesem Abend hier sein. Sie hoffte es inständig. Dank Floras Tränenausbrüchen hatte sie ständig durchnässte Kissenbezüge.

„Meine liebe, meine reizende, meine gute und großzügige Miss Nash!“ Der Harlekin hob Helenas Hand an seine Lippen und küsste überschwänglich ihre Finger. Helena betrachtete spöttisch die klingelnden Glöckchen, mit denen die Narrenkappe auf dem Kopf verziert war, der sich über ihre Hand beugte. Oswald Goodwin hätte kein passenderes Kostüm wählen können. Wenigstens hatte Floras Ehemann dieses Mal wirklich am dunklen Ende des Lovers Walk auf sie gewartet.

„Ich bin Ihnen unendlich dankbar, dass Sie gekommen sind“, fuhr Oswald fort. „Ich kann mich gar nicht oft genug dafür entschuldigen, dass es mir letzte Woche nicht gelungen ist, mich mit Ihnen zu treffen …“

Helena entzog ihm ihre Hand und nahm wortlos Floras Brief aus der Innentasche ihres samtenen Gehrocks. Sie reichte Oswald den Umschlag und war froh darüber, das Ding los zu sein. Es war so mit Parfüm getränkt, dass sie Kopfweh davon bekommen hatte.

Oswalds Gesicht leuchtete vor Begeisterung auf, als er den Brief nahm, ihn sich an die Nase hielt und den Duft einatmete, wobei er die Augen in einem Rausch der Verzückung schloss. Helena spürte widerwillig, wie ihr Zorn schwand und schlichter Verzweiflung wich, als sie die echte Freude sah, mit der er das Siegel brach. Was sollte nur aus Flora und ihm werden? Sie bezweifelte nicht, dass seine Liebe echt war – aber wie tief mochte sie sein? Würde sie eine jahrelange Trennung überstehen? Armut? Mühsal? Verbannung aus der Gesellschaft?

Er überflog die ersten Zeilen und blickte auf, wobei er den

Brief an sein Herz drückte. „Es geht ihr gut!“, flüsterte er entzückt.

Helena unterdrückte die Bemerkung, dass sie wohl kaum hier wäre, um Liebesbriefe zu überbringen, wenn es Flora schlecht ginge.

Er las ein wenig weiter und presste das Blatt dann wieder an seine Brust. „Sie vermisst mich!“

„Das hat sie mir auch gesagt“, erwiderte Helena trocken. „Sehr oft sogar.“

Seine großen braunen Augen füllten sich mit Tränen. „Ich vermisse sie auch.“

„Ja, ja“, sagte Helena ungeduldig. „Es wird wundervoll sein, wenn Sie wieder mit ihr zusammen sein können. Und wo wir gerade dabei sind – auf die Gefahr hin, dass ich aufdringlich erscheine –, was genau unternehmen Sie eigentlich, um diesen glücklichen Tag möglichst schnell herbeizuführen?“

Sie konnte kaum glauben, dass sie so mit ihm sprach. Sie war sonst immer sehr vorsichtig und niemals sarkastisch. Aber es fühlte sich so gut an – nein, es fühlte sich großartig an –, all ihren Ärger darüber herauszulassen, dass das Liebespaar so unfähig war, sich selbst zu helfen. Wenn die beiden schon Helena mit in die Sache hineinzogen, dann mussten sie auch die Konsequenzen in Kauf nehmen.

Wahrscheinlich lag es wieder an der Maske.

„Sie könnten sich nie zu viel herausnehmen, Miss Nash!“, verkündete Oswald, ergriff wieder ihre Hand und führte sie an die Lippen. „Sie sind doch unser Engel! Sie, die Sie unsere glückliche Verbindung erst ermöglicht …“

„Das habe ich nicht!“ Helena entriss ihm entsetzt ihre Hand. „Ich habe ein Treffen ermöglicht – nicht die Verbindung!“

„Egal, welche Bezeichnung Sie vorziehen.“ Oswald

wischte ihren Protest beiseite. „Jetzt sind wir vereint, und das alles haben wir nur Ihnen zu verdanken."

Ebenso gerne wäre sie daran erinnert worden, dass Mrs. Weinbergers Katze Flöhe gehabt hatte. Sie warf ihm durch die schwarze Seidenmaske einen bösen Blick zu.

„Und deswegen", fuhr er fort, „gibt es nichts, was Sie sich nicht erlauben dürften. Gar nichts! Unser Glück liegt in Ihren Händen. Und wir vertrauen vollkommen auf Sie."

Genau das befürchtete Helena, und es war genau das, was sie nicht wollte und nicht zulassen würde. Sie mochte vielleicht teilweise verantwortlich sein, aber sie war es nicht alleine. Oswald und Flora mussten schließlich auch selbst irgendeinen Versuch unternehmen, ihrer derzeitigen misslichen Lage ein Ende zu bereiten.

„Sehr ergreifend", sagte sie mit entschlossener Fröhlichkeit. „Jetzt, wo die Frage meiner Schuld an Ihrer Ehe geklärt ist und wir überdies festgestellt haben, dass nichts mich je von den Verpflichtungen befreien kann, die solch eine Schuld mit sich bringt, sagen Sie mir, Mr. Goodwin, welche Pläne haben Sie gefasst, um nicht nur im Geiste, sondern auch tatsächlich eins mit Ihrer Braut zu werden?"

Oswald Goodwin, der nicht gerade der hellste Kopf war, blinzelte verwirrt. „Äähh … ich habe einen Plan."

„So weit, so gut."

Er blickte sich um. „Einen todsicheren Plan."

„Noch besser." Helena lächelte ermutigend.

Sein rastloser Blick blieb auf ihr haften und wurde nachdenklich. „Wissen Sie, Miss Nash, es tut mir leid, Ihnen das sagen zu müssen, aber ich bezweifle, dass irgendjemand Sie für einen Burschen halten könnte, selbst in dieser Kleidung. Sie sind zu verdammt kurvig. Ich würde sogar vorschlagen, dass Sie Männerkleidung in Zukunft vermeiden, weil sie zu auffällig ist."

Bei diesem offenkundigen Versuch, das Thema zu wechseln, seufzte Helena. „Ich schätze, Sie haben recht. Ich habe nicht vor, die Sachen noch einmal zu tragen. Also, was ist Ihr Plan?"

„Nun", er rieb sich die Hände, „mir sind da ein paar Informationen zugetragen worden, die es mir, wenn ich nur schnell genug handle, ermöglichen werden, eine kleine Summe Geldes – die noch aufgetrieben werden müsste – zu einem beträchtlichen Vermögen zu machen."

Helena starrte ihn an. „Ich bitte Sie, mich eines Besseren zu belehren, aber wenn ich Sie richtig verstehe, haben Sie soeben angekündigt, dass Sie aufgrund eines Hinweises, den Ihnen irgendjemand gegeben hat, vorhaben, Geld – welches Sie nicht besitzen – auf etwas derart Unsicheres zu setzen, dass andere dazu bereit sind, noch größere Summen auf das exakte Gegenteil zu verwetten. Sagen Sie mir bitte, dass das nicht wahr ist."

Er trat von einem Fuß auf den anderen, und die Glöckchen an seiner Narrenkappe klingelten. „Doch, so ist es."

„Wie können Sie nur, Mr. Goodwin?"

„Wie kann ich was?" Oswald blinzelte unschuldig.

„Spielen!", flüsterte Helena wütend. „Nur für den Fall, dass es Ihnen noch nicht aufgefallen ist, Sie haben bereits alles verloren, was Sie besaßen!"

Oswalds freundliches Gesicht wurde scharlachrot. „Dieses Mal ist es anders, Miss Nash", sagte er mit jämmerlicher ernster Stimme. „Es ist eine vollkommen sichere Sache."

Sie hob abwehrend die Hände. „Oh, Mr. Goodwin …"

„Bitte, Miss Nash", unterbrach Oswald. „Ich schwöre Ihnen, dass ich in wenigen Wochen so reich sein werde wie ein Nabob, mit mehr als genug Geld für alle Eventualitäten. Genug, um die Geldverleiher auszubezahlen und Florie trotzdem noch mit all dem Firlefanz und Flitterkram auszustatten,

nach dem ihr liebes kleines Herz sich sehnt!"
„Aufgrund einer Wette."
„Es ist keine Wette, sondern eine Investition. Eine Investition in eine sehr solide Sache, die es Florie und mir ermöglichen wird, den Rest unserer Tage wie König Midas selbst zu leben, und ich schwöre Ihnen bei meiner Ehre", erklärte er geschwollen, „dass ich danach nie wieder wetten werde."
„Hm."
„Wirklich."
„Kann ich denn gar nichts tun, um Sie davon abzuhalten, die Grube noch tiefer zu graben, in die Sie sich sehenden Auges gestürzt haben und in die Sie Flora auch noch zu ziehen versuchen?"
Er zuckte zusammen, wich ihrem Blick jedoch nicht aus. „Nein. Es tut mir leid."
„Ach!" Sie verschränkte die Arme eng über der Brust und wandte sich auf dem Absatz um, damit sie den Anblick seines sturen, liebeskranken, freundlichen Gesichts nicht mehr ertragen musste.
„Miss Nash?"
„Und wann", fragte sie mit gepresster Stimme, „soll dieser großartige Plan zur Ausführung kommen?"
„Noch in diesem Monat", erwiderte er gut gelaunt. „Und dann werde ich über eine stattliche Summe verfügen und die Beträge zurückbezahlen, die ich noch verschiedenen Leuten schulde ...", er zögerte verlegen, „... und immer noch genug übrig haben, um Flora aus dem Haus ihrer Tante zu holen und einen eigenen Hausstand für sie zu gründen. Unseren eigenen Hausstand."
Sie drehte sich wieder um. Er strahlte, und ihr wurde bewusst, dass nichts, was sie sagen konnte, ihn von seinem Plan abbringen würde. „Und wenn Sie die Wette verlieren?"
„Das werde ich nicht."

„Aber sagen wir einmal, die Welt hört auf, sich zu drehen, der Himmel fällt uns auf den Kopf, und Sie verlieren doch? Was dann?"

„Dann?" Seine Gesichtszüge entglitten zu einem Ausdruck solch vollkommenen Elends, dass Helena sich einen Augenblick lang durch und durch grausam vorkam. Er stieß einen langen Atemzug aus. „Dann werde ich keine andere Wahl haben, als bei Lady Tilpot vorstellig zu werden und sie um Hilfe zu bitten."

„Und sie wird daraufhin alles, was in ihrer Macht steht, unternehmen, um dafür zu sorgen, dass die Ehe annulliert wird", entgegnete Helena mit rücksichtsloser Ehrlichkeit.

„Dieses Risiko muss ich eingehen." Oswalds Augen füllten sich mit Tränen. „Ich kann nicht von Flora verlangen, dass sie alleine unter Lady Tilpots Dach lebt, bis sie ihr Erbe ausbezahlt bekommt. Wenn der Plan nicht funktioniert, werde ich Lady Tilpot um Gnade bitten ..."

Und im Schuldnergefängnis landen, dachte Helena düster. Zumindest, bis Flora ihn in vier Jahren auslösen konnte. Falls ihre Zuneigung zu dem jungen Tunichtgut so lange währte. Was nicht allzu wahrscheinlich war, wenn man bedachte, dass Floras Pflichtgefühl dem Ehegelöbnis gegenüber nicht einmal die Härteprobe durch ein paar Flöhe bestanden hatte.

Nein, Helena war nicht allzu optimistisch, was die Zukunft des Paares anging. Nicht im Geringsten. Sie rief sich in Erinnerung, dass es dennoch wenig gab, was sie in dieser Sache unternehmen konnte. Mit Gottes Hilfe würde dieser neueste hirnverbrannte Plan von Oswald vielleicht tatsächlich Früchte tragen. Schließlich geschahen manchmal Zeichen und Wunder. Es hieß ja immerhin, dass Gott Kindern und Idioten besonders beistand, und Helenas Meinung nach fielen Flora und Oswald in beide Kategorien.

„Habe ich Sie von meiner Ehrlichkeit überzeugt?“, fragte Oswald.

„Oh ja“, erwiderte Helena, weil es sonst nichts zu sagen gab. „Ich glaube Ihnen, dass Sie es vollkommen ehrlich meinen.“

„Und Sie werden meine Entscheidung unterstützen? Flora schätzt Ihre Meinung nämlich außerordentlich, und sie wird sich viel besser fühlen, wenn ich ihr schreiben kann, dass ich Ihren Segen habe.“

‚Ihren Segen‘ hätte Helena das wohl kaum genannt, aber sie sah ein, dass alles, was dem Paar aus seinen momentanen Schwierigkeiten helfen könnte, es wert war, unterstützt zu werden.

„Ich schätze …“

„Oh!“

„Was ist denn?“, fragte Helena und wandte sich um. Auf der Mitte des Weges waren zwei Männer in Mönchsroben stehen geblieben und hatten die Köpfe zusammengesteckt. Selbst aus dieser Entfernung und in dem Dämmerlicht des schwach beleuchteten Weges war ihr Interesse an Oswald offensichtlich.

„Ich … muss gehen!“, erklärte Oswald und trat einen Schritt zurück. Die Männer auf dem Pfad sahen gespannt zu ihnen hinüber, wie Jagdhunde, die eine Fährte aufgenommen hatten. „Ich werde Ihnen in der *London Post* mitteilen, wo wir uns das nächste Mal treffen.“

„Das nächste Mal? Das *nächste* Mal? Es wird kein …“

„Suchen Sie bei den Annoncen nach einer von ‚Harlekin‘“, unterbrach er sie. „Und denken Sie daran, keine Männerkleidung mehr! Ein Kleid. Ein *rosa* Kleid!“, rief er und rannte los.

Die Männer liefen ihm nach und stoben an Helena vorbei. Innerhalb von einer Minute war sie auf dem Weg alleine, während das Geräusch sich entfernender Schritte durch die Dunkelheit hallte.

Mussten diese Schuldeneintreiber ausgerechnet jetzt auftauchen, dachte Helena. Da sie den ungeheuer wichtigen Liebesbrief von Oswald für Flora nicht bekommen hatte, musste sie Oswald nächste Woche wieder suchen oder riskieren, dass Flora mit ihren Tränenfluten ihr Zimmer ruinierte. Und wo in Gottes Namen sollte sie ein rosa Kostüm auftreiben?

Vielleicht, überlegte Helena, während sie den dämmrigen Pfad entlangging, würde es ihr gelingen, einen Brief von Oswald zu fälschen, der Flora zufrieden stellen würde. Was würde man wohl in einem Liebesbrief schreiben? *Liebste, ich sehne mich danach, dich wiederzusehen.*

Sie runzelte die Stirn und blieb neben einem Geländer stehen, das den Weg von einem griechischen Tempelchen trennte. Das war nicht gut. Viel zu zahm. Sie versuchte es noch einmal.

Mein Liebling, letzte Nacht träumte mir, ich blickte in deine Augen, und …

Nein, nein, nein. Sie musste sich in die Rolle eines Verliebten versetzen, versuchen, sich vorzustellen, was sie selbst schreiben würde …

Meine Sünde, meine Versuchung, meine Freude,

voller Leidenschaft sehne ich mich danach, dich zu sehen. Voller Verzweiflung befürchte ich, dass ich dich nie wiedersehen werde. Ich träume von dir und wache auf und bin alleine, bis auf die Erinnerung an deine funkelnden Augen und dein verführerisches Lächeln, die wollüstige Gedanken in mir erweckt, die ich nicht als meine eigenen erkenne. Aber ich verspüre keine Reue. Ich sehne mich nach deiner Berührung, deinem Kuss …

„Hallo, Corie."

7. KAPITEL

KONVERSATION:
Das vor- und zurückgehende Spiel der Klingen in einem Fechtduell

„Da haben Sie aber keinen sehr treuen Verehrer." Helena fuhr herum und stieß rückwärts gegen das Geländer. Ramsey Munro trat aus der Dämmerung heraus lässig auf sie zu, wie eine Erscheinung, heraufbeschworen aus der verzauberten Zeit zwischen Tag und Nacht. Er trug wieder die klassischen dunklen Farben, die für ihn typisch waren, und die Nadel mit der goldenen Rose in seinem Halstuch war sein einziger Schmuck. Seine Augen funkelten sanft, sein Lächeln war ironisch. Ein Angstschauer fuhr Helena durchs Blut und wirkte wie ein Rauschmittel, durchdringend und beängstigend angenehm.

„Das war doch nicht etwa der viel gerühmte verheiratete Mann, oder etwa doch?"

„Er war es", sagte sie etwas atemlos. Sie musste daran denken, ihre Stimme zu verstellen. Ihre normale Sprachfärbung könnte bei einem Mann wie Ramsey Munro leicht Verdacht erregen. Es gab nicht so viele Frauen aus Yorkshire in London.

Er schüttelte traurig den Kopf. „Kein sehr beeindruckendes Exemplar. Trotz all dieser überschwänglichen Handküsserei."

„Finden Sie?", fragte sie und versuchte, ihre Fassung wiederzuerlangen. Er sah so unglaublich elegant und anziehend aus.

„Nein, wirklich nicht. Ihm fehlen einfach gewisse Umgangsformen." Er blieb erst stehen, als er sie beinahe erreicht hatte, viel zu nah bei ihr, geradezu unerträglich nah. Sie konnte ihn spüren. Zwischen ihnen lag eine Schwingung in der Luft, etwas, das sie zu ihm zog.

„Vielleicht sind mir seine Umgangsformen nicht wichtig."

„Das hatte ich nicht bedacht."

„Vielleicht genügt es mir, dass er mir vollkommen ergeben ist", schlug sie kokett vor. Allmählich gefiel sie sich in dieser ungewohnten, aber durchaus reizvollen Rolle.

Er lächelte. „Ah, ich verstehe. Sie wünschen sich einen Kriecher."

„Nein, nein", entgegnete sie gewandt. Ihre Selbstsicherheit wuchs im Verlauf der Unterhaltung. „Das hört sich nach Heuchelei an. Ich wünsche, auf eine sehr ehrliche Art und Weise angebetet zu werden."

„Nun", erwiderte er, „bei den jungen Leuten werden Sie mit Sicherheit Ehrlichkeit finden. Da sie reichlich davon besitzen, gehört sie zu den wenigen Dingen, die sie im Überfluss verteilen."

„Zweifelsohne sprechen Sie von der Warte eines Mannes, der bereits die Senilität erreicht hat?"

Seine Augen glitzerten im Zwielicht der eintretenden Dämmerung. „Mein liebes Mädchen, es gibt viele Arten des Alterns. Erfahrung ist nur eine davon, und in diesem Aspekt bekenne ich mich wahrlich dazu, ein Greis zu sein. Und da dies so ist", fuhr er fort, trat einen Schritt zurück und legte lässig eine Hand auf das Geländer, „sagen Sie mir, wie es einem grünen Jungen wie ihm gelungen ist, die Zuneigung von nicht nur einer, sondern gleich zwei Damen zu gewinnen? Ein Mädchen zu heiraten und dann noch ein anderes zu verführen, und das alles mit nur … wie viel Jahren? Zwanzig? Einundzwanzig? Ich muss gestehen, dass ich äußerst erstaunt bin."

Sie wollte seine Neugier Oswald betreffend nicht weiter anstacheln. Und das bedeutete, dass sie ihn ablenken musste – eine Aufgabe, die ihr keinerlei Probleme bereitete.

„Zunächst einmal“, sagte sie ruhig, „gehen Sie offensichtlich davon aus, dass *er* der Verführer war.“

Der Hieb hatte gesessen, wie sie an seinem überraschten Gesichtsausdruck sah.

„Und zweitens“, fuhr sie mit derselben samtweichen Stimme fort, die auch er benutzt hatte, „findet nicht jeder Erfahrung gleichermaßen ansprechend wie, sagen wir, Natürlichkeit und Tatkraft.“ Sie lächelte, und er erwiderte ihr Lächeln.

Gütiger Himmel, das war berauschend! Sie war wie trunken vom Spiel ihrer Worte. Es war, als würden sie miteinander fechten, sich gegenseitig parieren, treffen und dann wieder voreinander zurückweichen.

„Miss“, entgegnete er mit tiefer bebender Stimme, „ich könnte mich nur schwerlich damit abfinden, wenn ich bei Ihnen irgendeinen Zweifel an meiner Vitalität ließe. Sagen Sie mir, wie kann ich Sie im Namen aller nicht ausreichend gewürdigter erfahrener Männer auf der Welt dazu überreden, mich auf die Probe zu stellen?“

„Ich glaube kaum, dass Sie meine Probe bestehen könnten“, erwiderte sie mit zuckersüßer Stimme.

Er grinste. „Mutige Worte, doch andererseits sind mutige Worte leicht gesagt, wenn man sicher hinter einer Maske verborgen ist.“

Alles an ihm zeugte von seiner unbestreitbaren Kultiviertheit. Und doch hatte sie einen kleinen Blick auf das Wesen des Mannes hinter dieser vollkommenen Hülle aus Fleisch und Knochen erhascht. Sie wusste selbst einiges über die Masken, die die Schönheit erschafft. „Sie sprechen aus Erfahrung.“

„Wie das?“ Er hob die Hand, als erwarte er eine Erklärung. „Sie sind doch diejenige, die sich versteckt. Wie Sie sehen, trage ich keine Maske.“

„Ach nein?“, fragte sie.

Er brach in Gelächter aus. „Wie herrlich schlagfertig Sie sind, Mädchen. Ich schwöre Ihnen, wenn Ihre Gliedmaßen mit diesem beweglichen Geist Schritt halten könnten, würden Sie eine verdammt gute Fechterin abgeben."

„Vielleicht komme ich eines Tages mal für eine Lektion in Ihren Fechtsaal", schlug sie vor und brüstete sich ein wenig, „und bringe den Burschen dort das eine oder andere über verbales Fechten bei."

Seine Augen blitzten auf. „Eines kann ich Ihnen versprechen. Wenn Sie in dieser Aufmachung in meiner Fechthalle auftauchen, wird das Spiel wohl eher körperlich als verbal sein."

Sie hatte vergessen, dass sie Jungenkleidung trug: Kniehosen, ein Leinenhemd, ein weißes Seidenhalstuch und einen Gehrock aus Samt. Ein alter weicher Hut bedeckte ihr Haar.

Ramsey lächelte, wobei der eine Winkel seines schön geformten Mundes einen Augenblick vor dem anderen langsam und sinnlich nach oben glitt. Es war ein atemberaubendes schiefes Lächeln, und ihr Herz schlug schneller, während sie spürte, wie die Hitze in ihr aufstieg. „Sicherlich sind Ihre Schüler keine Wüstlinge", wandte sie ein.

„Ich habe nicht von meinen Schülern gesprochen." Er stieß sich vom Geländer fort, trat vor sie hin und schnitt ihr den Weg ab.

Jetzt hatte die Hitze ihre Wangen erreicht. Sie wich zurück, und er ließ sie gehen. Sie hatte das erniedrigende Gefühl, dass er sich über sie lustig machte. Und sie wollte nicht, dass Ramsey Munro sich über sie lustig machte.

„So unterhaltsam diese Unterredung auch war, ich sollte jetzt besser gehen. Aber zunächst ..." Sie öffnete die oberen Knöpfe ihrer rubinroten Samtjacke und sah mit Genugtuung, wie seine dunklen Augenbrauen überrascht nach oben schossen. Touché! „Aber zunächst möchte ich Ihnen noch die hundert Pfund zurückgeben, die ich Ihnen schulde."

„Pardon?"

Auch wenn sie nicht erwartet hatte, ihn wiederzusehen, hatte sie sich doch auf die Möglichkeit vorbereitet. Sie wandte sich von ihm ab und löste die Bänder am Ausschnitt ihrer Leinenbluse. Sie spürte seinen Blick auf sich ruhen, als sie unter den weichen Stoff fasste und einen dünnen Stapel gefalteter Scheine aus ihrem Dekolletee zog. Sie drehte sich wieder um und hielt sie ihm hin.

„Sie erwarten doch nicht im Ernst, dass ich Ihr Geld annehme?", fragte er eher belustigt als verärgert.

„Doch. Warum sollten Sie das nicht tun?", entgegnete sie.

„Warum nicht?" Er sah sie mit einem Ausdruck an, der nicht zu deuten war. „Nun, weil ich, auch wenn zahllose Argumente dagegensprechen, wenigstens mir selbst die Illusion erhalten möchte, ein Gentleman zu sein."

„Ich bitte Sie! Sie haben freudig Ihr Geld hingelegt, um meine Identität zu schützen. Daher stehe ich in Ihrer Schuld. Erlauben Sie mir, Ihren Verlust zu ersetzen." Sie drückte das Geld gegen seine harte Brust. Er blickte nicht einmal hinunter.

„Die Ehrlichkeit zwingt mich dazu, zu sagen, dass ich über diese ganze Angelegenheit nicht besonders erfreut war. Ich glaube, Sie haben die Gefahr unterschätzt, in der Sie sich befanden, Mädchen."

Die sanfte Liebkosung seiner Stimme mit ihrem schottischen Akzent durchströmte Helena und erregte ihre Sinne. „Vielleicht haben Sie recht."

Wieder hob er fragend eine schwarze Braue.

„Schließlich", antwortete sie, „bin ich hier bei Ihnen geblieben. Und angesichts Ihrer Reputation erscheint das doch wohl kaum ratsam, Mr. Munro, nicht wahr? Sagen Sie mir", sie legte den Kopf schief, „sollte ich Angst haben?"

Er trat noch näher an sie heran und ragte nun hoch über ihr auf. Wieder wich sie zurück, doch dieses Mal folgte er ihr nach, bis das Geländer ihr in die Hüfte drückte. Er beugte sich hinunter. Sein teuflisch schönes Gesicht war so nah, dass sie eine Spur von Brandy in seinem Atem riechen konnte. „Nun, genau diese Frage“, murmelte er, „habe ich mir auch schon gestellt.“

Ihr stockte der Atem, und sie ließ die Faust sinken, mit der sie ihm die Scheine gegen die Brust gedrückt hatte. Plötzlich fühlte sich die einbrechende Dämmerung um sie herum wärmer und intimer an, und seine dunkle Schönheit erschien gefährlich. Vielleicht sogar tödlich …

„Nein.“

„Nein?“, wiederholte sie schwach. Angst und Freude vereinten sich in ihrem Inneren zu einer gefährlichen Mischung.

„Nein, Sie haben keinen Grund zur Angst“, sagte er. Er runzelte die Stirn und trat zurück. „Schließlich wissen Sie etwas über mich, und ich weiß nichts über Sie. Sie sind ganz offensichtlich im Vorteil.“

Er hatte recht, und sie wollte, dass das auch so blieb. Sie wollte nicht, dass er erfuhr, wer sie war – Helena Nash, die unscheinbare, immer hübsch anzusehende Gesellschafterin der boshaftesten Matrone der Stadt. Sie wollte nicht, dass er es erfuhr, weil er sich eine derartige Behandlung nie hätte gefallen lassen.

Aber sie tat es.

„Das“, sagte sie, „wird sich zeigen.“

„Sie sind äußerst scharfsinnig, meine Liebe.“

„Und närrisch?“, fragte sie sich leise selbst.

Aber er hatte sie gehört. Ein viel sagendes Lächeln umspielte seine vollkommenen Lippen. „In Ihren eigenen Worten: Das wird sich zeigen.“

Sie konnte sich nicht daran erinnern, sich je so wundervoll pulsierend lebendig gefühlt zu haben. Es war, als würde ihr ganzes Sein sich auf diesen Augenblick konzentrieren. Mit allen Sinnen nahm sie die Umgebung wahr: die warme Luft, die feucht und schwül von der Themse herüberzog, den Kies unter den dünnen Ledersohlen ihrer Schuhe, das Flüstern und Rascheln der Blätter in den Bäumen über ihr und das leise Murmeln entfernter Stimmen.

„Bitte nehmen Sie das Geld. Auch eine Frau hat ihren Stolz." Sie hielt ihm die Geldscheine hin.

Er blickte sie einen Augenblick lang forschend an und hob dann den Arm. Bevor sie reagieren konnte, hatte er sanft ihren Oberarm erfasst und sie umgedreht, sodass sie das hell erleuchtete Ende des Weges sah. „Ich glaube, es ist Zeit, dass Sie nach Hause gehen."

Sie wollte nicht gehen. Sie wollte nicht wieder zu Lady Tilpot zurückkehren, um dort als stiller und dekorativer Fußabtreter zu dienen. „Ich glaube, ich bleibe noch ein bisschen."

„Nein. Ich glaube nicht, dass das eine gute Idee ist."

„Wollen Sie mich warnen oder mir drohen?", fragte sie und begegnete seinem Blick.

Munro lachte. „Oh, mein liebes Mädchen, wenn ich eine Bedrohung für Sie wäre, dann müsste ich Sie wohl kaum von der Tatsache in Kenntnis setzen. Sie hätten es schon längst bemerkt."

Natürlich hatte er recht. Er hätte sich einfach nehmen können, was er wollte, und sie bezweifelte nicht, dass es ihm ohne jede Anstrengung gelungen wäre. Alles an ihm war beherrscht und stark, elegant und tödlich. Genau wie sein Degen war Ramsey Munro ein elegantes Werkzeug der Zerstörung. Und doch war seine Anziehungskraft nicht zu leugnen. Sie kannte niemanden, der ihm ähnlich war. Mal höflicher Gentleman, mal gesetzloser Schotte, zwei Seiten, die nur durch Messers Schneide voneinander getrennt waren. Wer war er wirklich?

„Wissen Sie, was ich glaube?“ Er lächelte freundlich, und sein Mund erinnerte sie an den eines gefallenen Engels. Die Schatten der Dämmerung ließen sein kantiges Gesicht weich und sanft erscheinen. Mondlicht glänzte auf seinen blauschwarzen Locken und ließ die goldene Rose an seinem Hals aufleuchten. „Ich glaube, Sie sind eine Dame. Eine Dame, die noch nie auf diesen Pfaden, oder überhaupt auf solchen Pfaden, gewandelt ist. Eine intelligente Dame, ein wenig zu reif, um tollkühn zu sein, und ein wenig zu jung, um vorsichtig zu sein.“

Es war nicht das, was sie erwartet hatte. Es war um vieles schlimmer. Er hatte ihr direkt ins Herz geblickt. Wie war ihm das nur gelungen?

„Und ich muss feststellen, dass ich Sie nicht einfach so sich selbst überlassen kann, allen ausgeliefert, die vielleicht noch Ihren Weg kreuzen.“

Sie schwieg.

„Also“, fuhr er leichthin fort, „möchte ich Ihnen einen Vorschlag unterbreiten, der vielleicht sowohl Ihren Bedürfnissen als auch diesem unerwarteten Anfall von Ritterlichkeit meinerseits genügt.“ Seine Stimme war so warm wie der Sommerabend. „Ich nehme die hundert Pfund an, wenn Sie mir gestatten, heute Abend Ihr Begleiter zu sein.“

Sie starrte ihn fasziniert und gebannt an. Er hob die Hand, als wollte er ihre Wange berühren, ließ sie dann aber wieder fallen. Stattdessen liebkoste er sie mit seinen Worten.

„Kommen Sie, Mädchen“, sagte er. „Lassen Sie mich Ihnen Dinge zeigen, die Sie noch nie gesehen haben, Sie an Orte bringen, an denen Sie noch nie waren. Diese Gärten sind nur das Eingangstor zu einer Welt, die jenseits Ihrer Vorstellung liegt.“

Keine Worte, keine Versprechungen hätten verführerischer sein können. Fast vier Jahre stiller Duldung lagen hinter ihr, zahllose Stunden tödlicher Langeweile, in denen sie dazu verpflichtet gewesen war, immer wieder dieselben monotonen Konversationen über stets die gleichen, für jungfräuliche Ohren geeigneten faden Themen mit anzuhören. Sie wollte mehr. Sie wollte das Hochgefühl empfinden, zu sehen, wie ein Mann – *dieser Mann* – auf ihre Worte reagierte und nicht nur auf ihr Gesicht. Sie wollte die Welt mit anderen Augen sehen. Anfangen zu leben, nachdem es ihr so viele Jahre erschienen war, als würde sie mit offenen Augen schlafen.

Wie aufs Stichwort drang eine Mischung aus Gelächter und Musik vom anderen Ende des Weges herüber, wie ein Sirenengesang voll ungezügelter Fröhlichkeit. Sie wollte nur allzu gerne Teil dieser Fröhlichkeit sein, sich in dem Lärm und dem Gedränge erhitzter Körper verlieren, im Strom der jubelnden Menschen mitgerissen werden.

„Ja", flüsterte sie, noch bevor ihr überhaupt bewusst geworden war, dass sie den Mund geöffnet hatte.

Ramsey Munro legte seine langen Finger um die Hand, mit der Helena immer noch die Scheine festhielt, hob sie an seinen Mund und drückte einen Kuss darauf, ohne die Augen von Helenas Gesicht abzuwenden. Hitze durchströmte sie und ließ ihre Knie weich werden, als er ihre zitternde Hand wieder freigab. Das Geld war fort. Sie blickte ihm in die Augen und verstand. Er bemerkte ganz genau, wie sie auf ihn reagierte: wie jede andere Frau auch.

Nun, er mochte vielleicht ihre Reaktion durchschauen, aber er musste sich auf eine Enttäuschung einstellen, wenn er glaubte, sie würde seinem Charme erliegen. Sie würde nie eine seiner verflossenen Liebschaften werden, die angeblich ganz London übersäten. Aber ach! Wie sehr sie sich wünschte, dass er ganz ihr gehörte.

„Doch erst muss ich eines klarstellen, Mr. Munro."

Er neigte fragend den Kopf.

„Sie dürfen mich nicht anfassen, meinen Körper berühren, meine Hand küssen oder mich sonst irgendwie belästigen."

Er versuchte, schockiert auszusehen. „Aber ich würde Sie doch niemals belästigen."

„Sie wissen, was ich meine."

„Weiß ich das?" Er grinste spitzbübisch.

„Ja."

„Nun gut." Er legte eine Hand aufs Herz. „Ich schwöre, dass ich Ihnen nicht nahe komme, wenn Sie es nicht wünschen. Nicht einmal, um Ihnen in eine Kutsche zu helfen. Aber", in seinen Augen tanzte der Schalk, „sehen Sie irgendeine Chance, dass Sie vielleicht trotzdem meinen Arm nehmen könnten, während wir gehen? Meiner Eitelkeit zuliebe?"

Sie sah ihn misstrauisch an.

„Ich finde den Gedanken unerträglich, dass herumerzählt werden könnte, Ram Munro sei den ganzen Abend einer liebreizenden jungen Dame hinterhergelaufen, die sich nicht einmal dazu durchringen konnte, seinen anständig bekleideten Arm zu ergreifen. Es wäre so überaus erniedrigend."

„Na gut", stimmte sie zu. „Aber woher wissen Sie, dass ich eine liebreizende junge Dame bin? Ich könnte unter der Maske auch eine rechte Furie sein."

Er verschlang sie geradezu mit einem langen durchdringenden Blick, seine Augen brennend vor Verlangen.

„Nun, meine Liebe", erwiderte er, und sein weicher schottischer Akzent trat stärker hervor, als seine Stimme tiefer wurde, „Ihr Hals ist so lang und blass wie der eines Schwanes, Ihre Lippen, das weiß ich aus eigener Erfahrung, sind weich wie Samt, und selbst hinter Ihrer Maske reicht die Farbe Ihrer Augen noch aus, um den Morgenhimmel vor Neid erblassen zu lassen. Und wenn das die Merkmale einer Furie sind", fuhr er fort und nahm ihre Hand, „dann danke ich Gott, dass er mir diese Furie geschickt hat, um mich zu quälen."

An seinem Platz hinter der Hecke zwang Forrester DeMarc sich dazu, stumm zuzusehen. Er rührte sich nicht, nicht einmal, als Ramsey Munro Helena Nashs Fingerrücken küsste, während er die gefalteten Scheine aus ihrer Hand nahm und in seine Westentasche steckte. Er blieb regungslos, obwohl seine Haut brannte und sein Atem pfiff, weil seine Brust plötzlich viel zu eng geworden war.

Helena. *Seine* Helena. Sein blonder Engel, sie, die so zart war wie eine Märchenprinzessin, gab dieser Kreatur Geld, diesem Zuhälter. Sein Magen rebellierte, er wankte einen Schritt nach hinten und schloss die Augen, um die beiden nicht mehr sehen zu müssen. Aber er wurde ihr Bild nicht los. Helenas weiche, volle, leicht geöffnete Lippen unter der schwarzen Seidenmaske, das Leuchten ihrer geweiteten Augen, ihr aufgeregtes Zittern, das sich auf ihn übertrug.

Und Munro! Er beobachtete Helena wie ein Wolf. Sein Hunger und sein unersättliches Verlangen waren förmlich spürbar. Schon der Gedanke, dass Helena das Objekt solcher Begierde war, machte DeMarc krank. Aber er würde das nicht zulassen.

Sie gehörte ihm.

Vor zwei Monaten war er gelangweilt und ohne Erwartungen zu Lady Tilpots Soiree gekommen. Sofort hatte er Helenas außergewöhnliche Schönheit bemerkt, die einfach jedem Mann auffallen musste: die glatte milchweiße Haut, die edlen vollkommenen Gesichtszüge, das glänzende flachsblonde Haar, die ruhigen blauen Augen, die von honigfarbenen Wimpern umrahmt wurden. Aber die Welt war voller Schönheiten, arroganten Kreaturen, die sich ihrer Macht über die bedauernswerten Narren, die sich ihnen zu Füßen legten, nur allzu bewusst waren. Kreaturen wie Sarah Sweet.

Aber das war Jahre her, wie er sich in Erinnerung rief, und

er war damals jung und voller Ideale gewesen. Heute war er nicht mehr so naiv.

Nein, es war Helenas Mund, der ihn zuerst darauf aufmerksam gemacht hatte, dass diese Frau anders war, einzigartig. Ihr Mund war weich, beweglich und doch ruhig, er deutete auf eine süße Hilflosigkeit hin, die Sarah nie besessen hatte. Zugleich hatten andere ihm bestätigt, was ihm selbst sofort vollkommen klar gewesen war: Helena Nash war von ihm hingerissen.

Sie hatte ihn nicht nur angelächelt. Sie hatte *wegen* ihm gelächelt. Er wusste mit untrüglicher Sicherheit, dass auch sie sich der tiefen Verbundenheit zwischen ihnen bewusst geworden war. Von dem Augenblick an hatte sie ihm gehört.

Er hätte nur einen Finger rühren müssen, um sie zu bekommen. Aber was sollte er tun? Was sollte er mit ihr anfangen? Denn obgleich sie gesellschaftlich weit unter ihm stand, war der Abstand doch nicht so groß, dass er sie nicht ohne Weiteres zur Mätresse hätte nehmen können, wie er es damals bei Sarah Sweet getan hatte. Also hatte er gewartet, während er darüber nachgedacht hatte, wie er mit ihr verfahren sollte.

Und nun dieser … *Verrat.*

Er schloss die Augen. Der Geschmack von Galle füllte seinen Mund.

Er war früher an diesem Abend noch einmal zum Hause der Tilpot zurückgekehrt, um eine Schnupftabaksdose zu suchen, die er verlegt hatte. Dort war er auf Hochwürden Tawster getroffen, der wieder einmal versucht hatte, Lady Tilpot zu entkommen. Gemeinsam hatten sie das Stadthaus verlassen, und der kriecherische kleine Pfarrer hatte ihn auf der Treppe vor dem Haus in ein Gespräch verwickelt und voller Begeisterung Helena Nashs Vorzüge gerühmt – als würde DeMarc diese nicht ohnehin schon längst kennen. Aber plötzlich hatte Tawster die Stirn gerunzelt und angestrengt an DeMarc vorbeigespäht.

„Aber das ist doch nicht etwa …?“ Hochwürden Tawster hatte den Kopf geschüttelt. „Meine Fantasie spielt mir Streiche.“

„Was ist denn, Hochwürden?“, hatte DeMarc gefragt und sich umgedreht, um zu sehen, was die Aufmerksamkeit des Pfarrers geweckt hatte. Er hatte einen schlanken Jungen mit einem Umhang gesehen, der langsam aus der Gasse hinter dem Haus der Tilpot kam. Die Art, wie er sich bewegte, war ihm irgendwie bekannt vorgekommen. „Wer ist das?“

„Ich weiß es nicht. Ich dachte, ich hätte ihr Gesicht gesehen …“

„*Ihr* Gesicht?“

Der Pfarrer hatte entschuldigend gelächelt. „Genau das ist es ja. Natürlich ist das keine Frau. Warum sollte eine Frau sich wie ein Junge anziehen? Vor allem …“

„Vor allem was?“

Der Blick des Pfarrers war DeMarc ausgewichen. „Ich muss wirklich gehen. Ich bin schon spät dran für den Abendgottesdienst. Wir werden uns bald wieder begegnen. Auf Wiedersehen!“ Und damit war er davongehuscht, während er besorgt die Hände in den Ziegenlederhandschuhen rang.

DeMarc hatte keinen weiteren Gedanken an ihn verschwendet. Vielmehr wollte er unbedingt wissen, wen der Pfarrer in der knabenhaften Gestalt zu erkennen geglaubt hatte. Also war er der zierlichen Erscheinung gefolgt und hatte seinen Kutscher instruiert, der Droschke nachzufahren, in die die Frau gestiegen war.

Und dort, in Vauxhall Garden, hatten die hellen Lichter enthüllt, wen der Pfarrer gesehen hatte: Helena Nash.

DeMarcs Wut mischte sich mit dem Gefühl, verraten worden zu sein. Dass sie solch niederen Vergnügungen nachging! Sich so ungewöhnlich kleidete – nein, so skandalös kleidete!

Aber noch viel schlimmer war die Tatsache, dass sie auch nur einen Augenblick lang *ihre Verpflichtung ihm gegenüber* vergessen konnte. Das war unverzeihlich! *Unerträglich.*

Er hatte sie verfolgt, wobei er stets weit hinter ihr geblieben war. Als sie den berüchtigten Lovers Walk hinuntergeeilt war, war er ihr auch dort nachgegangen. Die Galle war in ihm hochgestiegen, als sie sich mit einem jungen Mann getroffen hatte. Dann hatte sie den Mann fortgeschickt, und er hatte gedacht, sie würde gehen.

Sie war nicht gegangen.

Er war gekommen. Sein Übungsgegner. Sein Lehrer. Sein … wie hatte diese närrische Preußin ihn in ihrer Dreistigkeit genannt? Sein Meister. Ramsey Munro.

Er war gekommen, und in seiner Gegenwart war sie aufgeblüht wie eine verführerische reife Blume, und Munro …? Er hatte förmlich vor Fleischeslust geglüht.

DeMarc öffnete die Augen. Sie waren verschwunden.

Aber er wusste, wo er sie finden konnte. Genau wie er wusste, was er zu tun hatte, um sie daran zu erinnern, wem sie gehörte.

8. KAPITEL

INSISTENZ:
Erzwingen einer Attacke durch eine Parade

Ramsey Munro führte Helena den Lovers Walk entlang, bis dieser sich mit einem anderen Weg kreuzte, dem Druids Walk, der, wie er ihr höflich mitteilte, wegen der vielen Statuen so hieß, die in gezierten Posen und geschickt beleuchtet im Grün standen. Von dort aus betraten sie den breiten, hell erleuchteten Grand Walk.

Hier wurde die intime Atmosphäre von einer festlichen Stimmung abgelöst. Ein Äffchen sprang von der Schulter seines Dresseurs, um einer Dame die Federn aus dem Haar zu stehlen und sie ihr dann mit einer Verbeugung wieder zurückzugeben, während es ihr zugleich eine kleine Blechtasse hinhielt und um eine Münze bat. Jongleure schlängelten sich durch die Menge, Verkäufer, die Kekse und andere Leckereien feilboten, rollten ihre Karren über den Weg, und Burschen, die schwer an den großen Fässern trugen, die sie auf den Rücken geschnallt hatten, verteilten für ein paar Pennys Becher mit Arrakpunsch.

Helena sog alles begierig in sich auf, die Farben, die Geräusche, die Düfte von Knoblauch und Parfüm, Holzrauch und Backwerk, unterlegt von dem salzigen Geruch der Themse. Menschen aller Art und jeder Größe, manche in prächtigen Kostümen und andere in billigen Dominos, schlenderten vorbei, lachten und scherzten, lauschten den verschiedenen Musikanten, sahen den Pantomimen zu und blieben stehen, um die kunstvollen Dioramen zu betrachten.

Helena konnte nicht umhin, zu bemerken, dass viele Frauen Ramsey Munro ebenso interessiert betrachteten wie die Darbietungen. Aber anscheinend wurden nicht nur die

Damen von ihm angezogen. Einige Male schlugen ihm Herren mit übertriebener Jovialität auf die Schulter. Es war offensichtlich, dass ihm diese Vertrautheiten unangenehm waren, aber er grüßte trotzdem jedes Mal höflich. In Bezug auf Helena galt seine Nachsicht jedoch nicht. Er trat jedes Mal vor sie hin, wenn jemand auf sie zukam, und schützte sie so vor den neugierigen Blicken.

„Ein Schüler?“, fragte Helena, nachdem ihn wieder jemand begrüßt hatte.

„Ein Bewerber.“

„Sie genießen ein hohes Ansehen.“

„Ich bin derzeit *en vogue*“, widersprach er. Er betrachtete sie träge, aber sie spürte, dass hinter seiner unbeteiligten Fassade eine messerscharfe Aufmerksamkeit lauerte. „Ich besetze eine gewisse Nische in der Gesellschaft. Ich lebe durch die Duldung und das Wohlwollen meiner Gönner. Was, wie ich vermute“ – er hob einen Mundwinkel zu einem schiefen Grinsen – „um einiges besser ist, als gar nicht zu leben.“

„Sie lehren die Fechtkunst“, wandte sie ein. „Das hat wohl kaum etwas mit Katzbuckelei zu tun.“

„Nicht jedes Buckeln bedeutet zwangsläufig, dass man den Oberkörper vorbeugt“, entgegnete er. Er bot ihr seinen Arm. Sie legte eine Hand auf seinen harten muskulösen Unterarm und passte sich seinem Schritt an. „Ich werde höher geschätzt als ein Diener, doch nicht so hoch wie ein Schneider.“

„Wohl kaum“, widersprach sie. „Ihren Schneider würden diese Herren nie derartig enthusiastisch begrüßen.“

„Glauben Sie nicht?“, fragte er mit gelangweilter Stimme. „Vielleicht haben Sie recht. Ich kann etwas, und ich werde gut dafür bezahlt, dieses Können weiterzuvermitteln. Da diese Fähigkeit niemanden in irgendeiner Weise nützlicher oder sogar dekorativer macht, wie etwa das Schneiderhandwerk es tut, hält die Gesellschaft mit der für sie typischen Launenhaftigkeit die Fechtkunst für romantischer als diese praktischeren Dienste. Und denkt dementsprechend, dass ich ihre Aufmerksamkeit eher verdient habe. ‚Wer ist er?', fragen sie sich. ‚Wo hat er gelernt, einen Mann mit nur zwei schnellen Bewegungen auszuweiden? Wie schrecklich barbarisch! Und wie kann ich das auch lernen?'"

So betrachtet, erschien es tatsächlich absurd. Aber seine Worte gaben Anlass zu unzähligen weiteren Fragen. Wo war Ramsey Munro in den letzten vier Jahren gewesen? Wo hatte er sich davor aufgehalten? Vor der Gefangenschaft in Frankreich? Was war er vor fünf Jahren gewesen? Vor zehn Jahren? Sie runzelte die Stirn. *Wer war Ramsey Munro?*

„Männer sind in ihrem tiefsten Innern blutrünstige Bestien", fuhr er fort und geleitete sie mit derselben Leichtigkeit, als würden sie nach dem Sonntagsgottesdienst durch den Hyde Park schlendern. „Gewalt fasziniert sie ebenso wie diejenigen, die Gewalt für ihre Zwecke einzusetzen wissen. Sagen Sie, finden Sie es nicht seltsam, dass die Leute mich in ihre Salons einladen, während es dem Lehrer oder der Gouvernante, die den Charakter ihrer Nachkommen formen, nicht einmal gestattet ist, die Türschwelle zu überschreiten?"

Er blieb vor einem kunstvoll beschnittenen blühenden Bäumchen stehen. „Oh, natürlich habe auch ich nicht Zutritt zu jedem Salon." Er grinste kurz. „Manche Leute haben gewisse Ansprüche."

„Das hört sich an, als verachteten Sie die Kunst, die Sie lehren."

„Nein. Nicht im Geringsten", erwiderte er ernsthaft. „Aber ich habe die Fechtkunst als Disziplin erlernt und nicht als Sport."

„Als Disziplin?"

„Ja. Der Geist wird in körperlichen Ausdruck übersetzt. Präzision und Instinkt werden in langen Jahren der Übung geschärft, bevor die Fantasie hinzukommt. Ich habe nie eine Waffe gehalten, bevor ich nicht zuerst die grundlegende Fußarbeit beherrschte. Ich benötigte ein ganzes Jahr, bis mir das gelang, und ich war ein guter Schüler. Wenn es nach mir ginge, würde ich die Fechtkunst genauso unterrichten. Die Fähigkeiten meiner Schüler ebenso wetzen, wie meine Meister ihre Klingen gewetzt haben. Aber ich habe nicht die Zeit. Ich habe nicht ..." Er brach ab und machte einen kurzen erschütternden Versuch zu lächeln, bevor er seinen durchdringenden Blick von ihr abwandte und wieder einmal sein Innerstes vor ihr verbarg.

„Verdammt!", sagte er gedehnt. „So unwahrscheinlich das auch klingen mag, ich beginne, mich selbst zu langweilen! Ich gratuliere Ihnen dazu, dass Sie offensichtlich in der Lage sind, im Schlaf zu gehen, Miss. Denn ich kann mir beim besten Willen nicht vorstellen, dass Sie während dieser selbstherrlichen kleinen Predigt wach geblieben sein könnten."

„Ganz im Gegenteil, ich fand es faszinierend."

„Wirklich?", fragte er und sah dabei belustigt, kühl und unverletzbar aus. „Gott, meine Liebe, Sie müssen unbedingt versuchen, mehr unter Menschen zu kommen. Sollen wir weitergehen?"

Er gab sich Mühe, so charmant wie möglich zu sein, seine Bemerkungen waren lustig und ironisch und manchmal ein kleines bisschen anzüglich. Er führte sie von einer Sehenswürdigkeit zur nächsten, kaufte ihr Bänder und Seidenblumen, die er an ihre Ärmel steckte, reichte ihr köstlichen Arrakpunsch und winzigen Kuchen mit Zuckerguss und blieb mit ihr unter einer riesigen Buche stehen, um einem Streichquartett zu lauschen, das eine Händel-Sonate spielte. Kurz gesagt, tat er genau das, was er ihr versprochen hatte. Er zeigte ihr eine neue Welt und gab ihr das Gefühl, unwiderstehlich zu sein.

Glücklicherweise kannte sie das Gefühl, bewundert zu

werden. Und so würde sie nichts in sein Benehmen hineininterpretieren. Er konnte ihr mit seiner Aufmerksamkeit nicht den Kopf verdrehen. Sie würde seinem Charme nicht erliegen. Sie wusste es besser. Ramsey Munro war geschickt darin, einer Frau das Gefühl zu geben, attraktiv und interessant zu sein. War das nicht das Handwerkszeug eines jeden Lebemannes?

Der Pfad führte sie schließlich zu den Separees, die beide Seiten des Platzes namens *The Grove* umgaben, wo eine Gruppe maskierter Feiernder einen wilden Tanz begonnen hatte. Helena war stehen geblieben und wippte mit dem Fuß im Takt der Trommel, als sie plötzlich spürte, wie ein leichter Schauer ihr den Rücken herunterlief. Sie wandte sich um und hatte das unangenehme Gefühl, dass sie aus finsteren Augen beobachtet wurde, aber sie sah niemanden. Sie blickte Ramsey an.

„Sehen Sie die Dame dort drüben?", fragte er und nickte zu einer drallen Indianerprinzessin hinüber, die Arm in Arm mit einem jungen Matrosen auf dem Platz herumwirbelte.

„Ja."

„Sie ist eine berühmte Marchioness und noch dazu eine frischgebackene Großmutter. Ihr Ruf ist makellos und ihr Stolz in jeder Hinsicht Furcht erregend. Und doch ist sie hier und amüsiert sich großartig, und das alles nur, weil sie weiß, dass sie hier genauso unerkannt bleiben kann wie", sein Blick streifte Helenas Gesicht, „wie Sie."

Helena beobachtete, wie die Frau atemlos und lachend ihrem Matrosen in die Arme fiel. „Wer ist der Matrose?"

„Ein Matrose." Er grinste ihr zu, als sie ihn skeptisch ansah. „Wirklich. Er ist Leutnant zweiten Ranges in der Marine Seiner Majestät. Ich habe erst vorhin mit ihm gesprochen. Sein Schiff ist letzte Woche aus Ägypten angekommen."

„Aber wenn sie so eine bekannte Dame ist, ist es dann vernünftig von ihr, hier zu sein?"

„Vernünftig?", fragte er. „Vielleicht ist es das nicht. Aber möglicherweise hat sie das Gefühl, dass es das Risiko wert ist. Sie wird heute Abend glücklich nach Hause gehen, und morgen wird sie vielleicht etwas heiterer als sonst sein, weil sie sich wieder daran erinnert, wie es war, jung und sorglos zu sein. Und einen *Reel* zu tanzen."

Sie blickte zu ihm hoch. Sein Lächeln war einnehmend und aufrichtig. „Und der junge Leutnant", fuhr er fort, „wird eines Tages seinen Kindern erzählen, wie er vor langer Zeit einmal ein paar glückliche Augenblicke lang eine Marchioness in seinen Armen gehalten und sie zum Lachen gebracht hat. Nein, vielleicht ist sie nicht vernünftig. Aber manche Dinge kann man sich nicht versagen, egal, wie unklug sie auch sein mögen."

Sein Blick streifte ihr maskiertes Gesicht. „Sind Sie immer vernünftig?"

Sie wollte ihm sagen, dass sie nicht immer vernünftig war, dass sie sich nichts sehnlicher wünschte, als unvernünftig zu sein. Aber er wusste nichts über sie, außer dass sie eine Dame war, und das Einzige, was sie aus seinem Interesse schließen konnte, war, dass sie für ihn wohl eine Herausforderung darstellte. Sie nickte traurig. Es bekümmerte sie nicht, dass er sich mit dem Versuch amüsierte, sie zu verführen, sondern dass sie klug genug war, ihn zu durchschauen.

„Ja, ich bin immer vernünftig."

„Ich hatte befürchtet, dass Sie das sagen würden." Er wandte sich ein paar Augenblicke lang von ihr ab, scheinbar, um die Tanzenden zu betrachten, und als er sich wieder zu ihr umdrehte, war sein Lächeln so charmant wie eh und je, und das außergewöhnliche Blau seiner Augen wurde durch nichts getrübt.

„Wohin soll es als Nächstes gehen, meine kleine Touristin?", fragte er. „Es gibt einen Einsiedler, der irgendwo hier in der Nähe herumsitzt und Ihnen für einen Penny die Zukunft voraussagt. Ich glaube, Mrs. Bland wird dem Programm zufolge auch noch einige ihrer berühmten Balladen in der Rotunde singen, und um zehn Uhr soll das Feuerwerk beginnen."

„Oh, so lange werde ich nicht bleiben können", erklärte sie.

Er runzelte die Stirn. „Warum nicht? Es ist nur noch eine Viertelstunde bis dahin."

Eine Viertelstunde? Großer Gott, wie war es nur so schnell so spät geworden? Flora würde außer sich sein. Das Mädchen wartete schließlich sehnsüchtig auf Nachricht von Oswald. Helena hatte Flora vollkommen vergessen. Sie hatte alles vergessen.

„Ich muss gehen." Sie fuhr herum, doch er ergriff ihren Arm.

„Nein."

„Doch", beharrte sie schuldbewusst. „Ich muss. Jemand wartet auf mich ..."

Sein Griff wurde fester. „Wer? Ein Mann? Noch ein Abenteuer?"

„Nein!"

„Sie haben mir diesen Abend versprochen. Sie sind einen Handel eingegangen." Er war ärgerlich. Die Wut blitzte in seinen Augen auf und war an der Art zu erkennen, wie sein Mund sich anspannte, auch wenn sein Gesichtsausdruck kühl und sein Tonfall beiläufig blieben. „Und ich habe den Handel angenommen. Weil Sie darauf gedrängt haben, dass Sie als Frau auch ein Ehrgefühl besitzen."

Oh! Er kämpfte mit unfairen Mitteln! „Ich werde mein Versprechen halten, wenn Sie darauf bestehen, aber ich würde es nur ungern tun, weil ich dadurch weiteren Schmerz verursache. Sie wird mich voller Sorge erwarten."

„Sie?“, wiederholte er. „Sie erwarten, dass ich von dem, was ich will, ablasse, nur um irgendeine ‚Sie‘ zu besänftigen?“ Er lächelte. „Offensichtlich hat unser gemeinsamer Abend nicht dazu geführt, dass Sie mich besser kennengelernt haben.“

Er irrte sich.

„Seien Sie vernünftig, Mr. Munro“, beschwor sie ihn. „Sie wollen mich nicht.“

„Ach nein?“, fragte er mit eisiger Höflichkeit.

„Sie wollen das, was Sie durch den Handel erworben haben, und jetzt haben Sie das Gefühl, betrogen worden zu sein.“

„Das ist das, was ich gerade empfinde?“

Sie wagte nicht, sich vorzustellen, dass er mit dieser Frage etwas andeuten wollte. „Ja. Ich bitte Sie noch einmal, mich aus unserem Handel zu entlassen. Bitte.“

Er beobachtete sie einen langen Moment mit halb geschlossenen Lidern, bevor er schließlich mit harter gleichgültiger Stimme erwiderte: „Wie Sie wollen.“

„Danke.“

Wortlos eskortierte er sie zu dem Gewölbegang, der zu den Eingangstoren führte. Das Kopfsteinpflaster ließ das Geräusch seiner Stiefelabsätze unter der Gewölbedecke widerhallen, das Licht der Laternen war schummrig. Von hier aus konnte sie Kensington Lane sehen, wo Droschken und Kutschen standen und auf Fahrgäste warteten. Er blieb stehen. „Sie werden keine Schwierigkeiten haben, einen Wagen zu finden.“

Ihr wurde bewusst, dass ihr Abenteuer nun zu Ende ging. Sie zögerte und fühlte sich plötzlich verlassen. Hilflos wandte sie sich um und sah zu ihm hinauf. „Auf Wiedersehen, Mr. Munro.“

Sein Gesichtsausdruck war nicht zu deuten. „Auf Wiedersehen.“

Sie hielt ihm die Hand hin, fest entschlossen, ihm wenigstens als Zeitvertreib mit guten Manieren im Gedächtnis zu bleiben, wenn schon nicht als die unnahbare Femme fatale, als die sie ihm hatte erscheinen wollen. Mit einem verwirrten Ausdruck sah er auf ihre Hand hinunter.

Sie räusperte sich. „Üblicherweise sollten Sie jetzt meine Hand nehmen und sich verbeugen."

„Ah!", antwortete er freundlich. „Danke für die Anleitung. Manchmal vergisst man vollkommen, was von einem erwartet wird."

„Ich bitte Sie."

Er nahm ihre Hand, schlug die Hacken zusammen und verbeugte sich tief, wobei er mit den Lippen ihre Finger berührte. Dann richtete er sich auf, ohne jedoch ihre Hand loszulassen.

Sie bemühte sich um den richtigen Tonfall: kultiviert, ein wenig verärgert und ein bisschen belustigt. „Sehr gut, Mr. Munro", lobte sie ihn. „Jetzt sollten Sie meine Hand wieder loslassen."

„Ja", erwiderte er. Sein Blick war auf ihr Gesicht gerichtet. „Ja, natürlich. Aber wenn ich Ihnen nicht versprochen hätte …"

Er brach ab.

„Wenn Sie mir nicht was versprochen hätten?", fragte sie neugierig und atemlos.

„… dass ich Sie nicht ohne Ihre ausdrückliche Erlaubnis berühren würde – dann würde ich Sie jetzt küssen."

„Das würden Sie tun?" Sie schluckte. Sie konnte nicht so schamlos sein … Doch, heute konnte sie alles sein, was sie sein wollte. „Sie könnten ja … fragen."

Er schenkte ihr sein unverschämtes, wundervolles, schiefes Lächeln. Ein tiefes Grübchen zeigte sich auf seiner hageren Wange. Der Griff seiner Finger um ihre Hand wurde ein klein wenig fester. „Aber Mädchen", seine Stimme klang wie ein tiefes Schnurren, „ich habe zwei große Fehler. Der erste ist, dass ich nie um Erlaubnis frage.“

Sie fühlte Enttäuschung in sich aufsteigen.

„Und der zweite ist, dass ich ein verdammt … großer … Lügner bin.“

Mit einer einzigen Bewegung zog er sie an sich, umfasste ihre Taille und hob sie hoch, bis ihr Gesicht mit seinem auf einer Höhe war. Dann bettete er ihren Kopf in seine Hand und senkte seine Lippen auf ihre.

Es war ein harter bestrafender Kuss, ganz anders als beim ersten Mal. Seine Hitze durchströmte sie. Sein Mund presste sich gewaltsam, besitzergreifend auf ihren, seine kräftige Umarmung ließ ihr keinen Raum, sich zu wehren.

Und sie ergab sich vollkommen. Ergab sich ihm.

Mit einem Seufzer befreite sie ihre Arme, schlang sie um seinen Hals und klammerte sich an ihn, bestürzt von dem Verlangen, das er in ihr weckte, der Begierde, die sie in ihm spürte und die sie entflammte.

„Jesus!“, murmelte er nah an ihrem Mund und trat, sie immer noch in seinen Armen haltend, zurück in die tieferen Schatten des Gewölbeganges, hinter die Säule des letzten Bogens, so weit, bis sie die Ziegelwand in ihrem Rücken spürte.

Er presste sie mit seinem Körper an die Mauer und zwang sie so, seine harte Männlichkeit wahrzunehmen, ebenso wie die Hitze, die sich zwischen ihren eigenen Schenkeln sammelte. Es war lüstern. Schamlos. Unwiderstehlich. Helenas vernünftige Seite rang um Vorsicht, um Zurückhaltung, bestürmte sie, sich zurückzuziehen. Sich zu wehren.

Helena tat es nicht. Sie konnte es nicht.

Stattdessen gab sie sich ganz ihren Gefühlen hin, ließ sich von ihnen leiten. Sie schloss die Augen und erwiderte Rams wilde Küsse. Ihre Hände tauchten wie von selbst unter seine Jacke und strichen über das warme Leinenhemd, das seinen

Oberkörper bedeckte. Langsam ließ sie ihre Hände zu seinem Rücken wandern und erforschte den flachen Kanal seiner Wirbelsäule bis hinauf zu den großen Schulterblättern.

Er schauderte. Er erbebte unter ihrer Berührung.

Ein tiefes Grollen ertönte in seiner Kehle, als er seine Hände hob und ihre Wangen umfasste. Er drückte ihren Kopf nach hinten, und legte eine flammende Spur aus Küssen ihren Hals hinauf bis zu ihrem Ohr.

„Küss mich", flüsterte er mit belegter Stimme, „küss mich so, als ob du mich begehren würdest. Mach es mich glauben."

Als ob? *Als ob?* Sie begehrte ihn. Das Verlangen reifte in ihr heran wie eine seltene Orchidee, die jahrelang geduldig auf die richtige schwüle, mondlose Nacht gewartet hatte, um zu erblühen. Er war diese dunkle Nacht.

Sie fuhr mit den Fingern durch seine dichten schwarzen Locken und zog seinen Kopf herunter, bis er ihren Mund berührte. Sie küsste ihn begierig, ungeduldig, und als seine Zunge an ihren Lippen Einlass begehrte, öffnete sie den Mund und hieß sie mit ihrer eigenen Zunge willkommen.

Sie hatte dies schon immer gewollt, vom ersten Augenblick an, als sie ihn auf dem Lovers Walk gesehen hatte. Von dem Augenblick an, als er sie mit seinem Kuss in Brand gesetzt hatte, hatte sie sich nach ihm verzehrt. Sie hatte nachts in ihrem Bett gelegen, und in jenen fiebrigen Augenblicken zwischen Traum und Wachsein hatten sich ihre Gedanken nur darum gedreht. Um dies. *Um ihn.*

Wie durch einen Schleier bemerkte sie, dass er die Schleifen an ihrem Ausschnitt löste und mit den Fingern ihre Leinenbluse zur Seite schob. Er streichelte die weiche Schwellung ihrer Brüste, die von den engen Binden emporgedrückt wurden. Dann senkte er den Kopf, und – oh Gott! Sie stöhnte, als sie den süßen Sog seiner Lippen und das raue Schaben seiner Bartstoppeln auf ihrem zarten jungfräulichen Fleisch spürte.

Sie stöhnte, aber gleichzeitig gab sie sich diesem überwältigenden Gefühl hin und …

Er erstarrte.

Seine ohnehin schon angespannten Muskeln wurden noch härter, er riss den Kopf hoch und blickte sich um, wie ein Hund, der etwas Böses wittert. Dann trat er zurück und lockerte seinen Griff, bis ihre Füße den Boden berührten. Taumelnd fasste sie nach seinem Arm und betete, dass er sie jetzt nicht loslassen würde, denn ihre Beine fühlten sich seltsam kraftlos an.

„Mr. Munro?"

„Wir werden beobachtet."

Sie spürte, wie sie erbleichte. Einen Augenblick lang begegneten sich ihre Blicke, und er presste seinen Mund zu einem dünnen Strich zusammen. Er blickte von einer Seite des Ganges zur anderen, von dem leeren Torbogen, der zur Straße führte, zu dem Eingang in die Gärten. Durch beide Tore konnte sie sehen, wie Menschen vorbeischlenderten, ohne sie zu beachten. Aber obgleich die Schatten sie vor zufälligen Passanten verbargen, boten sie ihnen doch keinen Schutz vor einem geheimen Beobachter.

Sie zweifelte nicht an seinen Worten. Hatte sie früher am Abend nicht selbst einen missgünstigen Blick hinter sich gespürt?

Ihr schauderte, und Ramsey zog sie näher an sich und schützte sie mit seinem Körper, während er mit den Augen die Umgebung absuchte. Sie sah an sich herab und bemerkte, dass ihre Brüste über den Binden entblößt waren und weich und milchig in der Dunkelheit schimmerten. Und mit dieser Erkenntnis stürmte die Realität auf sie ein und brach den Zauber. Sie stand in den Armen eines Mannes da, der nicht einmal ihren Namen kannte, in den dunklen Seitengängen eines öffentlichen Vergnügungsparks, die Brüste gerötet von den Bartstoppeln eines Fremden, und nahm von ihm die Art von Küssen entgegen, von denen sie vermutete, dass nur wenige Ehefrauen sie genossen.

Genossen.

Sie schloss die Augen bei dieser verräterischen Ausdrucksweise. Dieses Wort machte es kein bisschen weniger vulgär. Ihr Körper brannte bei dem Gedanken, wie nahe sie daran gewesen war, ihren Stolz dem Vergnügen zu opfern. Wie viel weiter wäre sie dem Sirenenruf noch gefolgt? Gott sei Dank musste sie die Antwort nie erfahren.

Sie drückte sich gegen ihn. „Ich muss gehen. Ich muss."

Er drehte den Kopf wieder zu ihr, den Blick auf ihr Gesicht gerichtet. Seine Augen funkelten im Dämmerlicht. Er fluchte, trat zurück und fasste nach ihr. Sie drückte sich gegen die Wand, aber er schloss nur ihre Bluse, verknotete die Bändchen mit unbarmherziger Gründlichkeit, bevor er ihren Ellbogen nahm und sie vom Torbogen wegführte. Rasch eskortierte er sie hinaus auf die Straße.

„Sie müssen mich nicht …"

Sein Blick ließ sie verstummen. Er führte sie zu einer Droschke und signalisierte dem Fahrer, dass er auf seinem Sitz bleiben konnte.

„Ich vermute, dass Sie nicht vorhaben, mir Ihre Adresse zu geben, damit ich sie dem Fahrer mitteilen kann", sagte er.

Sie schüttelte den Kopf. „Nein."

„Natürlich nicht. Sie können sie ihm ja auf dem Weg geben." Sein Gesicht wirkte verschlossen und unbeteiligt. Er hatte sie begehrt, er hatte sie verloren. Aber er war ein Gentleman. Er akzeptierte seinen Verlust ohne Groll. Wenn sie das nur auch gekonnt hätte.

Er riss die Tür auf und zog die kleine Treppe heraus. Sie trat hinein, und er schloss die Tür hinter ihr. Sie hörte, wie er draußen dem Fahrer zurief, dass er in Richtung Stadt fahren sollte. Sofort setzte sich die Droschke in Bewegung.

Das war es also gewesen. Es war aus und vorbei.

Sie konnte sich nicht beherrschen. Sie öffnete das Fenster und schob den Kopf hinaus, reckte den Hals, um zurückzublicken. Er stand noch immer an der Stelle, wo sie sich getrennt hatten. Und dann fuhr die Kutsche um eine Biegung, und er entschwand aus ihrem Blickfeld.

Unglücklich sank sie zurück in die rissigen Lederpolster, und erst da bemerkte sie, was unter dem Fenster am anderen Ende der Sitzbank lag. Eine einzelne rote Rose.

9. KAPITEL

FLORENTINER STIL:
Ein Fechtstil, bei dem zwei Klingen benutzt werden

Ramsey ging zurück in die Gärten. Er war fest entschlossen, denjenigen zu finden, der ihnen nachspioniert hatte. Noch immer spürte er diesen missgünstigen Blick auf sich. Die Vorstellung, dass dieser Blick auch Helena berührt, sie beschmutzt hatte, erfüllte ihn mit kalter Wut. Also suchte er. Er suchte eine halbe Stunde lang, bevor er sich endlich eingestand, dass derjenige, der sie beobachtet hatte, nicht mehr da war.

Unruhig machte er sich auf den Weg nach White Friars, da ihn nun nichts mehr in Vauxhall hielt.

Er konnte immer noch ihren geschmeidigen Körper spüren, wie sie sich ihm ergeben und sich an ihn gepresst hatte, ihr Mund an seinen Lippen. Begierde durchströmte ihn so heftig, als hielte er sie immer noch in seinen Armen. Wer hätte gedacht, dass eine kleine maskierte Frau in Jungenkleidung – auch wenn sie diese zugegebenermaßen sehr hübsch ausfüllte – in der Lage sein würde, Ramsey Munros berühmten Gleichmut ins Wanken zu bringen?

Dabei hatte niemand sie so genau beobachtet wie er. Niemand sonst hatte Jahre damit verbracht, die stumme Sprache ihrer stets gelassenen Ausstrahlung zu erlernen: die Art, wie ihre Pupillen sich vor Zorn weiteten, wie ihr Mund sanfter wurde, wenn sie belustigt war, der gesenkte Blick, mit dem sie die Entgegnungen versteckte, die sie nicht auszusprechen wagte. Niemand sonst war immer stärker der Faszination ihres rätselhaften Wesens erlegen, während er sich zugleich gezwungen hatte, bei Ausstellungseröffnungen oder an Festtagen in überfüllten Straßen in ihrer Reichweite zu sein, immer im Bewusstsein, dass der Blick aus diesen klaren, kühlen blauen Augen nie auf ihn fallen durfte. Dass sie nie wissen durfte, dass er sie beobachtete und über sie wachte.

Er beschleunigte seinen Schritt. Sein Fechtsaal war einige Meilen weit entfernt, doch der Abend war, wie ihm nur allzu schmerzlich bewusst wurde, noch jung, und er verspürte ein drängendes Bedürfnis nach körperlicher Betätigung – welcher Art auch immer. Als er sich den Docks näherte, wurde die Gegend schäbiger. Zunächst waren die Veränderungen kaum sichtbar, aber sie wurden deutlicher, je weiter er ging. Die Häuser waren kleiner, die Geschäfte ärmlicher, die Kneipen heruntergekommener und zahlreicher und der Lärm, der aus ihnen drang, rauer.

Ramsey würdigte seine Umgebung kaum eines Blickes, obgleich er wusste, dass er beobachtet wurde, dass sein Laufvermögen eingeschätzt und der Wert seiner Kleidung überschlagen wurde. Böse Absichten folgten ihm wie die Katze dem Karren des Fischhändlers. Er konnte die Bedrohung, die in der Luft lag, ebenso schmecken wie andere Männer den Regen in einem aufziehenden Wind. Er hatte nicht aus purem Glück zwei Jahre lang unbeschadet im Gefängnis überlebt.

Und doch reichte ein scharfer Blick von ihm aus, um jedes ungebührliche Interesse auf Seiten der Bewohner dieser übel riechenden Straßen im Keim zu ersticken. Denn genau wie er in der Lage war, potenzielle Gefahren zu wittern, so hatten auch diejenigen, die an solchen Orten lebten, ein Gespür dafür, wer Opfer und wer Jäger war, und Ramsey Munro war eindeutig ein Jäger.

Die zufällige Begegnung mit Helena Nash in der vergangenen Woche war eine Frage von Gnade oder Buße gewesen, Belohnung oder Strafe, je nachdem, wie man es deuten wollte. Aber dieser Abend?

Er hatte sich selbst eingeredet, dass er nach Vauxhall Garden gegangen war, um Informationen über den Mann zu beschaffen, der Kit MacNeill vor Kurzem beinahe getötet hatte. Aber in Wirklichkeit hatte er gehofft, Helena Nash wiederzusehen und eine befriedigende Antwort auf das Rätsel zu erhalten, das sie darstellte.

Wer war sie?

Vielleicht war sie tatsächlich das, was sie vorgab zu sein, ein Neuankömmling in der Welt der Vergnügungen, auf der Suche nach Abenteuern. Bisher hatte sie ein streng geregeltes, anständiges Leben geführt. Wenn sie nach etwas suchte, das Abwechslung in die Mühsal ihres täglichen Lebens brachte, so war es sicher nicht an ihm, sie daran zu hindern.

Warum zur Hölle hatte er das dann tun wollen? Warum hatte er sie selbst dann noch vor sich und allen Männern seines Schlages warnen wollen, als er bereits ihren Mund wund geküsst und an ihren Brüsten herumgefummelt hatte wie ein aufgeregter Jüngling bei seinem ersten Mädchen?

Er verstand sich selbst nicht mehr, weder seine Motive noch seine Handlungen. Er hatte immer gedacht, dass er sich selbst mit unerbittlicher Klarheit durchschaute. Dass dem vielleicht doch nicht so war, verstimmte ihn außerordentlich. Plötzlich versteifte er sich, da er jemanden in der Nähe spürte, entspannte sich aber gleich wieder.

„Hast du etwas herausgefunden?"

„Verflucht! Ich werd mich nie dran gewöhnen, wenn Sie das machen", beschwerte sich Bill, ein abgerissener Mann mit zerfurchtem Gesicht, der jetzt aus einem dunklen Eingang trat und begann, neben Ramsey herzugehen. „Das is nich normal. Woher haben Sie gewusst, dass ich es bin?"

„Du atmest wie ein Blasebalg."

„Kohlenstaub", erklärte Bill stolz.

„Welche Neuigkeiten hast du für mich?"

„Ich war in den Docks unterwegs und meine Kumpels

auch, und niemand hat irgendwen gesehen, der eine rosenförmige Narbe ins Fell gebrannt hat. Nich in den letzten sechs Monaten. Und auch keine von den Huren an den Docks oder von den feineren Huren in der Stadt hat so einen gesehen. Natürlich vergessen die Leute schnell, wenn sie ihre Erinnerungen in Gin ertränken, und die meisten Kerle hier gehen an Land und hören nich mehr auf zu trinken, bis sie wieder ausgeschifft werden. Aber trotzdem, ein Tavernenbesitzer oder irgendein Mädchen müsste sich doch an so ein Brandzeichen erinnern, wie Sie es beschrieben haben, ganz zu schweigen von einem Franzosen. Die Matrosen hassen die Franzosen, das können Sie mir glauben."

Rams Augen verengten sich bei dem Gedanken an die Anstrengungen, die er unternommen hatte, um herauszufinden, wer vor sechs Monaten Kit MacNeill und seine Braut bedroht und einen Kranz getrockneter gelber Rosen um den Hals einer toten Ratte gebunden hinterlassen hatte. Es musste jemand aus St. Bride's gewesen sein. Niemand sonst wusste von den gelben Rosen, die in der fernen Abtei wuchsen, niemand sonst kannte ihre besondere Bedeutung für die Männer, die dort einmal als Waisenjungen gelebt und sich gegenseitig einen Treueschwur geleistet hatten, für den diese Rose das Symbol war.

Sie waren zu viert gewesen, und alle waren sie dazu erzogen worden, an die alten Tugenden von Treue, Heiligkeit und Ehre zu glauben: Douglas, ihr leidenschaftlicher und ergebener Anführer, Kit, das starke und imposante Raubein, der kluge und respektlose Dand und er selbst. Als der Abt Freiwillige gesucht hatte, um als Spione nach Frankreich zu reisen, waren sie alle vier vorgetreten. Sie waren alle gegangen. Sie waren alle gefangen genommen worden. Und sie waren alle von diesem Erlebnis gezeichnet worden, und zwar auf eine sehr greifbare Art und Weise.

Er griff mit den Fingern an seinen rechten Brustmuskel. Selbst durch das Leinenhemd hindurch spürte er die Ränder des Brandzeichens. Noch immer konnte er den Gestank seines eigenen angesengten Fleisches riechen.

Und dann, nach Monaten, die so dunkel gewesen waren, dass sie ihm inzwischen wie ein Albtraum erschienen, waren sie von jemandem aus den eigenen Reihen verraten worden. Der Verräter musste entweder Dand Ross oder der im Exil lebende französische Priester Toussaint sein, der den ursprünglichen Plan mit ausgeheckt hatte. Bei beiden erschien es ihm unvorstellbar, aber es konnte keine andere Möglichkeit geben. Niemand sonst hatte von den Dingen gewusst, die der Gefängniswärter auf so schändliche Art herausbekommen hatte.

Und nachdem er seine Informationen erhalten hatte, begann der Wärter, die Männer auf der Guillotine hinzurichten. Einen nach dem anderen. Douglas war der Erste gewesen. Dand hätte als Zweiter an die Reihe kommen sollen. Aber dann hatte ein Engländer am Abend vor Dands Enthauptung ihre Freilassung ausgehandelt, Colonel Roderick Nash, der für ihre Freiheit mit seinem Leben bezahlt hatte.

Die Freiheit hatte die Männer jedoch nicht wirklich frei gemacht. Gegenseitige Verdächtigungen quälten sie und zerfraßen ihre Bruderschaft. Anschuldigungen wurden ausgesprochen, aber da es keine Beweise gab, handelte niemand. Ihre Unwissenheit hinderte sie daran ebenso wie ihre einstige Verbundenheit.

Nachdem die Überlebenden nach England zurückgekehrt waren und der Familie des Colonels ihren Treueschwur geleistet hatten, hatte Ram Kit und Dand verlassen. Dann hatte Vater Tarkin Ram vor etwa sechs Monaten geschrieben und ihn von Kits bevorstehender Hochzeit in Kenntnis gesetzt.

Ram hatte den Brief lange angestarrt. Er hatte sich Hunderte von Gründen ausgedacht, um dem Ereignis nicht beizuwohnen, Dutzende, warum es ihm hätte gleichgültig sein sollen. Aber am Ende war er doch hingereist. Er war von London aus in den Norden Schottlands geritten, nachdem er beschlossen hatte, dass er Kit noch ein letztes Mal fragen wollte, ob er sie verraten hatte. Er hatte nicht damit gerechnet, dass Kit ihm dieselbe Frage stellen würde. Aber das hatte er getan. Und genau wie Kit ohne weitere Fragen oder Zweifel Rams Antwort akzeptiert hatte, glaubte auch Ram Kit. Ihr Wort reichte ihnen. Und das war eine Wohltat in einer Welt, in der sonst eher Misstrauen herrschte.

Danach hatte Kit ihm alles erzählt, was während seiner Reise durch den Norden Schottlands mit Kate Nash geschehen war. Ram hatte vorgeschlagen, dass er, während Kit unterwegs war, um die Männer Seiner Majestät im Kampfe anzuführen, sich wieder der schmerzhaften Frage zuwenden könnte, wer sie verraten hatte. Weil sie nie wirklich beantwortet worden war. Kit war einverstanden gewesen.

Ram hatte in diesen letzten Monaten einige Male den kalten Atem der Vergangenheit gespürt. Was ihn selbst anging, so war es ihm gleichgültig, ob Dand mit seinem schnellen Geist und seinen flinken Fäusten oder Toussaint mit seiner Fechtkunst ihn fand. Sollten sie beide nur kommen. Aber auch Kits Braut, Helenas Schwester, war von ihrem unbekannten Feind heimgesucht worden. Damit war klar, dass niemand, der ihnen oder dem verstorbenen Colonel Nash nahestand, vor dem Bösen sicher war, das jenes französische Gefängnis hervorgebracht hatte. Er vermutete, dass Charlotte, die von dem großen Reichtum und Einfluss der Weltons geschützt wurde, ziemlich sicher war, aber Helena, die einer alten Tyrannin ausgeliefert war und bei jeder Laune der Tilpot quer durch London geschickt wurde, war weitaus verletzlicher.

Er würde nicht zulassen, dass ihr Schaden zugefügt wurde.

„Haben Sie irgendwas von Ihren ausländischen Kumpels gehört?“ Bills Frage durchbrach seine düsteren Gedankengänge.

Über die Jahre hinweg war Rams Ruhm als Fechter so sehr gewachsen, dass er ein weltweites Netzwerk von Männern aufgebaut hatte, die sich selbst als Experten sahen. Er hatte diese Quellen benutzt, um zu versuchen, seinen bisher namenlosen Gegenspieler ausfindig zu machen.

„Noch nicht“, räumte Ram ein. „Aber wenn es Dand ist, dann hat er eine eingebrannte Rose, und wenn es Toussaint ist … Nun, wie schwer kann es schon sein, einen französischen Priester aufzutreiben?“

Abtei St. Bride's,
Schottische Highlands, 1792

„Gut!“, lobte der neue Priester, Bruder Toussaint, der angeblich früher einmal Offizier unter dem alten französischen Regime gewesen war, als Ram seine Finte konterte.

Ram konnte die Blicke der Zuschauer in seinem Rücken spüren: Douglas Stewart, der sie konzentriert betrachtete und jede Bewegung genau analysierte, Kit, der mit der wilden Entschlossenheit lernte, mit der er jedes Hindernis überwand, und Dand, der lautstark einwarf, dass ein ordentlicher Tritt in die Leistengegend die Angelegenheit sehr schnell beenden würde – und dass es ihm dabei ziemlich gleichgültig war, wer getreten wurde.

John Perton Glass, der einzige andere Junge, den der französische Priester zu lehren bereit war, saß abseits von den anderen. Die Jahre und die harte Arbeit, zu der alle Burschen vom Abt verpflichtet wurden, hatten John sein Fett verlieren lassen, ansonsten aber nichts getan, um seine Persönlichkeit angenehmer zu machen. Überraschenderweise zeigte er tatsächlich Talent beim Fechten.

„Nur ein Franzose hätte dich die grundlegenden Paraden so gut lehren können", sagte Toussaint jetzt.

„Als ich noch ein Bursche war", antwortete Ramsey etwas atemlos von der Anstrengung.

„Du bist immer noch ein Bursche."

Ram unterdrückte seinen Ärger. Mit vierzehn hatte er schon lange aufgehört, sich selbst als Knaben zu sehen. Toussaint wusste dies genauso gut, wie er wusste, dass es Ram ablenken würde, wenn er dies während des Kampfes erwähnte.

„Sag es mir. Ich bestehe darauf, es zu erfahren. Wo hast du diese Fähigkeiten gelernt? Ein armer Waisenjunge wie du." Letzteres wurde voller Ironie ausgesprochen, und Ram spürte die Wut in sich aufsteigen. Er wollte nicht an seine Vergangenheit erinnert werden. Das hatte er nicht nötig. Er hatte jetzt seine Brüder.

Ram blickte zur Seite, um ihre Reaktionen zu sehen. Auch sie wirkten eindeutig verärgert. Es war eine unausgesprochene Vereinbarung, dass sie die Jahre vor St. Bride's hinter sich gelassen hatten wie einen abgelegten Panzer, der jetzt leer und bedeutungslos war. Außer – nun, manche Dinge waren offensichtlich.

Kit hatte vor seiner Ankunft eindeutig ein raues Leben geführt, und Douglas, der schon am längsten hier war, war der Leidenschaftlichste von ihnen und stellte sich stets die edlen Taten vor, die sie eines Tages vollbringen würden. Nur Dand blieb ein vollkommenes Rätsel. Manchmal schien es, als stamme er aus einer ebenso vornehmen Welt wie Ram, und manchmal wirkte er genauso misstrauisch und hart wie Kit.

„Komm schon. Sag es mir."

„Ich habe eine Abhandlung darüber gelesen."

„Ha!" Der Franzose lachte. „Welcher Waisenjunge hat

schon deine Schlagfertigkeit? Deine Erziehung? Die anderen Brüder haben mir gesagt, dass du schon Griechisch und Latein konntest, als du hergekommen bist. Welches Waisenkind aus den Highlands kann mit neun Jahren Latein?"

„Ein frommes?", schlug Dand von seinem Platz aus mit unschuldiger Miene vor.

Zwei genügten, um dieses Spiel zu spielen. „Was ist mit Ihrem Können, Bruder Toussaint?", fragte Ram sanft, während ihm der Schweiß das Gesicht herunterlief und ihm in den Augen brannte. „Für jemanden, der aufgehört hat, als Werkzeug des Krieges zu dienen, sind Sie erstaunlich gut in Form."

Toussaints Lächeln war freundlich, aber seine Augen verengten sich nachdenklich. „Du bist sehr geschickt darin, alle möglichen Finten abzuwehren, junger Fechter", sagte er ruhig. „Aber sei wachsam. Wenn du eine Attacke provozierst, machst du dich am Ende möglicherweise selbst verletzbar."

Und mit einer plötzlichen schwungvollen Bewegung ließ er die Spitze seiner Klinge um Rams Waffe gleiten. Die Wucht riss Ram den Degen aus der Hand.

„In etwa so."

10. KAPITEL

ANGRIFF WÄHREND DER PRÄPARATION: Offensive Aktion, während der Gegner noch seinen Angriff vorbereitet

Ramsey trat aus dem schmalen Durchgang heraus in eine Straße, in der der Regen früher am Abend die Gosse hatte überlaufen lassen, sodass das dreckige Wasser sich in großen Pfützen gesammelt hatte. Die Straße war vom Verkehr verstopft, da ein Lastkarren umgekippt war und seine Ladung überall verstreut herumlag. Der Fahrer stand auf dem Wagen, schnalzte mit der Peitsche und schrie die zahlreichen zerlumpten Kinder an, die umherrannten um nach den aufgeweichten Ballen zu greifen.

Ram sprang über die stinkende Brühe auf den Gehsteig und folgte der Straße. Zwei Häuserblocks weiter lief er eine steile Marmortreppe hoch, die zur Eingangstür seiner Fechtschule führte. Das Stadthaus, das eine Generation zuvor von einem Kaufmann gebaut worden war, der zu anmaßend gewesen war, um etwas Bescheidenes zu bauen, und zu stolz, um eine modischere Gegend zu wählen, umfasste drei Stockwerke. Seine klassische Fassade war von Ruß geschwärzt, und die Ziergiebel waren rissig und kaputt, aber trotzdem strahlte es immer noch eine gewisse Würde aus.

Ramsey sperrte die Tür auf, und sein Assistent Gaspard sprang von einem Stuhl hoch, auf dem er gedöst hatte, und eilte herbei, um Ram aus dem Mantel zu helfen. Dieser bedankte sich zerstreut.

„Ist die Karaffe gefüllt, Gaspard?“, fragte er.

„Ja.“ Das eine Auge des Mannes – das andere wurde von einer schwarzen Augenklappe bedeckt – verengte sich missbilligend. Ram nahm es ihm nicht übel. Die beiden Männer hatten sich im Gefängnis von LeMons kennengelernt, wo sie beide inhaftiert gewesen waren. Rams Gefangenschaft war rechtens gewesen, seiner Absichten, nicht seiner Handlungen wegen, doch Gaspards einziges Verbrechen hatte darin bestanden, dem Neffen seines ehemaligen adligen Arbeitgebers in einem lang vergangenen Sommer ein paar Fechtschritte beizubringen.

Nachdem Ram befreit worden war und er und seine früheren Brüder sich getrennt hatten, hatte er sich auf den Weg nach London gemacht. Dort hatte er seinen ehemaligen Zellengenossen in einem düsteren Fechtsaal gefunden, wo er Klingen schärfte. Ram hatte ihm eine Stelle angeboten. Seitdem waren sie stets zusammen gewesen.

„Irgendwelche Briefe aus Schottland oder vom Kontinent?"

„Ein Communiqué von Ihrem Landverwalter in Schottland." Vor zwei Jahren hatte Ramsey diskret damit begonnen, über Vertreter die Ländereien zurückzukaufen, die einst im Besitz der Familie seiner Mutter gewesen waren, mit dem Vorhaben, das Eigentum wiederzuerlangen, das die Familie nach der Schlacht von Culloden verloren hatte. Es würde Jahre dauern, bis er sich alles leisten konnte. Es sei denn, er gewann das Internationale Fechtturnier.

„Und vier junge Männer sind am frühen Abend im Fechtsaal vorstellig geworden und haben um Unterricht gebeten."

„Erinnerst du dich an ihre Namen?"

„Ich glaube, einer von ihnen war ein Lord Figburt."

Ah, die Burschen aus Vauxhall. Großartig. Jetzt hatte er vier neue Schüler, für die er das Kindermädchen spielen musste, eine Nachricht aus Schottland zu beantworten, Notizen von seinen bezahlten Vertretern durchzuarbeiten und Briefe von Partnern und Möchtegerngegnern zu beantworten. Darüber hinaus musste er sich auch noch den nötigen physischen, mentalen und finanziellen Vorbereitungen für das Turnier widmen. Und dann war da noch Helena Nash.

Es würde eine lange Woche werden.

„Danke, Gaspard. Du brauchst nicht aufzubleiben. Ich werde mir selbst zu helfen wissen."

„Wie Sie meinen, Sir. Aber da ist noch etwas." Der Blick aus Gaspards verbliebenem Auge glitt an ihm vorbei.

„Was ist es, Gaspard?", fragte Ram.

„Der Marquis of Cottrell ist im Salon."

Oh ja, eine sehr lange Woche.

Ramsey trat in den Raum ein, in dem, abgesehen von einer einzigen Lampe auf der Anrichte, Dunkelheit herrschte. Er sah sofort den silberhaarigen alten Mann, der neben einem Waffenhalter stand. Der Mann hatte einen Degen herausgenommen, ein leuchtendes Stück Stahl aus Toledo, und balancierte ihn behutsam auf den Fingerspitzen. Als er Ram eintreten hörte, legte er die Waffe wieder zurück.

„Ich habe gehört, dass du deine langjährige Erfahrung jetzt kommerziell nutzt", sagte der Marquis, ohne sich umzuwenden, „und mir wurde zugetragen, dass dies deine Fechtschule ist."

„Armselig", erwiderte Ram ruhig, „aber mein Eigen."

Der alte Mann nahm eine andere Waffe. Es war ein Rapier aus Solingen. „Du hast einige schöne Waffen gesammelt."

„Ich habe die wichtigsten Dinge aus meinen frühen Unterrichtsjahren beibehalten. Eine gute Klinge zu erkennen gehört dazu."

„Ha!" Der alte Mann lachte kurz auf und wandte sich um. Sein hohes Alter hatte ihm sein vollendet gutes Aussehen nicht ganz geraubt, auch wenn die Jahre seine fein geschnittenen Züge in zahlreiche Falten eingebettet hatten und ein Augenleiden seine kalten unerbittlichen Augen trübte.

Wie er das hassen musste.

Er war auch langsamer geworden, der innerliche Entschluss wurde nicht mehr ganz so schnell in geschmeidige Bewegungen übersetzt. Seine Gelenke waren rostig, seine Finger gekrümmt, auch wenn sie nichts hielten. Ram empfand keine Gefühlsregung, als er ihn ansah.

„Dein Vater wurde von dem großen Angelo unterrichtet, weißt du“, sagte der Marquis.

Ram zog einen schweren Lehnstuhl heran, ließ sich hineinfallen und streckte sich mit betonter Lässigkeit aus. „Ja, ich glaube mich an so etwas zu erinnern.“

Der Marquis sah den Jüngeren genau an und versuchte herauszufinden, mit was für einer Art Mann er es zu tun hatte, doch Ramsey Munro erlaubte keinen Blick hinter seine Fassade. Der alte Mann hatte gehofft, ihn zu einer Reaktion zu provozieren, indem er abends unangekündigt und unerwartet zu ihm kam, aber in jener gut aussehenden Hülle aus Fleisch und Blut steckte ein hartes Rückgrat. Der Marquis fragte sich, ob es noch härter war als sein eigenes.

„Dein Vater hatte die größte Fechtbegabung, die ich je gesehen habe“, stellte er fest.

„Offensichtlich“, entgegnete Ram trocken, „haben Sie nie den Mann gesehen, der ihn getötet hat.“

Um den Mund des Marquis zuckte es. „Du bist absichtlich unhöflich.“

„Bin ich das?“ Ram ergriff mit einer ausladenden Bewegung die Karaffe mit Claret, die auf einem Tisch neben ihm stand, goss ein wenig von dem Wein in ein Glas und hob es an den Mund. „Und ich habe mir gerade gedacht, dass ich außerordentlich zurückhaltend bin“, bemerkte er über den Rand seines Glases hinweg. „Aber ich bin mir sicher, dass Sie nicht zu so später Stunde mit solcher Heimlichkeit hierhergekommen sind, um über das Fechttalent meines Vaters oder seinen Mangel daran zu sprechen. Vor allem, nachdem ich mich in den letzten drei Jahren geweigert habe, mich mit Ihnen zu treffen, egal wo und unter welchen Umständen. Trotzdem sind Sie jetzt hier. Was zu der Frage Anlass gibt, was mir diese … Ehre verschafft?"

Bei der berechnenden Pause lächelte der Marquis zum ersten Mal. „Verflucht, du bist wirklich eiskalt."

„Es ist eine kalte Welt, Sir."

Das Lächeln des Marquis verblasste. Er starrte Ram an, forderte ihn heraus, das Schweigen zu brechen. Aber Ram nahm nur einen Schluck Claret, stellte das Glas wieder zurück auf den Tisch, streckte seine langen Beine aus und kreuzte sie übereinander. Dann legte er lässig die Hände auf seinen flachen Bauch und betrachtete den Marquis mit leisem Interesse, so, wie ein Kind blicken würde, mit pflichtbewusster – und gelangweilter – Höflichkeit.

Die Taktik war darauf ausgelegt, den Marquis zu beleidigen und zu verärgern, und sie ging auf.

Die Stille wurde gebrochen, als die Tür aufflog und der einäugige Butler, der den Marquis in den Salon geführt hatte, unter der Last eines schweren Silbertabletts gebeugt hereinkam. Es war mit Köstlichkeiten beladen, die der Anrichte jedes modischen jungen Herrn zur Ehre gereicht hätten. Gänseleberpastete und Toast, gezuckerte Trauben und Pflaumen waren auf Kristallteller gehäuft, während inmitten der ganzen aufgetürmten Pracht eine zierliche Teekanne aus Sèvres-Porzellan stand. Allem Anschein nach waren die Leute, die dem Marquis zugetragen hatten, dass Ramsey sich finanziell nur mühsam über Wasser hielt, im Irrtum gewesen.

„Ah, Gaspard", kommentierte Ram lakonisch. „Du hast die Speisekammer unseres Nachbarn geplündert, wie ich sehe? Der werte Marquis wird erfreut sein. Das wäre dann alles."

Also hatte Gaspard sich Sorgen gemacht, was für einen

Eindruck sein Herr machen würde. Gott sei Dank war wenigstens einer von ihnen beiden vernünftig genug, um zu erkennen, wann es auf Äußerlichkeiten ankam und wann nicht.

Der Butler warf Ram einen besorgten Blick aus seinem verbliebenen Auge zu, bevor er eine kurze Verbeugung andeutete, sich geräuschlos zurückzog und die Tür hinter sich schloss.

„Ich bitte Sie, Mylord, greifen Sie zu", sagte Ram. „Mir wäre der Gedanke unerträglich, dass Gaspard völlig umsonst eine kriminelle Laufbahn eingeschlagen hat, ohne dass die Früchte seiner Arbeit gewürdigt werden." Er deutete auf das kleine Festmahl.

„Nein. Danke", erwiderte der Marquis. „Du bist ihm sehr ähnlich in deiner Art", bemerkte er. „Deinem Vater. Stolz. Unnachgiebig. Nachtragend."

„Nett von Ihnen, mir das zu sagen", antwortete Ram ruhig. „Es ist tröstlich zu wissen, wem ich meine Charakterfehler zu verdanken habe. Um nicht zu sagen, inspirierend. Denn wir können nur das Beste aus dem machen, was wir geerbt haben, nicht wahr, Mylord?"

„Und sarkastisch", fuhr der Marquis fort. „Auch er hatte eine spitze Zunge."

Bei dieser Bemerkung runzelte Ram die glatte Stirn. „Können wir nicht ‚geistreich' sagen? Das klingt besser, finden Sie nicht?"

Der Marquis unterdrückte mühsam die Wut, die durch seine kühle Fassade zu dringen drohte. Er nahm einen tiefen Atemzug, änderte dann seine Meinung bezüglich einer Erfrischung und goss sich ein Glas Claret ein. Er hatte fast vier Jahre gebraucht, um an diesen Punkt zu kommen. Zunächst war er sich sicher gewesen, dass Ramsey irgendwann seiner Einladung Folge leisten würde. Er war schließlich der Marquis of Cottrell. Später hatte ihn dann sein Stolz davon abgehalten, zu Ramsey zu kommen. Er war schließlich der Marquis of Cottrell. Und am Ende hatte ihn das, was ihn zuvor vom Kommen abgehalten hatte, hergeführt. Er war schließlich der Marquis of Cottrell.

Der Letzte der Cottrells.

Er schüttete rasch den Wein hinunter und blickte dann auf Ram hinab, mit seinen wirren, glänzenden schwarzen Locken, der blassen Haut und den schönen blauen Augen.

„Du siehst ihm auch ähnlich. Zum Teufel, das tust du!“, murmelte er.

„Dann sah er wohl aus wie ein Lustknabe?“, fragte Ramsey gelangweilt.

Der Marquis konnte einen Ausruf der Entrüstung nicht unterdrücken. „Wie kannst du es wagen?“

„Aber Sir, ich wiederhole doch nur die letzten Worte, die ich von Ihnen gehört habe“, erwiderte Ram unschuldig. „Lassen Sie mich nachdenken ...“

Er lehnte den Kopf an das Sitzkissen zurück und schloss die Augen, als versuche er, sich an etwas zu erinnern.

„Ah ja. Ich bin mir ganz sicher. Bitte, Sir, erinnern Sie sich zurück“, ermutigte er den älteren Mann mit heiterer beißender Stimme. „Meine Mutter und ich kamen in Ihr Haus in Mayfair. Ihr Diener wies uns an, am Dienstboteneingang zu warten. Wie Lieferanten. Ich glaube mich daran zu erinnern, dass irgendein junges Ding gerade das Messingtürschild polierte. Sie kamen endlich, und meine Mutter fragte: ‚Was soll aus meinem Sohn werden?‘ Sie weinte. Daran erinnere ich mich ganz genau, weil ich nie zuvor gesehen hatte, dass sie Tränen vergoss.“ Er hielt inne und sah zu dem Marquis hinüber. „Und Sie antworteten: ‚Vermutlich landet er in einem Bordell – er sieht aus wie ein Lustknabe.‘“

Ramsey zog die Schultern in einer eleganten entschuldigenden Geste hoch, die jedoch nicht im Geringsten glaubhaft wirkte. „Als Sie jetzt meine Ähnlichkeit zu meinem Vater bemerkten, nun, da nahm ich natürlich an, dass auch er ausgesehen haben muss wie ein …“

„Es reicht!“ Die Worte brachen wie eine Explosion aus dem Marquis hervor.

Das nichts sagende Lächeln erstarb auf Rams Gesicht und wich einem verächtlichen Blick. „Genau das habe ich mir auch gerade gedacht.“

„Er war mein Sohn! Ich habe gelitten! Meine Worte sind dem einen Wunsch entsprungen, dass jemand anders genauso leiden sollte wie ich.“

Rams Augen verengten sich zu schmalen Schlitzen. „Also das ist wirklich eine Überraschung. Ich habe immer geglaubt, Sie hätten meinen Vater verleugnet. ‚Mein Sohn ist seit über zehn Jahren tot‘, waren angeblich Ihre Worte, als Sie von seinem Ableben informiert wurden.“

„Du musst mich nicht an meine eigenen Worte erinnern!“ Eine Schüttellähmung ließ die Hand des Marquis zittern, und rote Flecken bildeten sich auf seiner Haut. „Ich habe deiner Mutter die Schuld an seinem Tod gegeben“, fuhr er ohne jedes Anzeichen von Reue fort. „Und das tue ich immer noch. Wenn er seine Pflicht getan und standesgemäß geheiratet hätte, dann wäre er noch am Leben.“

„Meine Mutter war die Tochter eines Earls“, entgegnete Ram.

„Ihrem Vater waren Titel und Ländereien aberkannt worden. Sie war eine Schottin und eine Papistin!“, erwiderte der Marquis wütend. „Sie weigerte sich zu konvertieren, entgegen meinen Wünschen und ohne Rücksicht darauf, was es deinem Vater oder dir gebracht hätte. Sie war nicht besser als die Hure des Regenten, Mrs. Fitzherbert, und da sie noch keine zwanzig war, als sie meinen Sohn ‚heiratete‘, war die Verbindung deiner Eltern noch nicht einmal rechtsgültig!“

„Es muss außerordentlich ärgerlich für Sie gewesen sein, als Ihr Sohn sich weigerte, die Hochzeit mit meiner Mutter abzustreiten“, bemerkte Ram geradeheraus.

Mit offensichtlicher Anstrengung gelang es dem Marquis, seine Wut zu bezähmen. Er würde den jungen Mann nicht für sich gewinnen, indem er ihn vor den Kopf stieß. Jede Hoffnung, dass seine Linie weitergeführt würde, dass sein edler Name und sein Titel in künftigen Generationen weiterleben würden, war verloren. Es sei denn, er konnte Ramsey Munro davon überzeugen, sich seinen Wünschen zu beugen. Zu diesem Zweck musste er seine Wut beherrschen.

„Es ist einerlei, wie dein Vater die Sache sah“, sagte der Marquis. „Der Staat erkennt seine Ehe nicht an. Und dich auch nicht.“

„Es wird mir gelingen, mit dieser Enttäuschung zu leben.“

„Das musst du nicht.“

Ram blickte von der Weintraube auf, die er gerade gewissenhaft schälte. Er lächelte. Zum Teufel mit seiner Unbekümmertheit.

„Deine Mutter hat dir nichts hinterlassen“, stellte der Marquis rundheraus fest.

„Kein Wunder, wo doch der Schlächter von Culloden, Ihr Freund, der Duke of Cumberland, ihrer Familie alles genommen hatte.“

„Cumberland war kein Freund von mir. Und der Verlust irgendeiner schottischen Familie kümmert mich nicht. Wenn die Leute ihre Ländereien hätten behalten wollen, hätten sie eben die Krone unterstützen sollen.“

„Verzeihen Sie mir, wenn ich Sie langweile.“

„Aber vor allem ist es mir gleichgültig, weil es längst vergangen ist“, fuhr der Marquis unbeirrt fort. „Die Vergangenheit ist tot. Wie mein Sohn. Wie deine Mutter.“

„Sie meinen Ihre *Söhne,* nicht wahr?“, fragte Ram leise.

Bei diesem unerwarteten Stich ins Herz zuckte der Marquis zusammen, und Ramsey, der das genau sah, lächelte. Es war kein angenehmes Lächeln. Verdammt. Natürlich musste er es wissen. Alles, was der Marquis über Ramsey in Erfahrung gebracht hatte, hatte darauf hingedeutet.

„Soweit ich weiß, haben Sie nach meinem Vater drei weitere Jungen gezeugt", sagte Ram. „Einer starb als Säugling, ein anderer einige Jahre später bei einem Unfall in Eton. Der letzte wurde vor fünf Jahren getötet. Alle sind sie ohne Erben gestorben. Ohne auch nur ein paar praktische Bastarde zu zeugen, wie mir berichtet wurde."

Der Marquis war entschlossen, sich nicht provozieren zu lassen. „Ich biete dir an, dich zu meinem rechtmäßigen Erben zu erklären."

„Ach, tun Sie das?" Ram stieß ein belustigtes Schnauben aus und zog sich hoch, die Hände auf die Armlehnen gestützt. Er blickte zu der Uhr, die auf dem Kaminsims stand. Sie war alt, wie der Marquis sah, und handwerklich hervorragend gearbeitet. Daneben stand kein weiterer Zierrat. Als Kind hatte Ram ein Leben geführt, in dem er großzügig mit Luxus verwöhnt worden war. Vermisste er das? Wie konnte er es nicht vermissen?

Der Reichtum seines Vaters war nicht von ihm, dem Marquis, gekommen, sondern von einem riesigen Vermögen, das ihm durch die mütterliche Linie auf Lebenszeit vererbt worden war. Rams Vater, der wohlhabend, geächtet, sorglos und kühn gewesen war, hatte seiner Frau und seinem Sohn alles gegeben, was man mit Geld kaufen konnte: Diener und Kutschen, Lehrer und Ausbilder, luxuriöse Einrichtungsgegenstände, exotisches Essen und feine Kleidung. Ram hatte gelebt wie ein junger Prinz.

Neun kurze Jahre lang.

Bis sein Vater in einem Duell gestorben war, in dem er die

Ehre *dieser Frau* verteidigt hatte.

Dann … oh ja, dann hatte Rams privilegiertes Leben sich verändert. Jetzt saß der einstmals bevorzugte Junge als kühler dunkler Fremder in einem beinahe leeren Raum in einem billigen Viertel Londons vor ihm. Und trank gestohlenen Wein. Wie konnte er das, was der Marquis ihm anbot, ausschlagen? Der Marquis stellte sein Weinglas auf den Tisch.

Ram gähnte. „Sie müssen mich entschuldigen", sagte er. „Ich stelle plötzlich fest, dass ich außerordentlich müde bin. Gaspard wird Sie nach draußen begleiten."

„Hast du mir nicht zugehört?", fragte der Marquis ungläubig. „Ich habe dir angeboten, dich vor dem Gesetz anzuerkennen. So, wie ich es dir letztes Jahr angeboten habe und das Jahr davor und das Jahr davor. Ich kann dich zum nächsten Marquis of Cottrell machen!"

„Das können Sie nicht", erwiderte Ram leichthin. „Sie können nicht einfach einen Bastard zum Marquis machen. Nur der Regent hat diese Macht."

Also deswegen war er so unbeeindruckt. Ramsey hatte das Ausmaß der Macht des Marquis noch nicht erkannt. Und sein Enkel wusste auch noch nichts von dem Plan, den der Marquis schon vor Jahren gefasst hatte. „Und diejenigen, denen der Regent Gehör schenkt", sagte der Marquis.

„So wie Ihnen?"

„Ja! Verstehst du jetzt, welch großes Geschenk ich dir anbiete?"

„Das verstehe ich sogar vollkommen, Sir", antwortete Ram. „Und wie ich Ihnen bereits letztes Jahr und das Jahr davor und das Jahr davor geschrieben habe, bin ich nicht interessiert. Es überrascht mich, dass Sie überhaupt auf den Gedanken kamen, dass ich interessiert sein würde."

Der Marquis starrte ihn ungläubig an. „Ich glaube dir nicht. Du spielst mir etwas vor. Du willst nur, dass ich dich anflehe. Du willst mich dazu bringen, dir zu sagen, dass es mir leidtut. Dass ich bedaure, wie ich deinen Vater und seine – deine Mutter behandelt habe. Aber das werde ich nicht tun. Niemals!“ Er schlug mit der Faust auf den Tisch. Das Glas fiel um, und der Wein tropfte auf die kahlen Holzdielen.

Ram blickte ausdruckslos auf den See aus rubinroter Flüssigkeit. „Sie irren sich, Mylord. Ich erwarte von Ihnen nichts anderes als das, was Sie bereits getan haben.“

„Du glaubst, dass du dich nobel verhältst“, entgegnete der Marquis wütend. „Aber du bist nur dumm. Ein sturer lächerlicher Junge. Du machst deine Mutter nicht wieder lebendig, indem du mich verleugnest.“

„Nein“, stimmte Ram ihm höflich zu.

Der Marquis presste die Lippen zusammen und wandte sich ab, um sich zu sammeln, wütend über die Zurückweisung. Rams Weigerung, auf seine Provokationen einzugehen, war unerwartet gekommen. Der Marquis war nicht darauf vorbereitet gewesen. Wut und Hass waren Emotionen, mit denen zu kämpfen er gerechnet hatte. Was er jedoch nicht erwartet hatte, war ein unerschütterlicher junger Mann, der zu größerer Verachtung fähig war als der Teufel selbst.

Er versuchte es mit einer neuen Taktik.

„Nimm mein Angebot an“, sagte der Marquis ruhig und zwang sich zu derselben eiskalten Höflichkeit, die sein Enkel an den Tag legte. „Du kannst nicht so leben wollen, als Außenseiter, als Bettler, der die Brosamen vom Tisch der Hökergestellten isst, während du die ganze Zeit über weißt, dass sie in Wirklichkeit gar nicht ranghöher sind.“

Ram lächelte kühl. „Es sind überaus schmackhafte Brosamen, Sir.“

Der Marquis ignorierte Rams spöttische Bemerkung. Er hatte den Blick auf das Gesicht seines Enkels fixiert und suchte nach irgendeinem Zeichen, nach dem kleinsten Riss in dieser unbewegten Maske. „Wie du es hassen musst, wo du doch den Stolz deiner Mutter und deines Vaters geerbt hast."

„Wie ich was hassen muss?"

„Das Mitleid der Gesellschaft in Verbindung mit ihrer Gönnerhaftigkeit. Das muss dir übel aufstoßen."

Nichts.

„Grüßen sie dich, wenn sie dir zufällig auf der Straße begegnen? Laden sie dich in ihre Clubs ein? Ja? Aber nur, damit du deine Fähigkeiten zur Schau stellst. Wie ein Tanzbär."

Keine Regung.

„Sprechen ihre Frauen und Töchter mit dir?" Spannten sich Rams Mundwinkel ein kleines bisschen an? Hatten die Worte des Marquis einen wunden Punkt getroffen? Es gab nur eine Möglichkeit, das festzustellen: tiefer zu bohren. „Aber was für eine dumme Frage! Natürlich tun sie das. Sieh dich nur an! Ja, ich bin mir sicher, dass sie mit dir sprechen … wenn es dunkel ist. Oder in ihren Häusern, auf der Hintertreppe, während ihre Ehemänner am Spieltisch vor sich hin schlummern." Jetzt hatte er einen Fehler gemacht. Die Anspannung in Rams glattem Antlitz verschwand. Der Marquis beeilte sich, den verlorenen Boden zurückzugewinnen.

„Nein", sagte er. „Nein. Auf *deine* Dame wartet bestimmt kein Ehemann, nicht wahr? Du würdest dich nicht mit dem zufrieden geben, was ein anderer übrig gelassen hat. Wer käme für dich infrage? Eine Witwe? Oder vielleicht eine abenteuerlustige junge Dame? Erlaubt sie dir in der heimlichen Abgeschiedenheit ihrer Kutsche Freiheiten oder in den Blätterlauben eines Lustgartens? Andererseits … weigert sie sich, dich am nächsten Morgen bei ihrem Ausritt im Park wiederzuerkennen?"

Da! Irgendeine tief vergrabene Emotion blitzte in der ungerührten Kälte von Rams klarem Blick auf.

„In der Tat", sagte der Marquis leise, „ich bin mir ganz sicher, dass die Damen mehr tun, als nur mit dir zu sprechen."

„Ich lasse Sie von Gaspard hinausbegleiten."

„Du hast zu viel Stolz, um dich wie ein heimlicher Schoßhund von einer Dame aushalten zu lassen. Du bist keine männliche Hure."

„Sie wissen nichts über mich", entgegnete Ram. Doch seine Stimme klang gepresst.

„Ganz im Gegenteil. Ich weiß sogar einiges über dich. Ich habe Nachforschungen anstellen lassen: über deine Finanzen, deine Bekannten. Ich kenne dich besser, als du denkst. Beispielsweise weiß ich, dass du, genau wie dein Vater, unfähig bist, Kompromisse oder Ersatzangebote zu akzeptieren. Ich weiß auch, dass du seinen Charme besitzt. Es gab wohl kaum eine Frau, die ihm widerstehen konnte, wenn sein Verlangen nur stark genug war. Und es gibt wohl kaum eine Frau, der es gelänge, dir zu widerstehen. Dein Ruf ist bekannt."

„Sie widersprechen sich", spottete Ram. „Erst sind Sie der Meinung, dass ich durch das Aussehen, das ich von den Cottrells geerbt habe, zu einer Zukunft als eine Art Gespiele verheirateter Damen verdammt bin, und nun bin ich für das andere Geschlecht auf so verhängnisvolle Weise attraktiv, dass ich nur eine Andeutung zu machen brauche und die Frauen kommen herbeigerannt, um sich für mich ins Unglück zu stürzen."

„Ich habe mich nicht klar genug ausgedrückt", antwortete der Marquis mit schmeichlerischer Stimme. „Sie können dir nicht widerstehen, zumindest ein paar Stunden lang. Aber ich vermute, dass sie schnell genug wieder zur Vernunft kommen, wenn sie erst einmal aus deinem Bett gestiegen sind. Die Damen, die du vielleicht gerne heiraten und nachts bei dir haben würdest und von denen du gerne Erben hättest, Damen von Rang, sind in diesen Dingen sehr vorsichtig und wissen, wie hoch der Preis für die Liebe ist, wenn die Leidenschaft erst einmal verbraucht ist."

„Die Damen, die ich gerne heiraten würde?", wiederholte Ram ungläubig. „Sie wissen nichts, aber auch gar nichts von dem, was ich will. Eines kann ich Ihnen versichern, Sir, sollte ich eines Tages das Bedürfnis verspüren, mich fortzupflanzen, so gibt es genug tugendhafte …"

„Tugendhafte Töchter von Ladenbesitzern?" Der Marquis lachte und schüttelte den Kopf. Er hatte den wunden Punkt gefunden. Er konnte sehen, wie Rams feine blasse Haut sich rötete, wie er die Nüstern blähte. Der Narr war verliebt. In eine Dame.

Und sie wollte ihn nicht.

„Nein, Ramsey Munro. Du wurdest in eine prachtvolle und privilegierte Umgebung hineingeboren wie ein junger Kalif, ein Kenner, der von Kindesbeinen an dazu erzogen wurde, nur das Beste anzuerkennen, das Feinste, das Erlesenste. Sieh dich um. Du besitzt äußerst wenig, und doch ist das, was du besitzt, beispielhaft. Wie viele namenlose Bettler können eine japanische Klinge aus dem siebzehnten Jahrhundert ihr Eigen nennen? Und wie viele namenlose Bastarde tragen goldene Rosen an ihren Halstüchern? Du tust es."

Da. Er konnte sehen, wie tief er Ramsey getroffen hatte. „Denk über mein Angebot nach."

„Das brauche ich nicht. Ich will nichts, was Ihnen gehört. Ich will weder Ihren Namen noch Ihr Geld noch Ihren Titel."

„Aber wer auch immer die Dame ist, die dich so in ihren Bann gezogen hat, vielleicht will *sie* es. Wenn du mein Angebot annimmst, könnte sie vielleicht erwägen, deinen Namen für ein ganzes Leben anzunehmen, statt nur deinen Körper für ein paar Stunden zu benutzen." Der Marquis erhob sich unter Zuhilfenahme seines elfenbeinernen Gehstocks. Mit steifen Bewegungen humpelte er zu Ram hinüber.

„Oh ja", sagte er. „Ich sehe sehr wohl, dass es da eine Frau gibt. Ich erkenne die Anzeichen. Ich habe sie schon einmal gesehen. Bei deinem Vater. Und genau wie er musst auch du sie haben, und du wirst keine weniger ehrenhaften Bedingungen akzeptieren als die, die du selbst stellst. Aber wer auch immer sie ist, sie will dich nicht. Nicht offiziell. In der Tat, das solltest du mittlerweile besser wissen. Gab es nicht vor ein paar Jahren schon einmal eine besondere junge Dame?"

„Verschwinden Sie." Ram ballte die Hände an seinen Seiten zu Fäusten.

Der Marquis lächelte selbstgefällig. „Welche Frau von Stand würde alles aufgeben – Ehre, Familie, Gesellschaft – alles nur für jemanden wie dich? Bei deinem Vater gab es zumindest noch Anlass, sämtliche Konventionen und die Meinung der Gesellschaft in den Wind zu schlagen. Dein Vater war der Erbe eines Titels und unvorstellbar reich. Du aber bist ein Bastard, und noch dazu ein armer Bastard."

„Ich sagte, Sie sollen verschwinden!"

„Verrate mir eins. Diese junge Dame … glaubst du, sie hat dir tatsächlich ihren wahren Namen genannt? Oder ist sie zu diskret – oder zu beschämt –, um sich die Mühe zu machen, dir überhaupt einen Namen zu nennen?"

Der Blick des Marquis wanderte zu Rams bebenden Fäusten. Ein Zittern durchlief ihn, ein Gefühl, das ihm lange unbekannt gewesen war und an das er sich immer noch nicht gewöhnt hatte. Er zögerte. Trotz all seiner verdeckten Nachforschungen über Ramsey Munro wusste er nicht, wie weit man ihn reizen konnte. Er wusste nicht, was man ihm in jenem französischen Gefängnis angetan hatte oder was dort aus ihm geworden war.

Wie dem auch sei, er musste das tun, wofür er hergekommen war. Er würde nicht gehen, bevor er nicht alles in seiner Macht Stehende getan hatte, um sich einen legitimen Erben zu sichern. „Du bist ihm so ähnlich, Ramsey. Du wirst dich vor Verlangen noch selbst umbringen. Aber das brauchst du nicht", flüsterte er eindringlich. „Du kannst alles haben, was du begehrst."

„Ich will nichts von Ihnen. Außer, dass Sie mein Haus verlassen."

Der Marquis öffnete den Mund, um etwas zu erwidern, schloss ihn aber gleich wieder. Er würde seine Worte in seiner Abwesenheit wirken lassen. Er wandte sich um und humpelte mühsam hinaus in die kalte, enge und schlecht beleuchtete Eingangshalle.

„Du wirst deine Meinung schon noch ändern", murmelte er, als er an dem einäugigen Butler vorbeiging, der ihm die Tür aufhielt. „Das wirst du."

Gaspard schloss die Tür hinter dem gut aussehenden alten Mann.

„Gaspard!"

Der Franzose eilte sofort in den Salon, um zu sehen, was Ram benötigte. Sein Herr stand genau in der Mitte des Raumes, die Beine weit gespreizt, als stünde er auf Deck eines vom Meer hin und her geworfenen Schiffes und nicht auf festem Boden in White Friars in London. Seine Schultern waren gegen einen unsichtbaren Sturm hochgezogen und sein Kopf gesenkt. Als Gaspard eintrat, blickte er auf, das Gesicht verzerrt, die Lippen über zusammengebissenen Zähnen zurückgezogen. Wie Luzifer selbst, nachdem er von seiner bevorstehenden Verbannung aus dem Himmel erfahren hatte, dachte Gaspard. Er war sich der Lästerlichkeit dieses Gedankens wohl bewusst, aber trotzdem unfähig, ihn zu verdrängen.

„*Oui?*", fragte er unsicher.

„Whisky, Gaspard", verlangte Ram mit heiserer Stimme. „Zwei Flaschen. Nein, drei. Und zieh die Vorhänge zu, wenn die verdammte Dämmerung anbricht."

11. KAPITEL

FLANKONADE:
Ein Stoß in die Blöße unter dem Waffenarm

Am Abend des 12., Beard Street 55, Cheapside. Ein Maskenball. Drei Schillinge. Harlekin.

„Miss Nash."

Helena, die gerade die Anzeige gefunden hatte, die Oswald seinem Versprechen gemäß in der *London Post* veröffentlicht hatte, fuhr bei dem unerwarteten Klang von Lady Tilpots Stimme zusammen. Es würde noch eine halbe Stunde dauern, bis die Gäste eintrafen, und Lady Tilpot zog es gewöhnlich vor, erst nach deren Ankunft zu erscheinen.

„Beruhigen Sie sich, Miss Nash", befahl Lady Tilpot und watschelte herein. Helena unterdrückte nur mühsam einen Ausruf der Überraschung. Die Hausherrin hatte ihre üblichen Trauerfarben abgelegt und war in weiße Spitze gehüllt. In große Mengen weiße Spitze, die von ihren runden, schmalen Schultern in einer fast geraden Linie bis hinunter auf den Boden fiel und dort einen großen Kreis um ihre Füße bildete. Sie sah aus wie ein überdimensionaler Zuckerhut. „Sie sind in letzter Zeit auffallend unruhig."

Lady Tilpot hob die beringte Hand und wedelte mit den Fingern. Sofort eilte ein Lakai herbei, um ihren Stuhl festzuhalten, während sie ihren massigen Körper hineinsinken ließ. Dann scheuchte sie ihn wieder fort. „Sie können gehen und die Gäste erwarten, John."

Wie in vielen anderen großen Haushalten üblich, rief auch Lady Tilpot alle Lakaien mit dem weit verbreiteten Namen „John", egal auf welchen Namen sie getauft waren. Der Diener zog sich zurück, und Lady Tilpot wandte ihre Aufmerksamkeit wieder Helena zu.

„Verzeihen Sie, Lady Tilpot", sagte Helena und schob verstohlen die Zeitung zwischen Kissen und Lehne des Sessels, auf dem sie saß. „Ich war ins Lesen vertieft, und so zart, wie Sie auftreten, haben Sie mich vollkommen überrascht."

Dieser Appell an Lady Tilpots Eitelkeit funktionierte. Sie entblößte ihre Zähne zu einem mühsamen Lächeln. „Das ist nur verständlich. Trotzdem sollten Sie sich bemühen, nicht so schreckhaft zu sein."

„Ja, Madam." Der Vorwurf war nicht unberechtigt. Es hatte eine Zeit gegeben – nur ein paar Wochen zuvor –, wo sie sich dazu keine Mühe hätte geben müssen. Aber jetzt wurde sie den ganzen Tag über von Rastlosigkeit gequält, und ihre Nächte waren von leidenschaftlichen Begegnungen mit einem keltischen Prinzen, einem dunklen Herrscher oder einem kriegerischen Engel erfüllt. Da sie wusste, dass sie Ram vermutlich nie wiedersehen würde, flüchtete sie sich in den Schlaf, um in ihren Träumen zu finden, was sie bei Tage nicht suchen durfte.

Doch Ramsey Munro war nicht der einzige Grund für ihre Unruhe. Das Gefühl, verfolgt zu werden, das sie in der letzten Zeit immer wieder beschlichen hatte, war stärker geworden. Selbst bei etwas so Harmlosem wie einem Gang zur Leihbibliothek zuckte sie bei jedem Schatten zusammen und blickte sich ständig um.

Und dann waren da die Rosen. Sieben Stück, eine an jedem Tag, seit sie in Vauxhall gewesen war. Sie fand die Blumen an zufälligen Orten und den seltsamsten Stellen: wenn sie beim Hutmacher wartete, um Lady Tilpots neuen Hut abzuholen, auf dem Rückweg vom Obsthändler oder auf einem Regal in der Leihbibliothek.

Am Anfang hatte sie die Rosen noch recht charmant gefunden, aber inzwischen nicht mehr. Sie waren nicht so wie das perfekte Exemplar, das ihr vor zwei Wochen in Vauxhall überreicht worden war. Jetzt waren sie verblüht oder vertrocknet, bei manchen waren die äußeren Blütenblätter abgerissen, und die von heute war unter ihren dichten Blättern so von Dornen übersät gewesen, dass Helena sich die Finger blutig gestochen hatte.

„Haben Sie mir zugehört, Miss Nash?“, unterbrach Lady Tilpot ihre Gedanken.

Helena blickte überrascht auf. „Madam?“

Lady Tilpot runzelte die Stirn. Es gefiel ihr nicht, wenn Helena ihr nicht ihre ungeteilte Aufmerksamkeit schenkte. „Versuchen Sie doch bitte, im Gedächtnis zu behalten, in wessen Lohn Sie stehen. Es ist wichtig, dass mein Haushalt heute perfekt funktioniert, weil heute der Neffe des Duke of Glastonbury zu Besuch kommt, und er steht *an fünfter Stelle in der Erbfolge.* Deswegen bin ich heute auch so früh hier, um den jungen Mann zu begrüßen.“

„Sollte Flora ihn nicht besser begrüßen?“, fragte Helena.

Lady Tilpot rollte mit den Augen. „Flora? *Flora?* Nein. Oh, sie wird früher oder später sicherlich in Erscheinung treten, aber Sie sind naiv, wenn Sie glauben, dass der junge Mann kommt, um Flora zu sehen. Keineswegs. Es ist Floras Familie. Er kommt wegen …“, sie hielt inne und streckte ihr Doppelkinn noch höher in die Luft, „… mir. Die Familie, Miss Nash, ist weitaus wichtiger als die persönlichen Eigenschaften der potenziellen Ehefrau. Wie ist die Erziehung der Braut? Was für einen Charakter haben ihre Verwandten? Diese Dinge sind bei Weitem bedeutsamer als die zufällige Anordnung ihrer Gesichtszüge oder“, ihr Blick fiel auf Helenas blonde Locken, „eine ungewöhnliche Haarfarbe.“

„Ja, Madam“, murmelte Helena.

„Ich weiß, was Sie jetzt denken.“ Lady Tilpot beugte sich vor. „Sie denken an Ihre Familie und daran, was für ein schlechtes Licht sie auf Sie wirft, und Sie vergleichen Ihre schlechte Position mit Floras vorteilhafter Lage."

Noch einen Monat zuvor hätte Helena bei diesem erbärmlichen Unsinn den Blick gesenkt und wäre stumm geblieben. Doch während es ihr gelang, die Entgegnung, die ihr auf der Zunge lag, herunterzuschlucken – das musste sie Flora zuliebe tun –, konnte sie doch ihre Augen nicht abwenden. Heute nicht. Vielleicht nie wieder. Sie begegnete Lady Tilpots herausforderndem Blick kühl und fest. Dieser Blick, der so gar nicht zu ihrem üblichen Benehmen passte, verwirrte ihre Arbeitgeberin offensichtlich. Lady Tilpot runzelte die Stirn, rutschte unruhig auf ihrem Stuhl hin und her und glättete die dicken Spitzenkaskaden auf ihrem Schoß.

„Wahrscheinlich werden Sie unverheiratet bleiben", erklärte sie endlich. „Aber nur keine Sorge, meine Liebe. Sie haben schließlich Ihre Stellung bei mir, und ich sehe keinen Grund, warum ich Sie aus Ihrer derzeitigen Position entlassen sollte, wenn alles so bleibt, wie es ist."

„Ich mache mir keine Sorgen", sagte Helena geradeheraus. Sie hatte wenig Zeit damit verbracht, ihre Zukunft zu planen. Seit Jahren hatte sie sich nie den Luxus gegönnt, mit freudiger Erwartung nach vorne zu blicken.

Sie hatte Flora immer aus einer Art Pflichtbewusstsein heraus geholfen, aber jetzt fragte sie sich, ob sie nicht nur nach einer Fluchtmöglichkeit gesucht hatte, davor, wieder zu leben, die Frau zu werden, die sie immer hatte sein wollen. Eine Frau, die so geliebt wurde, wie Mrs. Weinberger geliebt wurde, als Gleichgestellte. Eine, die tatkräftig war und lebendig und … furchtlos.

„Nun, haben Sie angesichts solcher Großzügigkeit nichts zu sagen?", fragte Lady Tilpot gereizt.

„Ich bin sehr erfreut über Ihre Worte, Madam", erwiderte Helena.

„Hm." Lady Tilpot rümpfte die Nase. „Flora hat Glück,

dass ich mir meiner Pflichten bewusst bin. Ich werde sie mit niemandem verheiraten, der kein Gentleman ersten Ranges ist. Aber er muss auch, was Vermögen und Charakter betrifft, zu ihr passen!"

Sie musterte Helena. „Aber Sie, Miss Nash, haben weder Floras Reichtum noch ihren Namen, noch jemanden wie mich, der sich um beides kümmert. Es ist viel besser für Sie, wenn Sie bei mir bleiben, wo Sie mir in Temperament und Charakter doch so ähnlich sind."

Wäre Helena nicht die Gelassenheit in Person gewesen, so wäre ihr vor Überraschung der Mund aufgeklappt.

„Glauben Sie, es ist mir nicht aufgefallen, dass es trotz der großen Unterschiede in unserer gesellschaftlichen Stellung gewisse Ähnlichkeiten zwischen Ihnen und mir gibt? Ich hoffe doch, dass ich nicht so blind bin, eine Ähnlichkeit nicht mehr zu erkennen, wenn ich sie sehe, und ich sehe, dass Sie, genau wie ich, ein hübsches Gesicht und ein engelsgleiches Gemüt haben, dabei zugleich zurückhaltend sind und den Sumpf der Gefühle meiden, in den gewöhnlichere Menschen ständig hineinwaten. Offensichtlich stößt Sie der Gedanke an Intimität genauso ab wie mich. Ich muss Ihnen zu Ihrer jugendlichen Weisheit gratulieren." Sie machte eine Pause und sah Helena von oben bis unten an. „Ihrer *relativ* jugendlichen Weisheit."

Helena senkte den Kopf, um ihr wachsendes Entsetzen zu verbergen. Schätzte die Gesellschaft sie so ein? Unnahbar? Ohne den Wunsch nach menschlicher Berührung oder Kontakt und glücklich dabei?

Sie starrte in ihren Schoß hinunter und schenkte Lady Tilpots weiterem Geplapper kaum Beachtung. Hätte sie schon angefangen, sich zu der Person zu entwickeln, die Lady Tilpot beschrieb, wenn Floras heimliche Hochzeit sie nicht zum Handeln gezwungen hätte? Oder war es Ramsey Munro gewesen, der sie aufgeweckt hatte?

Der Gedanke an Ram brachte eine übermächtige Welle des Verlangens mit sich, gemischt mit Panik. Würde sie je bei einem anderen Mann solch süße Erregung empfinden? Konnte ein anderer ihre Sinne in diesem Maße entflammen?

„Tante Alfreda?“ Die Tür öffnete sich, und Flora blieb zögerlich im Türrahmen stehen, angetan mit einer Kreation aus blassrosa Musselin und Satinschleifen, in der sie aussah wie ein Bonbon in einem Süßwarenladen. Flora mochte nicht besonders klug sein, aber sie besaß eine Art katzenhafte Intuition, und die telepathischen Schnurrhaare dieses kleinen Kätzchens zitterten gerade. Floras Augen weiteten sich sorgenvoll. „Ist alles in Ordnung? Soll ich euch alleine lassen und später zu einem besseren Zeitpunkt wiederkommen?“

Lady Tilpot seufzte. „Unsere Gäste müssen in wenigen Minuten eintreffen. Wann genau glaubst du, dass dieser bessere Zeitpunkt sein soll, Flora? Wenn sie wieder weg sind? Jetzt hör auf, dich wie eine Idiotin zu benehmen. Komm herein und setz dich hin. Da. Genau so. Locker dein Haar ein bisschen auf, Kind. Flaches Haar ist dein Familienfluch, fürchte ich. Und verstecke deine Schuhe unter dem Saum. Kneifen Sie ihr in die Wangen, Miss Nash. Sie ist viel zu blass ...“

Das Letzte blieb Flora und Helena erspart, da der Lakai – ein „John“ mit dunkleren Haaren als derjenige, der sie zuvor bedient hatte – in der Tür erschien und die ersten Gäste ankündigte.

„Sie haben ihn ganz offensichtlich in Ihren Bann gezogen“, sagte Hochwürden Tawster mit einem Blick auf DeMarc, während er sich genüsslich den Zucker von den Fingerspitzen leckte. Der Pfarrer hatte sich zu seiner ungeheuren Vorliebe für kandierte Pflaumen bekannt, und nun, da er satt und zufrieden war, hatte er scheinbar beschlossen, sein Glück als Kuppler zu versuchen.

Helena betrachtete DeMarc, der steif und mit durchgedrücktem Rücken neben der Tür stand. Er hielt das Kinn hochgereckt, und sein dichtes blondes Haar glänzte im Lichtschein, während er den Rest der Gesellschaft mit kaum verhohlener Herablassung ansah. Auch wenn er noch am ehesten als ihr unbekannter Rosenkavalier infrage kam, konnte sie sich doch nicht vorstellen, wie er für ihr Auftauchen an den unmöglichsten Stellen im Haus verantwortlich sein sollte. Nein, sie musste einen Bewunderer unter den Dienstboten haben. Und was die Rose in der Kutsche betraf … Ein anderer Fahrgast musste sie dort liegen gelassen haben. Und die erste Rose hatte offensichtlich Oswald geschickt. Sie ließ sich zu sehr von ihrer Einbildungskraft hinreißen. Das kam wohl davon, wenn man herumlief und sich als jemand anders ausgab.

Sie wandte den Blick von DeMarc ab. In der letzten Woche waren sie sich zweimal begegnet, und er hatte ihr lediglich zugenickt. Lord DeMarc, entschied sie, hatte sich endlich an den großen gesellschaftlichen Graben erinnert, der sie beide voneinander trennte.

„Ich glaube, Sie irren sich. Er ist Floras wegen hier."

„Vermutlich haben Sie recht", stimmte der Pfarrer ihr zu und steckte sich noch eine kandierte Pflaume in den Mund. „Sind nicht alle Männer aus demselben Grund hier? Außer mir, natürlich. Aber ich …", er seufzte, „… bin wohl auch kaum das, wovon junge Mädchen träumen."

„Sie sind als Lady Tilpots geistlicher Beistand hier", versicherte Helena ihm. „Das ist eine wesentlich heldenhaftere Rolle."

„Sie sind wie immer äußerst diplomatisch, Miss Nash." Er runzelte die Stirn und sah sie eindringlich an. „Aber …"

„Was ist, Mr. Tawster?"

Er schüttelte den Kopf. „Schon gut. Um ein Haar hätte ich etwas Unhöfliches gesagt."

„Aber nicht doch“, widersprach sie. „Ich betrachte Sie als Freund.“

„Tun Sie das?“ Sein weiches Gesicht drückte seine unverhohlene Freude aus. „Wie reizend von Ihnen!“ Dann wurde sein Blick besorgt. „Es ist nur … Sind das Augenringe? Oh, bitte verstehen Sie mich nicht falsch. Sie sind wie immer unvergleichlich schön. Aber bedrückt Sie vielleicht irgendetwas?“

„Ob mich etwas bedrückt?“, wiederholte Helena, überrascht von der Menschenkenntnis des Pfarrers. „Nein. Das heißt, es ist nichts, was Sie beunruhigen müsste.“

„Oh …“, stieß er betroffen hervor. „Ich war doch zu unhöflich! Bitte vergeben Sie mir!“

„Nein, nein! Das waren Sie nicht. Wirklich nicht.“

„Dann erlauben Sie mir eine Frage. Sehen Sie, ich habe Sie wirklich lieb gewonnen. Auf eine sehr brüderliche Art und Weise“, beeilte er sich hinzuzufügen. „Aber ich bin nicht Ihr Bruder. Ich mache mir Sorgen, weil Sie alleine auf der Welt sind und Sie, wenn Sie etwas beunruhigen würde, niemanden hätten, an den Sie sich wenden können. Es widerstrebt mir, schlecht über meine Wohltäterin sprechen zu müssen“, er senkte traurig die Stimme, „aber ich sehe sie nicht in der Rolle Ihrer Helferin. Und auch wenn es mir eine Freude wäre und mir schmeicheln würde, Ihnen als geistlicher Beistand zu dienen, so bin ich doch nicht gut für die Lösung weltlicher Probleme geeignet.“ Sein Lächeln war bescheiden. „Ich wäre wohl kaum in der Lage, ein Duell für Sie auszutragen. Bitte beruhigen Sie mich in dieser Hinsicht, wenn Ihnen das möglich ist. Gibt es jemanden, auf den Sie sich verlassen können, wenn es um praktische Hilfe geht, falls das einmal nötig sein sollte?“ Er blickte sie mit sorgenvoll gerunzelter Stirn an.

Gab es jemanden? Sie hatte sich selbst noch nie diese Frage gestellt. „Ich habe meine Schwester Kate“, erwiderte sie langsam. „Und mein Schwager ist ein überaus fähiger Mann.“

„Aber die beiden befinden sich auf dem Kontinent, nicht wahr?“

„Ja.“

„Gibt es niemanden sonst? Einen Onkel? Einen Cousin? Einen Familienfreund?“

Ramsey Munro. Wenn sie je wirklich Probleme haben sollte, überlegte sie, konnte sie sich an ihn wenden. Er würde alles tun, was in seiner Macht stand, um ihr zu helfen – er hatte einen Eid abgelegt, genau das zu tun –, und sie zweifelte nicht an seiner Macht. Diese Erkenntnis beruhigte und erleichterte sie außerordentlich.

Sie lächelte den Pfarrer an. „Bitte sorgen Sie sich nicht um mich, Hochwürden. Ich stehe nicht ganz alleine da.“

Der kleine Pfarrer sah sie zweifelnd an. „Das hoffe ich, Miss Nash. Es ist schrecklich, alleine auf der Welt zu sein. Schrecklich. Und wenn Sie je das Gefühl haben, einen Vertrauten oder einen Ratgeber zu brauchen, lassen Sie sich von Äußerlichkeiten nicht täuschen, Miss Nash. Ich beherrsche diese Rolle sehr gut. Ich bitte Sie, immer daran zu denken, Miss Nash.“

„Danke, Sir. Das werde ich“, versprach Helena.

12. KAPITEL

WURFSTOSS:
Ausweichaktion mit der Waffenspitze um die Klingenspitze des Gegners herum

„Da wären wir, Miss.“ Die Kutsche kam zum Stehen. Helena zog ihren Umhang enger um sich und rückte die golden lackierte Pappmaché-Maske zurecht, die ihr Gesicht verbarg. Sie stieg vorsichtig aus der Droschke aus und bezahlte den Fahrer, bevor sie sich in der Gegend umsah, die völlig anders war als alles, was sie je gesehen hatte.

Zu beiden Seiten einer schmalen Straße, die mit Menschen gefüllt war, standen Gebäude dicht an dicht und verschwanden mit ihren Dachgiebeln im dreckigen Londoner Nebel. Die Gaslampen schwebten wie Geisterlichter in den vorbeiziehenden Schwaden über dem ölig glänzenden Kopfsteinpflaster der Straßen. Hinter offenen Türen, zu denen Treppenstufen hinunterführten und die wie Portale zu unterirdischen Welten unterhalb der Straße wirkten, flackerten Lichter.

Es waren wohl Tavernen, wie Helena aus den Menschengruppen schloss, die die Stiegen hoch- und runtergingen, Männer in groben Jacken und Frauen in bunten Kleidern mit Tüchern. Sie sah sich nach einer Hausnummer um, konnte aber keinen Hinweis auf die Adresse finden, die Oswald ihr gegeben hatte. In ihren Augen ähnelte nichts einer Versammlungshalle oder einem privaten Club. Alle Häuser sahen gleich aus und wirkten zwielichtig und abweisend.

Endlich erspähte sie eine Dreiergruppe von kostümierten Frauen, die gerade eine kurze Treppe zu einer unscheinbaren Tür hinaufgingen. Zwei trugen, genau wie Helena, Masken, doch das Gesicht der dritten war unbedeckt, und auch ihr Busen war nahezu unverhüllt. Sie lachten rau und hinterließen eine Spur aus losen Federn. Helena folgte ihnen rasch.

„Ihr seid euch sicher, dass er hier ist?“, fragte die hinterste der drei Frauen ihre Begleiterinnen.

„Ja, ganz sicher. Ich habe von Jonathan gehört, dass er sich verpflichtet hat zu kommen. Er wird dafür bezahlt, eine Vorführung zu geben. Herrlich vulgär, nicht wahr?“

„Ich würde ihn dafür bezahlen, mir eine Privatvorführung zu geben“, erklärte die Frau mit dem tiefen Dekolletee.

In diesem Moment öffnete sich die Tür am oberen Ende der Treppe und gab den Blick auf einen Mann mit einem riesigen Brustkorb, blasenübersäten Wangen und einer Knollennase frei. Er beäugte sie uninteressiert und streckte die Hand aus. Als wären sie darin schon lange geübt, gaben die Frauen ihm ein paar Münzen und gingen hinein. Helena tat es ihnen gleich.

Drinnen wartete bereits eine Schar von kostümierten Besuchern, während Diener in Livree hin und her liefen, um ihnen ihre Tücher, Mäntel und Umhänge abzunehmen. Sie plapperten laut und mit aufgeregten Stimmen, während sie sich vor einem riesigen Spiegel zurechtzupften.

Helena wandte sich um. Sie fühlte, wie ihr der Umhang von den Schultern genommen wurde, und spürte sofort die interessierten Blicke der anderen Maskierten auf sich. Besorgt betrachtete sie ihr Spiegelbild. Auch wenn sie seit dreißig Jahren aus der Mode war, sah die französische *Robe à l'Anglaise,* ein Ballkleid, das sie in den Kleiderschränken auf Lady Tilpots Dachboden gefunden hatte, immer noch gewagt und prachtvoll aus. Dunkelrosa Samt bedeckte die weiten Röcke und lief hinten in einer kleinen Schleppe aus. Die eng geschnittenen Ärmel, die mit einer Schleife über dem Ellbogen endeten, waren mit üppigen Rüschen aus Brüsseler Spitze verziert. Vorne lief das Samtüberkleid an der winzigen Taille zusammen, bevor es nach oben und unten hin aufsprang und den Blick oben auf ein goldbesticktes Bruststück und unten auf zwei Lagen goldverzierter Rüschen freigab.

Helenas Blick wanderte langsam zu dem äußerst gewagten eckig ausgeschnittenen Dekolletee hinauf. Sie konnte sich nicht vorstellen, dass Lady Tilpot je so ein Kleid getragen hatte. Sie konnte ja kaum glauben, dass sie selbst sich damit in der Öffentlichkeit zeigte. Wenn die mit Goldfarbe bemalte Maske ihr nicht Anonymität verliehen hätte, hätte sie das nie gewagt.

Der Diener deutete den Feiernden stumm wie ein Pantomime an, ihm zu folgen. Sie gingen ihm nach und flüsterten und kicherten wie Kinder, während er sie einen langen, schwach beleuchteten Korridor entlangführte, der nach altem Lampenöl, teurem Parfüm und schwitzenden Menschen roch. Am Ende des Ganges stieß er eine Tür auf.

Plötzlich war Helena von Licht und Lärm umgeben, ihre Augen und Ohren waren erfüllt davon. Hörner heulten und Violinen kreischten und übertönten das Gelächter und Geplapper Hunderter Stimmen. Kandelaber und Leuchter reflektierten den Schein unzähliger Kerzen, warfen den Glanz und das Schimmern von Seide und Satin in jeder nur erdenklichen Farbe zurück. Kleider und Kopfschmuck, Fächer und Masken waren ausstaffiert mit Federn und Pelzen, Edelsteinen und Strass, gehämmerten Gold- und Silberdrähten. Tiergestalten und Charaktere aus Büchern und aus Mythologie, Geschichte und Theater bevölkerten den riesigen Ballsaal.

Noch bevor Helena sich zurechtfinden konnte, fand sie sich schon in einen vorwärts drängenden Menschenstrom hineingezogen. Sie reckte den Hals, um zur Galerie hinaufzublicken, wo weitere Menschenmassen über dem Geländer hingen, kreischten und schwatzten, wild mit Fächern gestikulierten, um die Luft über den dicht gedrängten heißen Körpern zu bewegen. Gläser klirrten, als Sekt weitergereicht wurde, den eine Truppe Lakaien ausschenkte.

Überwältigt bahnte Helena sich einen Weg aus dem Menschenstrom heraus und trat zurück an die Wand, wo sie versuchte, wieder zu Atem zu kommen. Ihr Herz klopfte wild, während sie nach Oswald Ausschau hielt. So viele Menschen. So viel Bewegung. So viele Farben und Geräusche.

An einem Ende des Raumes war ein Podest errichtet worden, und von dort kamen auch die Geräusche von misshandelten Instrumenten, deren Besitzer vor allem mit den Frauen beschäftigt waren, die auf ihren Schößen saßen. Ein Mann, der als Satyr verkleidet war, rannte wild durch die Menge und blies auf einem Horn. Ein Schmetterling, dessen abgebrochener Flügel schief herunterhing, schlug in die Tasten eines Pianofortes.

Helena starrte voller Entsetzen und Faszination in den Raum. Sie konnte nicht glauben, dass sie wirklich bei diesem … Bacchanal war! Es überstieg alles, was sie je gesehen hatte, es war, als wäre Vauxhall verrückt geworden! Sie musste gehen. Sie musste fort von hier. Sie musste Oswald finden und ihm sagen, dass diese Verabredungen ein für alle Mal ein Ende hatten.

Sie suchte nach einem Harlekin, aber die Menge schob sie immer weiter durch den Ballsaal, die Körper waren so dicht aneinandergedrängt, dass sie kaum atmen konnte. Dann wurde sie genauso schnell, wie sie in den Menschenstrom aufgesogen worden war, wieder herausgespuckt, in eine leere Ecke unter der Galerie. Dankbar ließ sie sich auf einen Stuhl sinken, der einsam an der Wand stand. Der Lärm dröhnte ihr in den Ohren, und ihre Haut war feucht vom Atem Hunderter im Kreise wirbelnder Menschen.

„Mehr! Mehr! Mehr!“, begann die Menge ein Stück weiter

vorne zu skandieren, und zugleich ertönten Beifallrufe und Gejohle.

„Mehr? Der Teufel soll euch holen, ihr würdet einen Mann bei lebendigem Leib verspeisen, um euren Appetit zu stillen, nicht wahr?“

Helena erstarrte. Diese Stimme hätte sie überall wiedererkannt. Es war Ramsey.

Er lachte, und das Lachen war zugleich belustigt und voller Wut. „Also gut. Wer ist der Nächste?“

Sie erhob sich, aber die Menge stand zu dicht, als dass sie hätte etwas sehen können.

„Alle beide? Auf einmal?“ Wieder dieses schreckliche unheilvolle Lachen. „Nun, warum nicht? Warum zum Teufel nicht?“

Sie versuchte, sich einen Weg durch die Menge zu bahnen, aber niemand trat beiseite. Von einem seltsamen Gefühl der Besorgnis erfasst, kletterte sie schließlich auf den Stuhl, um zu sehen, was die anderen so in den Bann schlug.

Ramsey stand inmitten eines dichten Kreises aus Zuschauern und hatte sowohl Rock als auch Weste abgelegt. Sein weißes Hemd war feucht und klebte an seinem Oberkörper, und sein Halstuch, aus dessen Falten die allgegenwärtige goldene Rose hervorblitzte, sah aus wie eine Schlinge, die nur noch zugezogen werden musste. Er hatte die Ärmel hochgekrempelt, und seine Unterarme spannten sich an, als er einen blitzenden Degen durch die Luft schwang und nur um Haaresbreite die Gesichter und Körper der Menschen, die am nächsten bei ihm standen, verfehlte. Sie schrien erschrocken auf und drückten sich nach hinten, außer Reichweite der Klinge. Er grinste wild, und obwohl sein Blick auf die Spitze seines Degens fixiert war, wusste Helena, dass er seinen Hieb auf Haaresbreite genau ausgeführt hatte.

Sie starrte ihn an, erschrocken über den Wandel, den

eine einzige Woche bei ihm bewirkt hatte. Seine Haut, die schon immer blass gewesen war, wirkte im Kontrast zu dem feuchten, wirren schwarzen Haar, das ihm an Hals und Stirn klebte, wie ausgebleicht. Und irgendwie schien er auch magerer, als wäre jede Weichheit von ihm abgefallen und nichts als Haut, Muskeln und Knochen übrig geblieben. Nur seine Augen hatten Farbe, ein tiefes Blau, wie im Inneren einer Gasflamme, als wohnte der Teufel selbst in Rams sehniger Gestalt und starrte aus jenen schönen Augen hinaus, während er ihn innerlich mit seinem Feuer verzehrte. Und Ramsey lächelte auch wie der Teufel selbst, sein schöner Mund war provozierend, spöttisch und elend zugleich. Unvorstellbar elend. Sie hatte schon immer vermutet, dass das Angesicht des Teufels dem menschlichen Herzen sowohl Mitleid als auch Entsetzen abringen würde.

„Nun kommen Sie schon, ich habe nicht die ganze Nacht Zeit." Ram deutete auf einen Mann mit einer gepuderten Perücke. Murrend und grummelnd zog der Herr seinen blauseidenen Gehrock aus, während neben ihm ein anderer Mann im schwarzen Samtgewand eines spanischen Granden sein Gewicht probeweise auf die Zehen verlagerte und zur Übung mit einem Degen durch die Luft hieb.

„Sollten Sie nicht besser eine dieser neuen Fechtmasken aufsetzen, Munro?", rief jemand.

Munro, der gerade dabei war, eine Finte auszuführen, indem er die Federspitze vom Turban einer Dame abschnitt, ergriff den Arm der kichernden Frau, zog sie an seine Seite und fragte in einem rauen Flüsterton: „Schätzt er das Können meiner Gegner so gering ein, dass er befürchtet, sie könnten die Kampfregeln vergessen und meinen Lebensfaden durchtrennen?"

Die Frau schüttelte mit geweiteten Augen den Kopf.

Ramsey lächelte ihr ins Gesicht. „Schön wär's."

„Aber sie sind zu zweit, Munro. Und Sie sind … Sie sind …"

„Betrunken? Blau? Voll wie eine Haubitze?", fragte Ramsey. Sein Gesichtsausdruck war zugleich beglückt, gefährlich und verzweifelt. „Das bin ich. Und deswegen sollten auch besser meine Herausforderer diese verdammten Drahtkörbe tragen und nicht ich. Weil ich sonst vielleicht einen von ihnen töten könnte, und, nun ja, ich kann es mir schlecht leisten, meine Kunden zu töten. Wie sollte ich dann nur meinen Schneider bezahlen? Also treibt ein paar von diesen verfluchten Fechtmasken für sie auf!", forderte er lautstark und stützte sich mit halb geschlossenen Augen schwer auf die Spitze seiner Waffe.

Helena erkannte, dass er nicht nur angeheitert, sondern außerordentlich betrunken war. Guter Gott, er konnte nicht wirklich vorhaben, in diesem Zustand zu kämpfen?

„Zur Hölle mit Ihnen, Munro", entgegnete der Grande verächtlich und stieß die Fechtmaske weg, die einer der Diener ihm anbot. „Sie können nicht den Gentleman spielen und mich als Feigling hinstellen. *En garde!*"

Nachdem die Frage mit den Masken nun geklärt war, machte der Mann einen Ausfallschritt nach vorne. Mit einem kollektiven Aufstöhnen traten die Umstehenden zurück, wobei die Damen aufgeregt kicherten.

Und Ramsey lachte. Er lachte immer noch, als er den Fechtarm ausstreckte und seine Klinge mit ebenso untrüglicher Sicherheit vorstieß wie der Erzengel Gabriel sein Feuerschwert, und seine Klinge die des Granden kreuzte. Ramsey sprang nach hinten und zur Seite, so unbarmherzig wie Luzifer, der mit verbrannten Flügeln auf die Erde stürzte, er blockte ab und parierte, machte Ausfallschritte und Schritte zurück. Seine Eleganz und Präzision waren ihm so in Fleisch und Blut übergegangen, dass er selbst dann zu fliegen schien, wenn er schon fast zu stolpern drohte.

Helena stockte der Atem, als sich plötzlich auch der zweite Mann in den Kampf stürzte und Ram attackierte, nachdem er sich endlich seiner Jacke entledigt hatte. Es war unglaublich. Unfair. Zu viel. Ramsey würde verletzt werden.

Aber Ramsey zog sich lediglich in eine Ecke zurück und benutzte die umstehenden Zuschauer als Deckung. Der hemdsärmelige Mann knurrte verärgert und sprang vor. Ramsey drehte sich zur Seite. Die Klinge des Mannes flog an ihm vorbei. Ramsey ergriff die Schutzglocke des Degens und lehnte sich zurück, womit er den Mann zu einem langen Ausfallschritt zwang. Dies nutzte Ram, um die Spitze seines eigenen Degens direkt über dem Herzen fest gegen das Hemd seines Herausforderers zu drücken.

„Das war der Erste", bemerkte Ram leichthin, schob einen Fuß beiläufig unter die Hacken seines Gegners und brachte ihn mit einem lauten Krachen zu Fall. Die Menge johlte vor Vergnügen.

Jetzt trat der Grande wieder vor.

„Was zum Teufel war das, Munro?", keuchte er mit rotem Gesicht.

„Der schottische Stil", antwortete Ramsey. Er schien im Gegensatz zu dem anderen Mann kein bisschen außer Atem zu sein. „Derb. Aber effektiv."

„Dachte … Sie wären ein Anhänger von … Angelo?" Der Grande führte eine hohe Attacke aus und zwang Ram dazu, den Arm zu heben und seine Seite zu entblößen.

„Ich bevorzuge, was immer mir zum Sieg verhilft", entgegnete Ram. Stahl klirrte, als der Mann seine Klinge plötzlich nach unten zog. Ram parierte und fuhr fort: „Sir John Hope hat da ein paar interessante Thesen. Er nennt sie ‚Regeln'." Seine Stimme klang, als würde er im Leseraum eines Herrenclubs über ein Buch diskutieren.

„Erzählen Sie mir davon", keuchte der Grande.

„‚Was du auch tust, tue es immer … mit Ruhe.'" Ram ließ den Arm herunterschnellen, um eine plötzliche Finte zu kontern.

„‚Und ohne Leidenschaft.'" Er zog durch, indem er die Spitze seines Degens mit einem stählernen Zischen entlang der gegnerischen Klinge und um sie herum gleiten ließ.

„‚Tue nichts unüberlegt, aber doch mit Kraft …'" Er attackierte, sein Körper folgte der Linie seiner Klinge. Der Grande stöhnte auf, versuchte zu parieren und trat zurück – aber nicht weit genug. Das Geräusch von Stahl auf Stahl erfüllte die Luft. „‚… und aller erdenklichen Schnelligkeit.'"

Es war, als hätte Ramseys Klinge Zähne, denn sie hielt die Klinge des Granden erst oben und zog sie dann herunter. Seine Riposte war schnell und sauber. Und dann ruhte die gesicherte Spitze von Ramseys Degen plötzlich auf der Kehle des Granden, mit solcher Schnelligkeit, dass Helena nicht hatte sehen können, wie es dazu gekommen war. Die Menge brach in tosenden Applaus aus.

„Er ist großartig, nicht wahr?"

Helena zuckte zusammen und blickte nach unten. Oswald Goodwin stand neben ihr. Die Glöckchen seiner Narrenkappe klingelten leise, während er in seinen spitzen Schnabelschuhen auf die Ballen ging, um besser zu sehen.

„Sie werden wahrscheinlich nie größere Fechtkunst zu sehen bekommen als diese hier, Miss Nash", erklärte er voller begeisterter Heldenverehrung. „Sehen Sie nur! Er will schon wieder loslegen!"

Helena beobachtete es besorgt. Ram schwankte leicht im Stehen, seine Augen schweiften ziellos und wild über den Kreis aus lebhaften maskierten Gesichtern. Sein Lächeln stockte, und er winkte ungeduldig mit der Hand.

„Wer ist als Nächstes dran? Kommen Sie! Einer von Ihnen muss doch ein würdiger Gegner sein!“, drängte er. Als niemand seine Herausforderung annahm, wandte er sich verächtlich ab. Neben sich hörte Helena Oswald murmeln: „Ich muss besser sehen. Ich muss einfach!“

Sie bemerkte kaum, dass er wegging. Sie hatte einzig und allein Augen für Ramsey, der von einem immer enger werdenden Kreis aus Menschen in Masken und Kostümen umringt war, deren Stimmen laut waren, deren Augen fiebrig glitzerten und deren schrilles Gelächter klang wie das Heulen eines Wolfsrudels. Nur eine einzige Gestalt stach hervor.

Auf der anderen Seite des Kreises stand ein Mann, der eine schwarze Maske trug, die einen stilisierten fantastischen Raubvogel darstellte, ein kurzer Schnabel ragte über seine Oberlippe und überschattete die Form seines Kinns. Anders als die anderen Zuschauer stand er regungslos da, und seine Aufmerksamkeit war nicht auf Ramsey Munro gerichtet, sondern auf sie. Sie konnte seinen kalten prüfenden Blick genau spüren.

„Was ist jetzt?“, rief Ramsey wieder und fuhr dann herum, als hätte auch er etwas Feindliches gewittert. Sein Blick fiel auf den düsteren Raubvogel. „Was ist mit Ihnen, Sir?“, forderte er ihn auf. „Sie sehen aus, als hätten Sie zumindest schon einmal einen Degen in der Hand gehabt.“

Der Mann zuckte sichtlich zusammen, schüttelte dann jedoch nur langsam den Kopf. „Nein?“ Ram betrachtete ihn noch einen Augenblick lang, den Kopf zur Seite geneigt. „Ich kenne Sie …“

„Ich werde es versuchen!“

Die Stimme eines jungen Mannes übertönte den Lärm. Ramsey wandte sich um, als ein junger Rajah in den Kreis stolzierte, mit Strasssteinen auf dem Turban, Ringen an den Fingern und Perlen an den Ohren. Ramsey warf in gespieltem Entsetzen die Hände hoch. „Großer Gott, Figburt, wenn Sie vorhatten, Ihren Gegner erblinden zu lassen, so sind Sie Ihrem Ziel näher gekommen, als Sie es sich je geträumt hätten."

Es war der Bursche aus Vauxhall.

„Jetzt tupfen Sie sich schon die Milch von den Lippen, und verschwinden Sie von hier, bevor noch Ihre Mutter meine Tür einschlägt und wissen will, was ich mit ihrem Welpen gemacht habe."

Die Menge brüllte vor Lachen.

„Nein, Sir", erwiderte der Bursche unerschrocken. „Nicht, bevor ich mich mit Ihnen gemessen habe."

„Ach, um Himmels willen, Figburt! Was wollen Sie sich beweisen?"

„Dass Sie mich nicht entwaffnen können."

„Verstehe", sagte Ram. „Eine kleine Rache?"

„Aye."

„Es läge mir fern, Sie davor zu warnen, Rache zu nehmen. Aber warten Sie einen Augenblick. Wenn wir jene erinnerungswürdige Nacht noch einmal aufleben lassen wollen ..." Er ließ seinen glasigen Blick über den Kreis aus Gesichtern schweifen, bis er auf eine junge Frau fiel, deren grellblondes Haar auf ihren weitgehend entblößten Busen herunterhing. Er ergriff ihr Handgelenk, riss die Frau zu sich und bog ihren Oberkörper nach hinten.

Helena spürte, wie das Blut aus ihrem Gesicht wich.

„Als Glücksbringer."

Er senkte seinen Mund über den der Frau. Sofort warf sie einen Arm um seinen Hals und zog seinen Kopf herunter, während sie die andere Hand auf Rams Oberschenkel legte und nach oben gleiten ließ. Die Menge johlte und pfiff, manche Leute klatschten.

Helena fühlte sich, als hätte sie eine Ohrfeige bekommen. Als hätte *er* sie geohrfeigt. Sie streckte den Arm aus, als suche sie nach einem Halt, der nicht da war. Die Hand des

Mädchens wanderte noch weiter nach oben und suchte eine intimere Berührung. Helena kniff die Augen zu. Sie fühlte sich schwach und gekränkt. Als sie wieder aufsah, traf sie der stechende unheilvolle Blick Ramsey Munros, der sie fest fixierte. Das Mädchen drückte sich immer noch verführerisch an ihn, noch immer stand er über sie gebeugt, aber seine Augen gehörten Helena. Sie wollte ihn nicht.

Er hatte schon zu vielen gehört.

Sie stolperte von dem Stuhl herunter und drückte sich durch das Gedränge, wankte am Rand des Saales entlang. Vor ihr stand eine Tür einen Spalt weit offen. Ohne nachzudenken, rannte sie hinaus in eine Hintergasse, die von qualmenden Laternen schwach beleuchtet wurde. Nebelschwaden waberten durch die dunkle Gasse. Inzwischen hatte ein leichter Regen eingesetzt und machte das Kopfsteinpflaster unter Helenas Füßen rutschig. Ein eng umschlungenes Paar blockierte den Weg zur Hauptstraße, tierhafte Geräusche der Begierde drangen von den beiden herüber.

Großer Gott. Helena wandte sich in die andere Richtung und eilte an gestapelten Kisten und vernagelten Türen, Haufen von Unrat und zerbrochenen Flaschen vorbei. Über ihr starrten die blinden dunklen Fenster sie wie Augen voller feindseliger Gleichgültigkeit an. Eine Ratte quiekte, und Helena beschleunigte ihre Schritte, während der dichte warme Regen immer stärker wurde.

Ihre kunstvolle Frisur löste sich auf, und das Mehl, mit dem sie die aufgetürmte Pracht weiß gefärbt hatte, lief in Strömen über ihre nackten Schultern und wurde zwischen ihren Brüsten zu einem Sturzbach. Ihre Samtröcke waren durchweicht. Sie schenkte all dem keine Beachtung, Selbstvorwürfe quälten sie.

Närrin! Närrin, mit diesem Leben zu kokettieren, mit *seinem* Leben. *Närrin,* zu glauben, man könnte sich einem Feuerengel nähern, ohne sich zu verbrennen. *Närrin,* sich zu wünschen, dass sie diejenige in seinen Armen gewesen wäre …

Die Gasse machte eine Biegung, und Helena fand sich in einem kleinen Hof wieder, in dem ein zerbrochener Handwagen stand. Der einzige Ausweg war ein schmaler schwarzer Spalt in einer Ecke. Sie hielt inne, als eine plötzliche Vorahnung von drohender Gefahr sie überfiel.

Sie war nicht allein. Noch jemand war hier. Jemand, der nichts Gutes im Sinne hatte.

Sie trat zurück und blinzelte in den Regen, um die Quelle der Bedrohung zu suchen, aber die Gasse, aus der sie gekommen war, war hinter einer Wand aus Regen und Nebel verborgen. Lauerte die Gefahr in ihrem Rücken, oder wartete sie in jenem schwarzen Spalt vor ihr? Sie lauschte angestrengt, aber alles, was sie hören konnte, war das prasselnde Geräusch des fallenden Regens.

„Ich kann dich retten."

Sie erstarrte. Das bedrohliche Flüstern hallte in dem winzigen Hof wider, wodurch es unmöglich zu orten war. Sie beugte sich hinunter, brach eine Speiche aus einem der Räder des zerbrochenen Wagens und schwang sie wie einen Knüppel über ihrem Kopf. „Verschwinden Sie."

„Was glaubst du, tust du da?", flüsterte die Stimme wütend. „Sieh dich an. Dein Haar sieht aus wie das einer Hure, dein Busen ist bloß. Ekelhaft! Du solltest nicht hier sein."

„Nein", pflichtete Helena ihm mit bebender Stimme bei. „Das sollte ich nicht. Es war ein Fehler. Ich werde jetzt gehen."

„Glaubst du, du kannst hier bestimmen?" Die Stimme war kalt. *Aber war sie jetzt näher bei ihr?* Helena wandte sich langsam um und trat auf die Wand zu, die Radspeiche hoch erhoben.

„Nein."

„Das rate ich dir auch nicht. Es wäre besser, wenn du dich

daran erinnerst, wem du gehörst."

Wem sie *gehörte*? Sie zitterte vor Angst und Verwirrung. „*Wer sind Sie?*"

„*Wagst* du es etwa, Spielchen mit mir zu spielen?" Eine dunkle Gestalt tauchte plötzlich aus dem Schatten auf und kam schnell auf sie zu. Der Mann bebte vor Wut. Es war der Raubvogel. „Denk nach, meine Liebe. Wer könnte ich sein? Du weißt es. Und wenn du es nicht weißt, werde ich es dich lehren!" Er stürzte auf sie zu, die Hand drohend zum Schlag erhoben.

Sie stolperte rückwärts über den Karren und fiel beinahe hin, konnte sich aber im letzten Augenblick noch an der Wand festhalten. Ihre Schultern stießen schmerzhaft gegen die feuchten Ziegel. Sie schlug mit der Speiche um sich. Bei dem Anblick hielt der Mann inne und fing an zu lachen.

„Erbärmlich", wieherte er und beugte sich zu ihr hinunter. „Nun, meine Liebe, leider bist du nicht Ramsey Munro."

„Nein", ertönte eine Stimme. „Aber ich bin es."

13. KAPITEL

CORPS À CORPS:
Wörtlich „Körper an Körper"; Körperkontakt zwischen zwei Kontrahenten während eines Kampfes; untersagt, wenn er absichtlich herbeigeführt wird

Der Mann schlug die Radspeiche weg, die Helena festhielt, ergriff Helenas Arm, zog sie auf die Beine und schob sie in Rams Richtung. Ram fing sie auf, während der Vogelmann durch den schwarzen Spalt in der Ecke floh. Ram legte seine Arme eng um sie und hielt sie fest.

„Ist bei Ihnen alles in Ordnung?"

Sie nickte. Als er sich wieder von ihr lösen wollte, um den Mann zu verfolgen, klammerte sie sich an ihn. „Bitte lassen Sie mich nicht alleine. Er ist weg."

Sein Kiefer spannte sich an, aber er ließ sie nicht los. „Was machen Sie hier hinten? Falls Sie es nicht bemerkt haben, dies ist kaum der Lovers Walk."

Sie erstarrte, da ihr klar wurde, was diese Worte bedeuteten. Sie hatte es bereits vermutet, als ihre Blicke sich im Ballsaal getroffen hatten: Er hatte sie als die schamlose junge Frau in Kniehosen wiedererkannt, die er in Vauxhall geküsst hatte. Ihr ganzer Körper versteifte sich.

„Keine Sorge", sagte er, ein leichtes Lächeln auf den Lippen. „Ihre kostbare Anonymität ist sicher, *Corie.* Ich bin ebenso weit davon entfernt zu wissen, wer Sie sind, wie in Vauxhall. Aber ich bin nicht taub, meine Liebe. Ihr verheirateter Verehrer hatte Ihnen zugerufen, dass Sie bei Ihrem nächsten Treffen ein rosa Kleid anziehen sollen. Als ich heute eine Frau in einem rosa Kleid neben demselben Narren sah, der in Vauxhall war, konnte ich dementsprechend auf Ihre

Identität schließen. Aber nicht auf Ihren Namen. Ihren *wahren* Namen."

Ram konnte sich nur einen Grund vorstellen, warum sie so viel Wert darauf legte, namenlos zu bleiben: Weil das, was sie getan oder zu tun beabsichtigt hatte, besser im Geheimen geschehen sollte, verborgen unter dem Deckmantel von Masken und Dunkelheit. Weil es Dinge waren, die einzugestehen sie sich geschämt hätte, Liebhaber, zu denen sie sich nicht bekennen wollte. Und noch bitterer als das Wissen, dass sie das, was sie wollte, nur für ein paar kurze, intensive, gestohlene Augenblicke wollte, war das Bewusstsein, dass sie es nicht von ihm wollte. Sie wollte es von diesem Harlekin.

Er bekämpfte die Eifersucht, die glühend heiß in ihm hochkochte. Er hatte kein Recht, sie zu verurteilen. Kein Recht und keinen Grund. Seit einer Woche hatte der Vorschlag des Marquis Ram gequält, und er hatte mit unzähligen Flaschen Wein versucht, die Bilder wegzuspülen, die sein Großvater vor seinem geistigen Auge heraufbeschworen hatte. Bilder von einer Frau, die einen heimlichen Liebhaber suchte, jemanden, der ein bisschen zwielichtig und ein bisschen gefährlich war, jemanden, zu dem sie sich bei Tage nie bekannt hätte. Er fand sich in dieser Beschreibung durchaus wieder. Aber dass diese Frau Helena Nash sein sollte!

Abrupt ließ er sie los und wandte sich von ihr ab. Der Regen fiel jetzt in Strömen, und Rams durchnässtes Hemd klebte durchsichtig an seiner perfekt modellierten Brust. Seine Rippen und die harten Rillen seines Bauches zeichneten sich deutlich darunter ab.

Er war wunderschön. Ein Wassergeist. Ein Meeresdämon. Dunkles Haar bedeckte seine Brust und lief in Wirbeln um die flachen Brustspitzen. Etwas, das wie eine stilisierte Rose aussah, war in das Fleisch seines rechten Brustmuskels gebrannt. Es wirkte auf seltsame und rohe Art sinnlich.

„Wo ist denn Ihr Harlekin?", fragte er verärgert. „Es ist doch wohl seine Aufgabe, Sie vor unerwünschten Annäherungsversuchen zu schützen. Andererseits", er sah zu ihr herunter, sein Blick voll kaltem Interesse, „waren sie überhaupt unerwünscht? Störe ich vielleicht? Wenn dem so sein sollte, bitte ich Sie ergebenst um Verzeihung."

Kristallklare blaue Augen starrten ihn durch die ausgeschnittenen Augenlöcher ihrer Maske an. Er konnte genau den Augenblick erkennen, in dem seine Worte wirkten, in dem ihr bewusst wurde, wie sehr er sie beleidigt hatte. Jetzt würde sie ihm ins Gesicht schlagen und fortlaufen. Und ihm stünde es frei zu gehen.

Aber sie schlug ihm nicht ins Gesicht. Sie hob das Kinn, und das wenige Licht, das in dem dunklen Hinterhof war, brach sich in ihren Augen. „Sie unterstellen mir doch wohl nicht, dass ich *wollte,* dass der Mann mich belästigt?"

Er zuckte gleichgültig mit den Schultern. „Warum nicht? Das wäre doch ein erstklassiges Abenteuer."

„Ich habe zufällig diesen Weg genommen. Ich hatte keine Ahnung, dass mich jemand verfolgt."

„Ich verstehe. Sie dachten, Sie hätten das Fest alleine verlassen, und doch folgten Ihnen gleich zwei Männer: die Krähe und meine Wenigkeit. Sie scheinen außerordentlich beliebt zu sein."

„Warum sind Sie mir überhaupt gefolgt?"

Weil ich gesehen habe, wie dein Körper sich versteifte, als dieses Flittchen versuchte, ein wenig Interesse bei mir zu wecken. Weil ich gesehen habe, wie es dich kränkte, und es somit auch mich gekränkt hat. Also bin ich dir gefolgt, bevor mir überhaupt bewusst wurde, dass ich es tat. Weil mich meine Gefühle leiten, wenn es um dich geht. All meine Vorsicht und meine Diskretion wurden von meinem Verlangen zu Asche verbrannt und in alle vier Winde verstreut, und nun sind mir nur noch Impulsivität und unbedachte Reaktionen geblieben. Genau die Dinge, die jeder Fechter verachtet, wenn er überleben will.

„Weil der Weg, den Sie genommen haben, zu einer Stelle führt, von der ich weiß, dass sie für eine Frau alleine gefährlich ist.“ Es war zumindest ein Teil der Wahrheit.

„Dann schulde ich Ihnen wieder einmal Dank und bitte Sie, mich an eine Stelle zu begleiten, wo ich eine Droschke mieten kann.“

„Ich will Ihre Dankbarkeit nicht, zumindest nicht für so geringe Dienste.“

Bei dieser Bemerkung schnellte ihr Kopf hoch, und er lächelte sie an, lehnte sich träge mit der Schulter gegen die Wand und blockierte ihr den Weg. Er war ein Schuft, ein unsäglicher Frauenheld. Es kümmerte ihn nicht. Er ließ seinen Blick viel sagend über sie wandern. Ließ sie glauben, dass er betrunken und gefährlich war. Zur Hölle, er *war* betrunken, war mehr oder weniger ständig betrunken gewesen, seit der Marquis ihn besucht hatte. Weil der verfluchte alte Mann Dämonen geweckt hatte, die Ram lieber hätte schlafen lassen.

Und was seine Gefährlichkeit betraf … Auch die musste er nicht spielen. Denn sie war ohne ihren Umhang geflohen, und ihre Haut, die nass von dem lauwarmen Londoner Nebel war, schimmerte wie eine Perle, während ihr Haar in dunklen nassen Strähnen über die schneeweißen Schultern und die blassen Brüste fiel, die durch das tiefe Dekolletee halb entblößt waren.

Sie sah aus, als wäre sie aus milchigem Eis geschnitzt, wie etwas, das der heißen Glut männlicher Leidenschaft niemals standhalten könnte. Wenn es doch nur anders wäre. Wenn er doch nur nicht gewusst hätte, dass ihre warmen rubinroten Lippen ein weitaus besseres Barometer für ihre Leidenschaft waren als ihre kühlen eisblauen Augen, ihr blasses Haar, ihre langen weißen Glieder. Aber er wusste es.

Er streckte die Hand aus und fuhr mit einem Finger über den feuchten Rand ihrer mit Goldfarbe bemalten Maske. Er hatte keinen Stolz. Ihm war nichts mehr geblieben als nur noch Verlangen: Verlangen, sie in den Armen zu halten, sie zu küssen, sie zu lieben. Er würde nicht mehr nachdenken. Nicht darüber, warum sie hier war, warum er hier war, was gestern war oder morgen sein würde.

„Das ist jetzt schon das zweite Mal, dass Ihr Narr Sie im Stich gelassen hat", sagte er. „Oder vielmehr, dass Sie vor ihm geflohen sind. Kann es sein, dass Sie noch so unerfahren sind, dass Sie glauben, die Jagd sei der beste Teil des Spiels?"

Sie antwortete nicht. Sie stand nur da und genoss seine federleichte Liebkosung. Der Regen perlte über ihre Schultern und lief langsam ihre Brüste hinunter. Ram fing tief an ihrem bloßen Busen einen Regentropfen auf, kurz bevor er in der dunklen Spalte zwischen ihren Brüsten verschwand. Sie erbebte, als er den Finger an die Lippen hob und den Tropfen ableckte.

„Sie hält dem Vergleich nicht stand", flüsterte er verlockend. „Es ist wahr, es gibt einige arme Seelen, die nie das glückselige Ende erreichen. Sie suchen danach, sie verfolgen es, sie kämpfen und mühen sich ab. Ihre Herzen rasen, ihre Lungen arbeiten."

Sein Blick wanderte ihren erhitzten Körper hinunter. „Aber sie finden nicht die Befriedigung, die solch süße Mühen zu erlangen suchen. Am Ende resignieren sie angesichts eines Ziels, das außerhalb ihrer Reichweite liegt, aber nicht jenseits ihres Vorstellungsvermögens. Kommen Sie. Ihr Harlekin ist bloß ein Junge. Die Erfahrungen, die Sie machen wollen, erfordern einen Mann."

Sie hob das maskierte Gesicht. „Einen Mann, der große Erfahrung darin hat, jenes glückselige Ende zu erreichen?"

Der Beigeschmack, den ihre atemlose Frage hatte, gefiel ihm nicht. Er wusste keine Antwort darauf. Er hatte schon zu viele Erfahrungen gemacht, und zu oft war nach dem Höhepunkt nur eine Leere in ihm zurückgeblieben.

Er ignorierte die hohlen Erinnerungen, seine Aufmerksamkeit nur auf eines gerichtet – auf Helena. „Deswegen sind Sie hier, nicht wahr?“

Er hörte, wie sie die Luft anhielt. Er konnte ihre Faszination und ihre Angst sehen. Kein Geräusch störte den Augenblick. Der Nebel umhüllte sie wie eine warme Decke, verbarg alles, was er berührte, machte harte Kanten weicher und verschleierte hässliche Linien.

„Lassen Sie mich Ihr Führer sein, meine kleine Touristin“, drängte er sanft. „Lassen Sie mich Ihr Abenteuer sein.“ Sein Mund schwebte knapp über der süßen Beuge zwischen ihrem Hals und ihrer Schulter. Sie roch nach getrocknetem Lavendel, nassem Puder und Regen. „Sagen Sie Ja. Erlauben Sie es mir.“

Sie zitterte unter seinem sanft keuchenden Atem. Seine Lippen streiften ihre Schulter. Erst jetzt ließ sie ihren Atem entkommen, stieß ihn aus in einem Seufzer voller Bestürzung, Hingabe und … Erregung. Sie konnte ihre Erregung nicht verbergen.

„Warum ich?“, flüsterte sie. „Es gibt andere Frauen, die viel besser …“

„Es gibt keine andere Frau“, murmelte er an die milchige Blässe ihres Halses gedrückt. „Es gibt niemanden außer dir.“

Sie wünschte sich nichts sehnlicher, als ihm zu glauben. Seine Stimme war so ernst, so leise und unsicher. Aber das Bild jener zerzausten Schönheit, die ihre Hand zwischen Rams Schenkel gedrückt hatte, blitzte vor ihrem inneren Auge auf und zerstörte seine Beteuerungen wie Säure, die auf ein Gemälde tropft, zerstörte ihre Fähigkeit, ihm zu vertrauen.

Sie schob ihn weg. „Ich kann nicht …"

Er ergriff ihre Schultern, drehte sie herum, und zog sie wieder fest gegen seine Brust, das Gesicht nach vorne gerichtet, von ihm abgewandt. Er senkte seinen Mund auf ihren Hals. Als wollte er den plötzlichen Stimmungswechsel untermalen, wurde der dunstige Regen stärker, heftiger.

Sie hätte sich wehren sollen. Hätte versuchen sollen, sich zu befreien. Doch als Antwort auf seine Leidenschaft regte sich in ihr ein Hunger, wie der eines darbenden Tieres, das unbedingt Nahrung braucht. Sie fasste hinter sich, fuhr ihm mit den Fingern durch die dichten nassen Locken und ließ ihren Kopf gegen seine breiten Schultern sinken. Hinter der schönen Maske schloss sie wie im Traum die Augen.

Er fuhr mit dem Mund ihren Hals hinauf bis zu der weichen Haut unter ihrem Ohrläppchen und dann hinunter zu ihrem feinen Schlüsselbein. Mit der Zungenspitze zeichnete er die elegante Linie des Knochens nach und drückte sie fester an sich, als ihre Knie bei seinem sinnlichen Angriff weich wurden.

Sie versuchte, sich in seiner Umarmung umzudrehen, aber er schob die Arme um ihre Taille und hielt sie fest.

„Wehr dich nicht", murmelte er mit belegter Stimme. „Genieße es einfach." Sie gehorchte ihm.

Er konnte spüren, wie die Anspannung sie verließ, wie sie sich zunehmend dem Vergnügen hingab. Sich ihm hingab. Der Regen prasselte jetzt in warmen stechenden Strömen herunter, er war so heftig wie das Verlangen, das Rams Gedanken, seine Pläne, sein Bewusstsein und seine Vernunft überflutete und alles ertränkte.

Er legte eine Hand mit gespreizten Fingern auf ihr mit Fischbein verstärktes Bruststück, und als er ein hartes Brett fand, wo zartes Fleisch hätte sein sollen, riss er die Schnürung auf, zog die steife Verstärkung heraus und warf sie auf den

Boden. Darunter trug sie nur eine feine Chemise aus Batist, unter der er die Spitzen ihrer Brüste erahnen konnte.

Er zog sie noch näher an sich, legte eine Hand auf ihre Brust und streichelte sie. Ein kleines wohliges Geräusch entfuhr ihrer Kehle, und seine Hand glitt unter den dünnen Stoff und nahm eine ihrer festen runden Brüste.

Jetzt würde sie ihm Einhalt gebieten. Mit Sicherheit würde sie es an dieser Stelle beenden.

Er tauchte mit der Hand tiefer in ihren Ausschnitt, hob ihre Brust aus dem losen Stoff. Sie wehrte sich nicht. Sie legte die Arme um seinen Nacken, wölbte ihm verlockend ihren zarten Hals entgegen. Er nahm ihr Angebot an. Er küsste sie, zwickte sanft ihre Haut, fühlte, wie ihr Puls gegen seine Lippen pochte, gegen seine Zunge. Genau in der Mitte seiner Handfläche wurde ihre Knospe zu einer harten kleinen Perle.

Gütiger Himmel, noch nie war er so schnell und so vollkommen erregt gewesen. Verzweifelt versuchte er, seine Begierde im Zaum zu halten, Barrikaden zu errichten, an sein abwesendes Gewissen und seine Vernunft zu appellieren. Vergebens.

Er brauchte sie. Er würde sie bekommen.

Er drehte sie wieder um, wölbte ihren Rücken über seinen Unterarm. Ihre bloße Brust war blass, feucht und unwiderstehlich. Erbebend drückte er sanft das weiche Fleisch, hob ihre verlockende Knospe an seinen Mund und nahm sie in sich auf. Unter dem dünnen Schleier des Regens rötete sich ihre Haut, sie war weich und warm wie Honig und Blumen und Whisky – starker Whisky, der die Sinne benebelte. Er sog, und ihr Atem setzte aus und machte dann einen Satz, leises Seufzen und Stöhnen entfuhr ihr. Und während er sog, floss die Goldfarbe von ihrer Maske herunter, lief in glänzenden Bächen ihren Hals, ihre Schultern und Brüste hinab und befleckte den rosa Samt und die hauchdünne Spitze auf ihrer Haut.

Er labte sich an ihrer Freude, schwelgte in ihrer Erregung, leckte und saugte und kostete sie und brauchte immer noch mehr. Er hob sie hoch und trug sie zur Mauer, stellte sie auf die Beine und stützte seine Arme zu beiden Seiten ihres Kopfes ab, um sie vor dem strömenden Regen zu schützen.

„Küss mich. Nimm deine Maske ab, und lass mich deine Lippen, deinen Mund, deine Zunge kosten."

Ihr Kopf schnellte empor, und er fluchte beim Anblick ihrer hübschen Verkleidung. Diese Maskierung erschien ihm wie ein kaltes Messer, das ihm tief ins Herz drang.

Diese junge Dame … glaubst du, sie hat dir tatsächlich ihren wahren Namen genannt? Oder ist sie zu diskret – oder zu beschämt –, um sich die Mühe zu machen, dir überhaupt einen Namen zu nennen? Eine Woche der steten Trunkenheit hatte die Worte des Marquis nicht auslöschen können.

„Nimm sie ab. Nimm diese verdammte Maske ab!" Verlangen und Schmerz erfüllten seine Stimme und vertrieben seine übliche Unbekümmertheit und seinen Stolz. Mit einem Grollen hob er die Hand, um ihr die Maske vom Gesicht zu reißen, aber sie hielt ihn davon ab, indem sie mit einer Kraft, die aus Verzweiflung geboren war, sein Handgelenk ergriff.

„Nein! Nein!", keuchte sie. „Bitte!"

„Warum?", forderte er. „Macht Anonymität die Sünde schmackhafter? Oder bist du eine so wichtige Persönlichkeit, dass die Enthüllung deiner Identität die Throne Europas ins Wanken bringen könnte? Also, wer sind Sie, Madame, eine Prinzessin? Eine Großherzogin? Eine reiche Erbin?", fuhr er fort, plötzlich wieder förmlich, und forderte sie heraus zu lügen, sich als die Abenteurerin zu offenbaren, als die sie sich selbst bezeichnet hatte. Doch er, Narr, der er war, hatte ihr nicht geglaubt. Nun, jetzt würde er ihr glauben. Er würde sich *zwingen*, es zu glauben.

Er quälte sie mit seiner Verachtung. Aber dennoch musste

sie selbst jetzt, wo ihr Mieder offen stand und ihre Brüste nackt waren, selbst in dem Regen, triefend vor billiger Goldfarbe und halb mit durchnässtem Samt bekleidet, nur ihren Kopf neigen, und der Anblick ihres Nackens erfüllte ihn mit einer unerklärlichen Sanftheit und einem schmerzenden Bedürfnis, sie um Vergebung zu bitten.

„Nun?“, rief er, wütend darüber, dass sie ihm das Einzige genommen hatte, was er immer als sicher erachtet hatte: seine viel gerühmte, hart erkämpfte Selbstbeherrschung.

„Nein“, flüsterte sie ernst. „Sie irren sich vollkommen. Ich bin niemand.“

Niemand. Kein Wort hätte ihn tiefer treffen können.

„Du bist niemand, Junge“, hatte die müde alte Frau im Arbeitshaus gesagt. „Der Bastard eines schottischen Mädchens. Man bekommt dieser Tage ein Dutzend von euch für einen Penny. Für einen halben Penny. Es bringt nichts, sich hier aufzuspielen, Junge. Du bist niemand. Vergiss das besser nicht.“

Er versuchte, seine Wut zu beherrschen, aber jeder zittrige Atemzug von ihr untergrub seine Bemühungen. „Warum müssen Sie eine Maske tragen?“

„Weil …“ Sie zögerte und zog die Chemise hoch, um ihre Brust zu bedecken. „Ich würde es nicht ertragen, Sie zu enttäuschen.“

„Mich zu enttäuschen?“ Sicherlich mokierte sie sich jetzt über ihn. Es gab nur wenige Frauen in London, die ihr das Wasser reichen konnten. Und doch klang sie ehrlich. Er hätte sein Leben darauf verwettet, dass sie die Wahrheit sprach, aber wie konnte sie nicht wissen, dass ganz London ihre Schönheit rühmte?

Doch dann fiel ihm plötzlich eine andere Erklärung ein. Sie wusste nicht, dass er ihren Namen kannte. Wenn sie die Maske abnahm, würde sie sich als die Tochter des Mannes offenbaren, der ihm das Leben gerettet hatte. Eines Mannes, der als Kriegsheld respektiert und verehrt worden war. Natürlich würde sie nicht wollen, dass er wusste, dass Colonel Roderick Nashs Tochter sich in Cheapside unters gemeine Volk mischte.

Also wollte sie ihm vielleicht doch die Wahrheit sagen, wenn auch verpackt in eine Lüge. Vielleicht befürchtete sie wirklich, dass er enttäuscht sein würde, aber nicht aus den Gründen, die er annahm. Besser, er glaubte, sie verstecke irgendeinen körperlichen Makel, als dass sie die Erinnerung an ihren Vater beschmutzte.

Er entwand sein Handgelenk ihrem Griff und ließ den Arm sinken. „Wie soll ich dann deinen Mund küssen?"

Helena zögerte, ihr Blick erforschte sein Gesicht, suchte nach einer Falle, einer Lüge, irgendeinem Zeichen, dass ihm nicht zu trauen war. Doch sie konnte keines finden. Wie eine Statue stand er im Regen, das durchnässte Hemd klebte an seinem breiten Brustkorb, die langen Arme waren sehnig und muskulös. Seine Brust hob und senkte sich, als sei er gerannt, aber sein Blick war ruhig.

Geh, sagte sie sich, flieh, solange er in dieser versöhnlichen Stimmung ist. Aber … seine Stimme war so hart.

„Schließ die Augen", sagte sie sanft.

Er ließ die Schultern sinken. „Du brauchst dir keine Sorgen zu machen. Diesmal werde ich dich nicht aufhalten."

„Du hast mir vor Kurzem gesagt, dass ich mich bei dir vor zwei Dingen in Acht nehmen soll, und dass du ein großer Lügner bist, war eines davon."

Er runzelte die Stirn. „Dieses Mal werde ich nicht lügen."

„Wenn du mich also gehen lassen willst, macht es für dich doch keinen großen Unterschied, ob deine Augen dabei offen oder geschlossen sind, nicht wahr?", fragte sie, erstaunt über die furchtlose übermütige Helena Nash, die an die Stelle der vernünftigen vorsichtigen Frau getreten war, die sie kannte. „Schließ die Augen."

Er schloss die Augen. Sie bedeckte sie mit ihrer Hand, stellte sich auf die Zehenspitzen und stützte sich mit der anderen Hand an seinem breiten Brustkorb ab. Sein Herz pochte schwer gegen ihre Handfläche.

Sie brachte die Lippen nah an sein Ohr. „Wenn du mir je ein Versprechen gibst, das du hältst, dann dieses: *Öffne nicht die Augen.*"

Sie nahm die Maske ab und ließ sie fallen, sodass sie ihr an den verknoteten Bändern um den Hals hing. Dann küsste sie ihn und ließ ihre Lippen sanft mit seinen verschmelzen.

Einen atemlosen Augenblick lang ließ er sie einfach gewähren. Von seiner scheinbaren Fügsamkeit ermutigt, kämmte sie mit ihrer freien Hand durch sein wirres, seidiges, dämonenschwarzes Haar und zog seinen Mund dichter an ihren. Sie presste sich an ihn und küsste ihn mit all der Leidenschaft, die sich so lange in ihr aufgestaut hatte. Sie küsste ihn, als könne sie nie wieder damit aufhören, als wolle sie in dieser Umarmung ertrinken.

Keine Frau hatte ihn je so geküsst. Ihm fehlten die Worte, um dieses wundervolle, ehrliche und ungezügelte Verlangen zu beschreiben. Er schob ihren Kopf zurück, während ihre Hand immer noch seine Augen bedeckte, und fand ihren geöffneten Mund. Sie erwartete seine Zunge, bereit, sich von ihm zeigen zu lassen, was sie tun musste, wie sie den Höhepunkt der Lust erreichen konnte.

Sie brachte ihn um den Verstand.

Diese fleischliche Unschuld. Diese brennende Tugendhaftigkeit. Er drückte sie gegen die Mauer, schob einen Schenkel zwischen ihre Beine, fasste hinab und zog die dicken Stoffschichten hoch, bis er endlich die seidige Wärme ihres zarten Fleisches spürte.

Tief in ihrer Kehle erklang ein Stöhnen. Sie verspürte Verlangen. Genauso wie er. Nichts konnte sie aufhalten. Er ließ seine Hände die Rückseite ihrer langen schlanken Beine hinaufgleiten und fand die sanfte Schwellung ihres Pos. Lust durchfuhr ihn wie ein Speer, bis er körperliche Schmerzen fühlte. Er legte seine Hände um das weiche weibliche Fleisch, hob sie hoch und drückte sich gegen die Schichten aus feuchtem Samt, Taft und Spitzen. So hielt er sie, während ihre Hand noch immer seine Augen bedeckte. Ihre Münder waren in leidenschaftlichem Wettstreit miteinander vereint. Er presste seine Männlichkeit gegen den Ansatz ihrer Schenkel, damit sie verstand, was als Nächstes passieren würde. Was unausweichlich war.

Ein Laut irgendwo zwischen einem Schnurren und einem Seufzen entfuhr ihr. Sie ließ ihre Hand von seinen Augen gleiten, schloss die Arme um seinen Hals und drückte ihr Gesicht an seine Schulter. Ihr vor Begierde keuchender Atem war dicht an seinem Ohr. Und sie bewegte sich, drückte sich mit wiegenden Hüften an ihn.

Er ließ sie gewähren. Er ließ sie seinen Körper benutzen, ließ sie die Härte finden, die dem schmerzhaften Pulsieren der Erregung Erleichterung verschaffte, während er die ganze Zeit über versuchte, seinen eigenen Dämon zu überwinden, den Dämon, der sie hier und jetzt nehmen wollte. Sein Körper schmerzte. Das Verlangen quälte ihn. Er legte den Kopf in den Nacken, sein Kiefer angespannt vor selbst auferlegter Zurückhaltung, während sie ihre Hüften mit unregelmäßigen und ungeübten Bewegungen gegen ihn presste. Ob sie nun eine Jungfrau war oder nicht, er wusste sicher, dass sie wenig oder gar keine Erfahrung in dem hatte, was als Nächstes kam.

Eine Jungfrau? Ja. Oder zumindest noch so nah daran, dass es keinen Unterschied machte. Sie war ungeschickt genug in ihrer verzweifelten Suche nach dem uralten Rhythmus, dass er, sollte sie keine Jungfrau mehr sein, den Mann verfluchte, der sie zur Frau gemacht hatte. Doch zugleich mit diesem Gedanken drang ein heimliches spöttisches Flüstern durch seinen erhitzten Verstand: Er selbst war kein bisschen besser. Dies hier reichte schon aus, dass er kurz davor stand, von einem Höhepunkt erfasst zu werden oder ihren Rock hochzuschieben und in sie einzudringen.

Im Regen. Gegen eine Mauer gedrückt. In einem trostlosen Hinterhof.

Nein. Er durfte solche Gedanken nicht zulassen. Er wollte alles ausblenden bis auf das Gefühl, wie sie sich mit ungeschickten, herzzerreißenden, kleinen, ruckartigen Bewegungen gegen ihn presste. Er wollte nichts hören bis auf das atemlose Stöhnen und Seufzen an seinem Hals. Er würde sich ihr schenken, und dann würde er sie nehmen.

Warum auch nicht? Warum sollte er ihnen beiden nicht geben, was sie so verzweifelt begehrten?

Irgendwo in der Gasse öffnete sich quietschend ein Fenster, und eine Stimme rief laut: „Meine Herrn, mein Bett is leer. Will hier nich irgendwer ein bisschen Bewegung? Drei Schilling für alles, was ihr wollt!“

Da hatte er seine Antwort.

Mit einem wilden Laut der Selbstkasteiung riss Ram sich von ihr los. Sie stieß ein leises enttäuschtes Seufzen aus und klammerte die Arme flehentlich enger um seinen Hals. Er konnte nicht viel mehr ertragen.

„Nein“, stöhnte er rau, und seine Brust hob und senkte sich vor Anstrengung. „Nein. Nicht hier. Nicht so. Setzen Sie Ihre Maske wieder auf!“

„Aber …“

„Setzen Sie Ihre Maske auf, wenn Sie nicht erkannt werden wollen!“, sagte er gequält, stellte sie auf die Beine und wandte das Gesicht ab, als er spürte, wie sie mit zitternden Händen die baumelnde Maske suchte und sie an ihr Gesicht hob. Er blickte auf ihr maskiertes Gesicht herunter; ein wenig Licht fiel auf ihre Augen hinter den Sehschlitzen. Sie waren geweitet und schwammen in Tränen.

Wut kämpfte in ihm gegen Mitleid und Verlangen an. „Wenn Sie einen Liebhaber wollen, Gott weiß, Madam, dann bin ich Ihr Mann. Sie kennen meinen Namen. Sie wissen, wo ich zu finden bin. Sie müssen nur zu mir kommen. Jederzeit, Tag oder Nacht. In jeder Verkleidung und auf jede Art. Ich flehe Sie an, wenn Sie das möchten. Aber hier geht es nicht. Nicht so."

Sie würde nicht zu ihm kommen. Er wusste es, noch während er sich mühsam die Worte abrang. Mit der Zeit und mit etwas Abstand würde sie wieder zur Vernunft kommen.

Seine scharfen Worte drangen bis zu ihrem benebelten Verstand durch. Er wollte sie, dessen war sie sich sicher. All ihre Unerfahrenheit konnte sie dafür nicht blind machen. Er hatte sie ebenso sehr gewollt, wie sie ihn gewollt hatte.

Sie vermutete, dass sie ihm dankbar sein sollte, aber das war sie nicht. Sie war ärgerlich, unruhig und gekränkt, obwohl sie genau wusste, dass er in ihrem eigenen besten Interesse handelte. „Warum?"

„Warum?", wiederholte er und wandte sich ihr wieder zu. Er blickte in ihr maskiertes Gesicht hinunter. „Weil ich etwas anderes von Ihnen will als ein Stelldichein in einem Hinterhof. Weil ich Sie, wenn wir noch länger hier blieben, an dieser Mauer nehmen würde, und das wäre weder Ihrer noch meiner würdig. Ich will mehr. Was wollen Sie?"

Deine Umarmung spüren. Deine Lippen auf meinen. Deinen Körper, wie du ihn hart und ungeduldig gegen meinen drückst. Stumm starrte sie zu ihm hoch, bis er sie fluchend am Handgelenk fasste und in die Mitte des kleinen Hofes zog.

Der Regen hatte nachgelassen, und auf dem Boden schimmerten regenbogenfarbene Pfützen.

„Einer von uns wird ehrenhaft sein und einer von uns ein Narr. Ich fürchte, meine Liebe, dass ich beide Rollen übernehmen muss. Jetzt lassen Sie uns gehen, bevor ich meine guten Vorsätze vergesse und nur noch Ihre Wünsche zu erfüllen suche."

14. KAPITEL

FROISSEMENT:
Gleitstoß, bei dem die eigene Klinge an der gegnerischen Klinge starr entlanggleitet, bis die Klingenspitze die gegnerische Blöße erreicht

Helena saß in der Droschke und starrte mit leerem Blick hinaus auf die Straße. Ihre Maske, von der die Goldfarbe mittlerweile größtenteils abgewaschen war, lag unbeachtet auf ihrem Schoß. Bis auf das Zittern war sie erstaunlich ruhig. Ram hatte ihr in die Kutsche geholfen, ohne ein Wort zu sagen. Er hatte noch nicht einmal die Hand zum Abschied gehoben.

Sie kannte sich selbst nicht mehr. Trotz ihrer hitzigen Reaktionen hielt sie sich nicht für wollüstig. Jedenfalls nicht, solange ihr Ram Munro nicht begegnete. Und das, so vermutete sie, war ein Problem.

Denn selbst als sie jetzt auf ihr feuchtes Kleid hinunterblickte, während kleine goldene Bäche auf ihren Schultern und ihrer Brust trockneten, und im Bewusstsein, dass sie aussah wie eine schäbige Dirne und sich noch dazu auch so verhalten hatte, bereute sie diesen Abend nicht. Bis auf die Tatsache, dass die Versprechungen, eingeleitet durch Rams Küsse und bekräftigt an der Ziegelmauer, nicht eingehalten worden waren.

Plötzlich wurde sie von einer Flut der Verzweiflung erfasst. Wo war er? Berührte ihn jetzt diese Dirne, die ihn so schamlos angefasst hatte? Lag sie bei ihm, unter ihm?

Ihre Schwester Kate hatte Helena als ihrer engsten Freundin alles anvertraut. Es gab nur wenig, das sie nicht über die intimen Beziehungen zwischen Mann und Frau wusste. Selbst wenn das meiste davon bis zu diesem Abend nur theoretisches Wissen gewesen war.

Sie wusste, dass sie Ram in einem Zustand akuter körperlicher Qual zurückgelassen hatte, einem Zustand, in dem ein Mann wahrscheinlich alles tun würde, um sich Erleichterung zu verschaffen. Und wenn diese Dirne sich ihm anbot, nun, es gab keinen Grund, davon auszugehen, dass er ihr Angebot nicht annehmen würde – trotz seiner rauen Erklärung, dass es keine andere Frau für ihn gab als Helena.

Sie wollte ihm glauben, und sie hatte sich beinahe eingeredet, dass er es ernst gemeint hatte. Er hatte sich so ehrlich angehört, so wütend. Als wollte er nicht, dass sie die einzige Frau für ihn war, könnte es aber dennoch nicht leugnen. Doch ihr sturer, praktisch veranlagter Verstand sagte ihr, dass er sich dann bloß in ein Kostüm verliebt hatte, in eine Maske, eine Rolle, die sie nur einige Male gespielt hatte. Wie konnte er behaupten, dass sie die einzige Frau für ihn war, wenn er sie doch gar nicht kannte? Wenn er noch nicht einmal ihr Gesicht gesehen hatte?

Ram Munro erschien ihr nicht gerade wie ein Mann, der sich von einer Chimäre becircen ließ. Und doch schrak sie vor der einzigen anderen Erklärung zurück: dass er ein berechnender Verführer war, der alles sagen würde, was nötig war, um sein Ziel zu erreichen.

Sie rieb sich die Schläfen und versuchte, klar zu denken. So oder so, sie sollte sich von Ramsey Munro fernhalten. Sie durfte nicht einmal in Erwägung ziehen, sein unerhörtes Angebot anzunehmen und seine Geliebte zu werden. Es würde sie zerstören.

Aber als seine Geliebte zu ihm zu gehen … Sich den Gefühlen hinzugeben, die nur er in ihr weckte. Würde er tatsächlich ihre Gunst erbitten, wenn sie das wollte? Oder würde sie am Ende ihn anflehen?

„Madam? Wir sind an der Adresse, die Sie angegeben haben." Erschrocken bemerkte Helena, dass die Kutsche bewegungslos neben dem Bordstein stand. Dem Tonfall des Fahrers nach zu schließen, hatten sie schon vor einiger Zeit angehalten.

„Oh. Natürlich." Sie öffnete die Tür und stellte fest, dass der Fahrer bereits draußen wartete. Schnell stieg sie aus und griff in ihre Tasche, um ihn zu bezahlen, aber er hob abwehrend die Hand.

„Der Herr hat schon bezahlt, Madam. Sogar reichlich. Hat gesagt, ich soll Sie sicher an die Tür von dem Haus bringen, wo Sie hinwollen. Also, wo ist es?"

„Das wird nicht nötig sein", sagte Helena. „Es ist alles in Ordnung."

Der Fahrer betrachtete sie zweifelnd, kletterte dann aber wieder auf seinen Sitz hinauf. Er hob noch einmal den Hut, schnalzte dem Pferd zu und fuhr los. Helena blickte sich um. Sie stand am oberen Ende der vertrauten, mit Bäumen bepflanzten Kutschgasse, die die hinteren Gärten der großen, am Hanover Square liegenden Residenzen, wo Lady Tilpot lebte, von den weniger prachtvollen, aber immer noch äußerst teuren Anwesen in der Adam's Row trennte.

Sie musste nur ein kurzes Stück die Gasse hinuntergehen, bevor sie durch das Tor in den Gemüsegarten der Tilpots schlüpfen konnte und von da aus in das Haus selbst. Sie hatte mit der Köchin, dem einzigen Mitglied von Lady Tilpots Haushalt, dessen Stellung unantastbar war, arrangiert, dass sie die Hintertür offen ließ. Aber als sie den langen stillen Weg entlangblickte, erinnerte sie sich an etwas, was ihr in den letzten Stunden entfallen war: den Mann in der Vogelmaske, der die Hand erhoben hatte, um sie zu schlagen, während seine Stimme gedröhnt hatte: „Ich werd es dich lehren!"

Aber das war Meilen entfernt gewesen. Hier war sie in Sicherheit. Sie begann, den von Bäumen gesäumten Weg hinunterzugehen, den schlammigen Spuren der Kutschen folgend. Es war noch früh, und viele Kutschen waren noch unterwegs, um ihre Besitzer zu Bällen und privaten Abendessen, Konzerten und Vorträgen zu bringen. Entschlossen schritt sie voran.

Als sie etwa die Hälfte des Weges hinter sich gebracht hatte, hörte sie deutlich das Geräusch von Schritten hinter sich. Sie spähte über ihre Schulter zurück, aber das Licht, das aus einer offenen Stalltür fiel, verbarg denjenigen, der sich in der Dunkelheit auf der anderen Seite befand. Sie blickte wieder nach vorn und beschleunigte ihren Schritt. Die Schritte hinter ihr passten sich ihrer Geschwindigkeit an. Da nahm sie ihre schweren weiten Röcke hoch und rannte los.

Nach ein paar Schritten hatte er sie bereits eingeholt.

Er ergriff ihren Unterarm und warf sie mit derselben Leichtigkeit zu Boden, mit der ein Falke im Flug eine Taube tötet. Ihre Taftunterröcke fingen den Sturz ab, doch die Luft wurde ihr aus den Lungen gedrückt und ihre Frisur löste sich endgültig auf. Sie fuhr herum, um ihrem Angreifer ins Gesicht zu blicken, und schob sich die schweren nassen Haarsträhnen aus dem Gesicht.

Über ihr stand Forrester DeMarc. Sein ganzer Körper war angespannt und seine Lippen zu einer schmalen blutleeren Linie zusammengepresst. „Warum hast du mich so weit gebracht?"

Sie starrte zu ihm hoch, ebenso erstaunt wie verängstigt von seiner Frage. Sein Blick fiel auf ihre Brust, und von einer heißen Welle der Scham erfasst, hob sie ihre Röcke und hielt sie schützend vor sich.

„Wer hat dich so gesehen?", fragte er fordernd und schritt auf und ab. „Ich werde sie alle töten. Ich steche ihnen die Augen aus. Niemand außer mir darf dich so sehen."

„Niemand außer Ihnen?" Ihre Zunge, die wie versteinert gewesen war, löste sich. „Was meinen Sie damit? Ich gehöre Ihnen nicht."

„Doch, verdammt, das tust du! Du hast mich verfolgt.

Jetzt gehörst du mir.“

„Was?“ Er war wahnsinnig. Er blieb vor ihr stehen und starrte mit hasserfüllten Augen auf sie herunter, während sie zurückwich. „Sie waren es“, flüsterte sie. „In der Gasse. Und Sie haben auch die Rosen geschickt.“

„Spiel nicht mit mir, Helena.“

„Das tue ich nicht.“

„Das ist das Einzige, was du in der letzten Zeit getan hast. Spiele spielen. Du hast mit mir kokettiert, dich bei mir eingeschmeichelt, mir Fallen gestellt, um mich anzulocken. Du hast alles in deiner Macht Stehende getan, um mich auf dich aufmerksam zu machen. Versuch nicht, es zu leugnen.“

„Aber das habe ich nicht getan! Ich habe Sie nicht anders behandelt als die anderen Gäste von Lady Tilpot auch.“

Bevor sie sich aus seiner Reichweite ducken konnte, hatte er ihren Arm erfasst und zerrte sie mit beängstigender Kraft auf die Beine. Sie versuchte, sich ihm zu entwinden, aber sein Griff wurde so fest, dass es schmerzte.

„Du lügst“, stieß er mit zusammengebissenen Zähnen hervor. „Warum lügst du? Versuchst du, mich eifersüchtig zu machen?“

„Nein!“, entgegnete sie.

Er schüttelte sie, wie ein Hund eine Ratte schüttelt, und grub seine Finger tief in ihre Haut. „Lüg mich nicht an!“

„Das tue ich nicht! Ich weiß nicht, wovon Sie reden. Ich habe Ihnen keine Fallen gestellt. Ich will Ihre Aufmerksamkeiten nicht. Sie irren sich. Bitte, Mylord! Sie tun mir weh!“

„Du willst meine Aufmerksamkeiten nicht? Hast mir keine Fallen gestellt? Ha!“ Sein Gelächter klang hysterisch. „Dein Verhalten ist niemandem verborgen geblieben, meine Liebe. Vor nicht einmal zwei Tagen hat noch jemand angemerkt, wie leicht du doch zu durchschauen bist.“

„Wer hätte so etwas sagen sollen? Das ist absurd.“

„Ich weiß nicht, was für ein Spiel du spielst, Helena. Aber ich lasse mir das nicht bieten. Du gehörst mir, und du wirst lernen, dich daran zu erinnern."

Sie starrte ihn entsetzt an. Ihr wurde bewusst, dass er tatsächlich glaubte, was er da sagte. Er war wirklich wahnsinnig.

„Lassen Sie mich gehen, Mylord. Ich werde mich bessern", flüsterte sie und versuchte verzweifelt, reumütig zu klingen. „Bitte. Lady Tilpot muss jeden Augenblick zurückkommen, und vielleicht geht sie in meine Kammer und bemerkt, dass ich nicht da bin. Und dann", fügte sie leise hinzu, „würde ich ihr sagen müssen, was geschehen ist."

Er legte den Kopf schief. „Willst du mir etwa drohen?"

„Nein", erwiderte sie hastig. „Aber es wäre mir äußerst unangenehm, wenn ich die Quetschungen an meinem Arm erklären müsste."

Sein Gesichtsausdruck zeigte nur milde Verachtung. „Von mir aus kannst du jedem erzählen, dass ich sie verursacht habe. Wem wird man wohl eher Glauben schenken? Mir, einem Viscount, oder dir … einem *Niemand?*"

Er hatte recht. Ohne einen Zeugen stand ihr Wort gegen seines. „Bitte. Lassen Sie mich in Ruhe."

„Dich in Ruhe lassen? Oh nein. Das ist das Einzige, was ich nicht tun werde, meine Liebe. Ich werde dich ganz sicher nicht in Ruhe lassen. Wann auch immer du Lady Tilpots Haus verlässt, werde ich dich beobachten. Wo auch immer du hingehst, was auch immer du tust, mein Blick wird dir folgen. Mit wem du auch sprichst, ich werde davon wissen. Und bis ich mich entschieden habe, was ich mit dir mache, solltest du dich besser so gut wie möglich benehmen."

Sie schluckte, gelähmt von seiner Arroganz und der Grausamkeit in seiner Stimme. Ebenso gut hätte er einen Hund zurechtweisen können.

„Hast du das verstanden?"

Sie nickte, aber das genügte ihm offensichtlich nicht. Er quetschte ihren Arm, bis sie aufstöhnte. „Du hast eine Stimme. Benutze sie. Hast du das verstanden?"

„Ja!", rief sie mit schmerzverzerrter Stimme. „Ja. Ich habe es verstanden."

„Gut." Als wäre ihm eben erst bewusst geworden, dass das, was er umklammert hielt, beschmutzt war, ließ er plötzlich ihren Arm los und wischte seine Fingerspitzen an seinem Ärmel ab. „Dann geh. Lauf. Lauf ins Haus und wage es nicht, wieder herauszukommen, es sei denn, du hast einen anständigen Grund dafür und anständige Leute bei dir."

Sie nickte heftig, bereit, alles zuzugestehen, damit sie nur von ihm fortkam.

Noch einmal fixierte er sie drohend. „Merk dir eins, Helena. Ich werde wissen, wenn du irgendetwas anderes tust. Ich werde dich beobachten. Du kannst nirgendwo hingehen, ohne dass ich dir folgen werde. Du kannst nirgendwo sein, wo ich nicht auch hinkomme. Verstehst du das?"

„Ja", flüsterte sie.

„Geh!", rief er.

Sie brauchte keine weitere Aufforderung. Rasch hob sie ihre Röcke und rannte los, ohne Rücksicht darauf, ob sie Lärm verursachte. Mit ausgestreckten Armen stürmte sie durch das Gartentor und stolperte schluchzend den Pfad hinauf und durch die Küchentür ins Haus. Sie warf die Tür hinter sich zu, legte den Riegel vor und raste durch die leeren Räume, die Treppe hinauf, in die Sicherheit ihrer Kammer.

Sie stürzte in ihr Zimmer, zog die Tür zu und drehte den Schlüssel im Schloss herum. Mit einer schrecklichen Vorahnung wurde ihr klar, dass sie sich dadurch kein bisschen sicherer fühlte. Sie bezweifelte, dass sie das je wieder tun würde. Mit einem erstickten Schluchzen wandte sie sich um.

Ihr Bett war mit Rosen bedeckt.

15. KAPITEL

INTERZEPTION:
Eine Konterattacke, die eine indirekte Attacke abfängt

Wo ist sie gewesen?“, fragte Ramsey Munro Bill Sorry fünf Tage später.

„Nirgendwo.“ Bill nahm einen tiefen Schluck Bier aus dem Krug, den das hübsche Mädchen in der Taverne vor ihn gestellt hatte. Ram Munro hatte sie einen noch größeren Krug hingestellt, aber der schien die Gunstbezeigungen, die sie ihm zukommen ließ, nicht zu bemerken. Armer Kerl.

„Sie muss doch manchmal ausgehen“, beharrte Ram. Er wagte es nicht, selbst zum Hanover Square zu gehen, aus Angst, dass Helena ihn sehen könnte und ihr klar würde, dass er ihre Identität kannte. Also hatte er Bill Sorry geschickt, um in der Gestalt eines Arbeiters, der den Eisenzaun auf dem Platz reparierte, über sie zu wachen. Allerdings gab es Bills Bericht zufolge nicht viel zu überwachen. Sie war die ganze Zeit über nah beim Haus geblieben und hatte sich nur selten herausgewagt, und wenn, dann stets in Begleitung von Lady Tilpot.

„Sie muss manchmal ausgehen“, wiederholte Ram.

„Nun“, Bill kratzte sich am Kopf, „gestern ist sie rausgekommen und hat mit Lady Tilpot und deren Nichte gewartet, bis die Kutsche kam und sie eingesammelt hat. Aber sie ist wieder reingegangen, sobald die beiden weg waren.“

„Wie sah sie aus?“

„Schön natürlich.“ Bill wischte sich den Mund am Ärmel ab. „Hab noch nie eine Frau gesehen, die ihr das Wasser reichen kann. Ihr Haar ist wie … wie …“, sein Blick fiel auf seinen Krug, „… es hat die Farbe von hellem Bier.“

„Hellem Wein“, korrigierte Ram abwesend.

„Wenn Sie meinen", stimmte Bill zu. „Es ist hübsch, egal, wie Sie es nennen. Aber Sie sah auch verängstigt aus und …"

Ram ergriff Bills Handgelenk. Diese langen eleganten Finger hatten erstaunlich viel Kraft. „Und was?"

Bill zuckte unbehaglich mit den Schultern. „Einsam. Sie sah … einsam aus. Ich weiß nich warum, aber das hab ich gedacht, als ich sie gesehen hab, und dann dachte ich mir, wie schrecklich das doch ist." Er schüttelte den Kopf, als wollte er diesen romantischen Unsinn loswerden. „Dumm, oder?"

„Nein", sagte Ram und ließ ihn los. „Nein. Es *ist* schrecklich."

„Verdammt!" Dand Ross ließ den Rosenstock fallen, den er gerade an einem Torbogen festgebunden hatte, und lutschte wütend an seinem blutenden Finger. „Wenn wirklich ein Ritter St. Bride's diese verfluchten gelben Rosen geschenkt hat, weil die Mönche während der Pest seine Familie hier aufgenommen haben, dann glaube ich, dass er vielleicht nicht allzu glücklich war, sie nach seiner Rückkehr von den Kreuzzügen alle gesund und lebendig wiederzusehen. Es ist genauso wahrscheinlich, dass diese Dinger jemanden umbringen, wie dass sie jemanden erfreuen. Verflucht, das sind keine Dornen, das sind Dolche!"

Douglas Stewart wischte sich den Schweiß aus den Augen und stand auf. Er hatte gerade Schiefer in eine neue Steinmauer eingepasst, die den Rosengarten aufteilte. „Also weißt du, gestern hast du ein halbes Dutzend Hiebe auf die Rückseite deiner Schenkel über dich ergehen lassen, ohne auch nur zu winseln, und heute blökst du wie ein Zicklein wegen ein paar Kratzern."

„Das liegt daran, dass ich gestern etwas getan hatte, um diese Hiebe zu verdienen", erklärte Dand mit schwerfälliger Geduld. „Und ich habe nichts getan, um zu verdienen,

von diesen verfluchten Rosen aufgespießt zu werden, außer sie fünf Jahre lang liebevoll wie eine Mutter zu hegen und zu pflegen.“

„Deine Mutter muss ja etwas ganz Besonderes gewesen sein“, merkte Ram unbekümmert an, während er einen schweren Stein in das Loch hievte, das er zuvor gegraben hatte, „wenn du ihre liebevolle Fürsorge nachahmst.“

Kit MacNeill, dessen Muskeln vor Anstrengung dick angeschwollen waren, kam gerade noch rechtzeitig mit einem Karren, auf dem noch mehr Steine gestapelt waren, durch das Tor, um das Letzte zu hören. „Dand hatte keine Mutter. Er wurde mit den übrigen Dämonenwelpen in der Hölle gezüchtet. Zumindest erzählt John Glass das den jüngeren Burschen.“

„Vielleicht ist es ja wahr!“ Dand, der stets respektlos war, grinste. „Aber ich habe gehört, wie John dasselbe über dich erzählt hat.“

„Zum Teufel mit John.“ Douglas, der bei Weitem der Nachdenklichste des Quartetts war, runzelte die Stirn. „Er macht diese Burschen glauben, dass wir hier drinnen eine Art von Geheimgesellschaft unterhalten.“

„Tun wir das etwa nicht?“, fragte Ram. Die anderen hielten in ihrer Arbeit inne und sahen ihn interessiert an.

„Was meinst du?“, fragte Kit, der Direkteste von ihnen.

„Dand hat es selbst gesagt. Wir arbeiten nun seit fünf Jahren in diesem Garten und haben ihn für Mutter Kirche zurückgewonnen, wie Bruder Fidelis es ausdrückt. Aber erscheint es euch nicht seltsam, dass keiner der anderen Burschen je hier drin gearbeitet hat? Dass wir die Einzigen sind?“

Douglas nickte. „Darüber habe ich auch schon nachgedacht. Ziemlich oft sogar.“

„Und Bruder Toussaint“, fuhr Ram fort. „Warum sollte der Abt wollen, dass er uns Fechten und andere Kampftechniken beibringt? Ich weiß, dass auch manche von den ande-

ren Unterricht bekommen, aber nicht in demselben Ausmaß wie wir. Nicht einmal annähernd.“ Er schüttelte sich bei der schmerzhaften Erinnerung an die langen Stunden, in denen sie die verschiedenen Übungen einstudiert hatten, die der ehemalige Soldat und Mönch ihnen aufgetragen hatte.

„Aber warum?“, fragte Dand.

„Weil wir auf irgendetwas vorbereitet werden“, antwortete Douglas ernst. „Auf etwas Wichtiges. Etwas, dessen Erfolg davon abhängt, dass wir zusammenarbeiten, als eine Gruppe, etwas, das von unserer … unserer Bruderschaft abhängt.“

Das klang plausibel. Ram blickte sich um. Die anderen dachten dasselbe. Kit sah ernst aus – aber Kit sah immer ernst aus –, und auch Dand nickte mit untypischer Ernsthaftigkeit.

„Nun“, sagte Kit endlich, „wenn es das ist, was der Abt will, werde ich mich nicht darüber beschweren. Ihr seid für mich Brüder, und ich würde für jeden von euch mein Leben geben.“

Nur Kit – groß, rau und wortkarg – hätte etwas so Idealistisches sagen können, ohne Dand zu einer leichtfertigen Bemerkung zu reizen. Oder ihn selbst, mutmaßte Ram ehrlich.

„Das würde ich auch“, verkündete Douglas.

„Und ich“, murmelte Dand. Er sah Ram an, und seine Augen, die einen Moment ernst gewesen waren, leuchteten auf. „Was ist, Ram? Verspürst du nicht das Bedürfnis, zu verkünden, dass auch du dein Leben für meines geben willst?“

„Jesus!“, stieß Ram mit einem lauten Seufzer aus. Er wollte nicht, dass die anderen sahen, wie viel sie ihm bedeuteten, diese Familie, die er gefunden hatte, nachdem er alles andere verloren hatte. Er vermutete, dass die anderen dasselbe fühlten. Nein. Er wusste, dass sie es taten. „Ich schätze, wenn ich schon für irgendjemanden sterben muss, kann es ebenso gut einer von euch sein. Aber nur, damit ihr den Rest eures erbärmlichen Lebens damit verbringen müsst, Loblieder über

mich zu singen. Ja, wirklich. Der Gedanke gefällt mir gut. Es würde euch so ärgern. Vor allem Dand.“

„Ich glaube“, sagte Douglas langsam, „wir sollten einander Treue schwören.“

Auf Douglas war Verlass, wenn es darum ging, ein Ritual aus etwas zu machen. Aber Dand grinste boshaft, hielt seine blutende Hand hoch und nickte. „Und den Schwur mit Blut besiegeln?“, schlug er mit gespielter Unschuld vor. „Ich bin bereit.“

„Aye!“, stimmte Douglas begeistert zu. „Das Blut der Rose.“

Und ohne auf die Zustimmung der anderen zu warten, ergriff er die dornige Ranke, die Dand festgebunden hatte, stach seine Handfläche an mehreren Stellen auf und stöhnte dabei vor Schmerzen. „Verdammt, das tut weh. Jetzt ist der Rest von euch dran! Und dann schwören wir einander Treue!“

Und das taten sie.

Helena fuhr bei dem plötzlichen Geräusch erschrocken zusammen.

„Es tut mir leid, Miss Nash!“ Der Diener, der die Serviette aufgefaltet hatte, bevor er sie auf Helenas Schoß legte, entschuldigte sich. Sein Ausdruck war eher überrascht als reumütig.

„Das macht nichts, Simon“, sagte Helena. Sie wusste, dass ihr Benehmen bei der Dienerschaft bereits zu Spekulationen geführt hatte. Sie war besorgt und zuckte bei jedem Schatten zusammen. Sie musste damit aufhören. *Das* musste aufhören.

Sie blickte sich am Mittagstisch um und sah, dass Floras vorwurfsvoller Blick auf ihr ruhte. Voller Schuldgefühle begann sie, ihr hart gekochtes Ei eindringlich zu mustern, obwohl sie wusste, dass Flora sie nicht vor den Dienern angreifen würde. Sie hatte Flora seit dem Maskenball in Cheapside vor fünf Tagen gemieden. Nein, das war nicht ganz richtig. Sie hatte Flora nicht einfach nur gemieden, sie hatte sie abgewiesen.

Als Flora spät am Abend zu ihrer Kammer geschlichen war und an die Tür geklopft hatte, hatte Helena sie ignoriert. Als eine tränenüberströmte Flora sie am gestrigen Tag im Gang am Ärmel gezupft hatte, um sie um ein paar Minuten ihrer Zeit anzuflehen, hatte Helena abgelehnt und auf ein „Später“ verwiesen, das sie nicht einzuhalten gedachte. Sie war ein Feigling. Ein abscheulicher erbärmlicher Feigling.

Sie hatte sogar kurz darüber nachgedacht, von hier zu fliehen und Flora ihrem Schicksal zu überlassen. Es waren nicht nur Zuneigung und Pflichtgefühl, die sie davon abhielten. Es gab keinen Ort, wo sie hätte hingehen können. Jedenfalls keinen, an dem sie sich sicher gefühlt hätte. Der Gedanke, das Vermögen, das sie von Kate erwartete, zu beleihen, kam nicht mehr in Betracht. Sie konnte sich nicht einmal mehr vorstellen, alleine mit nur ein paar neu eingestellten Dienstboten zu leben. Was, wenn *er* eines Tages beschloss, dass sie etwas getan hatte, was eine Strafe rechtfertigte? Hier waren zumindest immer Menschen, eine kleine Armee von Dienstboten und dazu noch eine Furcht einflößende Arbeitgeberin.

Sie sah noch einmal zu Flora hinüber, die lustlos in ihrem Räucherfisch herumstocherte. Nicht einmal das leuchtende Gelb ihres hübschen Kleides konnte ihre Traurigkeit verbergen. Helena verspürte plötzlich Schuldgefühle. Sie würde bald mit dem Mädchen reden, aber im Augenblick konzentrierten sich all ihre Gedanken auf Lord DeMarc.

Bei den wenigen Gelegenheiten, zu denen sie sich alleine aus dem Haus gewagt hatte, war DeMarc immer da gewesen, hatte auf sie gewartet und sie beobachtet. Er sprach sie nie an. Er kam nicht einmal in ihre Nähe, aber er war immer da: auf der anderen Seite des Parks, wenn sie Schokolade kaufte, in der Rotunde der Leihbücherei, in seiner Kutsche am Straßenrand, wenn sie zum Hutmacher ging.

Die wenigen Male, wo sie von ihm frei gewesen war, waren die Gelegenheiten gewesen, an denen sie Lady Tilpot begleitet hatte. Dann war er verschwunden, offensichtlich entweder, weil er zufrieden war, dass sie nichts tun würde, was er missbilligte oder weil er verhindern wollte, dass seine Überwachung bemerkt wurde.

„Miss Nash!“

Beim Klang von Lady Tilpots Stimme flog Helenas Hand überrascht an ihre Kehle.

„Wenn ich es nicht besser wüsste“, sagte Lady Tilpot, während sie umständlich am Arm eines Lakaien hereinwatschelte, „würde ich glauben, dass Sie gespielt haben.“

„Nein, Madam.“

„Dass Sie gespielt und verloren haben.“ Die alte Dame wartete, bis der Lakai den schweren massiven Stuhl am Kopf des Tisches hervorgezogen hatte, und ließ sich dann wie eine unzufriedene Henne nieder. „So, wie Sie immer hochschrecken und herumzappeln und zusammenzucken. Alles Anzeichen eines Menschen, der Geld verwettet hat, das ihm nicht gehört, und jetzt nicht in der Lage ist, es zurückzuzahlen.“

„Das habe ich gewiss nicht getan, Madam“, erwiderte Helena.

„Gerade Sie sollten das Glücksspiel besonders meiden“, erklärte Lady Tilpot und ignorierte Helenas Widerspruch genau wie alles, was sie nicht hören wollte. Es war unangenehm offensichtlich, dass ihr die Vorstellung recht gut gefiel, dass Helena sich hinausschlich, um die wenigen Pennys, die sie besaß, am Spieltisch zu verlieren, dass sie einer Sucht verfallen war, die sie nicht besiegen konnte. „Sie haben weder die Veranlagung noch die Erfahrung noch die Geschicklichkeit noch das … das …“

„Geld?“, schlug Helena vor.

„Nun, das natürlich auch“, stimmte Lady Tilpot mit rollenden Augen zu. „Aber ich wollte noch hinzufügen, dass Sie nicht das nötige Maß an Verstand besitzen, um eine erfolgreiche Spielerin zu sein.“

„Ich bin mir sicher, dass Sie recht haben, Madam“, antwortete Helena.

„Natürlich habe ich recht. Ich hingegen“, sie tätschelte ihr Haar, „bin sehr gut mit den nötigen Waffen ausgestattet, um Fortuna auf dem Schlachtfeld aus grünem Filz entgegenzutreten.“

Bei diesem unerwarteten und überaus poetischen Höhenflug blickte Helena erstaunt auf. Sie wusste, dass Lady Tilpot ihren wöchentlichen Whistabend mit ein paar gleichgesinnten Misanthropen genoss, aber Helena hielt das Ganze eigentlich eher für eine Ausrede, um sich zusammenzufinden und Bosheiten auszutauschen. „Ist dem so, Madam?“

„In der Tat, ja. Erst vorletzten Abend habe ich 344 Pfund und 10 Schillinge gewonnen.“

„Meine Glückwünsche, Madam“, sagte Helena.

„Es ist nur ein Bruchteil dessen, was ich hätte gewinnen können.“

„Ich habe gehört, dass in manchen der großen Häuser unter den Damen ganze Vermögen die Besitzerin wechseln“, bemerkte Helena vorsichtig.

„Und haben Sie auch von der skandalträchtigen Aura gehört, die diese Damen umgibt?“, fragte Lady Tilpot sarkastisch. „Oh ja, manche Frauen werden in der Gesellschaft akzeptiert, weil ihre Ehemänner mächtig sind. Aber eine Frau, die allein auf der Welt ist, eine Frau wie ich, muss vorsichtig sein.“

„Wie unangenehm für Sie“, murmelte Helena.

Mit einem kräftigen Schlag köpfte Lady Tilpot ihr gekochtes Ei. „Zwei Dinge im Leben sind heilig, Miss Nash, und beide sind, wenn sie erst einmal verloren sind, unwiederbringlich: Prinzipien und Reputation. Habe ich dir das nicht schon oft gesagt, Flora?“

Flora, die ihren eigenen Gedanken nachgehangen hatte, zuckte zusammen, besann sich dann und nickte heftig. „Ja, das hast du, Tante.“

„Aber“, Lady Tilpot wies mit dem Messer belehrend in Helenas Richtung, „ab einem gewissen Punkt im Leben kann ein erstklassiger Ruf ein kleines bisschen Klatsch und Tratsch auffangen, und ich gehe auf dieses Alter zu. Ja, ja! Ich sehe, wie schockiert Sie sind, aber es ist wahr. Ich nähere mich meinen mittleren Jahren ... Hier, trinken Sie etwas Wasser! Gute Güte, Miss Nash, wo denken Sie nur hin, Ihr Essen so schnell herunterzuschlingen?“

Helena hob dankbar das Glas an die Lippen. Mit ihren sechsundsechzig Jahren hatte Lady Tilpot die Lebensmitte schon längst überschritten.

Helena räusperte sich. „Madam, ich wäre sehr dankbar, wenn Sie mir ein paar Augenblicke erübrigen könnten, wenn es Ihnen passt.“

„Es passt mir jetzt“, nuschelte Lady Tilpot mit vollem Mund. „Was wollen Sie denn? Mehr Geld? Und wofür, wenn ich fragen darf? Dafür, dass Sie wie eine Tochter der Familie in einem der schönsten Häuser Londons leben? Der Konversation von Londons klügsten Köpfen beiwohnen dürfen? Einige einfache Botengänge erledigen? Einer Frau, deren Augen müde sind, ein paar Seiten vorlesen? Gelegentlich einmal in der Nacht ein Glas Milch warm machen, um einen allzu lebhaften Geist zu beruhigen? Hin und wieder gebeten werden, an einem Marktstand eine Blume zu suchen, die sich nicht mit der Farbe des Kleides Ihrer Wohltäterin beißt? Ab und zu als Sprachrohr zwischen ihr und unangenehmen Händlern dienen? Nach verlorenen …“

„Ich wollte nicht nach einer Gehaltserhöhung fragen“, unterbrach Helena.

„Ach?“

„Ich wollte Sie um einen Rat bitten.“

Lady Tilpots Augen wurden rund vor Staunen und verengten sich dann befriedigt. „Es war nur eine Frage der Zeit.“ Sie legte ihr Besteck hin, hob ihre Serviette hoch, tupfte sich die Lippen ab und fuhr fort: „Also dann. Worum handelt es sich?“

„Es ist … es ist eine sehr persönliche Angelegenheit.“ Helena warf einen kurzen Seitenblick auf Flora, die, wenn überhaupt möglich, noch eine Nuance blasser geworden war. Konnte das arme Ding sich wirklich vorstellen, dass Helena ihr Geheimnis verraten würde? „Die nur mich selbst betrifft.“

Flora entspannte sich.

„Ach was. Flora ist der Inbegriff der Verschwiegenheit, und die Lakaien hören ohnehin nichts. Nicht wahr, Johns?“ Die Lakaien starrten stumm nach vorne.

„Ich würde ein Gespräch unter vier Augen vorziehen, Madam.“

„Unsinn. Sie würden nur Floras Gefühle verletzen. Was ist es? Ich bestehe darauf.“

Helena atmete tief durch. „Es ist Lord DeMarc, Madam.“

Lady Tilpot zog konsterniert die Brauen hoch. „DeMarc? Forrester DeMarc? Ich kann nicht glauben, dass er versucht, über Sie an Flora heranzukommen! Sagen Sie mir, dass dem nicht so ist!“

„Nicht direkt, Madam“, sagte Helena und suchte nach den richtigen Worten. „Es tut mir leid …“

„Gut!“, verkündete Lady Tilpot. „Denn ich würde es nicht glauben. Der Mann hat eine zu genaue Vorstellung davon, wo die Grenzen sind, um herumzuschleichen und eine bezahlte Gesellschafterin dafür zu benutzen, sich bei meiner Nichte einzuschmeicheln. Gütiger Himmel, Miss Nash! Lord Forrester DeMarc ist einer der ungeheuerlichsten Haarspalter in der feinen Gesellschaft! Er ist hochtrabend, etwas zu dünkelhaft, wenn die Wahrheit gesagt werden muss, aber auch eine gute Partie."

„Ja, Madam. Aber er ist nicht an Flora interessiert."

Es erschien Helena, als wäre in dem Raum alles zum Stillstand gekommen. Niemand schien auch nur zu atmen. Weder Flora noch die Diener noch Lady Tilpot und ganz sicher nicht Helena selbst. Lady Tilpot starrte sie einfach nur an. Etwas Ei lief ihr das Kinn herunter.

Endlich bewegte ihr Mund sich wieder, aber das, was sie flüsterte, war so leise, dass Helena es beim ersten Mal nicht verstand. Sie beugte sich vor. „Madam?"

„An *mir*?"

Gütiger Himmel. Helena schluckte kurz und nahm ihren ganzen Mut zusammen. „Nein, Madam. Ich glaube, Lord DeMarc ist ... das heißt, er ist ... Ich bin es, Madam."

„Was?" Lady Tilpot sank auf ihren Stuhl zurück.

„Er hat angedeutet, dass er Interesse an mir hat."

„Aber wie wundervoll!", rief Flora und klatschte erfreut in die Hände. „Wie großartig! Und ihr passt so gut zueinander! Ihr seid beide so anständig und attraktiv!"

Flora fasste quer über den Tisch nach Helenas Hand, nahm sie und drückte sie leicht. „Kein Wunder, dass du so abwesend warst. Nun, Helena, jetzt verstehe ich dich. Wirklich, das tue ich!"

„Flora", Helena wandte sich dem strahlenden Mädchen zu, „du hast es falsch verstanden ..."

„Ja, in der Tat!", fauchte Lady Tilpot. „Genau wie Sie!" Sie schüttelte den Kopf, aber in ihrem Gesicht war keine Wut, sondern nur Verzweiflung zu erkennen. „Ich muss nicht wissen, was zwischen Ihnen und Lord DeMarc vorgefallen ist, um mir vollkommen sicher zu sein, dass er keinerlei Ziel damit verfolgt hat."

Sie richtete ihren unheilvollen Blick fest auf Helena. „Glauben Sie nur ja nicht, dass Sie auf meine Hilfe zählen können, wenn Sie den armen Mann dazu bringen wollen, einer Frau einen Antrag zu machen, die er niemals als Gleichgestellte sehen könnte. Nun", sie hob die Hand und wehrte Helenas Protest ab, „Sie haben Glück, Miss Nash. Nicht nur, weil Sie seit drei Jahren bei mir sind, sondern auch, weil ich eine ausgezeichnete Menschenkenntnis habe. Ich glaube nicht, dass Sie Lord DeMarcs Fall absichtlich herbeiführen wollen. Sie sind keine intrigante Frau. Ich würde Sie nicht als Gesellschafterin beschäftigen, wenn Sie das wären. Aber Sie irren sich. Nun schauen Sie nicht so, Miss Nash. Ich gebe Ihnen nicht allzu viel Schuld. Sie sind schließlich eine alte Jungfer, und welche alte Jungfer, für wie vernünftig sie sich auch halten mag, ist wirklich so vernünftig, wenn sie sich unter all den jungen Frauen in ihrer Bekanntschaft umsieht, die verheiratet sind und Familien, Kinder und Ansehen haben, während sie selbst nichts von alledem besitzt? Es ist nicht ungewöhnlich für jemanden in Ihrer Situation, in ein Lächeln, ein freundliches Wort im Vorbeigehen oder eine kleine Höflichkeit die Art von Aufmerksamkeit hineinzuinterpretieren, von der sie sich einmal vorgestellt hat, sie von einem Verehrer, einem Freier … einem Ehemann zu bekommen. Aber Sie dürfen sich wirklich nicht von diesen Tagträumen täuschen lassen."

„Ich habe mich nicht getäuscht", sagte Helena fest. „Er beobachtet mich. Er verfolgt mich!" Sie wusste, dass ihre Stimme schrill geworden war, aber sie konnte es nicht ändern. Die schlaflosen Nächte, die Sorgen und DeMarcs unablässiges

Nachstellen hatten sie an den Rand der Verzweiflung gebracht.

Das Schlimmste daran war, dass ihr Versuch, für sich selbst einzustehen, nicht einmal die Wut provoziert hatte, die Lady Tilpots übliche Reaktion auf jede Andeutung von Selbstbewusstsein in ihrer Dienerschaft oder Familie war, sondern nur ein mitleidiges Kopfschütteln. „Nein, meine Liebe, das tut er nicht. Und ja, meine Liebe, Sie haben sich getäuscht, und das werden Sie auch selbst bald erkennen. So etwas geht vorüber. Glauben Sie mir, es geht vorüber. Nun, die Gäste werden in ein paar Stunden ankommen, und Lord DeMarc wird unter ihnen sein. Ich hoffe, Sie werden sich nicht zum Narren machen." Ihr Tonfall wurde kalt. „Und Sie werden ganz sicher *nicht* den Viscount beschämen."

Sie wandte sich ihrer Nichte zu. „Flora, du musstest ja unbedingt das gelbe Barchentkleid anziehen. Miss Nash wird dir Bänder für dein Haar suchen. Ihr geht besser. Jetzt."

Helena und Flora erhoben sich.

„Ich interessiere mich nicht für Lord DeMarc. Er widert mich an."

Flora ließ sich in den cremefarbenen Satinsessel in ihrem rosa Zimmer sinken. Das Schlafzimmer war ebenso fein und dekorativ herausgeputzt wie seine Bewohnerin. Es war vollgestopft mit Möbeln mit Goldverzierungen und Satin, mit Seidendrapierungen, die von Bändern gehalten wurden, und mit Blumen und Schleifen in zarten Pastelltönen. In ihm zu leben musste sich anfühlen, als hätte man seinen Wohnsitz im Arbeitskorb einer Hutmacherin. „Dann musst du es ihm sagen, ohne ihn zu beleidigen."

„Genau das ist das Problem, Flora. Er ist verwirrt. Erinnerst du dich daran, als deine Tante gesagt hat, dass ich mir ein Fantasiegebilde um die harmlosen Aufmerksamkeiten des Viscounts baue?"

„Ja. Es war furchtbar, so etwas zu sagen. Es tut mir so leid …"

Helena schüttelte ungeduldig den Kopf. „Es ist egal, was sie von mir denkt. Das Wichtige ist, dass sie recht hat – aber auf DeMarc bezogen. *Er* glaubt, dass ich – ich weiß es nicht! Er denkt, dass ich ihm auf irgendeine Weise gehöre, und er wird alles in seiner Macht Stehende tun, um dafür zu sorgen, dass ich ihm nicht entkomme."

Flora starrte sie an, die Augen in ihrem herzförmigen Gesicht waren geweitet. „Aber das ist ja schrecklich. Jemand muss ihn aufhalten!"

„Wer denn?", fragte Helena und sank neben Flora nieder. Bisher war sie immer die Stärkere gewesen, die Vertraute und die Trösterin. Dass sich ihre Rollen nun vertauscht hatten, erschien Helena seltsam und hätte sie unter anderen Umständen vermutlich amüsiert. „Jeder, dem ich es erzählen könnte, wird vermutlich genauso darauf reagieren wie deine Tante. DeMarc ist ein Mitglied des Adels. Ich bin bloß eine Gesellschafterin."

Flora tat ihr den Gefallen, nicht zu widersprechen. „Du wirst dich von ihm fernhalten müssen, bis seine Vernarrtheit vorübergeht."

Seiner Besessenheit wegen in diesem Haus gefangen sein? Für wie lange? Ein paar Tage? Wochen? Monate? Bis DeMarc es sich anders überlegte? Helena presste die Lippen zusammen.

In ihrem ganzen Leben hatte Helena noch nie zugelassen, dass ihre Ängste sie beherrschten. Als junges Mädchen hatte sie sich das gewünscht, von dem sie annahm, dass jedes Mädchen es sich wünschte: ein Heim, eine Familie, eine Rolle in einer Gemeinschaft, für die sie eine Bereicherung sein würde. Aber die jungen Männer, die zu Besuch kamen, waren scheinbar nicht in der Lage gewesen, hinter die „zufällige Anordnung ihrer Gesichtszüge" zu blicken, die Lady Tilpot so treffend beschrieben hatte.

Sie hatten keine Ahnung, wie sie mit Helena sprechen oder was sie zu ihr sagen sollten. Sie waren einzig gut darin, die Dinge zu bewundern, die außerhalb ihres Einflusses lagen und für die Helena keine Anerkennung verdient hatte. Diese Erfahrung erweckte in ihr ein Gefühl von Angst und Leere: Angst vor der Zukunft, Angst, dass sie in Wirklichkeit vielleicht nicht mehr sein würde als nur eine dekorative Anschaffung für das Haus eines Lords, aber vor allem Angst, dass sie irgendwann einen von ihnen heiraten würde, nur, um dem ganzen hohlen Ritual des Hofierens ein Ende zu machen.

Aber sie hatte diesen Ängsten nicht nachgegeben. Obwohl ihr bewusst gewesen war, wie sehr es ihre Eltern enttäuschte, hatte sie keinen der Anträge angenommen, die sie bekommen hatte.

Doch jetzt hatte sie Angst. Sie hasste es, Angst zu haben. Und vor allem machte es sie wütend. DeMarc war gelungen, was weder der Tod noch persönliche Katastrophen geschafft hatten. Sie wollte ihr Gesicht in den Händen vergraben, zwang sich dann aber dazu, wieder aufzublicken.

„Ich weiß nicht, was ich tun werde", sagte sie und ergriff Floras Hand. „Aber ich danke dir. Und ich möchte mich entschuldigen, Flora. Ich fürchte, ich habe dich unterschätzt. Ich war so mit DeMarc und dieser … dieser Angelegenheit beschäftigt, dass ich Angst hatte, ich könnte deine Enttäuschung nicht verkraften, wenn ich dir sage, dass ich Mr. Goodwin deinen Brief nicht geben konnte."

Weil ich lieber weggerannt bin, als zuzusehen, wie Ram Munro eine andere Frau küsst, und danach, weil ich mit Ram Munro in einer Gasse gestanden und gelernt habe, warum manche Frauen für einen Mann alles riskieren. Weil ich nicht an dich gedacht habe, Flora.

Sie errötete schuldbewusst. „Es tut mir leid, Flora. Ich war unsagbar selbstsüchtig."

„Nein, nein", widersprach Flora hastig. Aber ihre Augen glänzten verdächtig. „Du hast noch andere Sorgen außer Ossie und mir. Ich verstehe dich."

Sie atmete tief und zittrig durch. „Aber ich muss Kontakt zu Ossie aufnehmen. Ich kann nicht warten. Ich muss in den nächsten ein bis zwei Wochen mit ihm sprechen." Sie schluckte tapfer. „Ich schätze, ich werde selbst gehen. Wenn du mir nur sagst …"

„Flora!", unterbrach Helena sie entsetzt. Sie hatte gedacht, dass das Mädchen endlich reifer wurde. „Du kannst nicht wirklich in Erwägung ziehen, deinen Ruf aufs Spiel zu setzen – und, was noch wichtiger ist, den Zorn deiner Tante zu riskieren –, indem du Oswald Goodwin an den Orten aufsuchst, wo er sich momentan herumtreibt. Das ist lächerlich. Du musst warten, bis sich eine andere Möglichkeit findet, Kontakt zu ihm aufzunehmen."

Sie sagte die folgenden Worte nicht gerne: „Wirklich, Flora. Es ist Zeit, dass du erwachsen wirst."

„Ich bin erwachsen, Helena. Deswegen muss ich Oswald ja sehen", erwiderte Flora, und eine Träne lief ihre feuchte Wange herunter. „Ich bekomme ein Kind."

Flora war schwanger, und Helenas Lage wurde von Stunde zu Stunde misslicher. Sie musste etwas unternehmen. Da sie Flora unmöglich alleine auf die Straße lassen konnte, musste sie gehen. Und das bedeutete, dass sie DeMarcs Wahnsinn die Stirn bieten musste.

„Darf ich mich neben Sie setzen, Miss Nash?"

Helena, die tief in ihren Gedanken versunken gewesen war, blickte auf und sah Mrs. Weinberger mit der kleinen Katze Princess auf dem Arm vor sich stehen. „Verzeihung,

Madam. Ich war abwesend.“

„Das ist vollkommen in Ordnung. Sie sind abgelenkt. Und ich reiße Sie aus Ihren Tagträumen.“

„Keineswegs“, erwiderte Helena. Solange sie Gesellschaft hatte, würde DeMarc sich von ihr fernhalten. Den ganzen Nachmittag über war er aufs Sorgfältigste darauf bedacht gewesen, ihr seine Gleichgültigkeit zu demonstrieren. Mit keinem Blick und keiner Bemerkung hatte er ihr seine Aufmerksamkeit geschenkt.

Lady Tilpot war das natürlich nicht entgangen. Sie triumphierte. Zweimal hatte sie Helena abgepasst, um ihr zuzuflüstern: „Er weiß kaum, dass Sie existieren, meine Liebe!“ und „Ich fürchte, ich muss Ihnen mein Wörterbuch leihen, Miss Nash, denn Sie haben ganz offensichtlich die Worte ‚Indifferenz‘ und ‚Interesse‘ miteinander verwechselt.“

Aber Helena ließ sich nicht täuschen. Die Art, wie es DeMarc immer gelang, innerhalb einer gewissen Reichweite von ihr zu bleiben, ließ ihr das Blut in den Adern gefrieren. Sie erschauerte, und sie hätte schwören können, dass er lächelte, auch wenn sein Blick fest auf etwas anderes gerichtet zu sein schien.

Sie hasste ihn plötzlich mit einer Intensität, die sie erschütterte, hasste das Gefängnis, das seine Besessenheit um sie errichtet hatte, hasste ihre Angst vor ihm und ihre Unfähigkeit, jener Angst zu entkommen. Welches Recht hatte er, sie einzuschüchtern und zu peinigen? Sie hatte nichts getan, um diese abscheuliche Fixierung zu verdienen!

„Miss Nash?“, fragte Mrs. Weinberger sanft. „Geht es Ihnen auch wirklich gut? Sie sehen ziemlich grimmig aus.“

Erschrocken stellte Helena fest, dass die preußische Dame sie besorgt ansah. „Danke, es geht mir gut. Wie ich sehe, musste Ihr Ehemann Lady Tilpots Einladung wieder ausschlagen.“

Mrs. Weinberger streichelte träge ihre bunt gefleckte Begleiterin, bis diese schnurrte. „Das Turnier erfüllt seine Gedanken ebenso sehr wie seine Stunden. Ich glaube“, fügte sie vertraulich hinzu, „dass er zum ersten Mal seit sehr langer Zeit das Gefühl hat, einen echten Rivalen zu haben. Vielleicht sogar zwei.“

„Mr. Munro?“

Mrs. Weinberger nickte. „Und Lord DeMarc. Der Viscount scheint wild entschlossen zu sein, eine echte Herausforderung darzustellen. Zur Vorbereitung nimmt er dreimal die Woche an Übungskämpfen in Mr. Munros Fechtsaal teil.“

Also dorthin war er verschwunden, während Helena mit Lady Tilpot unterwegs gewesen war.

„Das tut er?“

„Oh ja. Mein Mann sagt, dass er morgen Nachmittag auch dort sein wird.“ Ihre Stimme wurde lebhafter. „Es ist wichtig, die Gewohnheiten seiner Gegner genau zu kennen. Und DeMarc ist ein sehr ernst zu nehmender Gegner.“

„Mrs. Weinberger“, begann Helena langsam. Sie hatte eine Idee. „Ich möchte Sie um einen sehr großen Gefallen bitten.“

„Aber natürlich. Worum handelt es sich denn, meine Liebe?“, fragte Mrs. Weinberger freundlich.

„Ich möchte Sie bitten, Lady Tilpot zu fragen, ob ich Ihnen morgen bei ein paar Besorgungen Gesellschaft leisten kann. Ich muss normalerweise Lady Tilpot begleiten, aber wenn Sie sie fragen, ist sie vielleicht einverstanden.“

„Und was für Besorgungen werden wir erledigen, Miss Nash?“, erkundigte sich Mrs. Weinberger mit einem interessierten Funkeln in den Augen.

„Wir werden Mr. Munros Fechtsaal besuchen, *L'École de la Fleur.*“

Mrs. Weinberger lächelte breit. „Aber natürlich, meine Liebe“, erwiderte sie freundlich. „Es ist höchste Zeit, dass Sie Ihre weibliche Neugier befriedigen.“

16. KAPITEL

FINTE:
Täuschungsmanöver, bei dem die Attacke mit der Absicht auf ein Ziel gelenkt wird, ein anderes Ziel zu treffen oder vor der Vollendung zurückzuziehen

„Nochmals vielen Dank, Mrs. Weinberger", sagte Helena am nächsten Tag, als die Kutsche der preußischen Dame die beiden zu Ramsey Munros Fechtschule brachte.

„Machen Sie sich deswegen keine Gedanken, meine Liebe. Die Frage hat sich schon allein wegen der absurden Ausreden gelohnt, die Lady Tilpot vorgebracht hat, um zu erklären, warum es ihr unmöglich ist, auf Ihre Gesellschaft zu verzichten." Sie lächelte schelmisch, während sie die schlafende Princess von ihrem Schoß nahm und auf ein Kissen neben sich legte. „Aber ich musste ihr nur in Aussicht stellen, dass Robert mich vielleicht nächste Woche zu ihrer Soiree begleiten wird, und plötzlich wurde das Unmögliche nicht nur möglich, sondern es war ihr das größte Vergnügen, mir einen Gefallen zu tun. Und das nicht nur an diesem Nachmittag, sondern wann immer es mir gefällt."

Die Kutsche kam schwankend zum Stehen, und Helena sank der Mut.

„Stimmt es, dass Damen mit einem zweifelhaften Ruf Mr. Munros Fechtsaal frequentieren?", fragte sie, während Mrs. Weinbergers Lakai vorging, um sie anzumelden.

Mrs. Weinberger spähte auf die Straße hinaus. „Das wird jedenfalls erzählt."

„Ich vermute, er hat unter ihnen die freie Auswahl", murmelte Helena.

Mrs. Weinberger wandte sich zu ihr um. „Eine Auswahl

zu haben ist nicht dasselbe, wie diese Tatsache auch auszunutzen, Miss Nash. Mr. Munro ist ein äußerst gut aussehender Mann und ein hervorragender Fechter. Sein Großvater sah genauso gut aus und war ein ebenso guter Fechter."

„Sein Großvater?"

„Der Marquis of Cottrell." Mrs. Weinberger sah sie neugierig an. „Sie wussten doch, dass Mr. Munro unehelich geboren wurde?"

„Ich habe nie darüber nachgedacht", gestand Helena ehrlich.

„Das haben Sie nicht? Wie unkonventionell. Sie werden den alten Mann wahrscheinlich heute sehen. Er hat sich angewöhnt, die Übungsstunden zu besuchen. Auch wenn er und Mr. Munro meinem Ehemann zufolge anscheinend nicht miteinander sprechen."

„Ihr Ehemann scheint immer auf dem Laufenden zu sein."

„Ja. Die Welt der wahren Fechtbegeisterten ist sehr klein. Ah! Mein Diener hat den Aufseher gefunden. Sollen wir hineingehen?"

Sie stiegen aus der Kutsche aus und gingen eine kurze Treppe hinauf, an deren oberem Ende ein gepflegter Herr mittleren Alters mit einer Augenklappe sich desinteressiert verbeugte.

„Wir möchten gerne den Übungen beiwohnen", erklärte Mrs. Weinberger.

„Ja, Madam", antwortete der Diener mit einer Stimme, die klang, als habe er dasselbe schon unzählige Male gehört. „Hier entlang, die Damen."

Er führte sie in einen großen unmöblierten Vorraum, in dem eine Gruppe von etwa einem halben Dutzend Damen gerade damit beschäftigt war, sich Hüte aufzusetzen und Tücher umzulegen. Sie befanden sich offensichtlich im Aufbruch. Helena erkannte sofort Jolly Milar. Ihre braunen Locken wippten aufgeregt, als sie einer jungen Dame in einem äußerst modischen lindgrünen Kleid, die den rotblond gelockten Kopf schief hielt, etwas zuflüsterte. Gütiger Himmel!

„Charlotte?“

Helenas jüngste Schwester wandte sich um. Ihre Augen, die die Farbe von grünen Achaten hatten, funkelten vor Freude. Aber so war Charlotte eben, immer gut gelaunt. Immer sorglos. Ständig am Rande einer Katastrophe. Und dann hatte sie auch schon den Raum durchquert und Helena die Arme um den Hals geworfen. Sie war sich der Regeln des Anstandes weder bewusst noch legte sie Wert darauf.

„Charlotte, was machst du hier?“, fragte Helena mit leiser Stimme.

„Helena!“, rief Charlotte. „Das ist ja wundervoll! Ich glaube, es gibt tatsächlich noch Hoffnung für dich.“

Helena nahm sich zusammen und schob ihre reizende kleine Schwester zu Mrs. Weinberger hinüber, um die beiden einander vorzustellen. Mrs. Weinberger bewies wie üblich ihr Feingefühl, murmelte einen Gruß und entschuldigte sich dann, um ihrem Lakaien noch einige Anweisungen zu geben.

Dankbar wandte Helena sich wieder ihrer Schwester zu. „Also, Charlotte. Was machst du hier?“ Sie ließ ihren besorgten Blick über Charlottes Begleiterinnen schweifen. Außer Jolly fiel ihr Charlottes beste Freundin, Margaret Welton, genannt die „Schnattergans“, auf, aber sonst kannte sie keine der jungen Damen. Es war eine fröhliche lebhafte Gruppe von Mädchen mit leuchtenden Augen. Eine *sehr* lebhafte Gruppe.

„Ich bin nur gekommen um zu sehen, wie ein paar fabelhafte Fechter herumspringen. Aber nachdem wir nun schon fast zwei Stunden hier verbracht haben, sind wir äußerst hungrig und haben beschlossen, uns auf die Suche nach einer Erfrischung zu machen. Hoffentlich werden uns ein paar der besagten Fechter folgen, *n'est-ce pas*?“ Charlotte zwinkerte und lachte dann über Helenas Gesichtsausdruck. „Aber Schwesterchen, was machst *du* denn überhaupt hier?", fragte sie und nahm Helenas Arm. „Sag mir, Darling, bist du gekommen, um den Prinz von White Friars zu sehen? Oder hat es dir einer seiner Schüler angetan?"

„Niemand hat es mir angetan", log Helena.

„Oh, pfui über dich, Helena!", tadelte Charlotte ungeduldig, und ihre modisch kurz geschnittenen, offenen Locken glänzten, als sie den Kopf schüttelte. „Man könnte meinen, du besitzt gar kein Herz, das irgendjemand gewinnen könnte. Es stimmt zwar, du hast dich nie besonders für Männer interessiert und immer den Anstand gewahrt, aber ich hätte dich nie als langweilig bezeichnet. Und du hattest Schneid, meine Liebe, echte Courage. Diese Tilpot ist schuld daran. Du musst ihren Fängen entkommen, bevor du noch wirklich zu der eisigen Jungfer wirst, für die dich die Gesellschaft hält."

„Was?", rief Helena.

„Bei meiner Ehre!", verkündete Charlotte. „Jetzt behaupte nicht, dass du tatsächlich nicht weißt, welchen Beinamen du verpasst bekommen hast. Aber andererseits bist du ja nie wirklich in der Gesellschaft anzutreffen, nicht wahr? Nicht in der echten Gesellschaft. Diese alte Katze und ihre Kumpane zählen ja wohl kaum."

Sie spitzte die Lippen, aber ihre Augen tanzten. „Ja, mein liebes Schwesterchen, es stimmt! Du bist als die eisige Jungfer bekannt. Helena, die Unnahbare."

„Gütiger Himmel."

„Jetzt schau nicht so entsetzt. Ich fände es großartig, für unerreichbar gehalten zu werden." Sie seufzte, bevor sie Helena einen schelmischen Blick zuwarf. „Jedenfalls dachte ich das, bevor mich der Wunsch ergriff, bezwungen zu werden. Leider bezweifle ich, dass ich so einer Rolle die notwendige Glaubwürdigkeit verleihen könnte."

„Charlotte!“, ermahnte Helena sie unbehaglich. Dies war schon immer der Stil ihrer jüngsten Schwester und zugleich Helenas Schrecken gewesen: Charlottes rückhaltlose Offenheit. Manche hielten das für eine bezaubernde, wenn auch wagemutige kindliche Eigenheit, aber Helena vermutete, dass Charlotte aus Trotz Dinge aussprach, die andere nur dachten.

„Das muss deine Schwester sein“, sagte eine von Charlottes Begleiterinnen, eine extravagant herausgeputzte junge Frau, begeistert.

„Ja. Meine Schwester, die schönste Frau in London“, verkündete Charlotte voller Stolz. Und das war das andere Merkmal von Charlottes unseliger, wunderlicher, verhängnisvoller Persönlichkeit: ihre impulsive und uneingeschränkte Zuneigung, verbunden mit der absoluten Weigerung, jegliche Art von Bevormundung zu akzeptieren.

Dann fuhr Charlotte mit derselben unglückseligen Ehrlichkeit fort: „Stell dir nur vor, wie sie erst aussehen könnte, wenn sie gut angezogen wäre.“

Die junge Frau lachte. „Nun, du hast nicht übertrieben. Sie ist atemberaubend.“ Sie zog an ihrem Handschuh. Offensichtlich erwartete sie nicht, vorgestellt zu werden. Helena konnte daraus nur schließen, dass die modisch gekleidete Schönheit, wer auch immer sie sein mochte, ahnte, dass Helena ihre Bekanntschaft mit Charlotte nicht gutheißen würde.

„Komm schon, Charlotte“, rief Margaret Welton aufgeregt. „Jenny glaubt, dass Comte Sancerre in der Bond Street Kaffee trinkt, weil du gesagt hast, dass du heute Nachmittag dort sein wirst! Und wenn wir jetzt nicht bald gehen – oh! Hallo, Miss Nash! Dass Sie auch hier sind!“

„Miss Welton.“ Helena neigte den Kopf. Nun war es unmöglich, dass ihr Erscheinen hier unbemerkt bleiben würde, und noch unwahrscheinlicher, dass es unkommentiert blieb.

Die „Schnattergans" Welton war ebenso schwatzhaft, wie ihr Spitzname vermuten ließ, und ungefähr so diskret wie ein Marktschreier.

Charlotte verstand. Sie biss sich auf die Lippen, um ein amüsiertes Lächeln zu unterdrücken. „Das ist das Problem bei einem unbefleckten Ruf, Helena", flüsterte sie. „Man sieht jedes Staubkorn."

Dann blickte sie sich mit leuchtendem Gesicht und einem strahlenden Lächeln um und rief: „Ich komme, meine Lieben!", bevor sie sich wieder Helena zuwandte und sie liebevoll auf die Wange küsste. „Da, Liebes. Als Glücksbringer. Und ich fand schon immer, dass er wundervoll ist!"

Noch bevor Helena auf diesen unerhörten Kommentar etwas erwidern konnte, war Charlotte schon zu ihren Begleiterinnen zurückgetänzelt. Wie Schmetterlinge flatterten die jungen Damen den Korridor hinunter und scharten sich um den Eingang, bis sich endlich die Tür öffnete und sie hinausliefen.

„Ähem." Der einäugige Diener zog Helenas Aufmerksamkeit auf sich. „Derzeit sehen bereits zahlreiche andere Damen den Übungen zu, und nachdem so viele da sind, muss ich Sie bitten, die Konzentration der Teilnehmer zu respektieren und sich ruhig zu verhalten. Wenn Sie mir jetzt bitte folgen würden?"

Helena und Mrs. Weinberger gingen ihm nach. Helena nutzte die Gelegenheit, ihrer Wohltäterin dringlich zuzuflüstern: „Madam, wenn ich Sie um einen letzten Gefallen bitten darf?"

„Nur zu", erwiderte Mrs. Weinberger.

„Nach der Vorführung würde ich gerne alleine zurück zu Lady Tilpots Haus fahren."

Mrs. Weinberger runzelte besorgt die Stirn. „Das ist eine ungewöhnliche Bitte, Miss Nash. Ich bin mir nicht sicher, ob ich das gutheißen kann. Die Tilpot würde es mit Sicherheit nicht tun."

„Bitte."

„Nun gut", lenkte Mrs. Weinberger ein. „Man kann Sie wohl kaum als leichtsinniges Mädchen bezeichnen, und ich kann auch nicht verleugnen, in meinem eigenen Leben ebenfalls ein paar ziemlich interessante Dinge getan zu haben. Aber seien Sie vorsichtig."

„Danke!", sagte Helena, während der Diener am Ende des Korridors eine stabile zweiflügelige Tür aufstieß und beiseitetrat.

Helena und Mrs. Weinberger kamen in einen Ballsaal, aus dem sämtliche Dekorationen und überflüssigen Möbel entfernt worden waren, um einen großen offenen Raum zu schaffen, der von den vorhanglosen Fenstern oben im zweiten Stock mit Licht geflutet wurde. Das Einzige, was noch an den früheren Zweck des Raumes erinnerte, war der riesige Kristalllüster, der über dem Ganzen funkelte. Ein Dutzend gerade Linien waren auf die nackten Holzdielen gemalt, und an diesen Linien standen einige Männer, die nur mit engen Hosen, Hemden und Westen bekleidet waren und die vor- und zurücktraten und mit dem Degen auf unsichtbare Gegner losgingen.

Am anderen Ende des Ballsaals drängte sich eine Gruppe von Damen und Herren. Als Helena mit Mrs. Weinberger zu ihnen trat, erkannte sie, was ihre Aufmerksamkeit so fesselte: Der Viscount DeMarc kämpfte gegen Ramsey Munro. Ein Schiedsrichter stand gespannt daneben und wartete auf den ersten Treffer.

Dies war nicht derselbe Ram Munro, der mit der schwerfälligen Grazie eines gefallenen Engels die Angriffe seiner unglückseligen Gegner auf dem Maskenball in Cheapside gekontert und pariert hatte. Dieser Ram Munro bewegte sich mit der Kunstfertigkeit und der Körperbeherrschung eines Tänzers. Sein Körper war angespannt und vollkommen ausbalanciert, sein Rücken gerade, die Schultern breit und die langen Beine geschmeidig, als er in die Hocke ging.

Aber DeMarc erschien gleichermaßen meisterhaft. Und auch darüber hinaus passten die beiden Männer als Kontrahenten perfekt zusammen: Beide waren groß und schlank, hatten eine große Reichweite und kraftvolle Beine. Ihre Körper bewegten sich vor und zurück, als wären sie auf eine gerade unsichtbare Bahn gebannt worden, und der Abstand zwischen ihnen blieb so exakt gleich, als vollführten sie zum Stakkato der klirrenden Klingen einen extravaganten Tanz.

Manche Manöver, die zu subtil waren, als dass Helenas ungeübtes Auge sie hätte erkennen können, riefen anerkennendes Gemurmel hervor, andere besorgtes Aufstöhnen. Am anderen Ende der Zuschauermenge stand ein älterer Herr mit einem unzufriedenen Ausdruck auf einem Gesicht, das so schön war, dass er nur ein Verwandter von Ram sein konnte.

„Hinein!", rief er verärgert. „Hinein!"

Ram machte kein Anzeichen, ihn gehört zu haben. „Wie ich sehe, haben Sie Ihre diagonale Parade geübt, DeMarc", bemerkte er beiläufig.

„Wie nett von Ihnen, das zu bemerken", antwortete DeMarc, aber ohne Rams Kaltblütigkeit. „Irre ich mich, oder sind Ihre Stöße in letzter Zeit konzentrierter? Ihr Tempo scheint schneller zu sein."

Ram zuckte mit den Schultern. „Ein Duell ist wie eine Verführung, Mylord. Jede Dame – und auch jeder Gegner – erliegt in ihrem eigenen Tempo, weder zu schnell noch zu langsam für den Mann, der die Tugend der Geduld zu schätzen weiß. Und ihren Lohn."

Der Viscount machte einen Ausfallschritt, die Spitze seiner Klinge stieß tief. Aber Ram konterte, wehrte den Stoß ab und zog die Angriffslinie wieder nach oben. Das Gesicht des Viscounts wurde hart wie eine geballte Faust. „Wissen Sie, Munro, Sie sind wirklich ein außergewöhnlicher Fechter."

„Zu freundlich", murmelte Ram.

„Aber Sie sind kein Gentleman."

Ram warf seinem verärgerten Gegner ein strahlendes Lächeln zu. „Was Sie nicht sagen."

„Ein Gentleman spricht in Anwesenheit von Damen nicht über Verführung."

„Welche Damen? Sind hier etwa Damen?" Ram klang erstaunt, aber er wandte seinen Blick nicht von DeMarc ab. Entzücktes Kichern drang aus den Reihen der besagten Damen. „Mylord, ich glaube, ich kenne den Grund, warum Sie mich so selten besiegen ..."

Irgendeine kleine Bewegung, eine winzige Blöße musste sich angeboten haben, denn Ram hörte plötzlich auf zu reden, und die beiden Männer ließen die Waffen sprechen. Ein beleidigendes Zischen, ein Tadel und ein abschätziges Spötteln. Dann war diese Unterhaltung ebenso schnell, wie sie begonnen hatte, wieder beendet. Die Duellanten traten einen Schritt voneinander zurück, die seltsame konzentrierte Stimmung kehrte wieder in den Kampf zurück.

„Und welcher Grund mag das sein, Munro?", nahm DeMarc den Faden wieder auf, aber sein Atem ging jetzt etwas schwerer, und seine Stirn glänzte leicht.

„Wenn in diesem Raum Damen sind, konzentrieren Sie sich einfach nicht ausreichend auf den Kampf. Ich hingegen könnte nicht sagen, ob ich von Damen oder von Tanzbären umgeben bin."

Noch mehr Gelächter. Auch Mrs. Weinberger konnte ein Lächeln nicht unterdrücken.

Natürlich war das alles Unsinn, der lediglich dazu diente, DeMarc lächerlich zu machen. Denn wenn Munro wirklich so auf den Kampf fixiert gewesen wäre, wie DeMarc es ihm zufolge hätte sein sollen, würde er wohl kaum an so absurde Dinge wie Tanzbären denken oder provozierende Kommentare über DeMarcs mangelnde Aufmerksamkeit machen. Nein. Ram Munro wusste ganz genau, wer an welcher Stelle in diesem Raum stand.

Abgesehen von Helena und Mrs. Weinberger. Er hatte nicht aufgeblickt, seit sie hineingekommen waren, und sie wurden von den anderen Zuschauern halb verdeckt.

„Und da dies so ist“, fuhr Ram fort, „kann ich wohl kaum für unziemliche Kommentare zur Verantwortung gezogen werden, die ich vor Damen mache, deren Anwesenheit ich nicht einmal bemerkt habe.“

„Sie wissen sehr wohl, dass Damen anwesend sind, Munro. Zumal Sie einigen von Ihnen außerordentlich gut bekannt sind. Ich würde mehr zu dem Thema sagen, aber andererseits bin ich tatsächlich das, was Sie nur vorgeben zu sein.“

Ein träges Lächeln umspielte Rams Lippen. „Sie irren sich, Mylord. Ich habe nie vorgegeben, ein Tugendapostel zu sein.“

DeMarc biss die Zähne zusammen, attackierte und sprang vor. Seine Fußarbeit war sicher und gekonnt. Mit einem Grinsen parierte Ram und wehrte die Klinge ab, kurz bevor sie seine gepolsterte Brust traf.

„Sie sind so vorhersehbar, DeMarc.“ In seiner Stimme war jetzt keine Spur mehr von aufgesetzter Höflichkeit. „Sie haben ausgezeichnete Fähigkeiten und sehr gute Instinkte, Ihren Gegner betreffend, aber Sie lassen sich zu sehr von Ihren Gefühlen leiten.“

Sein Degen fuhr über DeMarcs Waffe hinweg, durchbrach die Abwehr des Viscounts und schwirrte knapp neben seiner Schulter, nur um dann weggedrückt und pariert zu werden. „In einem Duell ist nur Platz für zwei Personen. Nichts anderes darf Bedeutung haben.“

„Pris de fer!", rief der ältere Herr ärgerlich und angewidert. Wieder tat Ram, als hätte er ihn nicht bemerkt.

Ram ergriff DeMarcs Degen, wurde pariert und verwickelte ihn sofort wieder im Kampf. Ihre Klingen hielten einander stand, beide Männer drückten mit derselben Kraft gegen die Klinge des jeweils anderen. Die Muskeln in Rams Oberarm spannten sich an. „Weder Ihre Frau noch Ihr Bruder, Ihr Vater oder Ihr Kind."

In einer Anstrengung, die Kontrolle wiederzuerlangen, drehte DeMarc sich, um eine kleinere Angriffsfläche zu bieten. Helena durchschaute, was der Viscount vorhatte: Er musste nur Rams Degen und damit auch seinen Arm zur Seite über die Brust wegdrücken, und für einen kurzen lebenswichtigen Augenblick würde eine Stelle unter Rams ausgestrecktem Arm entblößt sein. Dann würde DeMarc seinen Degen befreien und in das verletzliche Ziel stoßen.

Auch andere sahen es. Um sie herum stießen einige Damen kleine Seufzer aus, genau in dem Moment, als Ram plötzlich nachgab. Ohne den erwarteten Widerstand stieß DeMarc seinen Degen zu schnell und zu weit vor und entblößte seine eigene Brust.

Es war brillant. „Bravo!", rief Helena impulsiv.

Ram, der auf den Kampf fixiert gewesen war, hob beim Klang ihrer Stimme abrupt den Kopf, und einen verräterischen Augenblick lang achtete er nicht auf seinen Gegner. DeMarc, der versucht hatte, seinen Degen rechtzeitig zurückzuziehen, um den Schlag zu parieren, den er hatte kommen sehen, stieß stattdessen zu und drückte seine Spitze in die Polsterung über Rams Herz.

„Punkt! Aus!", rief der Schiedsrichter.

Die Duellanten traten voneinander zurück, DeMarc deutlich triumphierend, Ram deutlich beunruhigt. Er ließ seinen Blick über die Menge wandern. Er konnte ihre Stimme nicht erkannt haben. Sie hatte doch immer genau darauf geachtet, tief zu sprechen und ihren Akzent zu unterdrücken. Aber in der Gasse in Cheapside … hatte sie dort auch daran gedacht?

„Nun, Munro, was hatten Sie doch gleich darüber gesagt, dass ich Sie nie besiege?“

Ram neigte gnädig den Kopf. „Gut gemacht, Mylord.“

„Pah!“ Ein angewidertes Geräusch zog die Aufmerksamkeit der Duellanten auf sich. Helena blickte sich um und sah, wie der Marquis durch die Tür verschwand. Als sie sich wieder umwandte, bemerkte sie, dass DeMarc sie anstarrte. Sein Gesichtsausdruck war grimmig und sein Körper angespannt. Ram ging zur Tür und blieb kurz neben dem einäugigen Diener stehen, um ein paar Worte mit ihm zu wechseln, bevor er den Saal verließ.

„Möchte irgendjemand Lord DeMarc herausfordern?“, rief der Diener laut. Sofort erschienen zwei junge Männer am Rande des freien Kampffeldes und wetteiferten um das Recht, es mit dem Mann aufzunehmen, der Ramsey Munro besiegt hatte. DeMarc konnte nicht ablehnen, ohne dass es so ausgesehen hätte, als befürchte er, sein Sieg wäre ein purer Glücksfall gewesen.

Helena mischte sich unter die Menge. Sie wartete ein oder zwei Minuten ab, während die Kombattanten ihre Plätze einnahmen, und schlüpfte dann in den Korridor hinaus, wo der Diener sich an der Tür positioniert hatte.

„Würden Sie das hier bitte zu Mr. Munro bringen?“, fragte sie und reichte dem Diener einen zusammengefalteten Brief, in dem sie Ramsey um eine sofortige Unterredung bat.

Der Einäugige sah sie zweifelnd an, nahm dann den Brief und bat sie zu warten. Ungeduldig schritt sie den Korridor auf und ab. Was würde sie tun, wenn er Nein sagte? Das konnte er nicht. Sie griff in ihr Ridikül und drückte mit den Fingern die winzige gelbe Seidenrose, die sie von einem von

Floras Kleidern abgetrennt hatte. Der Diener kehrte zurück.

„Madam. Wenn Sie mir bitte folgen wollen?“ Er führte sie in einen Raum am oberen Ende einer Treppe, allem Anschein nach eine Art Herrensalon, der jedoch einen beklagenswerten Mangel an Annehmlichkeiten aufwies.

Ein paar Sessel mit hohen Lehnen, die mit verschlissenem blauem Damast gepolstert waren, standen einander vor einem Kamin gegenüber, während ein bezaubernder alter Schreibtisch aus Walnussholz in dem Licht stand, das durch eine Reihe vorhangloser schmaler Fenster fiel. An der gegenüberliegenden Wand stand ein Bücherregal auf einer Seite einer Tür, während auf der anderen Seite drei kunstvoll verzierte Waffen in einem einfachen Glaskasten ausgestellt waren. Das war alles. Kein Teppich, keine Drapierung, keine Bilder an den Wänden.

„Mr. Munro wird sofort bei Ihnen sein.“ Ohne auf eine Antwort zu warten, ging der Diener hinaus und schloss die Tür hinter sich. Bei dem plötzlichen Luftzug ging die Tür auf der anderen Seite ein paar Handbreit weit auf, und Helena stellte beschämt fest, dass dies der Zugang zu Ram Munros Privatgemächern war und sie schräg auf einen Spiegel blickte, der über einem Waschtisch hing. Aber dann erschien Ramseys Reflexion in dem Spiegel, und sie vergaß jede Umsicht.

Aus Angst, dass er sie sehen könnte, machte sie ruckartig einen Schritt nach hinten. Aber als nichts geschah, beugte sie sich vor und reckte den Hals, um zu sehen, ob … Ja. Oh ja.

Er stand vor dem Spiegel, nackt bis zur Taille, seine dunklen Locken glänzten nass von dem Wasser, das er sich gerade über Gesicht und Hals gespritzt haben musste. Wasser hing in Tröpfchen an dem feinen dunklen Haar, das seine Brust bedeckte, und floss die scharf geschnittenen Konturen seines durchtrainierten muskulösen Torsos hinunter. Sie schluckte, als er sich weiter aufrichtete und sie wieder die Rose sah, die auf der gewölbten Fläche seines Brustmuskels prangte. Die Blume sah wie eine Narbe aus, glatt und gefährlich.

Während sie wie versteinert dastand und mit geöffneten Lippen heftig atmete, ließ er seinen Kopf nach vorne fallen und ergriff die Kanten des Waschtisches. Die Muskeln an seinen Armen spannten sich an, als versuche er, seine Finger in die harte Marmoroberfläche zu graben.

Mit einem plötzlichen Ruck schoss sein Kopf hoch, und er begegnete im Spiegel seinem eigenen Blick. Einen langen Moment betrachtete er sein Spiegelbild. Sie konnte nicht sagen, was er dort sah. In der Zurückgezogenheit dieses Augenblicks verlor sein Gesicht den üblichen sarkastischen Ausdruck, und er sah … jung aus. Besorgt und erwartungsvoll zugleich. Und … verletzlich. Ja. Verletzlich.

Es musste seine Niederlage im Kampf gewesen sein, die ihn so aussehen ließ. Sie fand dafür keine andere Erklärung. Und doch wirkte er nicht unglücklich. Nicht im Geringsten.

Mit einem nicht zu deutenden Zucken um den Mund stieß er sich schließlich vom Waschtisch ab, zog ein Handtuch von einem unsichtbaren Handtuchhalter und begann, sich grob abzutrocknen, während er aus ihrem Blickfeld verschwand.

Sie trat zurück. Ihr Puls raste. Dies war ein Fehler. Ein schrecklicher Fehler. Wie konnte sie bei ihm sein, ohne sich danach zu sehnen, in seinen Armen zu liegen und diese geschickten fordernden Lippen auf sich zu spüren? Er würde es sehen. Er würde erkennen, dass sie „Corie“ war, die Frau, die so leidenschaftlich seine …

Hinter ihr fiel eine Tür ins Schloss. Sie fuhr herum, und ihre Hand schnellte an ihre Kehle, um dem Herzschlag Einhalt zu gebieten, der dort wild raste. Er stand regungslos da, in sauberen weißen Hemdsärmeln und dunklen gebügelten Hosen, seine feuchten dunklen Locken fielen auf einen frischen Kragen, seine Manschetten waren über seinen mageren, doch muskulösen Unterarmen hochgekrempelt.

Sein Blick war ernst. Keine Andeutung körperlicher Begierde. Kein Laut erstaunten Wiedererkennens. Natürlich nicht. Seit jener Nacht mochte ein Dutzend Damen in seinen Armen gelegen haben.

„Helena“, sagte er mit ruhiger nachdenklicher Ernsthaftigkeit. Lag in jenen Worten ein unterschwelliges Willkommen? Nein. Unmöglich. Er prüfte nur sein Gedächtnis, fragte sich, welche der Schwestern sie wohl war. Das war alles. Sie versuchte verzweifelt, sich daran zu erinnern, weshalb sie hier war – und es fiel ihr wieder ein.

„Mr. Munro.“ Gott sei Dank, wenigstens musste sie ihre Stimme nicht mehr verstellen, sondern konnte in ihrem gewohnten Yorkshire-Akzent sprechen. „Es ist freundlich von Ihnen, dass Sie sich an mich erinnern, insbesondere, nachdem unsere Begegnung so kurz war und schon Jahre zurückliegt, und noch freundlicher, dass Sie bereit sind, mich unter so ungewöhnlichen Umständen zu empfangen.“

Sie hätte schwören können, dass sein Kinn ein Stück hochschnellte, als hätte er einen Schlag erhalten. Er stand völlig reglos da. Lange genug, dass sie die dichten schwarzen Wimpern bemerken konnte, den marmornen Schimmer des frisch rasierten Kinns, die Art, wie das Licht sich im Blau seiner Augen brach. Dann kam er durch den Raum auf sie zu. Seine Manieren waren tadellos, sein Lächeln förmlich mit genau dem richtigen Maß an Vertrautheit.

„Natürlich erinnere ich mich an Sie, Miss Nash“, erwiderte er. „Bitte, was verschafft mir das Vergnügen?“

Sie atmete tief ein und streckte die Hand aus. Unwillkürlich tat er es ihr gleich. Sie ließ die gelbe Seidenblüte in seine Handfläche fallen.

„Ich will, dass Sie mir das Fechten beibringen.“

17. KAPITEL

BINDUNG:
Aktion, bei der die gegnerische Klinge mit der eigenen Klinge aus der bedrohenden Angriffslinie abgedrängt wird

Helena hatte fast erwartet, dass Ram laut auflachen würde, doch stattdessen schloss er eine Hand um die kleine Seidenrose, während er ihr mit der anderen Hand bedeutete, sich zu setzen. Als sie sich in einen der Sessel niederließ, läutete er nach seinem Diener, gab dem Einäugigen einige Anweisungen und wandte sich ihr dann wieder zu.

„Gaspard wird uns Tee bringen." Er setzte sich ihr gegenüber hin und streckte die langen Beine lässig aus. Sein Blick war nicht zu deuten. „Wie geht es Ihrer Familie, Miss Nash?"

Sie starrte ihn erstaunt an. „Sir?"

„Ihre Familie. Ihre Schwestern. Ich habe natürlich vom Tod Ihrer Mutter gehört und bitte Sie, meine verspätete Kondolenz anzunehmen. Miss Charlotte lebt, soweit ich weiß, noch bei den Weltons?" Als er sah, wie sie ihn aus geweiteten Augen anstarrte, nickte er. „Wie ich vermutet hatte. Und natürlich weiß ich von Mrs. Blackburns Hochzeit mit meinem alten Gefährten Kit."

„Das wissen Sie?"

Er lächelte. „Natürlich. Ich war auf der Hochzeit."

„Wirklich? Ich habe Sie gar nicht gesehen."

„Ich habe versucht, im Hintergrund zu bleiben." Er legte den Kopf schief und lächelte leicht. „Ich habe Sie gesehen. Sie wirkten sehr streng. Sie schienen äußerst besorgt, als müssten Sie sich große Mühe geben, die Wahl Ihrer Schwester zu akzeptieren."

Er hatte recht. Sie war besorgt gewesen. Aber sie hätte einiges darauf verwettet, dass niemand es ihrem Gesicht oder ihrem Benehmen angemerkt hatte. Und doch … ihm war es gelungen.

„Warum haben Sie versucht, im Hintergrund zu bleiben?", fragte sie, erstaunt über ihre eigene Kühnheit.

Sein Lächeln war überraschend charmant. „Ich war mir nicht sicher, ob ich willkommen sein würde."

„Warum das?"

„Das ist eine lange und langweilige Geschichte, Miss Nash. Es muss genügen zu sagen, dass Kit MacNeill und ich gewisse Verdachtsmomente gegeneinander hegten, die verhinderten, dass ich ihm bei seiner Hochzeit zur Seite stand."

„Und heute?"

„Wir haben seitdem wieder gelernt, einander zu vertrauen. Es ist bei Weitem zu anstrengend, ohne Beweise einen schwerwiegenden Verdacht aufrechtzuerhalten." Sie glaubte ihm nicht. Er spielte eine Rolle, versteckte sich hinter einer Maske gediegener Langeweile.

Ihre Augen verengten sich. „Warum haben Sie sich so viel Mühe gemacht, um über die Situation meiner Familie auf dem Laufenden zu bleiben?"

Er zuckte entschuldigend mit den Schultern. „Ich habe einen Eid abgelegt. Ich fürchte, ich nehme solche Dinge geradezu lächerlich ernst", erwiderte er gedehnt. Seine blauen Augen wirkten wachsam und abwartend. „Aber so ist es nun mal. Das sind die letzten Überbleibsel einer Erziehung, die zu viel auf Mythologie gegeben hat, nehme ich an. All diese Helden mit ihren Eiden und Mühen und Pflichten und jahrzehntelangen Irrfahrten."

„Ich verstehe." Er hatte sie ziemlich überrascht. War er auch über ihre eigene Situation auf dem Laufenden?

Als könnte er ihre Gedanken lesen, lächelte er listig. „Und wie geht es Lady Tilpot?“

„Ausgezeichnet“, antwortete Helena etwas atemlos. Er hatte sie also wirklich beobachtet. Wie weit hatte er es mit dieser Verpflichtung getrieben? Wie viel wusste er?

„Es freut mich außerordentlich, das zu hören. Also dann, Miss Nash, vielleicht können Sie mir mehr über Ihren Wunsch erzählen, Fechten zu lernen.“

Sie nahm sich zusammen und konzentrierte sich wieder auf ihre momentane Lage. „Es gibt nichts zu erklären. Wie Sie ja bereits anmerkten, haben Sie einen Eid abgelegt, mich, wann immer es nötig ist, zu unterstützen.“

„Das habe ich“, stimmte er bedächtig zu.

„Nun, ich muss lernen, mich zu verteidigen.“ Sie war stolz auf ihre Unabhängigkeit. Sie begegnete seinem Blick offen, wobei sie den alten Trick benutzte, durch die Augen eines Mannes hindurchzusehen statt hinein. Sie senkte nicht die Lider oder blickte züchtig nach unten, um den Blickkontakt abzubrechen, und machte keine Andeutung, dass sie, die bezahlte Gesellschafterin, in irgendeiner Weise schüchtern war.

Nur – es war unmöglich, durch Ramsey Munros blaue Augen hindurchzusehen.

„Meine liebe Miss Nash. Wenn Sie Schutz benötigen, so kann ich dafür sehr viel einfacher sorgen, als Ihnen beizubringen, mit einem Degen umzugehen. Also sagen Sie mir, wer soll aufgespießt werden?“

Sie errötete. „Ich will nicht, dass Sie irgendjemanden aufspießen, Sir. Es wäre mir weitaus lieber, wenn überhaupt niemand aufgespießt wird. Aber wenn die Notwendigkeit auftritt, mich zu verteidigen, so würde ich gerne in der Lage sein, das selbst zu tun.“

„Ich verstehe.“ Er stand auf. „Ich glaube, Sie sollten besser nach Hause gehen, Miss Nash.“

Sie starrte ihn mit offenem Mund an. „Aber Sie haben es versprochen."

„Dessen bin ich mir durchaus bewusst. Aber ich habe versprochen, Ihren Bedürfnissen zu entsprechen und nicht Ihren Launen, und alles, was Sie mir gesagt haben, ist, dass Sie gerne Fechten lernen möchten, für den Fall, dass Sie zufällig in eine gefährliche Situation geraten sollten. Darauf gibt es eine sehr einfache Antwort. Halten Sie sich von gefährlichen Orten fern."

„Aber das … das kann ich nicht", platzte sie heraus.

Seine schönen Gesichtszüge spannten sich an, sein sinnlicher Mund verhärtete sich. „Sie können nicht? Warum? Sind Sie dazu gezwungen, Orte zu besuchen, die andere junge Damen fürchten?" Sein Tonfall enthielt eine Spur von Spott. „Das kann ich mir kaum vorstellen, Madam. Wenn Sie also gefährliche Orte frequentieren, kann ich daraus nur schließen, dass Sie sich aus einer Laune heraus absichtlich in Gefahr bringen. Schauen Sie nicht, als wären Sie betrogen worden, Miss Nash. Wenn Sie in einem Monat immer noch dasselbe wollen, kommen Sie von mir aus wieder. Bis dahin ist das Turnier vorbei, und ich habe genug Zeit, um Ihre Laune zu befriedigen." Als sie weiterhin sprachlos zu ihm hochblickte, drehte er seine Hand um und ließ die kleine Rose in ihren Schoß fallen. „Behalten Sie dies bis dahin."

„Wie können Sie es wagen?" Sie stand mühsam auf, ohne ihren Blick von ihm abzuwenden. Ihre Stimme zitterte, die Seidenrose fiel unbeachtet zu Boden. „Wie können Sie es wagen, mich zu bevormunden?"

Jetzt war sie nicht mehr im Geringsten gelassen oder kühl. Sie glühte förmlich vor Entrüstung. „Trotz all Ihrer Informationen über meine Umstände und die meiner Schwestern wissen Sie nichts über uns, Mr. Munro. Sie wissen nichts über mich. Sie wissen nicht, welche Umstände mich in Ihren Fechtsaal geführt haben oder was mich dazu verleitet hat, mich alleine mit Ihnen in dieses Zimmer zu begeben und damit meinen Ruf aufs Spiel zu setzen."

„Nein", sagte er rundheraus. „Sie haben recht. Warum erzählen Sie es mir nicht?"

Er würde ihr nicht helfen, wenn sie es ihm nicht erklärte, doch sie konnte ihm nicht alles sagen. Sie hatte geschworen, Floras und Oswalds Geheimnis zu hüten, und bevor sie aus diesem Schwur entlassen wurde, konnte sie die Situation nur andeuten.

„Setzen Sie sich, Miss Nash."

Widerwillig nahm sie wieder Platz, als ein Klopfen an der Tür Gaspards Kommen ankündigte. Er trug ein Tablett mit einem Teeservice. Da es keinen anderen Tisch gab, stellte er das Geschirr auf dem Schreibtisch ab, während Helena noch überlegte, was sie sagen könnte, um Ram dazu zu bringen, ihr zu helfen. Als der Diener wieder gegangen war, hob sie ohne Überleitung an: „Ich werde verfolgt."

Ram legte den Kopf schief. „Ich bin mir sicher, dass Sie viele Bewunderer haben, Miss Nash."

„Nein", widersprach sie ungeduldig. „Ich werde ständig verfolgt, gejagt, alle meine Schritte werden überwacht."

„Sehr unangenehm", bemerkte er mitleidig. „Aber die Besessenheit, mit der junge Männer dem Objekt ihrer Begierde nachstellen, geht vorbei. Sie brauchen sich nur eine Weile nicht in der Öffentlichkeit sehen zu lassen. Wenn Sie dann wieder in die Gesellschaft zurückkehren, werden Sie zweifelsohne feststellen, dass Ihr Bewunderer, wankelmütig, wie Männer nun einmal sind, sich in der Zwischenzeit eine Dame auserkoren hat, die leichter zu bekommen oder doch zumindest sichtbar ist."

„Ich kann mich nicht aus der Öffentlichkeit zurückziehen", erwiderte sie kurz angebunden.

„Oh.“ Er klang nur mäßig interessiert. Aber seine Fingerspitzen trommelten auf die Armlehnen. „Warum das?“

Sie nahm einen Schluck von dem Tee, den der Diener ihr gereicht hatte. „Ich suche nach jemandem.“

„Nach jemand Bestimmtem?“

„Ja. Nach einem Herrn.“

„Können Sie diesen Herrn nicht in einer Woche suchen? Oder in einem Monat? Ist es so wichtig, dass Sie ihn jetzt bekommen?“

„*Bekommen*?“ Der Ausdruck machte sie wütend, aber nur kurz. Sie war zu verzweifelt, um sich über Rams Wortwahl zu ärgern. Wenn Oswalds Gläubiger ihn fanden, war er in einem Monat vielleicht nicht mehr da. Sie hatte furchterregende Geschichten darüber gehört, wie manche von den Wucherern mit jenen verfuhren, die ihre Vereinbarungen nicht einhielten. „Es kann gut sein, dass er für immer verschwindet.“

„Und das wäre Ihnen unerträglich?“, fragte er kühl.

Bei dem Gedanken, dass Flora alleine den Skandal ihrer Schwangerschaft durchstehen musste, erschauerte Helena so, dass ihre Tasse auf dem Untersetzer klirrte. Schnell stellte sie sie ab. „Ja“, antwortete sie ruhig.

„Dann sagen Sie mir, wer Sie verfolgt, und ich werde ihn aufhalten.“

„Ihn wie aufhalten? Ihn bei was aufhalten? Wollen Sie verhindern, dass er auf einer öffentlichen Straße weilt? Sich in einem öffentlichen Kaffeehaus herumtreibt? Ein Ausstellungsstück in einer Galerie betrachtet?“

„Madam?“, beharrte Ram.

„Lord Forrester DeMarc.“

Er hob überrascht die Brauen. „Der Viscount DeMarc? Der Mann, gegen den ich gerade gekämpft habe?“

„Ja.“

Sein Erstaunen war nicht gespielt. „Es fällt mir schwer, das zu glauben. Er ist viel zu stolz, um einer Frau so offensichtlich hinterherzulaufen, wie Sie das beschreiben. Viel zu stolz." Er sah sie eindringlich an. „Sind Sie sich sicher?"

Sie hätte wissen müssen, dass er ihr nicht glauben würde. DeMarc übte mit ihm. „Es ist nicht offensichtlich. Er ist überaus subtil. Und ja, ich bin mir sicher."

„Wenn das, was Sie sagen, wahr ist, werde ich Sie begleiten, wenn Sie Ihren jungen Mann suchen."

Sollte sie sich Ramsey in ihrem Kostüm zeigen? Ihm ihre Identität offenbaren? Ihn wissen lassen, dass sie die Frau war, die ihn geradezu angebettelt hatte, sie in einer dunklen Gasse zu nehmen? Ihre Wangen brannten bei dem Gedanken vor Schamesröte. Er sah die leuchtende Farbe in ihrem Gesicht, und in seinem Ausdruck veränderte sich etwas, eine kleine Nuance, sein Blick wurde abweisend.

Ihr wurde bewusst, dass er glauben musste, sie wolle bei ihren Stelldicheins keinen Zeugen. Natürlich. Was sollte er sonst annehmen? Trotzdem verletzte es sie, dass er so gering von ihr dachte. Was dumm war. Schließlich kannte er sie nicht.

„Nein", sagte sie und hob das Kinn. „Das geht nicht. Das ist ja das Problem. Der Herr, den ich suche, wird nicht kommen, wenn er einen anderen Mann in meiner Nähe sieht. Es ist also, wie Sie sehen, unbedingt erforderlich, dass ich DeMarc davon abhalte, mir zu folgen, genauso wie es notwendig ist, dass ich alleine gehe."

„Gütiger Himmel", entgegnete er mit einem Anflug von Wut, „kein Mann ist es wert, dass Sie sich für ihn in Gefahr bringen. Wenn Sie Lord DeMarc wirklich so fürchten, wäre es dumm von Ihnen, für eine Verabredung ein solches Risiko einzugehen."

„Ich weiß nicht, wovor ich mich fürchte!", rief Helena verzweifelt aus. Würde DeMarc sie verletzen? Sie wusste es nicht. Sie wusste nur, dass sie Angst hatte. Angst, am hellichten Tage alleine eine geschäftige Straße hinunterzugehen, weil er immer dicht hinter ihr war; Angst, aus einem Fenster zu blicken, weil sie ihn dort stets sah, wie er auf dem Gehsteig stand oder auf einer Bank saß und in einer Zeitung las; Angst, um eine Ecke zu gehen, weil er dahinter auf sie warten könnte.

„DeMarc glaubt, dass ich ihn bewusst verführt habe", fuhr sie fort und hob in einer unwillkürlichen flehentlichen Bitte um Verständnis die Hand. „Ich glaube, dass er verwirrt ist. Er will, dass ich weiß, dass er mir folgt, mich beobachtet, jede meiner Bewegungen überwacht."

„Und Sie haben ihn nicht bewusst verführt und die Situation provoziert?"

Die kühle Frage schockierte sie mehr als alles, was er sonst hätte sagen können.

„Nein", flüsterte sie. „Nein. Ich bin nicht …" Doch dann drängten sich überaus lustvolle Erinnerungen in ihr Gedächtnis, und sie konnte ihre Leugnung nicht beenden. Ihre Wangen brannten heiß, und sie fühlte sich beschämt. Das war genau die Frau, die sie vor einer Woche gewesen war.

Sie bemühte sich weiterzusprechen, stockend vor Elend. „Er hat sich sogar Einlass in meine Schlafkammer verschafft und sie auf meiner Bettdecke ausgebreitet, als wollte er mich warnen, dass ich nirgendwo sicher bin. Dass es keinen Ort gibt, an dem ich unverletzlich bin."

„Was hat er auf Ihrer Bettdecke ausgebreitet? Was hat er hinterlassen?"

„Rosen", erklärte sie bedrückt. „All die Rosen."

„Rosen?"

Etwas in Rams Stimme ließ Helena von dem zerknitterten Taschentuch aufblicken, das sie in ihrem Schoß zu einer Kugel geknüllt hatte. „Ja. Ich finde sie überall. Wie die, die ich …“ Sie hielt inne, bevor sie den Jungen in Vauxhall erwähnen konnte, der ihr an dem Tag, an dem sie Ram dort begegnet war, eine Rose in die Hand gedrückt hatte. Ihre Angst ließ sie unachtsam werden.

Ram runzelte die Stirn. „Aber DeMarc ist auf jede Art von Blumen extrem allergisch. Wir haben einmal einen Übungskampf im Garten abgehalten, und DeMarc hat daran teilgenommen. Er hat äußerst heftig reagiert und musste sich vorzeitig aus dem Wettkampf zurückziehen.“

„Sie wollen mir nicht glauben.“ Helena schüttelte den Kopf. „Es ist mir gleichgültig. Es ist mir jedoch nicht gleichgültig, ob Sie Ihrem Schwur nachkommen, mir auf meine Bitte hin zu Diensten zu sein. Ich bitte Sie jetzt darum.“

Ram stand auf, und sie tat es ihm gleich, fest entschlossen, sich von seiner Skepsis nicht unterkriegen zu lassen. Er hatte keinen Grund, ihr zu vertrauen. Er kannte sie nicht. Vielleicht schätzte sie die Gefahr, in der sie sich befand, wirklich zu hoch ein, aber sie konnte nicht nach Oswald suchen, wenn sie Angst hatte, das Haus zu verlassen. Außerdem musste es ihr gelingen, sich der ständigen Überwachung durch den Viscount zu entziehen, denn Oswald würde, selbst wenn sie ihn fand, wegrennen, sobald er DeMarc sah. Und wenn DeMarc ihr dann später auflauerte … wenn sie alleine war … Ein Schauer durchfuhr sie.

„Was Sie sagen, macht wenig Sinn, Miss Nash. Sie wollen nicht, dass ich Sie begleite, und doch bestehen Sie darauf, dass Sie in Gefahr schweben.“

„Ich *befürchte,* dass ich in Gefahr schwebe. Ich bin weder so dumm noch bin ich mir meiner Situation so sicher, dass mir nicht bewusst wäre, dass das, was ich als Gefahr betrachte, nicht lediglich ein Ärgernis sein könnte. Sie bezweifeln DeMarcs … *Interesse.* Aber mir missfällt es, vor irgendetwas Angst zu haben, Mr. Munro. Es ist keine angenehme Art zu leben. Vielleicht hatten Sie noch nie Angst?“

Es war ein unpassender Vorwurf – vor allem, da sie seine Geschichte kannte und wusste, dass er fast zwei Jahre in einem Kerker verbracht hatte –, aber an der leichten Anspannung seiner Schultern erkannte sie, dass sie ins Schwarze getroffen hatte.

„Ich bin zu Ihnen gekommen um eine Möglichkeit zu finden, meine Angst zu überwinden, eben deshalb, *weil* ich mir nicht sicher bin, ob DeMarc eine echte oder nur eine eingebildete Gefahr darstellt“, erklärte sie mit so viel Würde, wie sie aufbringen konnte.

„Ich hatte geahnt, dass Sie meine Weigerung, der Hysterie nachzugeben, anerkennen und darauf bestehen würden, jeden meiner Schritte zu überwachen, solange ich es wünsche. Ich hatte geahnt, dass Sie dies als eine recht einfache und zweckmäßige Methode ansehen würden, um eine Schuld zu begleichen, die schon recht lange besteht. Eine Schuld, auf der *Sie* bestanden haben und nicht ich.“

Sie blickte ihm direkt in die Augen. „Aber alles, was ich will, Mr. Munro, sind ein paar Kenntnisse darüber, wie ich mich verteidigen kann, damit ich die nötige Selbstsicherheit habe, um alleine auszugehen. Sicherlich haben Sie dafür Verständnis?“

Er dachte einen langen Augenblick nach. „Eine wohlüberlegte Argumentation, Miss Nash“, erwiderte er endlich. „Sind Sie immer so vernünftig?“

Vor ihrem geistigen Auge erschien ein Bild, wie er sie mit seinen Armen gegen eine feuchte Ziegelmauer drückte, während sie seinen Kopf herunterzog, um ihn zu küssen. „Nein.“ Sie senkte den Blick. „Ich fürchte, das bin ich nicht.“

Er lächelte, aber sein Blick war immer noch abschätzig. „Also gut, Miss Nash. Ich werde Sie unterrichten. Kommen Sie an den Tagen zu mir, an denen DeMarc sich auf das Turnier vorbereitet, und Gaspard wird Sie über die Hintertreppe hierherbringen."

Plötzlich beugte er sich hinunter und hob etwas vom Boden auf. Dann richtete er sich wieder auf und ergriff ihre Hand. Seine Berührung ließ sie zusammenzucken. Seine Finger waren lang und dünn, so grazil wie eine seiner schönen tödlichen Waffen und genauso stark. Er öffnete ihre Hand, legte die kleine Seidenrose mitten auf ihre Handfläche und schloss dann sehr behutsam und mit beinahe ritueller Sanftheit ihre Finger darum. „Wir werden die Unterrichtsstunden als Teil meiner Schuld betrachten. Behalten Sie dies, bis sie zur Gänze abbezahlt ist."

„Danke", sagte sie, im Bewusstsein, dass ihre Dankbarkeit auch Angst enthielt. Dankbarkeit, dass er zugestimmt hatte, Angst, dass er sie durchschauen würde.

Narr. Ramsey beobachtete aus dem Fenster, wie Helena wartete, während der Fahrer das Treppchen aus dem Inneren der Kutsche zog. Als er den Brief bekommen hatte, hatte er gedacht – gütiger Himmel –, er hatte gedacht, dass sie als Antwort auf seine unverschämte Bitte gekommen war, seine Geliebte zu werden. Ein paar berauschende Augenblicke lang hatte sein Herz voller Staunen und Dankbarkeit wild geschlagen.

Dann hatte er die Stimme mit dem leichten Yorkshire-Akzent gehört, die dem heiseren kühlen Flüstern so unähnlich war, mit dem sie sonst gesprochen hatte, und er hatte gewusst, dass sie als Fremde zu ihm gekommen war.

Er hätte es vorher wissen müssen.

Während er sie von oben beobachtete, sah sie noch einmal über die Schulter hinauf, als hätte sie seinen Blick auf sich gespürt, aber die Dunkelheit des Raumes verbarg ihn. Selbst an diesem trüben Nachmittag glänzte ihr blondes Haar wie ein frisch gezogenes Karamellbonbon, und ihre Haut schimmerte wie Alabaster. Er hatte vergessen, wie schön sie war. Andererseits war es nicht ihre Schönheit, die ihn angezogen hatte. Schönheit war nicht immer ein Segen.

Doch sie *war* schön, wie eine herrliche Statue, die aus feinstem Marmor gemeißelt war, glatt und kühl und still, unbeeindruckt von der gaffenden Menge, distanziert und unveränderlich. Ihre Isolation war Geheimnis und Herausforderung zugleich.

Aber er wusste, dass das alles eine Lüge war. Er wusste, dass sich hinter ihrer kultivierten unnahbaren Fassade ein leidenschaftliches Wesen verbarg. Beinahe wünschte er sich, dass er es nicht gewusst hätte. Beinahe. Er fuhr sich mit einer Hand durchs Haar, als sie in der Kutsche verschwand und wegfuhr.

Was auch immer er nach seiner Unterhaltung mit ihr glauben mochte, er glaubte jedenfalls nicht mehr, dass Helena Nash nach einem verlorenen Liebhaber suchte. Nicht nur, weil eine Frau wie Helena Nash sich keine Liebhaber nahm, sondern weil sie nicht die geringste Spur von Feuer oder Inbrunst gezeigt hatte, während sie von dem Mann sprach, den sie finden wollte.

Da war Verzweiflung gewesen, ja. Sogar Wut, aber keine Zuneigung. Und ganz sicher keine Leidenschaft. Er kannte den Geschmack, den Rhythmus, den Klang ihrer Leidenschaft. Die Erinnerung daran hatte ihm schon einige schlaflose Nächte gebracht.

Nach wem suchte sie also und warum? Unbewusst hob er die Hand zu der goldenen Rose an seinem Halstuch. Ihrem Verhalten nach hätte er beinahe glauben können, dass sie Schulden hatte. Allerdings hatte er noch nie davon gehört, dass irgendjemand nach einem Gläubiger suchen musste, dem er Geld zurückgeben wollte. Also wer konnte es sein?

Und was bedeuteten diese Rosen?

Ram stand in dem Torbogen, der zu dem ummauerten Garten von St. Bride's führte. Sein Nacken war von der Sonne verbrannt und seine Finger aufgeplatzt und verdreckt. Seine Beine schmerzten, weil er sich den ganzen Tag gebückt hatte, und sein Hemd klebte schweißbefleckt an seinem Rücken.

Aber die sanfte Luft des Spätnachmittags wehte wie Balsam über sein Gesicht, und die vollkommen klare Bergsonne hob jede einzelne Rose farbenprächtig gegen die tiefgrünen Blätter ab, die sie umgaben. Ein paar Drosseln trällerten aus der Tiefe der dornigen Ranken, und das Plätschern des Wassers, das aus der Quelle sprudelte, antwortete darauf mit seiner eigenen Musik. Ram war überzeugt, dass es auf der ganzen Welt keinen schöneren Ort geben konnte.

„Liebst du sie, oder hasst du sie?", fragte eine ernste Stimme.

Ram blickte sich um. Überraschenderweise stand Bruder Martin, der starrköpfige griesgrämige Kräutergärtner der Abtei, neben ihm, den nachdenklichen Blick auf die prachtvoll leuchtenden Rosen fixiert, die er so oft als eine nutzlose Laune der Natur bezeichnete. Bruder Martin bekannte auch offen, dass er mit den Waisen in St. Bride's nichts anzufangen wusste, außer er konnte sie in seinem eigenen weitläufigen Kräutergarten zum Unkrautjäten einsetzen. Und so stand er nun hier und sprach zum ersten Mal mit Ram wie mit einem Mann, wenn nicht sogar wie mit einem Gleichgestellten. Ram ließ sich Zeit, um über seine Antwort nachzudenken.

„Ich schätze, ein bisschen von beidem", sagte er endlich.

Bruder Martin nickte. „So ist der Lauf der Dinge da draußen in der Welt. Hass und Liebe, Verlangen und Abneigung, das alles sind zwei Seiten derselben Münze. Der Grund dafür ist ein Geheimnis und Schönheit um der Schönheit willen eines von Gottes größten Rätseln."

„Warum das?"

Bruder Martin warf ihm einen Seitenblick zu. „Nun, jun-

ger Munro, ist Schönheit ohne Nutzen Verschwendung … oder ein Geschenk?“

„Warum verabscheuen Sie den Rosengarten so sehr?“, fragte Ram plötzlich.

„Das tue ich nicht“, erwiderte Bruder Martin und runzelte die Stirn, während er sich zum Gehen wandte. Ihre kurze Einigkeit war offensichtlich beendet. „Ich mag ihn zu sehr.“

„Mr. Munro?“ Gaspard stand in der Tür.

Ram zuckte zusammen und wandte sich vom Fenster ab. „Ah, Gaspard. Gut. Ich brauche dich, um einen Brief zu verschicken.“ Er konnte Helena nicht selbst folgen. Zwischen ihnen bestand eine Verbindung. Zu leicht hätte sie seinen Blick, seine Gegenwart spüren können. Aber er konnte jemand anderen damit beauftragen. Jemanden, der auch den Viscount DeMarc im Auge behalten sollte. Und zwar sehr genau. Damit schied Bill Sorry aus.

„Ja, Sir. Sofort.“ Gaspard kam in den Raum und hielt ihm einen versiegelten Briefumschlag hin. „Das ist eben für Sie angekommen. Ich dachte, es wäre besser, Sie und die junge Dame nicht zu stören.“

„Du willst mir doch nicht etwa unterstellen, dass in diesem Raum irgendetwas Unschickliches vorgefallen ist, oder, Gaspard?“, fragte Ram in dem beiläufigen Tonfall, von dem alle, die ihn gut kannten, wussten, dass man ihn besser nicht ignorierte.

„Nein, Sir“, antwortete Gaspard und unterdrückte seine Überraschung. „Nicht im Geringsten. Ich dachte auch weniger, dass Diskretion vonnöten sei, sondern vielmehr Besonnenheit. Die junge Dame wirkte sehr entschlossen.“

Ram lächelte. „Aye. Das ist sie. Aber du irrst dich, Gaspard. Diskretion ist, was sie betrifft, außerordentlich wichtig.

Kein Wort über ihren Besuch oder irgendwelche künftigen Besuche darf je nach außen dringen. Verstehen wir uns, Gaspard?"

„Vollkommen."

„Kein Skandal darf sie je in irgendeiner Weise berühren", erklärte Ram, und seine Stimme verlor ihre übliche Nonchalance. „Ihr Name darf nie beschmutzt werden, weder vom niedersten Schurken noch vom höchsten Prinzen."

Gaspards verbliebenes Auge blinzelte, aber es gelang ihm, sein Staunen zu verbergen. Noch nie hatte er Ram so sprechen hören. Es klang weniger wie ein Entschluss als vielmehr wie ein Schwur. „Nein, Sir."

„Gut." Ram lächelte plötzlich, als wäre ihm vollkommen bewusst, dass er den Franzosen aus der Fassung gebracht hatte. Er entspannte sich und nahm mit nicht allzu fester Hand den Brief, den Gaspard ihm immer noch hinhielt. Nachdenklich tippte er den Umschlag gegen sein Kinn. „Ich habe noch nie derart meine Konzentration verloren. Noch nie. Ich verstehe das nicht."

Gaspard wusste sofort, dass Ram von seinem Kampf gegen DeMarc sprach. „Es war die Frau", sagte Gaspard mitfühlend.

„Das ist nicht gerade tröstlich, Gaspard."

„Es soll auch nicht tröstlich sein, Sir. Es soll eine Warnung sein." Und plötzlich grinste der ältere Mann. „Wie, glauben Sie, habe ich mein Auge verloren?"

Ram erwiderte das Lächeln. Er wusste sehr genau, dass der Verlust von Gaspards Auge nichts mit einer Frau zu tun gehabt hatte. Er riss den Umschlag auf und zog einen dünnen Bogen Papier heraus, der mit einer ihm unbekannten Schrift bedeckt war. Während er las, erstarb das Lächeln auf seinen Lippen.

„Was ist?", fragte Gaspard. Rams Blick war gefesselt, er

war auf irgendeinen Gedanken fixiert, und dieser schien nicht angenehm zu sein.

„Arnoux“, antwortete Ram. „Dieser Brief ist von Arnoux.“

„Dem Wachmann aus dem Gefängnis in LeMons?“, fragte Gaspard ungläubig.

„Ja“, erwiderte Ram. Der zügellose, zynische und gelangweilte Phillipe Arnoux war weder besser noch schlechter gewesen als der Rest der Wachen, die die Gefangenen in den Kerkern versorgt hatten, er war lediglich jünger gewesen. Als Mitglied der niederen Aristokratie hatte er die Voraussicht gehabt, die Revolution zu unterstützen. Er hatte von einem Regiment zum nächsten gewechselt, bis er schließlich eine Stelle im Gefängnis bekommen hatte.

Wenn Arnoux einen Mann geschlagen hatte, so war es eine ungeplante Angelegenheit gewesen, die ihm nicht mehr bedeutet hatte, als hätte er einen unliebsamen Köter aus seinem Weg getreten. Die einzig echte Leidenschaft hatte er während der Fechtduelle gezeigt, die die Wachen zwischen den Gefangenen und den Wärtern arrangiert hatten. Es waren Duelle gewesen, die sie angeblich veranstalteten, um die Fähigkeiten ihrer Männer zu trainieren. Duelle, in denen stets der Wärter hatte siegen müssen.

Oh, die Gefangenen – unterernährt, voller Ungeziefer und von der Gefangenschaft geschwächt – hatten sich durchaus verteidigen dürfen. Aber es war ausreichend klargestellt worden, dass ein Gefangener, der einem Wärter bleibenden Schaden zufügte, dies mit einem Finger bezahlen würde. Oder mit einer Hand.

Oder mit einem Auge.

Ram war besonders beliebt gewesen, weil er nicht nur gut war, sondern überragend. Er war immer besser darin geworden, einerseits zu verhindern, selbst verletzt zu werden, und andererseits darauf zu achten, keinen bleibenden Schaden anzurichten. Obwohl es mit Sicherheit keine besonders faire Art gewesen war, Duelle zu veranstalten, hatten diese Kämpfe seine Fähigkeiten weitaus besser trainiert als alle Übungsstunden, die sein Vater für ihn arrangiert hatte. Sie waren sogar lehrreicher gewesen als die Unterweisungen, die er in St. Bride's von dem Mönch Toussaint erhalten hatte.

Arnoux war von denen, die Ram herausgefordert hatten, der Beste gewesen.

„Was will er? Was schreibt er?"

Ram hob einen Mundwinkel zu seinem gewohnt zynischen, schiefen Lächeln. „Er kommt im Gefolge eines französischen Turnierteilnehmers unter besonderem Diplomatenschutz nach London."

„Was? Will er auf alte Zeiten trinken?", fragte Gaspard bitter.

„Nein. Er will mir sagen, wer uns an die Franzosen verraten hat."

Gaspards Auge weitete sich.

„Und er will eine Menge Geld für diese Information."

18. KAPITEL

BALLESTRA:
Sprung nach vorne mit unmittelbar anschließender Attacke

In der Tat, Hochwürden Tawster, ich habe es aus dem Munde eines Freundes vernommen. Ramsey Munro hat einen ganzen Raum voller Gentlemen zu einem Duell bis aufs Blut herausgefordert."

Helena, die gerade William Turners neuestes Gemälde in der Ausstellung der Royal Academy in Somerset House betrachtete, fuhr herum und suchte nach dem Sprecher. Ramsey? Ein Duell? *War er verletzt worden?*

Sie erkannte sofort Lord Figburt, der auf einer Marmorbank zwischen dem Pfarrer und Lady Tilpot saß. Nur mit größter Anstrengung konnte Helena sich beherrschen, ihn nicht nach den Einzelheiten zu fragen. Sie spitzte die Ohren, um mehr zu hören.

„Ja. Ich habe ebenfalls von dieser skandalösen Geschichte gehört. Er hat sie alle besiegt, nicht wahr?", sagte der Pfarrer ehrfürchtig. „Gütiger Himmel, er muss wirklich außergewöhnlich sein!"

Helenas Schultern entspannten sich, und sie schloss die Augen, während Erleichterung sie durchströmte. Ram war nicht verletzt. Zwei Tage waren vergangen, seit sie in seinem Fechtsaal gewesen war, und in diesen zwei Tagen hatte es kaum einen Augenblick gegeben, in dem sie nicht an ihn gedacht hatte.

Er war seit Jahren über alles auf dem Laufenden geblieben, was sie und ihre Schwestern betraf, unbemerkt, ohne sich einzumischen oder Kontakt zu ihnen aufzunehmen. Er war die ganze Zeit über da gewesen und hatte sich darauf vorbereitet, den Eid zu erfüllen, den er ihrer Familie geleistet hatte. Solche Hingabe an einen Schwur und solch ehrenhafter Eifer berührten sie zutiefst.

„Umso schlimmer“, bemerkte Lady Tilpot und rümpfte die Nase. „Dieser Mensch ist unmöglich. Da wird der Name irgendeiner Frau beschmutzt und er hat die Dreistigkeit, seine Gönner herauszufordern! Wahrscheinlich handelte es sich nur um irgendeine Dirne aus Cheapside.“

Sie tauschte wissende Blicke mit ihrer Freundin Mrs. Barnes aus, die sie auf diesen Ausflug begleitet hatte. Wie die meisten Besucher, die an diesem Mittwochnachmittag hier waren, interessierte sie sich viel mehr für die anderen Anwesenden als für die Gemälde. Aber dies war nun einmal der Ort, an dem man sich derzeit versammelte, und deswegen musste auch Flora hier sein. Helena blickte sich nach dem Mädchen um.

Flora ging gerade auf etwas zu, das die besonders Geistreichen die ‚Aussichtstreppe‘ getauft hatten, da manche junge Männer sich mit besonderer Vorliebe am unteren Ende ebendieser Wendeltreppe versammelten, wenn eine junge Dame hinaufging, um zu sehen, welche Ausblicke sich von unten boten. Im letzten Moment änderte Flora jedoch die Richtung, da ihr Elsternauge wohl irgendetwas hübsches Buntes erblickt hatte, und Helena wandte ihre Aufmerksamkeit wieder der Unterhaltung zu.

„Es erscheint trotzdem ziemlich übertrieben“, merkte Mrs. Barnes in wissendem Ton an. „Selbst für einen Lebemann niederer Herkunft.“

Helena stieg das Blut in die Wangen. Es war ihr Name, der in den Schmutz gezogen worden war. Dessen war sie sich sicher. Als sie nach ihrem Besuch bei Munro vor zwei Tagen wieder in ihre Kammer gekommen war, hatte sie ein unsignierter Brief dort erwartet. Und daneben hatte eine vertrocknete Rose gelegen. „Leichtfertiges Benehmen hat Konsequenzen“ stand in dem Brief.

Es musste DeMarc gewesen sein. Er hatte sie in Rams Fechtsaal gesehen, und seine Meinung über die Frauen, die dorthin gingen, war bekannt. Glücklicherweise war der Viscount an diesem Nachmittag nicht hier. Sie wusste nicht, ob er nicht eingeladen worden war oder sich einfach dazu entschieden hatte, nicht zu kommen. Jetzt fragte sie sich, ob seine Abwesenheit möglicherweise etwas mit Feigheit zu tun hatte. Sie hatte keinen Zweifel daran, dass seine Rache darin bestanden hatte, irgendein abscheuliches Gerücht über sie zu verbreiten, weil er ganz genau wusste, dass Lady Tilpot sie sofort entlassen würde, sollte ihr Name in irgendeiner Weise mit etwas Anrüchigem in Verbindung gebracht werden.

Aber sie bezweifelte, dass DeMarc nach so einer widerwärtigen Tat Angst davor hätte, ihr ins Auge zu blicken. Es hätte ihm eher ähnlich gesehen, gerade deshalb zu kommen, um sich an ihrem Unglück zu ergötzen. Irgendetwas musste ihn davon abgehalten haben.

Sie hatte versucht, ihr Bestes zu tun, um in Floras Interesse zu handeln. Jeden Tag hatte sie die Zeitungen nach irgendeiner Nachricht von Oswald durchsucht. Es hatte keine gegeben. Und mit jedem weiteren Tag ihrer Schwangerschaft wuchs Floras Angst um ihren Ehemann. Sie machte sich selbst krank vor Sorge. Um des Kindes willen, das sie in sich trug, musste Flora etwas von Oswald hören.

„Nein, es kann nicht wegen einer einfachen Frau gewesen sein“, stimmte Lady Tilpot ihrer Freundin nachdenklich zu. „Es muss sich um eine Dame gehandelt haben. Wie köstlich. Wer, glauben Sie, war die Dame, die das verursacht hat?“ Sie fasste sich mit einem plumpen Finger an die Nase, und ihre kleinen Rosinenaugen glitzerten. „Kommen Sie, Lord Figburt, sagen Sie es uns.“

„Aber Madam", das Gesicht des Burschen hatte sich gerötet, „ich kann es Ihnen gar nicht sagen, da ich es selbst nicht weiß. Mr. Munro hat die Duelle gewonnen, wie Sie wissen, jedes einzelne davon, und von daher hätten die, gegen die er angetreten ist, die Bezeichnung Gentleman wohl kaum verdient, wenn sie den Namen der Dame preisgegeben hätten, die Munro so tatkräftig verteidigt hat."

Lady Tilpots Doppelkinn bebte verärgert. „Unsinn! Jemand muss es wissen. Und ich werde es herausfinden."

„Bitte, Madam", erklärte Lord Figburt unglücklich, „ich wollte Ihr Interesse an dieser Sache nicht wecken. Ich habe den Vorfall nur erwähnt, weil es allen Berichten zufolge eine großartige, nein, eine unvergleichliche Demonstration vollkommener Fechtkunst war. Munro ist einzigartig!"

Helena hörte zutiefst erstaunt zu. Konnte dies derselbe Bursche sein, der sie in Vauxhall Garden volltrunken belästigt hatte? Früher an diesem Nachmittag, als er Helena vorgestellt worden war, hatte er ihren Blick mit respektvoller Bewunderung erwidert, aber ohne jedes Anzeichen eines Wiedererkennens. Er war in einigen wenigen Wochen gereift, sein Gang war aufrecht, sein Ausdruck höflich. Das war Rams Werk. Es war offensichtlich, dass Figburt seinen Meister vergötterte und ihm nacheiferte.

„Hm." Lady Tilpot machte sich nicht die Mühe, ihren Unmut zu verbergen. „Nun, junger Mann, ich vertrete die Meinung, dass es für Mitglieder der niederen Klassen unklug ist, sich als Maestros oder Ähnliches aufzuspielen. Das führt zu diesem jakobinischen Unsinn, der Frankreich zerstört hat."

„Man kann Frankreich wohl kaum als zerstört bezeichnen." Die Frauen blickten zu Mrs. Weinberger, die, nachdem sie ihre Betrachtung des neuesten Porträts von Prinz George beendet hatte, zu ihren Begleiterinnen zurückgekehrt war. Sie war nicht mit ihnen zusammen gekommen, hatte jedoch den glücklichen Zufall begrüßt, der dazu geführt hatte, dass sie den Damen hier begegnet war. Lady Tilpot und Mrs. Barnes war nichts anderes übrig geblieben, als erfreut zu tun. Helena für ihr Teil war begeistert. Sie mochte Mrs. Weinberger.

Auf ihren Kommentar folgte ein eisiges, lang anhaltendes Schweigen, das erst gebrochen wurde, als Mrs. Barnes, nachdem sie eine Feder beiseitegepustet hatte, fragte: „Sie sind Preußin, nicht wahr, Mrs. Weinberger?"

„Ja."

„Na also. Das erklärt einiges."

Mrs. Weinbergers Wangen röteten sich. Der junge Lord Figburt durchbrach das folgende, noch eisigere Schweigen. „Er wird nicht mehr lange den niederen Klassen angehören."

„Verzeihen Sie bitte?", erkundigte sich der Pfarrer verwirrt.

„Ramsey Munro. Er wird bald Marquis werden."

„Ha." Mrs. Barnes entblößte eine Reihe ungewöhnlich gelber kleiner Zähne. „Ha. Ha. Sehr amüsant, Lord Figburt."

„Ich scherze nicht, Mrs. Barnes. Ich meine das durchaus ernst", verkündete der Junge würdevoll. „Ramsey Munro wird vom Marquis of Cottrell als Erbe eingesetzt."

„Cottrell?" Die Augen des Pfarrers weiteten sich. „Ja, richtig. Da ist durchaus eine Ähnlichkeit vorhanden, nicht wahr?"

„Natürlich, Hochwürden", erwiderte Lady Tilpot von oben herab. „Sobald der junge Mann in der Stadt auftauchte, war klar, wer seine Eltern waren. Oder zumindest, wer sein einer Elternteil war. Cottrells Sohn war ein Tunichtgut. Er verließ die Stadt unter äußerst fragwürdigen Umständen und ging nach Schottland, um dort zu leben. Dementsprechend weiß Gott allein, wie viele Paar Cottrell-Augen man nördlich von Edinburgh finden kann. Ich bin mir sicher, es wimmelt in der Gegend nur so davon. Er starb auch in Schottland.

Bei irgendeiner Kneipenschlägerei um eine Frau, soweit ich weiß. Allem Anschein nach ist der Apfel wohl nicht weit vom Stamm gefallen." Sie spitzte amüsiert die Lippen.

„Aber …", setzte Lord Figburt an, das junge Gesicht rot vor Entschlossenheit, sein Vorbild zu verteidigen.

„Kein Aber, junger Mann. Ein Marquisat fällt unter das Erstgeburtsrecht", verkündete Mrs. Barnes und wurde von Lady Tilpot mit einem zustimmenden Nicken bedacht. „Ein Bastard kann nicht erben. Ramsey Munro ist ein Bastard, und damit hat sich die Sache erledigt."

„Ich widerspreche Ihnen nur äußerst ungern, Madam …"

„Dann tun Sie es nicht."

„Aber ich muss. Sehen Sie, der Marquis hat vor Kurzem festgestellt, dass Mr. Munros Eltern tatsächlich rechtmäßig verheiratet und Mitglieder der Church of England waren. Also ist Mr. Munro kein …", er wurde rot, schluckte und blickte zu Mrs. Weinberger hinüber, „… äh, er wurde nicht in Sünde geboren."

„Was?"

Alle Köpfe in dem großen Saal drehten sich ihnen zu, um zu sehen, was diesen Aufschrei verursacht hatte. Lady Tilpot runzelte die Stirn, und als sie sah, dass Helena sie anblickte, rief sie unwirsch: „Suchen Sie Flora, Miss Nash! Das Mädchen bekommt noch einen steifen Hals, wenn es so lang zu den ganzen Bildern hochstarrt. Ein steifer Hals ist überaus uncharmant."

Helena stand benommen auf. Ihr war schwindelig, als sie sich, ohne etwas wahrzunehmen, durch die Menge bewegte. *Ramsey Munro würde Marquis of Cottrell werden.*

Das Leben von Ramsey Munro als Fechtmeister und vermutlich als Lebemann hatte in vielen Punkten ihrem eigenen geähnelt. Beide waren sie Teil einer Welt des verarmten Adels, der Edelleute ohne Titel und der unehelichen Kinder von Adeligen gewesen, die am Rande der Gesellschaft lebten, ihr jedoch weder wirklich angehörten noch völlig von ihr getrennt waren. Ramsey Munro, der uneheliche Enkel eines Marquis, war jemand, den eine verarmte Dame von Stand durchaus kennen konnte. Ramsey Munro, der Erbe des Marquis of Cottrell, war weit außerhalb ihrer Reichweite.

Nun, dachte sie etwas benommen und mit einem leichten Gefühl der Taubheit, vielleicht ist es besser so. Sie musste an Flora denken und Oswald finden.

Und morgen war ihre erste Fechtstunde.

19. KAPITEL

ENGAGEMENT:
Die Zeit, in der die Klingen miteinander Kontakt haben

Ramsey Munro stand im Fechtsaal und beobachtete seine Schüler, als er hörte, wie die Uhr die volle Stunde schlug. Noch zehn Minuten. Er verspürte eine Mischung aus Angst und freudiger Erwartung, und das belustigte ihn. All die Jahre, die er gelebt hatte, die Dinge, die er getan hatte und die ihm angetan worden waren, und nun stand er hier und war verwirrt, besorgt und aufgeregt wegen der bevorstehenden Ankunft dieser jungen Frau. Noch zehn Minuten und Helena würde diskret in seine Privatgemächer im ersten Stock geführt werden, während Lord DeMarc im Fechtsaal seine Bewegungsabläufe übte. Dass sie nicht aus dem Grund kam, den sich wohl jeder Mann erhofft hätte, wenn eine junge Frau unauffällig in seine Privaträume gebracht wurde, machte die Situation nur umso pikanter.

„Lord Figburt, versuchen Sie doch bitte, Ihre Füße davon abzuhalten, derart auf den Boden zu knallen", rief er, während er die Reihe der Schüler abging.

Hinter ihm öffnete sich die Tür, und er hörte, wie Gaspard DeMarc begrüßte. Er ignorierte die Ankunft des Viscounts im Bewusstsein, dass er damit das Gerücht schüren würde, er lehne die erneuten Herausforderungen des Viscounts allesamt aus Angst vor einer Niederlage ab. In Wirklichkeit scheute er sich einfach davor, mit einem Mann die Waffen zu kreuzen, der angeblich Helena verfolgte. Was in gewisser Weise auch wieder amüsant war.

Er war viel zu alt, um nackter Besitzgier zu verfallen. Er hätte in der Lage sein müssen, der üblichen steifen Überlegenheit des Viscounts mit einer ironisch gehobenen Augenbraue zu begegnen. Aber das gelang ihm nicht. Er sah den Viscount und wollte ihn an seinem perfekt gebundenen Halstuch packen, ihn in die Küche zerren und von ihm zu wissen verlangen, ob er Helena belästigte. Aber Ram beherrschte sich.

Dass DeMarc in Helena vernarrt sein sollte, war eine Sache – es waren schon mehr Männer ihrem kühlen rätselhaften Zauber erlegen, er selbst war ein hervorragendes Beispiel dafür –, aber von ihr *besessen*? Es sah so aus, als wäre DeMarc unfähig, von irgendetwas außer seiner eigenen Wichtigkeit besessen zu sein. Und doch wusste Ram es besser. Irgendetwas an DeMarc stimmte nicht.

Er zwang sich dazu, ihm zuzunicken. DeMarc war nicht der erste Mann, den er verachtete und dennoch im Fechten unterrichtete. Im Kerker von LeMons hatte er einen Schmuggler namens Callum Lamont einige seiner Fähigkeiten gelehrt.

„Warum unterrichtest du mich?“, hatte der junge Mann gefragt, als er den Stock fallen ließ, den er als Waffe verwendet hatte, und vor der elegant umherwirbelnden Spitze von Rams eigenem behelfsmäßigen Holzdegen zurückwich. „Du und deine Gefährten, ihr seid nicht gerade dick mit dem Rest von uns befreundet.“

„Du hast das Leben meines Freundes gerettet.“

„Und du bezahlst grundsätzlich deine Schulden?“, höhnte der Mann.

Lamonts Fähigkeiten und seine angeborene Gerissenheit reichten dazu aus, dass er eines Tages tatsächlich eine Bedrohung darstellen könnte. Für wen auch immer. Aber dazu musste er erst einmal frei sein. Und niemand verließ das Gefängnis von LeMons. Nicht lebendig. Zumindest gingen die langen zähen Stunden der Gefangenschaft schneller vorbei, wenn Ram den Mann unterrichtete. Stunden, die nur durch

Folter und Befragungen unterbrochen wurden. Und der Mann hatte verhindert, dass Kit von hinten erstochen worden war. Aus welchen Gründen auch immer.

„Es stimmt, nicht wahr?", fragte Lamont. „Ihr vier haltet euch für was Besseres als den Rest von uns. Ihr glaubt, ihr könnt euch immer noch solche Sachen wie Ehre und eine hohe Gesinnung leisten. Und was hat euch das gebracht? Eine Verabredung mit der Guillotine! Pah! Was hat es jetzt noch für einen Wert für euch, möchte ich wissen? Wozu die Mühe?"

„Nennen wir es Gewohnheit", erwiderte Ram desinteressiert.

„Es ist Stolz", entgegnete der Mann. Sein Blick war auf Rams Waffe fixiert.

Ram dachte nach. „Also gut. Willst du jetzt deinen Arm als Waffe nehmen? Ich kann dir versprechen, dass es ein schlechter Ersatz für Stahl ist. Und sogar für Holz."

Lamont hatte zumindest das richtig verstanden. Ram hatte Stolz. Zu viel Stolz. Er ging die Reihe zurück bis zu DeMarc. „Mylord, willkommen."

„Mr. Munro", erwiderte der Viscount. Seit er Helena im Fechtsaal gesehen hatte, verhielt er sich Ram gegenüber merklich unterkühlt.

Offensichtlich hatte er ihre Anwesenheit missbilligt. War DeMarc der Urheber der Gerüchte gewesen, die Helenas Namen verunglimpft hatten? Andererseits erschien die Vorstellung, dass der steife Viscount mit dem undeutbaren Gesichtsausdruck irgendeinem Klatschmaul etwas ins Ohr flüsterte, geradezu grotesk.

„Hätten Sie Lust auf eine kleine Rauferei?", fragte der Viscount laut genug, dass jeder in seiner Umgebung die Herausforderung hören konnte. Feingefühl war nicht gerade DeMarcs Stärke. Auch das sprach dagegen, dass er ausgerechnet mit Rosen und heimlichem Flüstern versuchen sollte, Helena zu ängstigen.

„Nichts würde mir größere Freude bereiten", erwiderte Ram. „Aber leider ist es mir unmöglich. Der Rechtsanwalt meines Großvaters besteht auf einer Unterredung."

Wie hätte er DeMarc besser ablenken können als mit einem Hinweis auf die ärgerliche Angelegenheit seiner künftigen Zugehörigkeit zum Adel? Der Viscount runzelte die Stirn.

„Kein reiner Segen, Ihr neu entdecktes Ansehen. Ich vermute, Ihr ganzes Leben wird ein einziger Kampf werden." DeMarc entblößte höhnisch die Zähne. „Ich meine damit natürlich die Erledigung des ganzen Papierkrams."

„Oh, ich verstehe Sie sehr gut, Mylord." Ein paar Sekunden lang dachte Ram darüber nach, zu bleiben und dem Viscount die Lektion zu erteilen, um die er geradezu bettelte. Und noch ein paar andere Lektionen außerdem. Wie lange konnte das schon dauern?

Dann wurde ihm mit einem innerlichen Seufzen bewusst, dass das Einzige, was DeMarc noch besser beherrschte als seinen Snobismus sein Degen war. Noch dazu nahm er das bevorstehende Turnier sehr ernst. Er wurde von Tag zu Tag geschickter und besser. Ihm eine Lehre zu erteilen könnte zu viel Zeit in Anspruch nehmen.

Und Helena wartete.

„Vielleicht später", sagte Ram. Der Viscount zuckte mit den Schultern. Während Ram noch zusah, begab DeMarc sich auf die Suche nach einem anderen Gegner.

Rosen. Nur einmal angenommen, DeMarc wäre es gelungen, seine allergische Reaktion zu unterdrücken, warum hätte er eine Blume wählen sollen, die er kaum ertrug, um Helena damit zu terrorisieren? Entweder kannte der Viscount die Verbindung zwischen Ram und der Familie Nash und wusste um die Bedeutung von Rosen in ihrer gemeinsamen Geschichte, oder jemand anders hatte ihm dieses Mittel vorgeschlagen, oder aber es war reiner Zufall.

Ram mochte keine Zufälle.

Aber wie konnte er an DeMarc herantreten und ihn nach diesen Dingen fragen? Und wann war der richtige Zeitpunkt für so eine Unterhaltung? Er wollte sein Wissen nicht zu früh enthüllen, nicht bevor sein Agent so viele Informationen wie möglich eingeholt hatte.

Bisher hatte er lediglich herausgefunden, dass DeMarc tatsächlich sehr viel Zeit in der Umgebung von Miss Helena Nash verbrachte. Aber einschränkend hatte er darauf hingewiesen, dass das zugleich auch bedeutete, dass der Viscount sehr viel Zeit in der Umgebung von Flora Tilpot verbrachte, einer hübschen jungen Erbin mit einem überaus ansehnlichen Vermögen.

Und was die Rosen anbelangte … Niemand hatte den Viscount je mit einer Rose gesehen. Aber das bedeutete noch nicht, dass nicht vielleicht jemand anders für den Viscount agierte. Nur, dass es auch darauf natürlich keinerlei Hinweise gab.

Vielleicht hatten sie einen anderen Ursprung? Kamen von irgendeinem anderen vernarrten Idioten? Einem Lakaien, den Helena ignoriert hatte? Einem Händler? Vielleicht sogar einem Floristen? Er konnte jeden Mann sehr gut verstehen, der in den Bann ihrer ruhigen und zugleich unruhigen Augen geriet, der von der Art verzaubert war, wie sie sich auf die Unterlippe biss, um nicht zu lachen, betört war von den ironisch gehobenen honigfarbenen Augenbrauen. Aber nur wenige außer ihm hatten diese Seiten von ihr je zu Gesicht bekommen.

Für die Öffentlichkeit hatte sie sich einen Gesichtsausdruck angewöhnt, der zugleich würdevoll, gelassen und teilnahmslos war. Er gehörte zu den wenigen Männern, dachte er mit einem Anflug von Verlangen, die Miss Helena Nash ohne ihre Maske gesehen hatten. Ohne jede Maske.

Er blickte auf die Uhr. Es war fünfzehn Minuten nach der vollen Stunde. Er verließ den Saal und stieg über die Hintertreppe in den ersten Stock, trat geräuschlos durch die Tür am oberen Ende und lief rasch den teppichbedeckten Korridor entlang bis zum Eckzimmer. Dort sollte Gaspard sie hinbringen.

„… glauben Sie, er wird gewinnen?“, hörte er Helena fragen.

„Das kommt ganz auf die Konkurrenz an, *n'est-ce pas?*“, erwiderte Gaspard.

So ein Halunke. Gaspard hätte sofort nach Helenas Ankunft zu Ram kommen sollen, statt hier zu sitzen und sich in der Schönheit der Dame zu sonnen. Das war Rams Rolle.

Er lehnte sich mit der Schulter gegen die Wand und belauschte die beiden schamlos. Sie war hier. In seinem Haus. In seinem Zimmer. Die Freude, die das bei ihm hervorrief, verwirrte ihn. Noch ein Grund zur Belustigung. Er überlegte sich leichthin, dass es wahrscheinlich das Beste wäre, wenn er mit Helena fliehen würde, sie nach Gretna Green schleppte und damit sicherstellte, dass der Rest seiner Tage mit köstlicher Selbstironie erfüllt wäre.

Er lächelte reumütig. Wahrscheinlich wäre es klüger, mit einer Frau durchzubrennen, bevor man sie das Fechten lehrte …

„Dann wird Mr. Munro am Turnier teilnehmen?“

„Ich weiß es nicht. Letzte Woche“, Gaspard bemühte sich, seinen französischen Akzent zu unterdrücken, „wollte er noch teilnehmen, in der Hoffnung, den Gewinneranteil am Eintrittsgeld zu erkämpfen. Aber jetzt ist die Notwendigkeit nicht mehr so groß.“

„Das Eintrittsgeld?", wiederholte Helena verständnislos.

„*Oui,* Miss. Das Eintrittsgeld. Die Summe sämtlicher Gelder, die die Zuschauer bezahlt haben. Die Gewinner in den verschiedenen Durchgängen bekommen nicht nur einen Beutel mit einem Teil des Antrittsgeldes, das die Kombattanten gezahlt haben, sondern auch einen Teil der Eintrittsgelder. Je höher die Gruppe ist, in der sie gewinnen, umso höher ist auch ihr Anteil. Der Gewinner des gesamten Wettkampfes wird eine große Menge Geld bekommen. Und dann ...", er senkte viel sagend die Stimme, „... sind da auch noch die privaten Wetten."

„Mr. Munro würde für Geld kämpfen?" Als Ram hörte, wie erschrocken ihre Stimme klang, stürzte die Realität wieder auf ihn ein. Egal, welche Umstände sie zu einer bezahlten Gesellschafterin gemacht hatten, sie war eine Dame und nicht nur irgendeine Dame, sondern die respektabelste Dame von allen. Sein Großvater mochte ihn zum Marquis machen, aber würde er je Gentleman genug für sie sein? Er hob die Hand und berührte das Zeichen, das in seine Brust gebrannt war. Wie viele ‚Gentlemen' waren in einem französischen Gefängnis gebrandmarkt worden?

„Was tut man nicht alles für den schnöden Mammon, Mademoiselle?" Gaspard klang abwehrend.

„Pardon, Monsieur. Ich muss mich unerträglich selbstgefällig anhören", entschuldigte sie sich, und ihr Tonfall berührte Ram. Es war nichts Gestammeltes, mädchenhaft Verschämtes darin, sondern nur die Ehrlichkeit einer Frau. „Es ist nur so, dass Mr. Munro stets mit solcher Ehrfurcht von seiner Kunst gesprochen hat, dass ich dachte, er würde nur an einem Wettkampf teilnehmen, um sich auf die Probe zu stellen."

„Ram Munro wurde schon öfter auf die Probe gestellt, als es irgendeinem Sterblichen widerfahren sollte, Miss", erklärte

Gaspard loyal. „Er muss sich nicht mit anderen messen, um seine eigenen Fähigkeiten zu kennen."

Eine lange Pause entstand. „Sie meinen in Frankreich, nicht wahr? Was ist dort …"

Nein. „Gaspard?"

Ohne spürbare Eile betrat Ram den Raum. *Nein, meine Liebste. Nicht einmal du darfst dorthin vordringen.* „Ah. Da bist du ja."

Sein Diener fuhr schuldbewusst herum. „Sir?"

„Da unten ist ein gewisser junger Geck, der eine Lektion benötigt. Lord Figburt ist fest entschlossen, jeden herauszufordern, der einen spitzen Stock hat. Ich möchte, dass dein Stock ganz besonders spitz ist." Während er sprach, fiel sein bewundernder Blick auf Helena.

Für die Übungsstunde hatte sie ein einfaches cremefarbenes Kleid gewählt, das mit dunkelgrauen Blumen bedruckt war, und über dem Oberteil trug sie einen kurzen, eng geschnittenen, flaschengrünen Spencer aus feinem Tuch. Auf dem Schreibtisch, neben den Degen, die Gaspard dort platziert hatte, hatte sie einen Strohhut abgelegt. Ihre Haare glänzten und waren sorgfältig frisiert.

„Lord Figburt sagen Sie, Sir? So ein unverschämter Schnösel! Es wird mir ein Vergnügen sein. Miss Nash? Hat mich sehr gefreut." Gaspard verbeugte sich vor Helena und eilte aus dem Raum.

Einen Augenblick lang sah Helena Ram misstrauisch an, wie ein Kombattant, der seinen Gegner einzuschätzen versucht. Ram genoss den prüfenden Blick. Er streckte die Arme seitlich aus und drehte sich langsam um sich selbst. „Ich hoffe, Sie sind mit Ihrer Wahl zufrieden, Miss Nash", merkte er an, „zumal es nun ein bisschen spät ist, um mich einer eingehenden Untersuchung zu unterziehen."

Ihr Gesichtsausdruck verriet nichts. Keine Belustigung.

Keine Scham. Oh ja, sie hatte ihre Mimik gut einstudiert. Ihm war die Helena aus Vauxhall Garden lieber, mit ihrem lachenden leidenschaftlichen Mund und der heiseren Stimme. Diese Maske war viel schwerer zu durchdringen. „Sie missverstehen mein Interesse an Ihrer Person, Mr. Munro“, erwiderte sie.

„Schade. Genau das hatte ich befürchtet“, verkündete er bedauernd und wurde mit einem winzigen Zucken um ihre Mundwinkel belohnt. „Aber, sagen Sie mir eins, woran haben Sie dann gedacht?“

„Ich habe mich gewundert, dass Sie als neu entdeckter Erbe des Marquis of Cottrell immer noch in Ihrem Fechtsaal Unterricht geben.“

Er hob eine Braue. Dies war eine interessante Entwicklung. Unverhohlene Neugier? Von Seiten der unnahbaren distanzierten Miss Nash? „Miss Nash, in der Gesellschaft kursieren zahllose Geschichten über Ihre Schönheit, Ihren Gleichmut und Ihre Güte. Ich kann mich allerdings nicht an irgendwelche Geschichten erinnern, die Ihre Unverblümtheit glorifizieren. Ist das vielleicht eine neue Tugend?“

Ah! Da. Endlich. Er hatte ihr ein Lächeln entlockt. „Ich bin mir nicht sicher, ob jeder das als Tugend bezeichnen würde, Mr. Munro.“

„Ich schon.“ Als sie errötete, lächelte er. „Und was Ihr freundliches Interesse an meinem kürzlichen Aufstieg zu der erhabenen Position angeht, die gemeinhin als ‚Erbe‘ bekannt ist, so habe ich herausgefunden, dass die Hauptbeschäftigung hierbei darin besteht, den Tod des Familienältesten abzuwarten.“ Jetzt biss sie sich ganz eindeutig auf die Unterlippe, um nicht zu lachen.

„Aber“, fuhr er resigniert fort, „ich bin sehr misstrauisch, was irgendwelche Versprechen, einen baldigen Tod betreffend, angeht – der Tod hat meiner Erfahrung nach die unangenehme Eigenschaft, sich entweder ungebeten anzuschleichen oder sich gänzlich zu weigern, zeitig einzutreten. Dementsprechend habe ich beschlossen, nicht alles auf eine Karte zu setzen und meine momentane Einkommensquelle beizubehalten."

Sie senkte die Lider, um ihren Blick zu verbergen, aber erst, nachdem er das anerkennende Leuchten in ihren Augen gesehen hatte. „Sie sind außerordentlich respektlos", stellte sie fest.

„Nicht wahr?", murmelte er und genoss die Art, wie das Licht vom Fenster den Umriss ihrer Wange hervorhob. „Glauben Sie, dass meine Respektlosigkeit die Unsterblichkeit meiner Seele gefährdet?"

„Nein", erwiderte sie. Ihr Lächeln war weniger schüchtern als ungewohnt. „Ich glaube, dass simple Respektlosigkeit auf der Liste der Dinge, die Ihre Seele gefährden, ziemlich weit unten steht."

„Oh, Miss Nash, ich habe Angst vor dem, was ich aus Ihnen machen werde", sagte er und schüttelte den Kopf.

Sie wirkte erstaunt. „Sir?"

„Sie fechten jetzt schon besser als die meisten meiner Schüler." *Und Sie sind bei Weitem zu verführerisch, wenn Sie sich vor meinen Augen in eine Frau verwandeln, deren Geist ebenso wundervoll ist wie ihre Gestalt.* Er nahm einen der Degen, die Gaspard auf den Tisch gelegt hatte. „Sollen wir anfangen?"

„Natürlich." Plötzlich wirkte sie ganz nüchtern. Ihre Augen waren dunkler geworden, und ihm wurde bewusst, dass sie ein paar Minuten lang die Sorgen vergessen hatte, derentwegen sie hergekommen war.

Sie knöpfte ihren Spencer auf, zog ihn aus und legte ihn auf den Tisch. Das Kleid darunter war einfach geschnitten, mit einem moderaten Ausschnitt und kurzen Puffärmeln. Wie es aussah, würde es ihr genügend Bewegungsfreiheit bieten.

„Ich bin bereit.“ Unsicherheit schwang in ihrer Stimme mit. *Verdammt.* „Was soll ich tun?“

Lächle wieder. Begehre mich. „Nehmen Sie eine Stellung ein, als stünden Sie einem Angreifer gegenüber.“

Sie nickte, straffte die Schultern pflichtbewusst und richtete sich so weit wie möglich auf. Sie sah sehr tapfer aus. Und sehr steif. Sie musste sich entspannen.

„Nein, Miss Nash. Wir stehen keinem Erschießungskommando gegenüber, sondern versuchen, eine möglichst kleine Angriffsfläche zu bieten.“

Sie nickte noch einmal sehr ernst, duckte sich ganz tief und sah erwartungsvoll zu ihm hoch. Sie sah aus wie ein bezaubernder kleiner Igel. Aber sie war immer noch schmerzhaft angespannt und herzzerreißend ernst. „Nein, Miss Nash. Wir bereiten uns nicht darauf vor, einen Hügel hinunterzurollen, sondern darauf, uns zu verteidigen.“

Mit einem Laut des Unmuts richtete sie sich auf. „Gut. Und wie sollen *wir* uns dafür hinstellen, Mr. Munro?“

„Die Hüften gerade, die Schenkel ein bisschen angespannt, den Rücken etwas gebeugt, die Schultern leicht zur Seite gedreht. Entspannt, geschmeidig, biegsam.“

Sie verrenkte sich zu einer unmöglichen Stellung. Irgendwie gelang es ihr, alles zu tun, was er gesagt hatte, und trotzdem ganz falsch dazustehen. „Etwa so?“

„Nein.“ Er gab sich große Mühe, nicht zu lächeln. Es gelang ihm nicht.

Ihre hellen Augen verengten sich bei seinem Lächeln, aber sie richtete sich mit zusammengepressten Lippen auf. Er vermutete, dass es schon sehr lange her war, dass zuletzt irgendjemand über Helena Nash gelacht hatte. Wenigstens hatte sie ihre ursprüngliche Angst vergessen. „Machen Sie es mir vor.“

Er nahm die korrekte Position ein. Sie kam näher und untersuchte seine Stellung ganz genau, indem sie langsam um ihn herumging und ihren Blick gemächlich über seinen Körper wandern ließ, seinen Torso abschätzte, langsam und bedächtig seine Schenkel und seine Arme musterte. Mit jeder Sekunde, die verstrich, fühlte sich die Berührung durch ihren Blick mehr wie eine Liebkosung an. Obwohl er sie nicht sehen konnte, als sie hinter ihm war, konnte er doch den leichten blumigen Duft ihres Parfums riechen und das leise Geräusch ihres Atems hören. Der verdammte Schnitt seiner Hosen erschien ihm plötzlich schmerzhaft eng.

„Glauben Sie, Sie haben es nun verstanden?"

„Noch nicht." Sie kam wieder in sein Sichtfeld und legte den Kopf erst auf die eine und dann auf die andere Seite, während sie ihn betrachtete. Eine Strähne ihres hellen Haares löste sich aus den Haarnadeln, rutschte langsam ihre Wange herunter und landete dann kokett auf ihrer Schulter. Ihr Haar glänzte wie Seide. Ihre Zungenspitze schaute ein bisschen hervor, während sie sich konzentrierte, und berührte genau die Mitte ihrer geschwungenen Oberlippe. Ihre Zunge hatte nach Orangen geschmeckt, war warm und begierig gewesen …

„Sie haben die Pose doch jetzt sicherlich lange genug studiert?", fragte er mit belegter Stimme.

„Noch nicht ganz." Sie räusperte sich – nein. Sie unterdrückte ein Lachen.

Das kleine Biest lachte, sie rächte sich für seine Neckerei. Was er konnte, konnte sie schon lange.

Er gab die Pose auf und drehte sich dann sehr langsam zu ihr um, um ihr Gelegenheit zu geben, ihr verräterisches Grinsen zu unterdrücken. Dann blickte er ihr ins Gesicht. „Glauben Sie, dass Sie meine Stellung jetzt nachahmen können?", erkundigte er sich versöhnlich.

„Oh, ich glaube schon." Zuversichtlich nahm sie dieselbe Pose ein. Seine Ehrlichkeit zwang ihn, zuzugeben dass ihr eine sehr ordentliche Nachahmung gelang. Aber er war nicht in der Stimmung, um gnädig zu sein.

„Erbärmlich“, sagte er.

Ihr Kopf fuhr in komischem Unglauben herum. „Was?“

„Ich habe schon Türpfosten gesehen, die biegsamer waren.“

Sie wurde rot, versuchte aber tapfer, ihren Rücken noch mehr durchzudrücken, und übertrieb es jämmerlich.

„Ah! Ich verstehe“, sagte er gespielt ernst. „Sie planen eine Karriere als Schlangenmensch und geben mir eine Vorstellung Ihrer Fähigkeiten. Bravo. Sollen wir jetzt versuchen zu fechten?“

Sie runzelte die Stirn. „Machen Sie sich nicht über mich lustig. Zeigen Sie es mir.“

Das war genau die Einladung, auf die er gewartet hatte. Er trat hinter sie, legte seinen Arm um ihre Taille und zog sie fest an seine Brust. Sofort versteifte sie sich. Er ignorierte die Anspannung in ihrem Körper, formte ihre weichen Kurven entlang der harten Linien seines Torsos und legte eine Hand mit gespreizten Fingern flach auf ihren Bauch. Ihr Po war intim an seinen Schritt geschmiegt, ihre Schulterblätter drückten sich wie Flügel gegen seine Brust.

Er beugte sich über sie, ließ seine freie Hand verträumt ihren nackten Arm hinuntergleiten und umfasste ihr zierliches Handgelenk. Er zog ihren Arm hoch und beugte ihn sanft, sodass ihr Ellbogen sich genau in seine Armbeuge einpasste. Dann legte er ihre Finger um den Griff des Degens. Er umhüllte sie mit seinem Körper, passte sich an ihre biegsame kurvenreiche Gestalt an.

Ihr Herz begann wild zu schlagen. Er spürte den ängstlichen Rhythmus wie Regen an seiner Brust, leicht und eindringlich. Unter seiner breiten Handfläche spannten sich ihre Bauchmuskeln an.

Er senkte die Lippen und flüsterte: „Entspannen Sie sich,

Miss Nash. Fechten ist auch nur ein Tanz. Ein Tanz des Todes."

Ein Zittern durchfuhr ihren Körper. Er konnte spüren, wie eine leichte Hitze von ihrer Haut ausging. „Es ist ein wechselhafter, eleganter, stilisierter und spontaner Tanz", murmelte er. „Der misstrauische Fechtgruß, die unwiderstehliche Einladung, das leidenschaftliche Aufeinandertreffen, das atemlose Auseinandergehen. Ruhig, Miss Nash. Sie zittern ja. Entspannen Sie sich."

„Das kann ich nicht."

Solche Ehrlichkeit. Das war viel provozierender als falscher Mut.

„Warum nicht?", flüsterte er und strich über das seidige Haar in ihrem Nacken.

„Sir, Sie haben mich so weit nach vorne gedrängt, dass ich umfallen würde, wenn ich mich entspannte."

Sein Kopf schoss hoch, als hätte sie ihn mit Eiswasser übergossen. Was sie auch getan hatte. Mit verbalem Eiswasser.

„Ich fange Sie auf", sagte er und versuchte dabei, den warmen intimen Tonfall wiederzufinden, den er zuvor benutzt hatte.

„Soll das tröstlich sein?", fragte sie. „Ich fühle mich nämlich eindeutig kein bisschen sicherer. Und ich glaube auch nicht, dass das wirklich in Ihrer Absicht lag. Sagen Sie mir, Mr. Munro, wenn Sie mir versichern, dass Sie mich auffangen, wenn ich falle, bezwecken Sie damit, dass ich mich dankbar, sicher oder bedroht fühle?"

Verdammt, jetzt hatte sie ihn. Er richtete sich ein bisschen weiter auf und dachte ernsthaft über ihre Frage nach. „Ich bin mir nicht ganz sicher", gab er zu.

„Ah." Sie nickte und reckte den Hals, um ihm in die Augen blicken zu können. „Ich verstehe. Sie sind mit sich selbst uneins."

„Bin ich das?" Großer Gott, sie war faszinierend. Die Faszination, die von ihr ausging, war sogar noch größer als ihre Schönheit. Und das sagte einiges.

Sie drehte sich noch weiter herum, um von Angesicht zu Angesicht mit ihm sprechen zu können, und er stellte fest, dass er sie jetzt tatsächlich in der Luft hielt, seinen einen Arm um ihre Taille gelegt, den anderen immer noch mit ihrem Arm zusammen in die Luft gestreckt. Sie mussten wie eine groteske Statue aussehen, überlegte er benommen, Mann und Frau, gefangen in einem ewigen Wettstreit darum, wem es als Erstem gelänge, ein Loch in die Decke zu bohren.

Er sah in ihre Augen hinunter. Sie blickten ihn verständnisvoll an.

„Ja", erklärte sie. „Sehen Sie, Ihre männliche Eitelkeit verlangt, dass ich, wenn Sie mich so intim festhalten, eine Art jungfräuliche Furcht spüren muss, ein inneres Beben, einen Angstschauer, gemischt mit berauschender Erwartung. Ich vermute, dass es für Ihren männlichen Stolz noch wichtiger wäre, dass ich mich so fühle, wenn Sie mich tragen. Oder mich auffangen."

„Da ist etwas dran", gab er zu, senkte seinen und damit auch ihren Arm und nahm ihr den Degen aus der Hand. Sie ließ es geschehen und griff mit ihrer nun freien Hand nach seinem Oberarm. Sie hätte sich keine Sorgen zu machen brauchen, er würde sie nicht fallen lassen. Das hier war viel zu interessant. Außerdem hatte er sie jetzt vollkommen ausbalanciert, gerade so, als würden sie sich immer in dieser Position unterhalten.

Nein, das hatte er so nicht beabsichtigt. Und doch war nicht zu leugnen, dass die Situation ihren eigenen verlockenden Charme hatte. Er hatte noch nie mit einer Frau über die Kunst der Verführung gesprochen. Zumindest noch nie mit einer Frau, die er verführen wollte.

Sie nickte, noch immer voller Verständnis. „Andererseits

verabscheuen Sie als Gentleman die Vorstellung, dass Sie mich ängstigen könnten, wo es doch Ihre Pflicht und sogar Ihr geschworener Eid ist, mich zu schützen und mir zu dienen."

Er betrachtete das bezaubernde arglose Gesicht, das so ernsthaft zu ihm emporblickte. Zum ersten Mal fiel ihm auf, dass sie einen angebrochenen Schneidezahn hatte. Es war eine Winzigkeit, aber in diesem perfekten Oval wirkte es so pikant wie Minze in süßem Tee.

„Es ist ein Dilemma für Sie", stellte sie nüchtern fest. „Aber auch wenn Sie vielleicht bisher nicht immer Ihren edleren Instinkten gefolgt sind, glaube ich doch, dass Sie im Wissen, dass ich meine Tugend sehr hoch schätze, aufhören werden, bevor …" Sie verstummte, atmete tief durch und fuhr fort: „Ich weiß, dass Sie mich gerne vom rechten Weg abbringen würden, aber bitte tun Sie das nicht."

„Sie vom rechten Weg abbringen? Wie charmant Sie das ausdrücken."

Sie machte ein betretenes Gesicht. „Ich weiß nicht, wie ich es sonst nennen soll."

„Und Sie sind sich ganz sicher, dass ich das vorhatte?"

„Ja." Nun, sie hatte natürlich recht. Das musste er ihr zugestehen. „Das ist eben Ihre Art. Sie sind dafür berüchtigt, wissen Sie."

Ihm wurde bewusst, dass seine Verführungskünste wohl nicht allzu … verführerisch waren. Sie wirkte unangenehm berührt, ein wenig abgestoßen. Und er wusste, warum. Sie hatte sehr deutlich gezeigt, was sie von ihm dachte und wofür sie ihn hielt.

„Und Sie glauben, dass ich schon viele Male zuvor die Rolle des Verführers gespielt habe."

Sie brauchte nichts zu sagen. Die Antwort stand ihr ins Gesicht geschrieben.

„Schon viel zu oft", sagte er und war stolz darauf, wie gelangweilt er klang, wie unbeteiligt.

„Wie sollte es auch anders sein, wo Ihnen doch angeboten wird, wonach andere Männer mühsam suchen müssen? Ich habe gesehen, wie diese Frau auf dem …" Sie brach ab, und ihm war klar, dass sie beinahe erwähnt hätte, wie er die Frau auf dem Maskenball geküsst hatte, aber damit hätte sie ihre Anwesenheit dort zugegeben.

Sie ahnte ja nicht, dass diese Frau nichts anderes gewesen war als ein armseliger und erfolgloser Versuch, Helena aus seinen Gedanken zu verbannen. Und er konnte ihr das nicht sagen. Denn dann müsste er zugeben, dass er ihr Geheimnis kannte, und aus irgendeinem Grund war es für ihn inzwischen, gegen seinen Willen und ganz sicher ohne vernünftigen Anlass, beinahe lebenswichtig geworden, dass sie es ihm selbst sagte.

Er wollte sie. Aber noch mehr wollte er ihr Vertrauen. Mit einigem Entsetzen stellte er fest, dass er wollte, dass sie an ihn glaubte. Gütiger Himmel! Er musste tatsächlich im Begriff sein, verrückt zu werden. Und weil er ihr Geständnis wollte, musste er sich selbst im schlechtesten Licht darstellen. Das war genug, um selbst die grausamsten Götter zum Lachen zu bringen.

„Die Frau auf dem …?", half er ihr nach. Inzwischen war er wütend, weil er ihr nicht widersprechen konnte, und noch wütender, weil es ihm, selbst wenn er die Dirne auf dem Ball leugnen konnte, bei all den anderen nicht gelingen würde. Jene anderen, mit denen er im ersten Jahr das Bett geteilt hatte, nachdem ihm zu verstehen gegeben worden war, wie wenig er besaß. Weil sie recht hatte. Er hatte nicht abgewiesen, was ihm so großzügig angeboten worden war. Die Tatsache, dass er nicht annähernd so oft angenommen hatte, wie sie vermutete, verschaffte ihm nur geringe Genugtuung. Und auch die Tatsache, dass er zwar eine Zeit lang auf diese Angebote eingegangen war, aber schon lange, bevor sie in sein Leben getreten war, damit aufgehört hatte, war für niemanden außer ihm selbst von Bedeutung.

„Im Fechtsaal", murmelte sie und blickte weg. „Ich habe gesehen, wie einige von ihnen Sie angeschaut haben."

Sie war nicht nachsichtig mit ihm, also würde er es auch nicht mit ihr sein. „Sie sagten ‚*diese* Frau'."

Sie errötete. „Es war vor allem eine."

„Hm", machte er und betrachtete sie, wie sie in seinen Armen lag, ihr Herz keine Handbreit von seinem entfernt, ihre Brüste bebend in sanfter Erregung, die Augen verräterisch leuchtend von ihren Lügen. „Sie müssen sie mir zeigen, wenn Sie gehen. Nachdem *Ihre* Tugend ja unangetastet bleiben muss." Verdammt, gegen seinen Willen klang er bitter.

„Aber auch wenn ich ein …" Er konnte sich kaum dazu überwinden, das Wort zu sagen. Er hatte sich nie so betrachtet, aber da sie ihn mit diesem Titel gebrandmarkt hatte, würde er ihn auch tragen. „Aber auch wenn ich ein Lebemann bin, bin ich noch lange kein Schurke."

„Ich weiß, dass Sie das nicht sind", sagte sie ruhig, und sein Herz schlug wild, so sehr musste er sich zusammenreißen, seine Arme nicht enger um sie zu schließen und sie grob an sich zu ziehen. „Ich bin vielleicht unerfahren, aber ich bin nicht naiv."

Nein. Es wäre für sie beide besser gewesen, wenn sie es wäre. Wenn sie eine siebzehnjährige Jungfrau wäre, die gerade erst dem schützenden Landhaus ihres Vaters entkommen war und noch nie etwas mit Männern zu tun gehabt hatte, die etwas anderes als einen Tanz oder eine ehrenhafte Eheschließung anstrebten. Ein Mädchen, das noch nie von Männern verfolgt oder belästigt worden war, die es nur ihrer Schönheit wegen begehrten. Ein Mädchen, das nie gelernt hatte, seine Gedanken zu verheimlichen. *Jenes* Mädchen hätte nichts darüber gewusst, was Männer wie er taten.

Andererseits wäre jenes Mädchen nicht diese Frau gewesen.

„Das sehe ich", erwiderte er.

Sie atmete erleichtert aus. „Also", sagte sie und kehrte wieder zu ihrer ursprünglichen Arglosigkeit zurück, „kann ich das Dilemma verstehen, in dem Sie sich befinden, und ich weiß es zu schätzen, dass Sie sich dafür entschieden haben, Ihre niederen Instinkte Ihrem angeborenen Anstand unterzuordnen."

Und dann schenkte sie ihm einen unschuldigen Augenaufschlag.

Sie brauchte nichts mehr zu sagen. Es war ein verhängnisvoller Fehler in einer Vorstellung, die ansonsten für ihre Untertreibung bemerkenswert gewesen war.

Sie hatte ihn fest im Griff gehabt!

Seit dem Augenblick, als er seinen Arm um sie gelegt hatte, hatte sie ihn geschickt dazu gebracht, auf Distanz zu bleiben und ihre Tugend und Würde unangetastet zu lassen.

„Sehr gut", kommentierte er mit knapper Bewunderung. „Ausgezeichnet. Wenn Sie das Letzte weggelassen hätten, hätten Sie mich vollkommen besiegt."

Sie blickte ihn erstaunt an.

„Aber dieses Flattern mit den Wimpern ..." Er schüttelte den Kopf. „Das war enttäuschend, und es tut mir nicht leid, Ihnen das sagen zu müssen. Eine abgedroschene alte Masche. Wirklich. Das war Ihrer nicht würdig."

„Das war keine Masche", leugnete sie, ohne den geringsten Versuch, so zu tun, als wüsste sie nicht, wovon er sprach. „Es ist eine Taktik. Eine erprobte und bewährte Taktik."

Weitere eigensinnige Strähnen hatten sich aus ihrer Frisur gelöst und fielen in langen Locken hinunter, die bei jeder kleinsten Bewegung auf und ab wippten. Sein Blick schweifte über ihr zartes Schlüsselbein. Die bescheidene Andeutung des Brustansatzes rötete sich leicht, die Farbe breitete sich aus wie eine rosige Dämmerung über einer schneebedeckten Landschaft.

„Sie hatten wohl schon großen Erfolg mit dieser Taktik?“, erkundigte er sich. Wenn sie das Funkeln in seinen satanisch leuchtenden Augen wahrnahm, so ließ sie es sich nicht anmerken.

„Hm?“ Sie starrte zu ihm hinauf. Ihre Lippen waren leicht geöffnet und sahen einladend und weich aus. Was spielte sie jetzt für ein Spiel?

„Oh nein“, sagte er mit fester Stimme. „Die Zeit für Täuschungen ist vorbei. Konnten Sie auf ähnliche Art und Weise wie die, mit der Sie mich gerade so fachmännisch bezwungen haben, schon viele aufdringliche Verehrer loswerden?“

„Hm?“ Sie blinzelte. „Oh. Ein paar. Auch wenn nicht viele weit genug gekommen sind in ihren …“ Sie errötete. „Nun, Sie wissen, wovon ich spreche.“

„Ich vermute, dass ich mich geschmeichelt fühlen soll?“

Zum Teufel mit ihr! Sie lächelte gerade so, als wäre genau das ihre Absicht gewesen.

„Und was machen diese Verehrer“, fuhr er betont ruhig fort, „nachdem es Ihnen gelungen ist, dass sie sich schüchtern und höllisch unglücklich fühlen und zu begreifen versuchen, wie es kam, dass sie eben noch eine Frau hielten, die ihre Sinne entflammte, und im nächsten Augenblick eine, die sehr viel mehr Ähnlichkeit mit einer altjüngferlichen Gouvernante hat?“

„Gemeinhin lassen sie mich los“, schlug sie schlicht vor.

Das kleine Biest brauchte offensichtlich eine Lektion. Verärgerung über das Spiel, das sie mit ihm gespielt hatte, Irritation darüber, wie leicht er sich hatte beeinflussen lassen, und Wut über ihre Mutmaßungen, seine angeblich hemmungslose amouröse Vorgeschichte betreffend, vermischten sich zu einem wirkungsvollen Gebräu.

„Es läge mir fern, Sie zu enttäuschen."

Und damit ließ er sie fallen.

Es war kein tiefer Sturz, da sie nur ein oder zwei Fuß über dem Boden rücklings in seinen Armen lag, und er ließ sie auch nicht ganz los, sodass ihr Fall abgebremst wurde. Aber trotzdem kam es für sie überraschend.

Mit einem erschrockenen Aufschrei landete sie in einem Wirbel aus Musselin und schmucklosen Unterröcken, wobei ihre hübschen schlanken Schenkel in Seidenstrümpfen mit hellgrünen Strumpfbändern entblößt wurden. Was noch von ihrer Frisur übrig geblieben war, fiel ihr ins Gesicht.

Erwartungsvoll blickte er sie an, die Hände auf die Hüften gestützt, und bereitete sich auf Entrüstung, Wut oder sogar Beschimpfungen vor, auch wenn er hoffte, dass sie Letzteres auslassen würde. Sie blickte hoch und strich ihre schimmernden blonden Haare zurück. Ihr schönes gefasstes Gesicht war nun gar nicht mehr gefasst, sondern leuchtete auf, als sie … lachte. „Touché!"

Kein Stirnrunzeln, kein Wutausbruch, kein Vorwurf.

Und in diesem Augenblick – bei diesem einfachen, fröhlich hingeworfenen „Touché!" – wurde Ramsey Munro klar, dass er in Helena Nash verliebt war.

20. KAPITEL

DÉGAGEMENT:
Kleine Bewegung mit der Klinge unter der gegnerischen Klinge mit dem Ziel, sich aus der Bindung zu lösen

Ram stand da und sah mit einem überaus seltsamen Gesichtsausdruck zu ihr hinunter. Als Helena noch ein Mädchen gewesen war, hatte es einmal eine lustige Episode gegeben: Die gezuckerten Pflaumen, die auf Wunsch ihres Vaters immer auf der Anrichte gestanden hatten, um mittägliche Hungerattacken zu bekämpfen, hatten eines Tages begonnen, auf geheimnisvolle Art und Weise zu verschwinden. Also hatte er Helena rekrutiert, um mit ihm gemeinsam in einer kleinen Kammer neben dem Speisezimmer Wache zu halten. Nach einstündiger Wartezeit war kein anderer als ihr Schoßhund Milo in das Speisezimmer getrottet.

Milo hatte sich flüchtig umgeschaut, war unbekümmert auf den Tisch gesprungen und hatte begonnen, die süßen Pflaumen aufzufressen. Woraufhin ihr Vater, der mit einer Schleuder bewaffnet gewesen war, den Hintern des kleinen Kerls prompt mit ein paar getrockneten Erbsen beschossen hatte.

Milo war senkrecht in die Höhe geschossen und hatte sich mit genau demselben Ausdruck umgeblickt, den Ram jetzt hatte und der irgendwo zwischen Panik und Erstaunen lag, abgerundet von einer Portion Entsetzen.

Was ging bloß in Rams Kopf vor?

Sie hatte nicht vorgehabt, so dreist zu sein. Sie hatte ihn nicht nach seinem Erbe fragen wollen. Sie hatte sich auch ihre Verärgerung nicht anmerken lassen wollen, als es ihr nicht gelungen war, die korrekte Pose einzunehmen. Und ganz sicher hatte sie nicht beabsichtigt, seine Eroberungen zu erwähnen. Aber von dem Augenblick an, wo er sie berührt hatte, hatte sie gewusst, dass die Anziehungskraft, von der sie verzweifelt gehofft hatte, dass sie das Ergebnis von Mondschein, Masken und purem Wahnsinn gewesen war, in einem hellen leeren Raum, wo er sie eher für eine schöne Hülle als für einen lüsternen Wildfang hielt, ebenso stark war. Und im selben Moment hatte sie auch erkannt, dass er von ihr alles haben konnte, was er wollte, wenn er sich nur ein kleines bisschen Mühe gab. Und was konnte der künftige Marquis of Cottrell schon von einer bezahlten Gesellschafterin wollen, deren Bekanntschaft er gerade erst erneuert hatte, abgesehen von dem, was er seinen eigenen Angaben zufolge schon von zahllosen anderen Damen bekommen hatte?

Ihr Selbsterhaltungstrieb kam ins Spiel. Sie durfte sich nicht von ihm verführen lassen. Es bedeutete ihr zu viel. Sie würde es nicht ertragen, einfach nur ein nachmittägliches Zwischenspiel für ihn zu sein.

„Geht es Ihnen gut?“, fragte er schroff. Schlagartig kam sie wieder zu sich, und ihr wurde bewusst, dass sie aufgehört hatte zu lachen und nur noch zu ihm hinaufstarrte. „Ich frage nur, weil Sie auf einmal nicht mehr lachen und jetzt verdammt komisch schauen. Haben Sie sich doch wehgetan?“

„Nein, nein“, murmelte sie und strich ihre Röcke über den Beinen glatt. Er streckte seine Hände aus, und sie legte ihre hinein und erlaubte ihm, sie hochzuziehen. Bei seinem nach wie vor nicht zu deutenden Gesichtsausdruck begann sie sich ein wenig unbehaglich zu fühlen.

„Ich schätze, ich hätte Sie nicht einfach so fallen lassen sollen.“ Er sah ein bisschen wütend und reumütig aus, und das waren Gefühle, die auf Ramsey Munros teuflisch klugen, gut aussehenden Gesicht fremd wirkten.

„Ich glaube, ich habe Ihnen genügend Anlass dazu gegeben", gab sie zu. „Sollen wir Waffenstillstand schließen?"

„Waffenstillstand. Ja."

Sie legte den Kopf schief. Er benahm sich wirklich sehr eigenartig. „Und können wir die Unterrichtsstunde jetzt fortsetzen?"

„Ja. Natürlich." Er streckte die Schultern, als fühlte er sich durch sein Hemd gefesselt. Was, wenn man berücksichtigte, wie sich der weiße Stoff über seinen breiten Schultern spannte, durchaus möglich war. Aber zuvor hatte es nicht gewirkt, als verspürte er körperliches Unbehagen. Dann straffte er die Schultern, als stünde er einem Erschießungskommando gegenüber, genau wie er es ihr zuvor vorgeworfen hatte.

„Zunächst die Handhaltung." Er hob den Degen auf, der zu Boden gefallen war, und brachte ihn ihr, streckte seine Hand aus und zeigte ihr, wie sie den Griff halten sollte.

„Dies", er deutete auf die biegsame Spitze des Degens, „ist die Schwäche. Sie ist der schwächste Teil der Klinge, aber auch der biegsamste."

„Dies", er klopfte auf den unteren Teil der Klinge, nahe dem Griff, „ist die Stärke, der kräftigste Teil der Klinge."

„Ich verstehe."

„Es ist nicht Ihr Ziel, Duelle auszutragen", bemerkte er, jetzt ganz Lehrer, unpersönlich und informativ. „Es ist Ihr Ziel, sich zu schützen. Konzepte wie die Gefechtslinie sind daher unwesentlich. Wir werden uns auf die Fußarbeit konzentrieren, auf die Parade …" Bei ihrem fragenden Blick erklärte er: „Die Parade ist die Blockade eines gegnerischen Stoßes. Eine Finte ist eine Attacke in eine Richtung, mit der Absicht, in eine andere Richtung zu wechseln. Und am Ende werden Sie lernen, einen Ausfallschritt zu machen und den Körper Ihres Gegners mit dem Degen zu durchbohren."

Er beobachtete sie sehr genau und wartete ihre Reaktion ab. „Sie sind sich doch darüber im Klaren, dass es letztendlich darum geht; dass das der Grund ist, warum man das Fechten erlernt? Damit man die Spitze eines Stücks Stahl in ein anderes Lebewesen rammen und ihm das Leben nehmen kann?“

Sie spürte, wie das Blut aus ihrem Gesicht wich, nickte aber tapfer. Mit einer plötzlichen Grimasse warf er eine Hand hoch.

„Das ist doch lächerlich! Sie wollen niemandem wehtun. Sehen Sie sich nur an! Sie sind eine Dame und nicht irgendein boshaftes Flittchen aus Haymarket. Warum zur Hölle müssen Sie so etwas überhaupt können?“

„Das habe ich Ihnen doch gesagt. Lord DeMarc …“

„Lord DeMarc ist ein aufgeblasener Besserwisser, der es wahrscheinlich schlecht verkraftet hat, dass Sie kein Interesse an ihm gezeigt haben. Er hat sich vielleicht sogar auf eine Art und Weise ausgedrückt, die bedrohlich wirkte, aber ob das wirklich eine echte Drohung war …“ Er schüttelte den Kopf. „Sie waren ängstlich. Sie sind es immer noch. Sie hatten wahrscheinlich noch nie mit einem derart eingebildeten Mann zu tun, der so heftig darauf reagiert, abgewiesen zu werden. Aber glauben Sie mir, Miss Nash, auch wenn das bei Gentlemen selten sein mag, bei Männern ist es das nicht. Sie haben eine unangenehme Erfahrung gemacht. Aber Sie müssen sich nicht bewaffnen, um …“

„Um was?“, unterbrach sie ihn. Sie stand sehr aufrecht. „Um die Freiheit zu haben, zu gehen, wohin ich will und wann ich will?“

„Ja.“

„Sie irren sich“, sagte sie mit leiser Stimme. „Sie glauben, nur weil ein Mann sein Halstuch auf eine bestimmte Art trägt oder trinkt, ohne sich zu betrinken, oder weil er gut reitet oder gut ficht, richtet er sich nach all den Benimmregeln eines Gentlemans. Und in den meisten Fällen haben Sie wahrscheinlich auch recht. Männer sind meistens das, was sie zu sein scheinen. Ein Schurke ist ein Schurke, und ein Gentleman ist ein Gentleman. Aber das trifft nicht bei allen zu. Sie kennen Lord Forrester DeMarc nicht, Mr. Munro. Sie haben noch nie seinen Gesichtsausdruck gesehen, wenn er mich ansieht, den wahnsinnigen Unterton in seiner Stimme gehört, wenn er mit mir spricht. Ich hingegen habe das. Aber weil ich das infrage stelle, was Sie glauben, über ihn zu wissen, zweifeln Sie lieber mein Urteilsvermögen an als seinen Charakter."

Er sah sie nachdenklich an, weder verlegen noch überzeugt. Sie konnte es ihm kaum verdenken. An seiner Stelle hätte sie womöglich dasselbe empfunden. Sie konnte es ja selbst kaum glauben.

„Vielleicht reicht es, wenn ich DeMarc gegenübertrete?", schlug er endlich vor. „Ihm sage, dass sein Interesse weder geschätzt noch erwidert wird ..."

„Nein!"

„Aber warum nicht?", fragte er.

„Weil DeMarc sofort zu Lady Tilpot gehen würde. Und wenn sie glaubt, dass ich einen ihrer Gäste in Verlegenheit gebracht habe, wird sie mich aus ihren Diensten entlassen."

„Und wäre das so schrecklich? Ich bin mir sicher, dass Ihre Schwester und ihr frischgebackener Ehemann Sie in ihrem Haus willkommen heißen würden."

„Ich bin mir sicher, dass sie das tun würden", antwortete sie mit gepresster Stimme. „Aber wie Sie wissen, befinden die beiden sich auf dem Kontinent, und ich würde nicht gerne dorthin reisen müssen, um zu ihnen zu gelangen."

„Nein, das wäre zu gefährlich", murmelte er mit gerunzelter Stirn.

„Und ich kann die Weltons nicht gut fragen, ob ich mit

in Charlottes Zimmer ziehen kann!“ Plötzlich ließ sie die Schultern sinken, niedergedrückt von seinen Verdächtigungen und ihrer eigenen Unsicherheit. „Glauben Sie mir, Mr. Munro. Ich habe sehr genau über meine Situation nachgedacht. Ich glaube, ich tue das Beste innerhalb meiner Möglichkeiten.“ Sie lächelte matt. „Also bitte, sollen wir mit der Parade anfangen?“

21. KAPITEL

ENTWAFFNEN:
Den Gegner dazu zwingen, seine Waffe loszulassen

„Gütiger Himmel!" Jolly Milar begann, sich panisch Luft zuzufächeln, die Augen auf die Tür von Lady Tilpots Ballsaal gerichtet. Helena, die von ihrer Arbeitgeberin geschickt worden war, um zu verhindern, dass dieses nichtsnutzige Mädchen sich mit einem der jungen Burschen, die auf dem Galaball waren, davonschlich, wandte sich um, als Lady Tilpots dreihundert Gäste plötzlich verstummten.

Im Korridor vor der weit geöffneten zweiflügeligen Tür stand der Marquis of Cottrell, Ignatio Farr, und reichte seinen Stock und seinen Hut einem Lakaien, der ihn mit großen Augen anstarrte. Und neben ihm stand Ramsey Munro und blickte sich mit vornehmer Zurückhaltung um.

Er strahlte jene Aura von Überlegenheit und lässiger Eleganz aus, die so viele Männer nachzuahmen versuchten und nur so wenige erreichten. Er war ganz in Mitternachtsblau gekleidet, und der einzige Schmuck, den er trug, war die goldene Rose, die sein Halstuch zusammenhielt.

Helena hielt die Luft an. Was machte er hier? Lady Tilpot hätte ihn nie in ihr Haus eingeladen, ungeachtet seines gesellschaftlichen Aufstiegs.

„Die arme Tilpot." Helena blickte sich um und entdeckte Mrs. Weinberger, die spöttisch lächelte. „Man könnte beinahe Mitleid mit ihr haben. Sehen Sie sie nur an, wie sie verzweifelt darüber nachdenkt, was sie mit diesem unmöglichen und unerwünschten Paar anfangen soll! Wo soll sie die beiden zum Dinner platzieren? Soll sie sie überhaupt am Essen teilnehmen lassen?" Mrs. Weinberger lachte leise. „Was für ein Dilemma."

Helena folgte ihrem Blick. Lady Tilpot saß wie versteinert auf ihrem Stuhl, ihre Lippen hingen etwas herunter, ihr Blick jagte aufgeregt umher und schätzte die Reaktionen ihrer engsten Bekannten ab. Hochwürden Tawster, der hinter ihr stand, sah beinahe genauso überrascht aus wie seine Wohltäterin, aber während Lady Tilpots Gesicht eher Verwirrung ausdrückte, stand in seinem gespannte Verwunderung geschrieben.

„Wie bedauernswert für die Tilpot“, fuhr Mrs. Weinberger leise fort, „sie sitzt in der sprichwörtlichen Zwickmühle. Ihre Freunde erwarten von ihr, dass sie den verwegenen Mr. Munro ignoriert, aber so dumm ist sie nicht. Sein Großvater, der Marquis, ist ein mächtiger Mann. Ein sehr mächtiger Mann, wissen Sie.“

Helena wusste es nicht. Ihr fiel nicht zum ersten Mal auf, dass die preußische Dame sehr viel wusste, wenn man bedachte, dass sie hier ein ziemlicher Neuankömmling war. Im nächsten Moment vergaß sie Mrs. Weinberger vollkommen, als Ramseys Blick bei seinem gemächlichen Studium des Raumes auf sie fiel.

Er hielt inne und neigte den Kopf. Die Bewegung war voller ironischer Belustigung. Und da wusste sie, dass Rams Erscheinen hier ein Zugeständnis an die Möglichkeit war, dass sie DeMarc vielleicht besser eingeschätzt hatte als er. Er war gekommen, um ihre Situation selbst in Augenschein zu nehmen.

Es mochte wie eine Kleinigkeit erscheinen, und doch kannte sie keinen Mann, der ihrer Meinung eine solche Bedeutung beigemessen hätte. Und war es denn eine Kleinigkeit?

Dem vielstimmigen Gemurmel nach zu deuten, das nun hinter wedelnden Fächern im gesamten Raum losbrach, bewirkte sein Erscheinen hier auf jeden Fall mehr, als er selbst erwartet hatte. Er hatte sich einer peinlichen Situation und möglicher Demütigung ausgesetzt.

Um ihretwillen.

Ihr Herz tat einen Satz in ihrer Brust. Emotionen stürmten auf sie ein und wetteiferten miteinander. Aber sie wusste, dass das absurd war, dass sie absurd war, weil sie Dankbarkeit mit etwas anderem verwechselte, mit … Sie weigerte sich, derartig unsinnige Gefühle zuzulassen, also beruhigte sie ihr widerspenstiges Herz und hielt Ausschau nach DeMarc, den sie den ganzen Nachmittag über gemieden hatte.

Sie fand ihn sofort, sein blonder Kopf war zur Tür gewandt. Er sah aus wie ein Hund auf der Fährte, sein Körper war angespannt, während er Ramsey anstarrte. Dann folgte er der Richtung, in die Ramsey schaute, und sein düsterer Blick fiel auf Helena. Die Feindseligkeit, die sie darin sah, erschreckte sie.

Mit einem kleinen Schaudern blickte sie wieder zu Ramsey. Er musste DeMarcs hasserfülltes Gesicht, seinen verzerrten Mund und seinen düsteren Blick gesehen haben.

Aber Ramsey sah nicht mehr in ihre Richtung. Er hatte sich seinem Großvater zugewandt und lauschte dem, was der alte Mann sagte, während er mit ihm den Raum betrat. Dann ging er gemächlich durch die Menge. Köpfe wurden erstaunt gedreht, manch eine Brust empört herausgestreckt, und mollige aufgetakelte Matronen stoben vor ihm auseinander, als er sich wie ein schlanker junger Kater im Taubenschlag durch ihre Mitte bewegte, ohne dem Glucksen Beachtung zu schenken oder sich von den Wellen der Hysterie, die er hervorrief, beeindrucken zu lassen.

Es war ein herrlich amüsantes Schauspiel.

„Sehen Sie nur! Er will Lady Tilpot seinen Respekt erweisen!“, hauchte Jolly. Sie sahen, wie Lady Tilpot sich zu Flora hinüberbeugte und ihr etwas ins Ohr zischte. Das Mädchen schoss sofort hoch, knickste kurz und lief davon.

„Oje. Das lässt nichts Gutes für Mr. Munros gesellschaftliche Ambitionen erhoffen. Die Tilpot will ihm Miss Tilpot nicht vorstellen“, seufzte Mrs. Weinberger. Helena beobachtete, wie sich eine kleine Menge hinter Lady Tilpot versammelte, wie eine Schafherde am Weidetor. Jeder versuchte, nah genug zu sein, um das kommende Gespräch zu hören, und doch nicht so nah, dass es indiskret gewirkt hätte.

„Ich glaube, es wird alles gut. Der Mann hat bemerkenswerten Elan!“, flüsterte Hochwürden Tawster aufgeregt neben Helena. Sie hatte ihn nicht kommen hören. Jetzt blickte sie ihn erstaunt und mit neuem Respekt an. Obwohl er offensichtlich neugierig war, hatte der Pfarrer seinen Platz in der ersten Reihe jenen mit größerer Sensationslust überlassen.

„In jeder Beziehung auf der Höhe!“, stimmte Jolly begeistert zu und wedelte sich mit dem Fächer Luft in den Ausschnitt.

„Kluger Bursche“, murmelte Mrs. Weinberger, als Ram unbekümmert wartete, während sein Großvater mit bedächtiger Würde und ohne große Eile zu Lady Tilpot hinüberging. Er verbeugte sich tief, hob ihre rundliche Hand an seine Lippen und starrte direkt in ihre geweiteten Augen, während er leise etwas sagte.

Jeder Fächer in der näheren Umgebung stand still, als die Besitzer angestrengt versuchten zu hören, was er murmelte, doch es blieb ihnen verwehrt. Lady Tilpot wand sich bei seinen Worten, dann machte sie mit einem Schniefen eine herrische Geste, um Ramsey herbeizuwinken.

Mit einem überraschten Ausdruck, dem man ansehen konnte, dass er nur gespielt war, trat Ramsey vor und machte eine perfekte Verbeugung, die die vorangegangene Ehrenbezeigung seines Großvaters völlig in den Schatten stellte.

„Lady Tilpot", ließ er sich laut und deutlich vernehmen. „Es ist mir ein Vergnügen, Madam."

„Willkommen in meinem Haus, Mr. Munro", antwortete Lady Tilpot ebenso vernehmbar und fügte dann mit einem beunruhigten Blick auf den Marquis noch lauter hinzu: „Meine Nichte ist gerade beschäftigt, aber sie wird bald wieder zurück sein. Ich muss sie mit Ihnen bekannt machen."

Ein erstauntes Raunen ging durch die Menge. Ramsey erwiderte höflich, dass es ihm eine Ehre wäre, woraufhin Lady Tilpots Gesichtsausdruck sich deutlich entspannte, als befürchte sie nun nicht mehr, dass er sich gleich die Kleider vom Leib reißen und im Ballsaal Amok laufen würde. Er verbeugte sich noch einmal und trat dann zu seinem wartenden Großvater. Die Menge geriet wieder in Bewegung und zerstreute sich.

„Und somit ist Ramsey Munro in die Gesellschaft aufgenommen", sagte der Pfarrer in einem seltsamen Tonfall.

„Sie sehen enttäuscht aus, Hochwürden", erwiderte Mrs. Weinberger.

„Vielleicht bin ich das auch ein wenig", gab der Pfarrer zu. „Es ist etwas so Romantisches an einem aristokratischen Schurken, nicht wahr? Trotzdem, ich bin mir sicher, dass alles so seine Richtigkeit hat." Und mit einem kleinen bescheidenen Lächeln entschuldigte er sich.

Der restliche Abend verlief mehr oder weniger ereignislos. Helena hatte nicht erwartet, dass Ramsey als Erbe eines Marquisats ihr in einer so großen Menge vorgestellt werden würde, und das wurde er auch nicht. Es gab genügend andere, die um diese Ehre wetteiferten und die weit über ihr standen – unzählige junge modische Damen mit Müttern, die ihren Nachwuchs pflichtbewusst nach vorne schoben, Töchter von Rittern und solche, die alte erlauchte Namen trugen. Nun, da Lady Tilpot Ram den Stempel ihrer Zustimmung aufgedrückt hatte und sogar so weit gegangen war, ihm ihre eigene Nichte vorzustellen, die allgemein als eine der bestbehüteten Erbinnen in der guten Gesellschaft galt, folgte auch jener Teil der Gesellschaft ihrem Beispiel, der sein Leben der Sorge um Ruf und Schein gewidmet hatte.

Und Helena war eifersüchtig. Zum ersten Mal seit Jahren wünschte sie sich, sie hätte ein schönes Kleid. Irgendetwas Auserlesenes, leicht und hauchzart und schimmernd, etwas, das ihren Körper förmlich hinunterfloss, so wie die im griechischen Stil geschnittenen Kleider mit hohen Taillen, die die anderen jungen Damen trugen.

Nicht, dass mit ihrem Kleid etwas nicht gestimmt hätte. Es war ein ihrer Stellung angemessenes Kleid aus korallenfarbenem Batist, das unter der Brust mit einer Seidenschleife gegürtet war und kurze Puffärmel und ein dezentes spitzenbesetztes Dekolletee hatte. Ihr Haar, das sie hochgesteckt trug, war ungeschmückt.

Obwohl sie viele bewundernde Blicke erntete, forderte niemand sie zum Tanzen auf. Am allerwenigsten Ramsey Munro. Aber andererseits tanzte er auch mit keiner der anderen Damen, sondern schien zufrieden damit zu sein, mit jungen Gecken und älteren Männern vom Militär auf der anderen Seite des Raumes zu sitzen und sich als Gast so angenehm zu machen wie irgend möglich. Er belohnte die kichernden und lachenden jungen Frauen, die an ihm vorbeischlenderten, mit respektvollem Nicken und bewundernden Blicken, hörte dem gichtgeplagten alten General aufmerksam zu, der herüberstampfte und ihm ins Ohr bellte, und führte ein hübsches unsinniges Kunststückchen mit dem Taschentuch einer uralten Baroness vor, das sie ihm verschämt vor die Füße geworfen hatte.

Lady Tilpots Benehmen wurde von Stunde zu Stunde triumphaler, bis um zehn Uhr Ramsey Munros Anwesenheit in ihrem Haus sich wie durch Magie von einer potenziellen Katastrophe in Lady Tilpots persönlichen gesellschaftlichen Coup der Saison verwandelt hatte.

„Aber ja", sagte sie gerade zu ihren Freunden, während sie die Tasse Punsch nahm, die sie sich von Helena hatte bringen lassen, „natürlich wusste ich, dass Mr. Munro kommen würde. Sein Großvater und ich sind ja schließlich alte Freunde, nicht wahr?"

Nicht, dass Helena je etwas davon gehört hatte.

Lady Tilpot musste in Helenas sardonischem Gesichtsausdruck einen Hinweis auf ihre Gedanken gesehen haben. Es gefiel ihr nicht, durchschaut zu werden. „Helena", zischte sie, „Flora sitzt mit dem Marquis an der Tür, die in den Garten führt. Sie ist zwar ein süßes und unschuldiges, aber leider auch ziemlich törichtes Mädchen, das den armen Marquis zu Tode langweilen wird."

Ah, welch wohlwollende Beurteilung. Kein Wunder, dass Flora bei der ersten Gelegenheit durchgebrannt war.

„Gehen Sie doch bitte hinüber und erlösen ihn von Floras Gesellschaft."

„Natürlich."

„Also, wie ich eben sagte, Ramsey wird selbstverständlich nächste Woche meine Soiree besuchen, und dann …"

Genau wie Lady Tilpot gesagt hatte, fand Helena Flora auf einem der kleinen Sofas, die entlang der Wände zum Ausruhen für die Tänzer aufgestellt worden waren. Ihr Kleid schimmerte im Lichte Tausender Kerzen, das von den Edelsteinen, die das kleine Oberteil schmückten, reflektiert wurde. Sie glitzerte und strahlte wie ein Stück geschliffenes Glas.

Der Marquis saß auf einem Stuhl neben ihr. Er wirkte nicht im Geringsten gelangweilt. Seine Augen blickten eisern, er wirkte grimmig und vielleicht ein bisschen irritiert, aber ganz sicher nicht gelangweilt. Helena eilte hinüber und versuchte, sich vorzustellen, was Flora – die süße naive Flora – gesagt haben könnte, um ihn zu provozieren.

„Aber natürlich tun Sie das! Sie versuchen, eine Versöhnung mit Ihrem Enkel herbeizuführen“, erklärte Flora sanft, und Tränen glänzten in ihren Augen. „Ich finde das furchtbar edel!“

Oh Flora! ermahnte Helena das Mädchen im Stillen. Sie musste doch eigentlich wissen, dass sich derart plumpe persönliche Kommentare nicht ziemten! Aber die Schwangerschaft hatte offensichtlich ihre Sinne verwirrt. Sie war schon immer sentimental gewesen. Jetzt war sie kühn *und* gefühlsselig, eine grauenvolle Kombination.

„Flora, Liebes“, sagte Helena leichthin und trat an ihre Seite. „Du siehst erhitzt aus. Würdest du nicht gerne ein bisschen hinaus in den Garten, an die schöne kühle Abendluft?“

„Nein danke, Helena“, erwiderte Flora mit nur einem kurzen Seitenblick auf Helena. Dann richtete sie ihren klaren Blick wieder auf den Marquis. Sie sah aus, als wollte sie jeden Augenblick hinübergreifen und ihm die Hand tätscheln.

Bitte, Flora, tu es nicht.

Der Blick des alten Mannes glitt über Flora, und einen Augenblick lang war Helena davon überzeugt, dass er dem Mädchen gleich die strenge Gardinenpredigt halten würde, die es unglücklicherweise verdiente. Helena suchte nach einem Taschentuch, bereit, der bevorstehenden Tränenflut Einhalt zu gebieten. Doch zu ihrem Erstaunen entspannte sich der Marquis.

„Ihr jungen Leute von heute“, sagte er bloß. „Habt ihr denn kein Gefühl für Anstand? Keinen Sinn für vornehme Zurückhaltung?“

„Ich halte Mr. Munro für außerordentlich vornehm“, antwortete Flora und blickte quer durch den Raum auf den eleganten Enkel des Marquis.

Der Marquis folgte ihrem Blick. „Ja. Das ist er. Was ich überaus löblich finde." Sein viel sagender Blick ruhte auf Flora. Aber Flora verstand nicht, was er ihr sagen wollte.

„Wie reizend!", bemerkte sie entzückt.

„Reizend." Der Marquis klang, als würde er an dem Wort ersticken.

„Ja!" Flora faltete die Hände unter dem Kinn. „Nach einer so langen beschwerlichen Suche wieder zueinander zu finden!" Sie schniefte. Ihre Augen waren voller Tränen, und Helena wusste, dass sie nicht an die Trennung von Ramsey und dem Marquis dachte, sondern an ihre und Oswalds.

„Das ist so … w-wundervoll!" Mit größter Anstrengung blinzelte sie die Tränen zurück. „Und nachdem Sie ihn gefunden haben, festzustellen, dass er Ihrer so würdig ist! Sie müssen überaus glücklich sein."

„Es macht wirklich keinen Unterschied, ob ich das bin oder nicht. Jegliche Gefühle, die ich für Ramsey habe, sind vollkommen irrelevant."

„Warum das?", platzte Helena heraus, bevor sie sich beherrschen konnte.

Der Marquis, der sie bisher als eine Dame, die ihm nicht vorgestellt worden war, ignoriert hatte, richtete jetzt seinen unwilligen Blick auf sie. „Und Sie sind?"

„Oh!", rief Flora entsetzt. „Ich hatte nicht bemerkt … Das heißt … Das ist Miss Helena Nash, Marquis. Helena, Ignatio Farr, der Marquis of Cottrell."

„Mylord." Helena knickste.

Der Marquis heftete mit erwachendem Interesse seinen Blick auf sie. „Ah. Die schöne Gesellschafterin. Und der Schützling meines Enkels. Bitte nehmen Sie Platz, junge Dame."

Helena fragte sich, woher er das wohl wusste, als sie sich neben Flora setzte.

Er sprach weiter, als hätte er ihre Gedanken gelesen. „Glauben Sie etwa, ich würde zulassen, dass das Marquisat in die Hände eines Fremden fällt, Miss Nash? Ich bin kein Romantiker. Das ist weder meine Veranlagung noch mein Wunsch. Ich habe jeden Aspekt von Ramseys Leben gründlich untersuchen lassen. Ich glaube, es gibt kaum etwas, das ich nicht über Ramsey Munro weiß“, seine hellen Augen verengten sich, „oder über diejenigen, die ihm wichtig sind.“

Helena stieg das Blut in die Wangen, und sie war sich der Tatsache unangenehm bewusst, dass Flora sie mit einem sehr interessierten Gesichtsausdruck ansah. Oh nein. Sie glaubte nicht, dass sie es ertragen würde, von Flora, die manchmal die absurdesten Schlüsse zog, über Ramsey ausgefragt zu werden.

Der Marquis wandte sich wieder Flora zu. „Und was das Wiederfinden von Ramsey angeht, Miss Tilpot, ich hatte ihn nie verloren. Oh, vielleicht habe ich ihn hier und da einmal für ein Jahr aus den Augen verloren, aber im Großen und Ganzen weiß ich, wo er den größten Teil seines Lebens verbracht hat.“

„Aber … warum hat es dann so lange gedauert, bis Sie ihn anerkannt haben?“ Flora sah verwirrt aus. Das romantische Leuchten war aus ihren Augen verschwunden, und sie schien sich langsam bewusst zu werden, dass sie einem Mann gegenübersaß, der keinen Tropfen Sentimentalität in seinen Adern hatte. Solch eine Kreatur war für Flora ebenso fremd wie ein Kobold.

„Offensichtlich habe ich Ihre junge Freundin verblüfft, Miss Nash. Sie jedoch nicht“, stellte der Marquis nachdenklich fest. „Hm. Und was Ihre Frage anbelangt, Miss“, er blickte wieder zu Flora hinüber, „eigentlich verdient derartige Unverschämtheit keine Antwort, aber ich habe beschlossen, Ihre Neugier trotzdem zu befriedigen.“ Er warf Helena einen Seitenblick zu, und sie hatte das unbestimmte Gefühl, dass er mit ihr sprach und nicht mit Flora.

„Sie gehen davon aus, dass ich Ramsey nicht anerkannt habe, dabei war das Gegenteil der Fall. Seit seiner Rückkehr aus Frankreich habe ich versucht, sein Einverständnis dafür zu erlangen, die Dokumente publik zu machen, die beweisen, dass er mein legitimer Erbe ist. Es war Ramsey, der das nicht wollte."

Warum, fragte Helena sich, aber auf diesen Gedanken folgte sofort ein anderer. *Warum hatte er jetzt zugestimmt?*

„Mylord." Helena war so in Gedanken versunken gewesen, dass sie Ram nicht hatte kommen hören. Jetzt blickte sie hoch und stellte fest, dass er neben ihr stand, die Hände locker hinter seinem Rücken verschränkt. Er sah sie nicht an. Stattdessen betrachtete er mit mildem Vorwurf den Marquis. „Sie belegen zwei junge Damen mit Beschlag, während der ganze Raum voller unglücklicher junger Männer ist, die zu viel Angst haben, um sich ihnen zu nähern."

Der Marquis sah Ram erstaunt an. „Kein Grund für deine besten Manieren, Ramsey. Es ist nicht nötig, dass du mich mit deinem Charme beehrst. Wir kennen einander zu gut, um uns etwas vorzumachen."

„Vielleicht sind ja nicht Sie die Person, die ich zu beehren versuche, Sir." Ram lächelte.

„Oder ihr etwas vorzumachen?" Der Marquis lächelte ebenfalls.

Guter Gott, dachte Helena verzweifelt, in Gegenwart dieser beiden Männer fühlte man sich, als hätte man sich mitten in ein Fechtduell geworfen. Überall scharfe Worte und verbale Finten, kleine Schnitte und Verletzungen bis aufs Blut. „Flora, Liebes. Du bist wirklich erhitzt, und die Luft hier drinnen wird immer stickiger. Möchtest du vielleicht *jetzt* einen Spaziergang machen?"

Flora, die Ram und den Marquis verwirrt angesehen und nichts von der feindseligen Stimmung mitbekommen hatte, stand auf. Sofort erhob sich auch der Marquis.

„Gentlemen“, sagte Helena freundlich und nickte ihnen zu. Dann nahm sie Floras Arm und führte sie durch die Tür in den Garten.

„Ein Treffer“, murmelte Ram hinter ihr.

„Tatsächlich. Eindrucksvoll“, hörte sie den Marquis zustimmen.

22. KAPITEL

SIMPLE:
Eine Attacke oder Riposte ohne Finten oder Klingenspiel

Abgesehen von einem Diener, der Punschgläser einsammelte, und zwei alten Matronen mit weichen Gesichtern, die gerade die Staudenrabatte am anderen Ende des Rasens inspizierten, war es im Garten ruhig. Papierlaternen hingen an gespannten Schnüren über den Pfaden, die sich durch die perfekt gepflegten Beete schlängelten, und wippten sanft über ihren Köpfen. Flora wandte sich begierig Helena zu, sobald sie auf den Graspfad hinaustraten. „Hast du einen Brief von Ossie bekommen?"

„Ossie? Nein." Helena schüttelte den Kopf. „Es tut mir leid, Flora."

Floras bezauberndes kleines Gesicht schien in sich zusammenzufallen. „Oh. Als du mich unbedingt nach draußen mitnehmen wolltest, dachte ich, du hättest Neuigkeiten."

„Nein. Ich wollte dich nur aus der Umgebung der Herren entfernen."

„Oh, du hättest dir keine Sorgen machen müssen, Helena. Ich hatte den alten Marquis wunderbar im Griff, und was den berüchtigten Ramsey Munro angeht …", sie schauderte leicht, „… bin ich froh, seine Bekanntschaft gemacht zu haben."

Helena betrachtete sie neugierig. „Das bist du? Und warum das, bitte schön?"

„Nun, er steht im Ruf, einer der schneidigsten Männer in London zu sein und noch dazu am besten auszusehen. Also ist es eigentlich sehr gut, ihn kennengelernt zu haben, weil das meine Liebe zu Ossie auf die Probe gestellt hat."

„Hat es das?“ In ihrer Ehrlichkeit erinnerte Flora sie sehr an Charlotte oder vielmehr an die junge Dame, die Charlotte vielleicht wäre, wenn sie unter denselben vorteilhaften Umständen aufgewachsen wäre wie Flora. Aber hatte es Flora zum Vorteil gereicht? Sie war reizend, charmant, vollkommen treu ergeben und erschreckend naiv. Und damit war sie für jede Art von Leben, abgesehen von dem, das sie zurzeit führte, vollkommen ungeeignet. Charlotte, dachte Helena nun zum ersten Mal, nun, Charlotte würde nicht nur still erdulden, sie würde triumphieren.

„Ja“, plauderte Flora weiter. „Weil ich jetzt mit völliger Überzeugung sagen kann, dass ich mich, als ich den schneidigsten, schönsten, berüchtigtsten Gentleman in ganz London kennenlernte, kein bisschen zu ihm hingezogen fühlte.“

„Komm, Flora, das glaube ich dir nicht ganz“, neckte Helena sie.

„Na gut“, gab Flora zu. „Aber es war nur eine vollkommen theoretische Anziehungskraft. Wie wenn man ein schönes Bild ansieht, zum Beispiel eines von Mr. Turners stürmischeren Meeresbildern. Es ist alles sehr aufregend und düster, aber man möchte nicht in dem Bild sein, nicht wahr?“, fragte sie ernst.

„Nein.“

Flora nickte weise. „Mr. Munro ...“ Sie hielt inne. „Glaubst du, dass ein Marquisat mit einem Ehrentitel verbunden ist?

„Ich habe keine Ahnung. Bitte sprich weiter, Flora.“

„Oh. Mr. Munro ist einfach zu gefährlich, zu misstrauisch, als dass sich ein Mädchen in seiner Gegenwart je wohlfühlen könnte.“

Ja. Er ist misstrauisch und intelligent und gefährlich, und eben genau deshalb sollte ein Mädchen sich in seiner Gegenwart wohlfühlen. Jedenfalls tat Helena das.

Am anderen Ende des Gartens hörte Helena plötzlich ein

lautes Rascheln im Gebüsch. Sie blickte neugierig hinüber, sah aber nur die beiden älteren Damen, die inzwischen eine hitzige Debatte über Blattläuse begonnen hatten. Sie wandte sich wieder Flora zu. „Mr. Goodwin wird entzückt sein, wenn er hört, dass Ramsey Munro ihm nicht gefährlich werden kann."

Beim Namen ihres Geliebten wich die Farbe aus Floras Gesicht. „Ich wünschte mir, ich könnte es ihm selbst sagen", erklärte sie wehmütig. „Oh, Helena, was soll ich nur tun? Bald wird es offensichtlich sein, dass ich ein Kind erwarte, und dann wird Tante Alfreda mich an einen schrecklichen Ort schicken wie … wie … wie Ipswich!" Sie senkte dramatisch die Stimme. „Ich werde in Ipswich sterben."

„Nein, du wirst nicht in Ipswich sterben. Außerdem arbeitet Mr. Goodwin wahrscheinlich gerade jetzt, während wir uns hier unterhalten, einen unglaublich raffinierten Plan aus, um ein Vermögen anzuhäufen und sich wieder mit dir zu vereinen."

Flora sah sie misstrauisch an, als vermute sie Ironie. Natürlich hatte sie recht, da Helena ihre Bemerkung tatsächlich ironisch gemeint hatte, aber sie wollte nicht, dass Flora dies bemerkte. Also lächelte sie. Erneutes Rascheln und Knacken und Krachen kam von der Hecke, als würde irgendetwas sich langsam und schmerzhaft durch das dichte Unterholz quälen. War Mrs. Weinbergers Katze Princess ihrer Besitzerin entkommen, um ein bisschen auf die Jagd zu gehen?

„Wirklich, Flora", fuhr Helena mit abwesender Stimme fort. Es klang, als wäre es größer als eine Katze, und es kam eindeutig näher. Es war doch sicherlich nicht DeMarc? Sie hatte ihn vor nicht einmal fünf Minuten gesehen, wie er mit dem Pfarrer gesprochen hatte. „Ich bin mir sicher, dass es Mr. Goodwin ebenso sehr danach verlangt, dich zu sehen, wie umgekehrt, aber es ist ihm unmöglich. Du musst dich einfach gedulden, Liebes. Gib Acht auf dich und dein ungeborenes

Kind. Sei ihm zuliebe tapfer."

Ihr Appell zeigte Wirkung. Resolut hob Flora ihr zittriges kleines Kinn. „Ich werde tapfer sein. Und jetzt, schätze ich, kehre ich am besten zu Tante Alfreda zurück", verkündete sie. „Sie hat zweifelsohne eine ganze Reihe ‚überaus begehrenswerter junger Männer' aufgetrieben, denen sie mich zum Tanz versprochen hat. Kommst du mit?"

„Nein, Liebes. Lauf nur." Gehorsam wie immer ging Flora auf die Tür zu, als Helena plötzlich noch etwas einfiel: „Flora?"

„Ja?"

„Eines muss ich wissen. Dir werden zahllose junge Männer geradezu in den Weg gelegt, du bist schön und liebreizend und – entschuldige bitte, wenn ich dir zu nahe trete – reich. Wie ist es dir gelungen, sie alle davon abzuhalten, bei Lady Tilpot um deine Hand anzuhalten?"

Flora errötete, während Helena ihre Qualitäten aufzählte, dann lächelte sie mit einer Spur schüchterner Keckheit. „Oh, das ist einfach", erklärte sie. „Wenn ein Gentleman einmal etwas zu deutlich in seinen Aufmerksamkeiten wird, sage ich ihm einfach, dass ich mir keinesfalls vorstellen könnte, in einem Haus zu leben, in dem nicht auch Tante Alfreda wohnt."

„Ich verstehe", antwortete Helena bewundernd, und Flora, die sah, wie ihre Tante ihr durch die Tür zuwinkte, eilte davon.

Vielleicht würde auch Flora triumphieren …

In diesem Moment drang aus einem Busch in Helenas Nähe ein leises verzweifeltes Stöhnen. „Florrra!"

Guter Gott, Helena kannte diese klagende Stimme! Es war Ossie. Der Busch begann zu beben, und Blätter rieselten zu Boden, als der Bursche versuchte, sich zu befreien und seiner Geliebten zu folgen.

„Nein!", zischte Helena und sprang auf ihn zu. Ihr Blick

schoss zu den beiden alten Damen hinüber, die in ihrer Debatte innegehalten hatten, um zu sehen, was los war. „Mrs. Weinbergers Katze", erklärte sie laut, „scheint sich verfangen zu haben."

Die beiden rümpften die Nase und wandten sich wieder ihrer Unterhaltung zu.

„Bleiben Sie, wo Sie sind, Mr. Goodwin", flehte Helena ihn an. „Wenn diese Damen einen Mann aus dem Gebüsch kommen sehen, werden sie das Haus niederschreien und Sie werden als Dieb verfolgt, oder, was noch schlimmer wäre, als mein Verehrer! Dann wird Lady Tilpot mich entlassen!"

„Ohhhhh."

„Ganz ruhig, Mieze", flötete Helena laut, um Oswalds Stimme zu übertönen. Dann zischte sie in einem rabiaten Flüstern: *„Seien Sie endlich ruhig!"*

„Aber so nah bei ihr zu sein", flüsterte der bebende Busch, „und sie weiß es nicht einmal. Sie sieht aus, als gehe es ihr gut. Nein, sie sieht wunderschön aus", säuselte er. „Vielleicht geht es ihr besser ohne mich."

„Ja, zweifelsohne. Aber wahrscheinlich denkt Ihr Kind anders darüber."

„Sie sieht aus wie ein Engel ..." Der Busch verstummte. „Kind?"

„Ja, Sie – ja. Flora trägt ein Kind unter ihrem Herzen."

„Ah!"

„Vorsicht! Wagen Sie es nicht, aus diesem Busch zu fallen."

„Aber ... wie das?"

„Vermutlich haben Sie darüber eine klarere Vorstellung als ich. Aber ich würde auf die übliche Methode tippen", bemerkte Helena, über sich selbst erstaunt. „Jetzt sagen Sie mir schnell eins: Wie läuft der Plan, den Sie vor unserem letzten Treffen ausgeheckt hatten?"

„Gut. Ja, sehr gut", erwiderte der Busch abgelenkt.

„Und haben Sie genug Geld, um für Ihre Braut zu sorgen?“

„Bald. Sehr bald.“

„Wann?“

„In zwei Wochen, vielleicht ein Tag mehr oder weniger.“

„Können Sie nicht …“

„Miss Nash.“ Beim Klang von Ramseys Stimme fuhr Helena herum.

„Mr. Munro!“, rief sie. Sie konnte nicht zulassen, dass er in die Nähe des Busches kam. Er würde sofort bemerken, dass sich dort jemand versteckt hielt. „Bitte bleiben Sie genau da, wo Sie sind“, rief sie ihm zu. „Ich … ich … mein, äh … mein Kleid hat sich in den Büschen verfangen, als ich versucht habe, Mrs. Weinbergers Katze zu befreien, und ich möchte nicht, dass Sie mich sehen, bevor ich es wieder gerichtet habe.“

Die beiden alten Damen am Ende des Pfades hatten sich beim Klang von Ramseys Stimme umgedreht und standen nun da und betrachteten ihn mit empörten Gesichtern. Ram sah zu ihnen hinüber. Er wagte es nicht, Helenas Ruf aufs Spiel zu setzen, indem er zu ihr ging, obwohl sie ihn ausdrücklich darum gebeten hatte, das nicht zu tun. „Also gut. Benötigen Sie irgendwelche Hilfe?“

„Nein, nein“, rief sie heiter. „Es wird nur noch einen Augenblick dauern.“

Sie wandte sich wieder dem Busch zu. „Wann können wir uns treffen? Wo? Es gibt so vieles, was ich Ihnen sagen muss. Ich habe auch einen Brief von Flora für Sie …“

„Florrraaa“, seufzte der Busch.

„Das reicht! Wo? Vauxhall?“

„Nein! Meine Gläubiger wissen von diesem Ort. Sie sind ständig dort“, murmelte der Busch unglücklich. „Ich werde mir etwas einfallen lassen, aber bis dahin …“

Der Busch schwankte, und plötzlich wurde eine Hand herausgestreckt, die nach ihrem Knöchel fasste. Helena fuhr zusammen und unterdrückte einen Schrei. „Um Himmels willen, Mr. Goodwin …“

„Ein Brief“, flüsterte der Busch, während die Hand sie wieder losließ und ein kleines zusammengefaltetes Stück Papier neben ihren Fuß legte. „Für meine Flora. Bitte sorgen Sie dafür, dass sie ihn bekommt.“

„Gut. Jetzt verschwinden Sie.“ Sie beugte sich hinunter und riss seufzend ein Stück Spitze vom Saum ihres einzigen anständigen Ballkleids, während sie den Brief nahm. Dann richtete sie sich auf und trat zurück, als hätte sie sich gerade eben befreit.

„So“, verkündete sie und gesellte sich zu Ram, der in der Nähe des Eingangs stand. „Endlich frei!“

„Ist alles in Ordnung?“ Er hatte die Stirn gerunzelt, und seine Augen lagen im Schatten verborgen. In seinem dunklen Gehrock und den dazu passenden Hosen sah er unglaublich gut aus, das schneeweiße Halstuch bildete einen scharfen Kontrast zu seinen schwarzen Locken. Plötzlich tauchte der Mond hinter einer Wolke hervor und überzog seine schmalen Gesichtszüge mit einem bläulich-weißen Schimmer.

„Ja. Also, was wollten Sie mit mir besprechen? Geht es um die Fechtstunde? Haben Sie diese Woche keine Zeit?“, fragte sie ruhig.

„Was?“, meinte er. „Oh. Nein. Nein, die Zeit passt mir gut. Ich habe nur … Ich habe gesehen, wie Flora den Garten verlassen hat, und Sie sind ihr nicht gefolgt, und DeMarc ist nirgendwo zu finden, also habe ich …“

Sie starrte ihn an, ihr Herz machte einen Satz. Sie erkannte, dass er besorgt aussah. *Meinetwegen.*

„Dann ist Ihnen an seinem Benehmen etwas aufgefallen“, sagte sie und ignorierte die wilden Sprünge ihres Herzens. „An der Art, wie er mich angeblickt hat?“

„Das war wohl kaum möglich, nachdem er Sie kein einziges Mal angesehen hat.“

„Oh“, stieß sie enttäuscht hervor. Es wäre so eine Erleichterung gewesen, wenn jemand anders hätte bezeugen können, was sie gesehen hatte: den Dämon, der hinter der gut aussehenden Maske des nüchternen aufrechten Viscounts lauerte.

„Was mir ganz entschieden Unbehagen bereitet“, fügte er hinzu.

Ihre Blicke trafen sich.

„Sollen wir ein Stück gehen?“

Sie zögerte, da sie nur allzu deutlich die neugierigen Blicke spürte, die ihnen folgten. „Ich würde mich lieber hinsetzen, wenn es Ihnen nichts ausmacht. Hier.“

Sie deutete auf ein Paar schmiedeeiserner Stühle, die direkt vor der Tür standen, die in den Ballsaal führte. Wenn sie dort saßen, waren sie für jeden deutlich sichtbar, der nach draußen blickte. Und auch wenn sie mehr oder weniger unter sich waren, konnte ihr doch wenigstens niemand ein heimliches Treffen unterstellen.

Er lächelte verständnisvoll. „Müssen Sie immer so vorsichtig sein?“

„Immer.“

„Also gut.“ Er wartete, bis sie sich hingesetzt hatte. Dann ließ auch er sich nieder und legte seinen langen Arm auf die Rückenlehne, wobei er seine Finger unbekümmert dicht an ihrer nackten Schulter herunterbaumeln ließ. Seine Finger waren kraftvoll, erinnerte sie sich, und glatt. Warm und …

Das war lächerlich. Früher an diesem Tag hatte sie noch Angst vor DeMarc gehabt und war vor jedem Schatten zusammengezuckt. Und kaum war Ramsey Munro in den überfüllten Ballsaal geschlendert, schien ihre Welt sicher und geschützt – nein, mehr als das, sie schien opulent, vielversprechend und voller köstlicher Möglichkeiten.

„Sie hatten gerade erwähnt, es hätte Ihnen Unbehagen bereitet, dass DeMarc mich nicht angesehen hat“, sagte sie.

„Sie wissen, dass Sie eine außergewöhnlich schöne Frau sind“, stellte er sachlich fest. „Man muss sich nur im Saal umschauen, um zu sehen, wie viele unauffällige Blicke auf Sie gerichtet sind, wie die Männer beobachten, wo Sie hingehen. Und doch hat DeMarc Sie nicht ein einziges Mal angesehen. Mehr noch, er war offensichtlich stets bemüht, sich von der Stelle abzuwenden, wo Sie sich gerade aufhielten, um zu verhindern, dass sein Blick auch nur flüchtig auf Sie fällt. Warum?“

„Ich weiß es nicht.“

„Ich glaube, weil er weiß, dass er zwangsläufig seine Gefühle für Sie, welcher Art diese auch sein mögen, verraten würde, wenn er Sie ansähe.“

„Ich verstehe.“ Es klang so seltsam. Krank. Sie schauderte.

Er sah es und reagierte sofort, indem er näher zu ihr rückte und seine Hand ausstreckte, als wollte er sie an sich ziehen. Aber dann kam er plötzlich wieder zu sich. Oder vielmehr fiel ihm das faszinierte Publikum ein, das am anderen Ende des Gartens stand. „Ich werde nicht zulassen, dass er Ihnen wehtut.“

„Ich werde auch nicht zulassen, dass er mir wehtut“, erwiderte sie mit fester Stimme. „Danke, dass Sie mir das gesagt haben, Mr. Munro. Danke, dass Sie mir Glauben schenken und meine Ängste ernst nehmen. Von jetzt an werde ich noch besser auf mich aufpassen.“

Sein Gesicht spannte sich unwillig an. „Das müssen Sie nicht tun. Ich kann auf Sie aufpassen. Das habe ich geschworen. Erlauben Sie es mir.“

Sie betrachtete ihn mit sanftem Blick. Er klang so wütend und bemühte sich so sehr, sich zu beherrschen, und Ram Munro, so vermutete sie, verlor niemals die Beherrschung.

„Wenn ich es könnte, würde ich es tun. Aber …“

„Aber was?“, beharrte er. „Vertrauen Sie mir.“

Sie schüttelte den Kopf. Wenn er sie begleitete, würde Oswald sich nicht mit ihr treffen. Außerdem war es Floras Geheimnis und nicht das ihre, und sie durfte es nicht verraten. Es war einfach eine Frage von Vertrauen und persönlicher Integrität. Sie musste ihn auf ein anderes Thema bringen.

Er wandte seinen Blick von ihr ab. Seine Kiefermuskulatur war angespannt, die Augen blitzten hart im Mondlicht, und sein Profil sah aus wie das eines schönen zurückgewiesenen Prinzen.

„Darf ich Sie etwas fragen?“, brach sie endlich die Stille.

„Ja“, erwiderte er irritiert. „Natürlich.“

„Nicht jede Frage verdient auch eine Antwort“, entgegnete sie sanft. „Ich habe kein Recht, Sie irgendetwas zu fragen, und Sie haben jedes Recht, zu erwarten, dass ich Ihre Privatsphäre respektiere.“

Seine Wut schwand dahin. Sie klang so reuevoll. Er sah sie wieder an, sein Ausdruck wurde sanfter. Er liebte sie. Er wollte ihre Zustimmung, ihr Lächeln, ihr Verständnis. Und wenn sie, während sie entdeckte, wer und was er war, auch erkannte, wer und was er *nicht* war, so würde er das geschehen lassen.

„Meine liebe junge Frau“, seine Stimme klang eigenartig, „ich bin ganz der Ihre. Was auch immer Sie wünschen, tragen Sie es mir auf. Was auch immer Sie fragen wollen, fragen Sie.“

„Meine Güte! Mir war gar nicht bewusst, dass Sie Ihren Schwur meiner Familie gegenüber so ernst nehmen.“ Sie versuchte ein unbefangenes Lachen, aber es klang nicht im Geringsten unbefangen. Es klang atemlos.

Oh, das hat nichts mit meinem Schwur zu tun, dachte er und hielt ihren Blick mit seinem gefangen. Ihre Augen leuchteten auf, als hätte sie seine Gedanken gelesen. Er formte den

Mund zu einem leichten Lächeln. „Was wollen Sie denn wissen?"

„Warum hat der Marquis so lange gewartet, bis er die Heiratsurkunde Ihrer Eltern vorgelegt hat?"

„Weil sie bis vor fünf Jahren noch nicht existiert hat", antwortete er ohne Zögern. „Ich wollte nicht zulassen, dass sie der Öffentlichkeit als echt untergeschoben wird bis …", er machte eine nachdenkliche Pause, „… bis vor fünf Tagen."

Wenn die Welt von der Fälschung seines Großvaters Wind bekam, würde es einen Skandal von bisher ungeahntem Ausmaß geben, und Ram wäre nicht nur wieder ein namenloser Bastard, sondern auch mit seinem Fechtsaal wäre es vorbei. Er riskierte viel, indem er ihr das anvertraute. Aber er war noch nie zuvor verliebt gewesen. Wenn er sie, indem er ihr seine Geheimnisse offenbarte, dazu bringen konnte, ihn auch mit ihren zu betrauen, so wäre es das wert. Es missfiel ihm, dass sie sich von etwas gezwungen fühlte, maskiert und nun auch noch mit einem Degen bewaffnet nachts draußen herumzulaufen.

Ihr Blick ruhte auf ihm. Sie hatte es geahnt. „Aber warum jetzt?"

„Der Grund dafür liegt in der Vergangenheit", antwortete er. „Erinnern Sie sich noch an die anderen Männer, die mit mir in Ihr Haus kamen, um den Eid abzulegen, Ihrer Familie zu helfen?"

Sie nickte.

„Natürlich war Colonel MacNeill dabei und noch jemand, Andrew Ross. Haben Sie je erfahren, warum wir in dem französischen Gefängnis waren?"

„Teilweise", sagte sie. „Kate hat mir etwas von dem erzählt, was ihr Ehemann ihr gesagt hat. Sie wurden nach Frankreich geschickt, um ein Netzwerk von Informanten aufzubauen, dessen Zentrum an dem Ort sein sollte, wo Napoleon es am wenigsten erwartet hätte – im Hause seiner Frau, in Malmaison."

„Ja", bestätigte Ram und nestelte an der goldenen Rosennadel, die in seinem weißen Halstuch steckte. „Joséphine liebt Rosen, sie ist geradezu besessen von ihnen. Als Gemahlin Napoleons schicken ihr Könige und Königinnen, abgesetzte Prinzen und Möchtegern-Potentaten die exotischsten Rosenstöcke als Geschenk. Aber keine war je so exotisch wie eine Rose, die in einer kleinen schottischen Abtei wuchs, ein Geschenk eines Kreuzritters an den Abt, der während des schwarzen Todes für seine Familie gesorgt hatte."

„Die gelbe Rose", sagte sie.

„Aye." Sein leichter schottischer Akzent wurde stärker. „Die gelbe Rose. Wir brachten ihr die Rose und boten ihr unsere Fachkenntnisse an, um als Rosenjäger in Frankreich und überall in Europa nach neuen Sorten für ihre Gärten zu suchen. Mit einem von ihr geschriebenen Freibrief hätten wir unangefochten überall hingehen können."

Sein Blick, der durch ein Meer von Erinnerungen zu tauchen schien, wurde wieder scharf. „Es war ein guter Plan", sagte er. „Aber jemand hat uns verraten, bevor wir auch nur anfangen konnten, ihn in die Tat umzusetzen. Wir wurden festgenommen und in die Kerker der Burg von LeMons geschickt."

Ihr Blick war nach wie vor auf sein Gesicht fixiert, das helle Blau ihrer Augen schien im Mondschein noch tiefer, ihr blondes Haar wirkte beinahe weiß.

„Es muss genügen, zu sagen, dass die Franzosen uns nicht mit dem Respekt behandelt haben, den ein Schotte von seinen ehemaligen Verbündeten hätte erwarten können." Er lächelte schief, aber dann verblasste sein Lächeln. „Sie haben einen von uns hingerichtet, den Edelsten von allen, unser Herz, Douglas Stewart."

Seine Gedanken gingen zu Doug zurück, das braune Haar von Dreck verkrustet, die hellen Augen wild, hektische rote

Flecken auf seinen schmalen Wangen, als die Wachen ihn die schmale Treppe zur Guillotine hinaufgezerrt hatten. „Bleibt euch treu, Brüder!“, hatte er noch gerufen, bevor die dicke Tür hinter ihm zugefallen war.

„Aber wer hat Sie verraten?“, fragte sie mit gerunzelter Stirn.

„Ich weiß es nicht“, erwiderte er. „Drei Personen kommen infrage: Kit MacNeill, Andrew Ross oder Toussaint, ein ehemaliger französischer Soldat und exilierter Priester, der das ganze Unternehmen geplant hatte. Ich hatte schon immer den Verdacht, dass Toussaint mehr war, als er zu sein vorgab.“

Sein Ausdruck entspannte sich etwas. „Ich kann mir nicht vorstellen, dass es Kit war, und er scheint inzwischen auch bereit zu sein, mir zu glauben, dass ich es nicht war. Bevor er England verlassen hat, habe ich ihm versprochen, dass ich ein für alle Mal herausfinden werde, wer uns verraten hat. Vor ein paar Tagen habe ich einen Brief von einem Mann bekommen, der Wärter in LeMons war. Ich hatte ein paar Nachforschungen angestellt und für jede Information, die mich zu unserem Judas führen könnte, eine Belohnung ausgesetzt. Dieser Mann hat geantwortet. Er behauptet, zu wissen, wer uns verraten hat. Und bald kommt er als Teil des Gefolges eines französischen Fechters, der eine besondere Genehmigung hat, für die Zeit des Turniers das Land zu betreten. Ich habe mit ihm ein Treffen am letzten Tag des Turniers arrangiert, bei dem er mir den Namen des Mannes verraten wird, den ich suche.“

„Aber nur für sehr viel Geld“, vermutete sie mit verengten Augen. „Und der Marquis hat sehr viel Geld.“

„Bravo.“ Er blickte sie mit nüchterner Belustigung an. „Die Summe, die Arnoux fordert, übersteigt alles, was ich je beschaffen könnte.“

Eine ganze Nacht lang hatte er gewacht und darüber nachgedacht, was er tun sollte, bis die Vergangenheit hereingekrochen war und seine Gedanken in Beschlag genommen hatte. Er hatte an seine schöne unbesonnene Mutter gedacht, an seinen ungestümen sorglosen Vater und an das herrliche Leben, das er in den Highlands geführt hatte. Dann hatte er über jene wenigen, beängstigenden Wochen nach dem Tod seiner Mutter nachgedacht und darüber, wie Bruder Tarkin ihn gefunden und in die Abtei von St. Bride's gebracht hatte, wo die drei Jungen ihn so selbstverständlich in ihre Bruderschaft aufgenommen hatten, als ob er schon immer einer von ihnen gewesen wäre, als wären sie tatsächlich Brüder, von deren Existenz er ganz einfach noch nichts gewusst hatte. Und schließlich führten ihn seine Gedanken in ein französisches Gefängnis, wo er und seine Brüder verraten worden waren. Einer von ihnen war getötet worden, und die Überlebenden waren für immer gezeichnet.

Zweimal hatte er eine Familie verloren. So sinnlos der Tod seiner Eltern auch gewesen war, zumindest war er nicht vorsätzlich gewesen. Aber das zweite Mal … Jemand hatte sich mit Bosheit und Absicht dazu verschworen, sie zu vernichten. Und dieselbe Person wollte sie wieder vernichten. Warum?

Jetzt war die Entdeckung dieses Mannes für ihn zum Greifen nahe. Er hatte sich nur noch fragen müssen, wie sehr er es wissen wollte. Mehr, als er einen alten Mann für das, was er Rams Eltern angetan hatte, büßen lassen wollte?

Eindeutig.

„Ich bin der einzige lebende Blutsverwandte, den der Marquis hat, und das, Miss Nash, schmerzt ihn. Dennoch, sein Stolz ist enorm, und er wird alt, und er wünscht sich verzweifelt, dass seine Linie fortgeführt wird."

Etwas Dunkles flackerte in ihren Augen auf. Was war es?

„Also habe ich ihm einen Brief geschrieben, der besagte, dass ich damit einverstanden sei, als sein wahrer legitimer Erbe entdeckt zu werden, wenn er mir sofort die Summe von vierzigtausend Pfund überschriebe. Noch am selben Tag haben wir uns bei seinem Anwalt getroffen."

„Es muss furchtbar schwer für Sie gewesen sein."

Er blickte sie belustigt an. „Muss es das? Warum?"

„Weil Sie das Marquisat nicht wollten", sagte sie mit sanfter Überzeugung. „Es bringt Verpflichtungen und Kompromisse mit sich, die Sie für sich weder gewünscht noch geplant hatten."

Seine Belustigung wich deutlichem Interesse. „Ein Bastard wie ich, dem Vermögen und Macht angeboten werden, die jenseits seiner Vorstellungskraft liegen? Wie hätte ich das nicht wollen können?"

„Weil Sie etwas anderes wollten", sinnierte sie, während sie ihn ernst betrachtete. „Sie wollten ... die Fechtkunst unterrichten, so, wie Sie glauben, dass sie unterrichtet werden muss. Sie wollten etwas für sich selbst. Etwas, das Sie aus eigener Kraft aufgebaut haben."

„Wollte ich das? Woher wissen Sie das?" Ihre Einsicht raubte ihm den Atem. Sie hatte recht. Er hatte sich einen Fechtsaal erträumt, in dem er Fechten nicht als Zeitvertreib für die gelangweilten Söhne wohlhabender Adeliger unterrichtete, sondern als Disziplin, als Kunst.

„Weil ich gehört habe, wie Sie davon sprechen, welchen Tonfall Ihre Stimme bekommt."

Er leugnete ihre Erkenntnisse nicht, aber er konnte sie auch nicht bestätigen. Was hätte es jetzt noch gebracht? Das Leben, das er sich erträumt hatte, war für ihn inzwischen unerreichbar. Ein Marquis unterrichtete nicht. Andere Verpflichtungen würden seine Zeit in Anspruch nehmen, sein Scharfsinn würde gefordert werden und andere Talente, von denen er nicht einmal wusste, ob er sie besaß, geschweige denn, ob er sie anzuwenden wusste. Aber er würde es versuchen. Wie er Callum Lamont gesagt hatte, war das Bezahlen von Schulden eine Gewohnheit, die er nicht aufgeben konnte. Und jetzt stand er nicht nur in der Schuld seines Großvaters, sondern auch all derer, deren Lebensunterhalt von dem Marquisat abhing.

„Und was ist mit Ihnen, Miss Nash? Was wollen Sie?"

„Gekannt werden. Geschätzt werden. Wert haben." Er erkannte, dass sie, ohne nachzudenken, gesprochen hatte, direkt aus dem Herzen. Er sah es daran, wie ihre Haut sich im Mondschein dunkler färbte und wie sie das Gesicht abwandte, als schämte sie sich für ihre Worte.

Ich kenne dich. Ich schätze dich.

Er blickte zu der Tür, die in den Ballsaal führte. Schönheiten der feinen Gesellschaft, neugierige Matronen und – Teufel! – sogar ein paar anständige Damen hatten den Abend damit verbracht, ihm interessierte Blicke zuzuwerfen und ihn verschämt anzulächeln. Und die einzige Frau, von der er sich verführerische Blicke und ein einladendes Lächeln wünschte, hielt ihn für einen Weiberhelden und wusste jetzt auch noch, dass er ein Betrüger war.

Die beiden älteren Damen waren ihrer unschuldigen und öffentlichen Unterhaltung endlich müde geworden und gingen wieder in den Ballsaal zurück. Er lächelte amüsiert.

„Sie werden gefeiert werden", stellte Helena ruhig fest. „Sie werden ja jetzt schon gefeiert."

Er sah sie nicht an. Das Verlangen, sie zu berühren, sie in seine Arme zu ziehen und eine Antwort von ihr zu erzwingen, war nahezu überwältigend. Den ganzen Abend über hatte er die Rolle des artigen Erben gespielt, Konversation betrieben, sich verbeugt und vor Leuten gebuckelt, die ihm nicht das Geringste bedeuteten, nur um *sie* zu sehen, nur um seine Angst wegen der Gefahr, in der sie sich vielleicht befand, zu beruhigen. Helena Nash war die Einzige, die ihm etwas bedeutete, und zugleich die Einzige, die nicht besonders von ihm beeindruckt zu sein schien. *Wie konnte er sie nur beeindrucken?*

Oh, er wusste nur zu gut, dass sie sich von ihm angezogen fühlte. Sein körperlicher Appetit war gesund, genau wie der ihre. Aber die Anziehungskraft zwischen ihnen ängstigte sie, sein Interesse beunruhigte sie. Er musste vorsichtig sein, langsam vorgehen. Geduld haben. Selbst wenn es ihn fast umbrachte.

Endlich wandte er sich wieder um und betrachtete ihr Profil. Ihr Ausdruck war so gelassen und schön wie üblich, aber die Finger in ihrem Schoß waren angespannt.

„Wir sollten gehen“, sagte sie und stand mit plötzlicher Entschlossenheit auf. „Wenn wir noch viel länger zusammen gesehen werden, wird man mich für unangemessen ehrgeizig halten.“

Nein. Er erhob sich und folgte ihr zur Tür. Nein. Sie erreichte den Eingang und hielt inne. Er nutzte die Gelegenheit, glitt an ihre Seite und fasste nach ihrem Arm, um sie grob zu sich in den Schatten zu ziehen.

„Nein“, widersprach er, als sie zu ihm hochstarrte. „Man wird denken, dass ich äußerst unedel bin.“

„Aber das sind Sie nicht. Sie sind der zukünftige Marquis of Cottrell.“

Er blickte zu ihr hinunter und fühlte sich unsicher, närrisch und roh. Und so verdammt leicht zu durchschauen. „Und Sie wollen meine ernste kleine Lehrerin für das richtige Benehmen in der feinen Gesellschaft sein? Ich verstehe. Dann sagen Sie mir, was macht ein neu entdeckter Erbe eines hohen Titels, wenn er sich alleine in einem Garten mit einer Frau wiederfindet, die er leidenschaftlich gerne küssen würde?“

Er hörte, wie sie schluckte, und sah in ihre großen dunklen Pupillen, als sie zu ihm hinaufstarrte.

„Er lässt sie los und geht weg.“ Sie klang jedoch keineswegs überzeugt, und das ließ ihn hoffen.

„Nun“, sagte er mit einem zärtlichen Lächeln, „ich bin

noch neu in dieser Rolle und somit prädestiniert dazu, Fehler zu machen.“

Und damit zog er sie in seine Arme und küsste sie so stürmisch, dass es ihr den Atem raubte. Erst dann ließ er sie los.

Aber sie war diejenige, die wegging – nein, wegrannte.

Verborgen im Schatten unter der alten Musikergalerie legte der Viscount DeMarc seinen Kopf gegen die Wand und schloss die Augen. Aber er konnte sie immer noch sehen. Munro, dunkel und elegant wie der Teufel selbst, wie er sich über sie beugte, während ihre ätherische Schönheit schimmerte, als wäre sie aus Mondschein und Gold gewirkt, und so hell leuchtete, dass es ihm in den Augen schmerzte, sie zu betrachten. *Helena! Meine Helena!*

Munro küsste sie. Er küsste sie, als wollte er sie in sich aufnehmen, und sie gab sich ihm hin, einen langen Augenblick lag sie in seinen Armen, dann ließ Munro sie plötzlich los und trat zurück.

Sie sprachen nicht miteinander. Sie berührten sich nicht einmal. Sie mussten sich nicht berühren. Sie berührten sich auf so viele andere Arten, seine Dunkelheit verschmolz wie ein Schatten mit ihrer strahlenden blassen Schönheit, und sie öffnete sich ihm, umarmte ihn, nahm seine harte dunkle Seele in sich auf. Nein. Nein, nein, nein. Es war abscheulich. Eine Schändung ihrer Verbindung mit ihm, DeMarc.

Sie gehörte *ihm,* zur Hölle mit ihr.

Dachte Munro etwa, er würde sie ihm einfach so überlassen? Glaubte sie, sie könnte ihn einfach so verlassen?

Nein.

Ram Munro liebte Helena Nash.

Der andere Mann, der die beiden beobachtet hatte, seufzte und wurde ein bisschen wehmütig, ein bisschen sentimental.

Der arme Narr liebte sie wirklich.

Natürlich hatte es keine Zukunft. Sie vertraute ihm nicht, und Ram Munro, nun, er war gezeichnet, wie es nur ein Mann sein konnte, der durch die Hölle gegangen war. Ram wusste es nur nicht. Aber *er* wusste es. Aye.

Eigentlich tat er Ram, genau betrachtet, sogar einen Gefallen, wenn er ihn töten ließ. Er würde die Qual nicht ertragen müssen, zuzusehen, wie die Bewunderung seiner Liebsten zu Hass wurde, zu erkennen, dass er dazu verdammt war, sie zu enttäuschen, dass er nie sein konnte, was sie brauchte. Nie das sein konnte, was er ihr versprochen hatte, nie den heiligen Schwur erfüllen konnte, den er abgelegt hatte, die Versprechungen an alte Ordnungen und an neue …

Der Mann runzelte die Stirn. Er war verwirrt und fühlte sich benommen, weil so viele Erinnerungen und Bilder auf ihn einstürzten, und manchmal war es schwierig auseinanderzuhalten, welche davon der Realität entstammten und welche in langen Stunden geistiger Qual geboren worden waren.

Mit einem Laut der Verzweiflung zog er seinen Handschuh aus und suchte in seiner Tasche nach dem schmalen Messer, das er stets bei sich trug, um ihm zu helfen, seine Gedanken zu ordnen. Um ihm zu helfen, sich zu konzentrieren. Es war ein Trick, den er vor langer Zeit in Frankreich gelernt hatte. Mit einem Seufzer der Erleichterung rammte er sich die scharfe Spitze des Messers in das weiche Fleisch seines Handballens. Sofort klärten sich seine Gedanken. Noch eine kleine Drehung mit der Klinge, und die Klarheit kehrte zurück und mit ihr süße Vernunft.

Ram versuchte, sich neu zu erschaffen. Kein Mensch konnte sich neu erschaffen. War es nicht das, was die Kirche lehrte? Dass ein Mensch sterben musste, bevor er wiedergeboren werden konnte? So wie er wiedergeboren worden war. Unglücklicherweise war er in eine Welt wiedergeboren worden, die immer noch von jenen bewohnt wurde, die ihn als einen anderen gekannt hatten. Das konnte er nicht zulassen. Er wollte nicht den Rest seines neuen Lebens damit verbringen, ständig zurückzuschauen.

Also mussten sie sterben. Alle.

Es war nicht einfach für ihn. Er sah Ram Munro an und war voller Bewunderung, erfüllt von einem beinahe väterlichen Stolz. Er hatte das vollbracht. Er war für diese stolze Haltung mitverantwortlich, für dieses tödliche Können mit dem Degen, für dieses harte entschlossene Herz.

War es ein Wunder, dass er sich nicht dazu überwinden konnte, sie zu töten? Denn er konnte es nicht. Nicht selbst. Er hatte schließlich auch einen Eid abgelegt.

Und er war kein Verräter.

23. KAPITEL

VOLTA:
Drehung oder Rotation des Fechters

„Gut. Jetzt folgen Sie der Linie.“

Angestachelt durch Rams Lob, streckte Helena den Arm aus, die Klinge leicht nach unten gerichtet. Es war ihre siebte Unterrichtsstunde in der Fechtschule innerhalb von zwei Wochen, und sie hatte von Mal zu Mal mehr Freude daran. Sie mochte es, ihren Körper zu spüren, und unter Rams formeller Anleitung hatte sie gelernt, das Ganze als ein Spiel zu begreifen, das nicht nur ballettähnliche Kunstfertigkeit und Präzision, sondern auch Geschicklichkeit verlangte.

Nach dem aufwühlenden Kuss im Garten war sie sich unsicher gewesen, ob sie sich noch einmal in den Fechtsaal wagen sollte. Aber jetzt war sie froh, dass sie gekommen war. Er hatte sie ohne jede Andeutung begrüßt, dass der Kuss für ihn mehr gewesen war als ein unbedachter Fehltritt, und sie war zu der Annahme gekommen, dass es wohl eher eine trotzige Reaktion auf die Situation, in der er sich nun befand, gewesen war als ein durch ihre unwiderstehliche Anziehungskraft ausgelöster Impuls. Allmählich hatte sie sich entspannt, ebenso wie Ram.

Er hatte keinen weiteren Versuch unternommen, sie zu verführen. Ja, er hatte sie berührt, und das oft, aber seine Berührungen waren unpersönlich. Zu ihrer Besorgnis konnte sie nicht von sich behaupten, dass sie mit derselben Gleichgültigkeit darauf reagierte. Jedes Mal, wenn er seine Finger um ihr Handgelenk legte, um ihre Klinge in Position zu bringen, ihre Schulter drehte oder ihr Kinn mit seinem Daumen zurechtrückte, reagierte ihr Körper wie auf die Zärtlichkeiten eines

Liebhabers, ganz egal, wie unbedeutend oder flüchtig die Berührung war.

Zu ihrer Freude kam auch noch der unerwartete Segen von DeMarcs Verschwinden. Schon seit über einer Woche hatte sie ihn nicht mehr auf einer von Lady Tilpots Soireen gesehen, und sie hatte ihn auch kein einziges Mal dabei erwischt, wie er auf der Straße herumlungerte und auf ihr Erscheinen wartete. Sie war erleichtert, wenn auch noch nicht wirklich zuversichtlich, dass er endlich zur Vernunft gekommen war. An dem Abend, als er sie hinter Lady Tilpots Stadthaus abgefangen hatte, hatte er jedenfalls alles andere als vernünftig gewirkt.

Trotzdem, seine Abwesenheit gewährte ihr eine willkommene Schonfrist. Zugleich wurde Helena bewusst, dass es ihr schwerfallen würde, diese Stunden in Rams Gesellschaft aufzugeben, selbst wenn DeMarc nie wieder in ihrem Leben auftauchen würde. Sie waren viel zu anregend, unterhaltsam und durch und durch beglückend.

Erst nachdem die Unterrichtsstunden zu Ende waren, legte Ram sein lehrerhaftes Benehmen ab. Dann bestand er darauf, dass sie noch zum Tee blieb, und bezauberte sie mit seinem Charme, während sein grimmiges einäugiges Faktotum sie bediente. Er unterhielt sie mit Geschichten über seine Kindheit in den Highlands und stimmte sie nachdenklich, als er ihr erzählte, wie er zum Waisenkind geworden und nach St. Bride's gebracht worden war.

Und er stellte ihr Fragen. Fragen über ihre Schwestern, über ihr Leben mit Lady Tilpot. Er brachte sie dazu, ihre Ansichten zu dem aktuellen Geschehen im Parlament, zur irischen Frage und der neuesten Mode zu äußern. Er forderte sie auf, ihm zu sagen, wen sie bewunderte und was ihr missfiel. Und immer hörte er ihr aufmerksam zu, während sie sprach, als habe das, was sie sagte, wirklich Bedeutung für ihn. Ihr gefiel ihre aufblühende Freundschaft. Das war zwar vermutlich eine seltsame Bezeichnung für eine Beziehung zu einem gut aussehenden Lebemann, doch sie wusste nicht, wie sie es sonst nennen sollte.

Immerhin betrachtete er sie nicht mit jenem trägen verführerischen Blick, von dem sie wusste, dass er männliches Verlangen signalisierte, und er unternahm auch keinerlei Versuch, sie zu berühren. Ganz im Gegenteil, er schien jedes Interesse an ihr als Frau verloren zu haben. Sie hätte froh sein sollen. Sie hätte …

„Nein! Wo sind Sie mit Ihrer Aufmerksamkeit, Miss Nash? Offensichtlich nicht mehr hier."

Ihr Degen war während dieser letzten irritierenden Gedanken herabgesunken. Sie errötete, und er schlug mit einem ungeduldigen Seufzer ihre Klinge weg, umfasste ihr Handgelenk und zog ihren Arm gerade.

„Das ist keine Art, Fechten zu unterrichten", murmelte er. „Keine Fußarbeit, keine Haltung, einfach nur hauen und stoßen und stechen. Ich bereue, dass ich zugestimmt habe, dabei mitzumachen. Sie haben mich an einen neuen Tiefpunkt gebracht, Miss Nash. Sind Sie zufrieden?"

„Es tut mir leid."

„Es wäre sogar gut möglich", rief er plötzlich aufgebracht, „dass Sie das umbringt."

„Aber …"

„Halbwissen ist etwas Gefährliches, Miss Nash. Ein Angreifer kommt schnell und hält sich nicht an irgendwelche Regeln."

Natürlich hatte er recht. Sie hatte schon die ganze Zeit über gewusst, dass ihr Ziel unerreichbar war. Aber auch ein wenig Wissen gab ihr ein gewisses Maß an Selbstvertrauen. Zumindest wartete sie nicht mehr einfach nur darauf, zum Opfer zu werden.

„Ich weiß“, antwortete sie verzweifelt. „Aber ich muss etwas tun. Ich kann nicht einfach nur ... Ich muss doch irgendetwas tun!“

Er betrachtete sie mit einem unergründlichen Gesichtsausdruck.

„Passata sotto“, verkündete er endlich. „Man könnte es als eine Art heimliche List bezeichnen, nur dass es so etwas nicht gibt.“ Sein Ton wurde aufgeregter. „Der einzige Vorteil, den ein schwaches Opfer hat, wenn es angegriffen wird, ist seine Verletzlichkeit. Der Angreifer erwartet nicht, auf Gegenwehr zu stoßen. Die *Passata sotto* ist ungelenk, man kann sich nur schwer von ihr erholen, und sie ist leicht zu parieren, aber nur, wenn sie erwartet wird. Lassen Sie es mich vormachen. Stürzen Sie sich auf mich, springen Sie mich direkt an.“

Er hielt die Klinge lässig auf Linie, die Spitze gesenkt. Sie zögerte. Oh, sie wusste genau, dass Ram alles parieren konnte, was sie ihm bot, und die Spitze ihrer Klinge war gut gesichert, aber ihr gefiel die Vorstellung nicht, sich in seiner momentanen Wehrlosigkeit mit Absicht auf ihn zu stürzen.

„Tun Sie es.“

Sie tat es. Sie stürzte sich vor, wie er es ihr gezeigt hatte, aber Ram drückte ihre Klinge nicht zur Seite, sondern stieß seinerseits noch tiefer, während er sich zur gleichen Zeit zur Seite drehte und sich fallen ließ, die freie Hand flach auf dem Boden, sodass sein nach hinten ausgestrecktes Bein, sein Torso und sein Waffenarm eine lange durchgehende Linie bildeten, an deren Ende die Klingenspitze auf ihrer Brust lag. Sie hätte ebenso leicht in ihrer Lunge stecken können.

Sie betrachtete die Spitze, die ihr Kleid eindrückte. „Aber das ist ja großartig! Ich hatte keine Ahnung, dass Sie so etwas können.“

„Es ist im Allgemeinen die letzte Aktion in einem Kampf“, bemerkte Ram trocken, stand auf, und klopfte sich den Staub vom Hosenbein. „Entweder man gewinnt damit, oder man verliert."

„Werden Sie es bei dem Turnier am Wochenende einsetzen?"

„Ich habe beschlossen, mich aus dem Turnier zurückzuziehen", erklärte er. „Ich muss mich um andere Dinge kümmern. Die Zeit ist knapp, und meine Mittellosigkeit ist nicht mehr so akut."

„Geht es um Ihr Treffen mit dem Wärter aus dem französischen Gefängnis?", fragte sie nüchtern. Sie konnte ein wenig Enttäuschung nicht unterdrücken. Zu gerne hätte sie Ram in einem Duell gesehen.

„Ja", sagte er kurz angebunden. „Jetzt ziehen Sie Ihr Kleid aus."

Sie blinzelte ungläubig.

„Sie können eine *Passata sotto* nicht im Kleid ausführen, Miss Nash. Ich werde Gaspard anweisen, etwas für Sie aufzutreiben. Manchmal lassen die jüngeren Schüler Sachen hier, und Gaspard reinigt sie."

Er sah sehr grimmig aus. Welten entfernt von dem Gentleman, der sich an ihren Hals geschmiegt und sie murmelnd dazu aufgefordert hatte, sich in seinen Armen zu entspannen. Er riss an der Klingelschnur und ging dann mit schnellen Schritten ans Fenster, wo er stehen blieb und auf die Straße hinunterblickte, die Hände hinter dem Rücken verschränkt.

Es war offensichtlich, dass ihn etwas verärgert hatte, aber da sie keine Ahnung hatte, was es sein konnte, wartete auch sie ab. Es dauerte nicht lange, bis Gaspard erschien und sich den seltsamen Anweisungen seines Herrn entsprechend auf die Suche nach den verlangten Kleidungsstücken machte, ohne auch nur mit der Wimper zu zucken.

„Haben Sie irgendeine Vorstellung, wie weit ich gehen würde, um meinen Schwur Ihrer Familie gegenüber zu erfüllen?“, fragte Ram endlich, ohne sich umzudrehen.

„So weit, mir eine *Passata sotto* beizubringen?“, erwiderte sie im Versuch, seine momentane Laune mit einem Scherz zu heben. Aber Ram Munro hatte keine „Launen“, sein sardonisches Benehmen war ein ebenso fester Bestandteil seines Charakters wie sein teuflisch gutes Aussehen und seine Fechtkunst.

Er wandte sich um. Er ließ sich nicht ablenken. „Können Sie sich denn nicht dazu überwinden, mir Ihr Vertrauen zu schenken? Habe ich je irgendetwas getan, um Ihnen das Gefühl zu geben, dass Sie mir nicht trauen können?“

„Nein!“, rief sie und fuhr leise fort: „Erinnern Sie sich noch an den Tag, nachdem ich zum ersten Mal in Ihren Fechtsaal gekommen war?“

Er nickte und sah sie aufmerksam an.

„War das derselbe Tag, an dem Sie sich nacheinander mit acht Männern duelliert haben, um die Ehre einer Dame zu verteidigen?“

Sie hatte ihn überrascht. Niemand hatte davon erfahren sollen.

Er versteifte sich. „Wie schade, dass Ehre heutzutage in den oberen Schichten so eine geringe Bedeutung hat“, sagte er ruhig. „Ich sehe schon, dass ich die betreffenden Herren noch einmal aufsuchen muss und …“

„Nein“, unterbrach sie. „Das wird nicht nötig sein. Niemand kennt den Namen der Dame. Es ist nur bekannt, dass ein mittlerweile berühmtes Duell ausgefochten wurde. Ein Mann, der vermutlich so betrunken war, dass er die ursprüngliche Beleidigung nicht einmal gehört hat, war wohl wach genug, es zu bezeugen.“

„Ich verstehe.“

Sie blickte ihm direkt in die Augen. „War ich diese Dame, Mr. Munro?“

In einer um Nachsicht bittenden Geste hob er die Hand.

„Ich habe einige Anstrengungen unternommen, Miss Nash, um den Namen einer Dame zu schützen. Ich kann Ihnen diesen Namen kaum verraten, nachdem ich bereit war, acht Männer herauszufordern, um ihn geheim zu halten."

Ihr Blick war ruhig und forschend. „Dafür respektiere ich Sie, Mr. Munro. Aber derselbe Ehrenkodex, der es Ihnen verbietet, den Namen dieser Dame oder der involvierten Herren zu verraten, verbietet es auch mir, eine Situation zu enthüllen, in die Personen verwickelt sind, denen ich meine Hilfe und mein Schweigen versprochen habe."

„Touché", murmelte er. „Aber ..."

Ein Klopfen unterbrach ihn, und Gaspard trat ein, ein Paar schmaler Hosen und ein Hemd über dem Arm. Wortlos legte er die Sachen auf den Tisch.

„Ich werde draußen warten", sagte Ram. „Rufen Sie mich, wenn Sie umgezogen sind."

Helena brauchte nicht lange, um ihr Kleid abzulegen und die Hosen anzuziehen, nachdem sie in den vergangenen beiden Monaten reichlich Erfahrung mit Männerkleidung hatte sammeln können. Sie ließ das weiße Hemd am Hals offen, schob die Ärmel bis zum Ellbogen hoch und stopfte es unten in den Hosenbund. Dann hob sie den Degen auf und machte einen Ausfallschritt.

Ah! Das war viel besser. Sie lächelte fröhlich.

„Mr. Munro!", rief sie.

Er betrat den Raum und verschränkte die Arme über der Brust, während er sie musterte, von den Schuhen bis zu ihrem beglückten Gesichtsausdruck. „Sie fühlen sich großartig, nicht wahr?", fragte er trocken.

„Ich fühle mich befreit, Mr. Munro. Ich hätte von Anfang an Männerkleidung tragen sollen. Ich bin mir sicher, dass ich mich sehr viel besser anstellen werde, bei der Bewegungsfreiheit, die diese Kleidung mir lässt."

„Wirklich? Dann beabsichtigen Sie, ab jetzt in Männerkleidung in der Öffentlichkeit herumzulaufen?“

Sie errötete. „Nein, nein, natürlich nicht.“ Er war ihrem Geheimnis zu nahe gekommen, und plötzlich fragte sie sich, ob ihr Anblick ihn an eine andere junge Frau in Männerkleidung erinnerte. Sie blickte zu ihm hinüber. Er beobachtete sie aus halbgeschlossenen Augen. Er wirkte düster und immer noch verärgert, zeigte aber keinerlei Anzeichen, dass er sie wiedererkannte.

„Sollen wir?“, fragte sie.

In den nächsten zwei Stunden ließ er sie dasselbe offensive Manöver immer und immer wieder üben. Er ließ sie so tief und so oft vorspringen, dass ihre Oberschenkelmuskulatur heftig schmerzte. Wieder und wieder ließ er sie springen, sich zur Seite drehen und ihre Balance halten, indem sie ihre Hand auf die Bodendielen warf, bis ihre Handfläche wund war. Ein ums andere Mal rief er ihr zu, den Degen hochzustoßen und sich gleichzeitig zu strecken, bis ihre Rippen brannten und ihr Arm vor Anstrengung zitterte, um die elenden paar Pfund Stahl über ihren Kopf zu halten.

Und dann ließ er es sie noch einmal machen.

Aber sie verlor ihr Ziel nicht aus den Augen. Sie würde sich nicht entmutigen lassen.

Als er jedoch schließlich seinen Degen aufhob und zu sprechen begann, hatte sie genug. Bevor er auch nur ein Wort hatte sagen können, hatte sie sich fallen gelassen. Die Bewegung war ihr mittlerweile so in Fleisch und Blut übergegangen, dass ihr Körper sie wie von selbst ausführte. Sie stieß nach vorne und nach oben und traf sein Hemd. Mit unermesslicher Befriedigung hörte sie, wie der Stoff riss. Sie hatte einen Sieg über Ramsey Munro davongetragen! Mit einem frohlockenden Aufschrei sprang sie auf die Beine. Ihr Gesicht war vor Freude über den Sieg gerötet, und ihre Augen leuchteten vor Stolz.

Ramsey blickte an sich hinab. Sie musste sich mit der gesicherten Degenspitze in einer Naht seines Hemdes verfangen haben, sodass die ganze Seite bis hoch zum Ärmel aufgerissen war. Der Stoff hing lose herunter, und ein Teil seiner muskulösen Brust war zu sehen.

Er sah wieder hoch. „Ich mochte dieses Hemd."

„Ich habe Sie getroffen!", rief sie aufgeregt. „Ich habe Sie überrascht!"

„Das haben Sie", gab er zu.

„Na also, sehen Sie? Sie brauchen sich keine Sorgen um mich zu machen, Mr. Munro", verkündete sie, benommen vom Erfolg. „Nachdem ich diese wahrhaft wundervolle Taktik beherrsche, bin ich sicher und …"

Sie sah nicht einmal, wie er sich bewegte. Gerade noch plauderte sie fröhlich über ihre neu erlernten Fähigkeiten, und im nächsten Augenblick hatte er sie schon in seinen Armen gefangen, sein Mund war verzerrt. Er hielt sie schmerzhaft fest und schob sie stolpernd nach hinten, während sie sich verzweifelt und ängstlich in seinen Armen wand.

„Ah!" Ihr Rücken stieß gegen die Wand, und sie atmete stöhnend aus.

„Sie sind nicht sicher!", sagte er mit leiser wutentbrannter Stimme. „DeMarc ist untergetaucht. Seit über einer Woche hat ihn niemand gesehen, und Sie wissen nicht, wo er sich aufhält. Ich muss ein Narr sein, dass ich Ihnen das Handwerkszeug – oder vielmehr nur die Illusion davon – beigebracht habe, durch das Sie nun denken, Sie wären tatsächlich darauf vorbereitet, sich mit einem Degen zu verteidigen. Aber Sie sind noch eine viel größere Närrin, wenn Sie glauben, dass dieser kleine Trick Sie unverwundbar macht."

„Lassen Sie mich los", sagte sie. Auch in ihr stieg Wut auf bei seinen ungerechten Anschuldigungen, seiner offenkundigen Verachtung. Wie konnte er es wagen, sie so zu behandeln?

Wie konnte er es wagen, ihr wehzutun? Und was tat eigentlich mehr weh, sein eiserner Griff oder seine ätzende Verachtung?

Sie stieß ihn von sich und versuchte, sich zu befreien. „Wagen Sie es nicht …“

Er schob sie zurück, streckte ihre Arme aus, drückte ihre Handgelenke fest gegen die Wand und hielt ihren Körper mit seinem gefangen. „Wenn jemand Sie angreift, hält er sich nicht an irgendwelche Regeln. Niemand wird warten, bis Sie zuerst ein paar Aufwärmübungen vollführt haben, bevor Sie anfangen, sich zu verteidigen.“

„Was soll ich denn Ihrer Meinung nach tun?“, rief sie, rasend vor Wut. „Soll ich Sie vielleicht bitten, mir den Rest meines Lebens zu folgen?“

„Ja.“ Er blickte in ihr Gesicht hinunter. Seine blauen Augen loderten. „Ja.“ Er zog sie ein kleines Stück vor und stieß sie dann wieder gegen die Wand, als wollte er so etwas Vernunft in sie hineinzwingen. „Ja.“ Noch einmal zog er sie vor, und sie kniff die Augen zu und wartete auf den kommenden Aufprall.

Er fluchte leise, rau und hitzig, und dann war sein wütender Mund plötzlich auf ihrem. Sie versuchte, sich wegzudrehen, doch es war zu spät, das Feuer, das in ihr geglommen hatte, war entfacht, sie stöhnte und drückte sich gegen seinen harten Körper, während ihr Mund den seinen suchte.

Mit einem Fluch löste er seinen Mund von ihrem und riss sich von ihr los. Sie stand da, die Schultern gegen die Wand gedrückt, während ihre Brust sich unter dem dünnen Leinenhemd vor Erregung rasch hob und senkte. Sie war klein und wehrlos, verletzt und wütend.

Und er war daran schuld.

„Heirate mich.“

Ihre Augen weiteten sich. „Was?“

„Heirate mich. Lass mich dich beschützen. Lass mich …“

Sie lachte. Es war ein gebrochenes schrilles Lachen. „‚Haben Sie irgendeine Vorstellung, wie weit ich gehen würde, um meinen Schwur Ihrer Familie gegenüber zu erfüllen?'“, wiederholte sie seine Worte. „Nun, ja. Ich glaube, das habe ich. Jetzt.“

„Das habe ich nicht gemeint.“ Er wandte sich halb von ihr ab und strich sich mit beiden Händen das schwarze Haar aus dem Gesicht.

„Ach nein?“, fragte sie bebend. „Was meinen Sie dann? Dass Sie sich innerhalb von zwei Wochen mit solch leidenschaftlicher und ehrlicher Hingabe in mich verliebt haben, dass Sie sich ein Leben ohne mich nicht mehr vorstellen können? Oder haben Sie das Gefühl, dass Sie mich inzwischen so sehr kompromittiert haben, dass Ihr neuer Status als Gentleman Sie dazu verpflichtet, ehrenhaft zu handeln?“ Sie warf ihm die Worte bitter entgegen. „Nun, ich muss Sie loben, Mylord. Sie sind der Erste von vielen, der sich dazu genötigt fühlt.“

Er konnte ihr keine Antwort geben. Er konnte ihr nicht von all den Jahren erzählen, die er damit verbracht hatte, über sie zu wachen, davon, wie er vom ersten Moment an von ihrer tapferen Gelassenheit angezogen worden war, oder von seinem wachsenden Verlangen nach ihr oder davon, wie sehr er ihren Mut, ihre Intelligenz und ihren Humor schätzte. Und auch nicht von der Erkenntnis, dass er, egal wohin er ging, egal wie lange er lebte, nie wieder jemanden wie sie finden, nie wieder Liebe wie diese empfinden würde.

Sie hätte ihm nie geglaubt, wenn er ihr gesagt hätte, dass er sie liebte. Also versuchte er auf einem anderen Wege, sie für sich zu gewinnen.

„Heirate mich, weil es das Vernünftigste wäre, Helena.“ Er blickte nach oben, als ob er sich von dort Inspiration erhoffte. „Heirate mich, weil ich Marquis werde und du eine wundervolle Marchioness abgeben würdest. Heirate mich, weil ich dich nie langweilen werde. Heirate mich, weil unsere Kinder wundervoll sein würden. Heirate mich, damit du die beste weibliche Fechterin der Welt werden kannst. Heirate mich, weil ich dich begehre. Heirate mich einfach, Helena. Ich flehe dich an."

Sie starrte ihn an, bis er bemerkte, dass ihre schönen blauen Augen voller Tränen waren. Er hatte nicht gewollt, dass sie weinte. Behutsam streckte er eine Hand aus und fuhr mit der Rückseite seines Zeigefingers den Umriss ihrer Wange nach.

„Ich schwöre dir, dass ich mein ganzes Leben lang dafür sorgen werde, dass du es nie bereust."

„Ramsey, ich kann nicht …"

„Bitte. Weise mich noch nicht ab", unterbrach er sie eindringlich. „Versprich mir, dass du es zumindest in Erwägung ziehst. Denk wenigstens ein paar Tage lang darüber nach."

Sie senkte den Blick. „Es wird nichts an meiner Entscheidung ändern."

„Bitte."

Sie trat zurück, von Verlangen, Kummer und Schuld gequält. „Ich werde darüber nachdenken", murmelte sie und rannte hinaus.

24. KAPITEL

PHRASE:
Eine Folge zusammenhängender Aktionen und Reaktionen in einem Fechtgang

Sie liebte Ramsey. Das Bewusstsein traf sie schärfer als ein Degenhieb.

Sie liebte seinen Witz und seinen Stolz, seine Ironie und seinen Edelmut. Sie bewunderte alles an ihm. Die Augenblicke, die sie mit ihm verbracht hatte, egal, ob als „Corie" oder als ‚Miss Nash', gehörten zu den lebendigsten schönsten Augenblicken ihres Lebens.

Aber natürlich konnte sie ihn nicht heiraten.

Warum hatte sie ihm gesagt, dass sie über sein Angebot nachdenken würde, wo sie doch bereits wusste, dass eine Verbindung mit ihm nur ein gebrochenes Herz zur Folge haben konnte? Er war erst vor Kurzem zum Erben eines riesigen Vermögens gemacht worden. Ihm war noch nicht einmal bewusst, welche Möglichkeiten ihm jetzt auf dem Heiratsmarkt offenstanden. Aber Helena, die ihr Leben am Rande der Gesellschaft gefristet hatte, wusste es sehr genau. Er konnte eine Verbindung mit einem der großen Häuser eingehen, das sowohl politische als auch finanzielle Macht besaß.

Nein. Sie würde ihnen beiden einen schlechten Dienst erweisen, wenn sie zustimmte. Sicher, *sie* hatte die Möglichkeit, eine gute Partie zu machen, aber wie lange würde es dauern, bis sie ihn langweilte? Bis er sich nach der Gesellschaft einer konventionelleren und weniger besitzergreifenden Frau sehnte? Dann würde er sich eine Mätresse nehmen, und sie glaubte nicht, dass sie das ertragen könnte.

Obwohl sie viele Menschen kannte, die unter genau diesen Umständen lebten, wusste sie, dass sie nie dazu fähig wäre, abends im Wissen, dass er zu einer anderen Frau ging, seiner wegfahrenden Kutsche zu lauschen und ihm dann am nächsten Morgen beim Frühstückskaffee zuzulächeln.

Nein. Sie würde ihn umbringen.

Nein, das waren keine klaren Gedanken. Das war rein emotional. Sie atmete tief ein und aus. Ja, Ramsey Munro wollte sie. Aber er wollte auch „Corie". Und die Frau vom Maskenball. Und wie viele andere Frauen davor und danach?

Er hatte ihr das Angebot nur gemacht, weil sie eine tugendhafte, wenn auch verarmte Dame war, und weil er einen Eid abgelegt hatte, alles in seiner Macht Stehende zu tun, um sie zu beschützen. Er hatte nichts von Zuneigung gesagt, geschweige denn von Liebe. Oh ja, er begehrte sie. Auch das spielte eine Rolle. Weil er einer Dame kein Angebot unterbreiten konnte, ohne seine Ehre zu verlieren, es sei denn durch einen Heiratsantrag. Hatte er „Corie", eine Frau, die er offensichtlich für eine Abenteurerin hielt, nicht gebeten, seine Geliebte zu werden?

Und das wollte sie. Sie wollte Ram Munros Geliebte sein.

Aber sie sah nur eine Möglichkeit, wie sie Monate, vielleicht sogar Jahre mit ihm verbringen konnte. Eine Möglichkeit, wie sie, wenn sein Interesse irgendwann schwand und er sie nicht mehr wollte, nicht zu einem Leben verdammt sein würde, in dem sie sein höfliches Desinteresse und den langsamen Tod seines Verlangens ertragen müsste.

Sie würde seine Mätresse werden.

Er stand mit nacktem Oberkörper in dem stinkenden Kerker. Der beißende Geruch seines eigenen angesengten Fleisches stieg in seine Nase, ein lautes Tosen rauschte in seinen Ohren. Es war sein eigenes Blut, dachte er benommen. Obwohl er kaum in der Lage war zu stehen, gelang es ihm irgendwie, sich aufrecht zu halten, während ihm mit dem willkommenen

Nahen der Bewusstlosigkeit schwarz vor Augen wurde.

„Hübsch, finden Sie nicht, Monsieur?“ Der Gefängniswärter trat zurück, um die Arbeit zu bewundern, die sie an ihm vollbracht hatten, und deutete auf Rams Brust. „Fast so hübsch wie Sie. Vielleicht brandmarken wir nächste Woche Ihre Wange – aber das ist leider problematisch. Wir haben es schon probiert, und jedes Mal geht das Brandzeichen direkt durch bis zum Kiefer. Dann ist es nicht so hübsch. Die Damen rennen eher entsetzt weg, statt vor Begeisterung in Ohnmacht zu fallen.“

„Will die Damen ungern ängstigen“, brachte Ram mühevoll hervor.

Er hatte nicht geschrien. Oder doch? Es schien jetzt keinen Unterschied mehr zu machen. Wen hätte er schon beeindrucken sollen? Auf jeden Fall hatte er ihnen nichts über den Bauern gesagt, der ihnen geholfen hatte, oder den Schiffskapitän, der ihn mitgenommen hatte, oder den jungen Leutnant in Malmaison, der ihre Kontaktperson gewesen war. Nun … das war wirklich beeindruckend.

„Das ist es, was ich an Ihnen mag, Munro. Ihre Kultiviertheit. Ihre Subtilität. Es ist mir ein großes Vergnügen, hier einen Mann Ihres Schlages zu treffen. Der Rest von diesem Abschaum … Pah! Aber Sie?“

„Mein Gott, Gardien, wollen Sie mir einen Antrag machen?“, fragte Ram und verzog seinen Mund zu seinem alten abschätzigen Lächeln. Die Tausenden von Nervenenden, die von dem glühend heißen Brandeisen erst freigelegt und dann versengt worden waren, verursachten einen lodernden Schmerz, der ihm Tränen in die Augen trieb. Es würde nicht mehr lange dauern, bis er anfinge zu schluchzen. Er verabscheute den Gedanken, dass der Wärter ihn dabei sehen könnte.

„Obgleich es mir sehr schmeichelt, muss ich die Ehre ab-

lehnen. Sehen Sie, da unten ist dieser Kerl, der mich immer mit Grütze verwöhnt, und es wäre mir überaus unangenehm, wenn er denken würde, dass ich ihn nur ausgenutzt …"

Der Schlag traf ihn auf den Kopf. Das Letzte, was er fühlte, war pure Dankbarkeit.

Ram schreckte aus dem Schlaf hoch und schnappte nach Luft. Die Erinnerung hatte ihn wie jedes Mal kalt erwischt. Stets kam sie, wenn er am schwächsten und am empfänglichsten dafür war – in seinen Träumen. Er stemmte die Hände in die Seiten und bemühte sich, ruhiger zu atmen. Und in dem Augenblick bemerkte er, dass es pechfinster im Raum war. Das einzige bisschen Licht drang durch den Schlitz unter der Tür, die zum Gang führte, herein. Jemand hatte die schweren Samtvorhänge zugezogen, die an den Fenstern hingen. Jemand, der noch hier war. Jemand, der ganz nah war …

Er fuhr mit den Armen durch die Luft, bekam eine zierliche Gestalt zu fassen und warf sie kraftvoll aufs Bett. Er verspürte einen Anflug von Überraschung, als er die Gestalt unter sich schob und dort festhielt. Es war *sie. Helena.*

Wie er bemerkte, war sie mit Hosen bekleidet. Es fühlte sich an, als wären sie aus Samt. Und ihr Haar. Selbst in der Dunkelheit leuchtete es hell wie ein feenhafter Heiligenschein. Verwirrt stellte er fest, dass sie ihre Jungenkleidung trug.

„Du hast gesagt, dass du mich als deine Geliebte willkommen heißen würdest." Ihre Stimme war heiser, und sie unterdrückte den Akzent ihrer Heimat. „Du hast nichts von einem Partner für den Ringkampf gesagt."

Seine Geliebte? Er sank zurück und ließ langsam ihre Arme los, bemühte sich, den richtigen Ton zu finden, die richtigen Worte, während er zugleich seine verwirrten Gedanken ordnete. „Aber meine Liebe, genau das ist eine Geliebte doch."

Er spürte, wie sie schluckte. Er spürte einiges: die Wärme, die durch ihre Samtjacke drang, ihre Hüftknochen, die sich gegen die Innenseite seiner Schenkel drückten, die Zierlichkeit ihrer Gestalt … Und als ihm plötzlich wieder einfiel, dass er nichts als ein Nachthemd trug, wurde ihm bewusst, dass auch sie einiges spüren musste.

Er glitt von ihr herunter. Sie bewegte sich nicht. Reglos lag sie auf dem Rücken, ihre Gestalt hob sich kaum gegen die Laken ab. Er konnte ihren schnellen flachen Atem hören. Hatte sie Angst? Überlegte sie, ob sie wirklich hier sein wollte?

Dann fühlte er, wie ihre Finger über seine Brust glitten und hinauf zu seiner Kehle wanderten. Sie zog am Verschluss des Nachthemdes, öffnete es und fuhr dann mit quälender Sanftheit über das Brandzeichen, wie ein Blinder, der eine Skulptur ertastet.

„Ich habe dich beobachtet, als du geschlafen hast."

Er konnte es kaum glauben. Er hatte einen leichten Schlaf. Das war schon immer so gewesen. Schon oft hatte sein Leben davon abgehangen, aber irgendein Teil seines Bewusstseins musste sie erkannt und zugelassen haben, dass er mit einem Gefühl der Sicherheit weiterschlief. Ha. Wenn das Sicherheit war, hätte er lieber die Gefahr vorgezogen. Denn an ihrer aufwühlenden Berührung war nichts Harmloses. Sie legte ihn bloß, enthüllte ihn, machte ihm bewusst, wie sehr er sich nach ihr verzehrte.

„Ich habe das hier gesehen. Es ist eine Rose, nicht wahr?", murmelte sie, während ihre Fingerspitzen sanft über seine Haut glitten, über sein Leben.

„Ja."

„Du wurdest …"

„Gebrandmarkt. In einem Gefängnis."

„Warum?"

„Der Wärter behauptete, es sollte meiner Erinnerung auf

die Sprünge helfen. Letzten Endes hatte er recht. Die Rose hilft mir wirklich, mich zu erinnern. Aber nicht an die Dinge, nach denen er gefragt hat."

Ihre Berührung war faszinierend, ihre Stimme wie ein warmer Strom, in den er eintauchen wollte. „An was dann?"

„Sie erinnert mich daran, mich von Gefängnissen fernzuhalten."

Das hatte sie nicht erwartet. Er hörte, wie sie scharf die Luft einsog und dann überrascht lachte. Sie legte die Arme um seinen Hals. „Das ist schade. Eine Rose ist so etwas Exotisches und Prachtvolles, sie sollte dich an andere Freuden erinnern."

„Willst du mich verführen?"

„Das hoffe ich zumindest."

Was für ein Spiel spielte sie? Er war es müde zu spielen. Seine Träume hatten ihn von der Erinnerung an den Tod zu einem schlagartigen Erwachen gejagt, sein Körper bebte, war schwer vor Verlangen und spannte sich mit jedem Augenblick mehr an. Er war ungeduldig und von einem schmerzlichen Sehnen erfüllt, und die sorgfältige Selbstdisziplin, die er sich sonst auferlegte, erwies sich hier im Dunkeln mit ihrem Körper unter seinem als wirkungslos.

„Und wie soll ich darauf antworten?", fragte er kühl, obwohl seine Hände wie von selbst unter ihre Schultern glitten und sie ein wenig anhoben.

„Wie ein Mann", antwortete sie atemlos.

„Oh, ich kann dir versichern, dass du in der Hinsicht nicht enttäuscht werden wirst." Er lächelte in die Dunkelheit hinein und war froh, dass sie es nicht sehen konnte. „Aber ich meinte eigentlich, welche Rolle ich spielen soll? Wer soll ich in diesem dunklen Raum sein?"

„Ich verstehe nicht", sagte sie leicht verwirrt.

„Ziehst du den eleganten Fechtmeister vor, den kultivierten Lebemann oder den verrufenen Stammgast berüchtigter Orte? Soll ich sanft sein oder fordernd? Grob? Nur an meinem eigenen Vergnügen interessiert? Soll ich dich mit Komplimenten überhäufen? Oder mit Liebesschwüren?“

Sie wich zurück. Er konnte spüren, wie sie auch innerlich vor ihm zurückschreckte. „Ich verstehe dich nicht. Ich bin auf deine Bitte hin hergekommen. Du hast gesagt, wenn ich je einen Liebhaber möchte, soll ich zu dir kommen. Jetzt machst du dich über mich lustig.“

„Und ich dachte, *du* machst dich über *mich* lustig.“ Er suchte den Verschluss ihrer Weste und öffnete ihn geschickt, hob ihre Arme und zog ihr das beengende Kleidungsstück aus. Dann knotete er träge das Halstuch auf, das sie trug, ließ es zu Boden gleiten und machte sich daran, ihr Hemd zu öffnen. Sie wehrte sich nicht. Mit einer langsamen unerbittlichen Bewegung zog er das Hemd über ihren Kopf und fühlte den Stoff darunter. Er war hauchdünn, warm und leicht parfümiert. Eine Chemise.

„Wie … wie das?“, brachte sie mühsam hervor. Sie hatte die Hände jetzt fest um seine Schultern geklammert, als suche sie Halt. Er ignorierte die unterschwellige Erregung in ihren verkrampften Fingern. Und er ignorierte den Impuls, sie vom Bett zu heben, auf die Beine zu stellen und nach Hause zu schicken.

„Nun“, sagte er und zog an den Schleifen am Ausschnitt ihrer Chemise, bis er das Hemdchen geöffnet hatte und der Stoff auseinanderglitt. Er zog ihn weit auf und spürte, wie die Abendluft über ihre samtweiche Haut strich und eine Gänsehaut verursachte. „Du bist diejenige, die in der Dunkelheit zu mir kommt und immer noch Jungenkleidung trägt. Du bist immer noch verkleidet.“

Er senkte den Kopf, bis seine Lippen den Ansatz ihres Halses berührten, und öffnete den Mund über der zarten

Haut. Ihr Puls flatterte rasch unter seiner Zunge.

„Nachdem du eine Rolle spielst, dachte ich, du möchtest vielleicht, dass ich auch eine spiele." Er fuhr mit der Zungenspitze die Linie ihres zarten Schlüsselbeins nach. „Ich habe, wie bereits angedeutet, eine gewisse Übung in zahlreichen Rollen."

Sie erschauerte. Er ließ sie los, und ihre Hände fielen herunter. Schnell richtete er sich auf, zog mit einer einzigen Bewegung sein Nachthemd über den Kopf und warf es beiseite.

Er blickte auf ihre schattenhafte Gestalt hinunter. Nachdem er gerade genug sah, um ihre Arme zu erkennen, umfasste er eines ihrer Handgelenke und führte ihre Hand zu seiner Brust. Augenblicklich wurde ihr bewusst, dass er nackt war, und sie ballte die Hand zur Faust. „Nun", seine Stimme klang belegt, „was willst du von mir? Welche Rolle soll ich spielen?"

Ihre harte kleine Faust löste sich langsam an seiner Brust, die Anspannung in ihrem Körper wandelte sich in Hingabe. „Liebe mich."

Ihre Worte waren kaum lauter als ein Atemzug und drangen vorsichtig und unsicher durch die Dunkelheit, doch sie durchbohrten ihn, scharf wie eine Klinge, sengend wie ein Brandeisen.

Wie ein dunkler hungriger Geist stürzte er sich auf sie, schwebte auf seine Arme gestützt über ihr. Er neigte den Kopf und küsste sie, bedeckte ihre Schläfen und ihre Augen mit kleinen Küssen, verwöhnte ihre glatte Stirn und den Bogen ihres Kinns, ihren Nasenrücken und den Umriss ihrer Wange mit warmen brennenden Liebkosungen. Ihre Hand öffnete sich wie eine aufgehende Blüte, presste sich flach an seine mit dunklen kurzen Haaren bedeckte Brust und nahm seine Hitze und den Rhythmus seines Pulses auf, folgte dem schweren Heben und Senken seines Rippenbogens.

„Liebe mich“, wiederholte sie.

Mit einem Stöhnen ließ er sich hinabsinken und bedeckte ihren Körper mit seinem. Er spürte ihre weichen Brüste, während er seine Hände ihre Schulter hinabgleiten ließ, entlang ihres sich verjüngenden Brustkorbs bis zur schlanken Taille und der süßen weiblichen Rundung ihrer Hüften. Die Samthosen waren ihm im Weg. Er öffnete den Verschluss an der Vorderseite und streifte die Hose mit den Handflächen über ihre Hüfte. Erst zog er an einem Bein und dann an dem anderen, bis er sie aus ihrer Jungenkleidung befreit hatte.

Es machte ihn ganz benommen, sie unter seinen Händen zu spüren. Er rollte sich zur Seite und zog sie mit sich herum. Seine Handfläche wanderte wieder zurück, die samtige Haut an der Außenseite ihrer Oberschenkel hinauf, glitt hoch unter die dünne Chemise und fand ihre üppige Brust, deren Spitze bereits hart war. Quälend langsam umfasste er sie mit seiner Hand, knetete sie, spielte mit ihr, während er Helena wie ein Dieb, der das Ohr an ein Schloss hält, belauschte, auf jede kleinste Veränderung ihrer Atmung achtete, jedes kleine Stocken, jedes Stöhnen, bis er hörte, dass er ihren Widerstand gebrochen hatte und sie sich mit einem wonnevollen Seufzer dem Vergnügen hingab.

Dann senkte er den Mund und begann zu saugen.

Sie wand sich ruhelos, wusste nicht, was sie wollte, wie sie danach fragen sollte, was sie ihm im Gegenzug geben konnte. Jungfrauen, fuhr es Ram in einem kurzen Anflug von Humor durch den Kopf, und dann bäumte sie sich mit einem kleinen Aufschrei auf und ergab sich der Freude, die er ihr schenkte. Ihre Hände verfingen sich in seinem Haar und hielten ihn fest. Sein Herz raste in leidenschaftlicher Erwiderung, seine Gedanken waren betört von ihrem Duft, davon, wie sie sich anfühlte, wie sie schmeckte.

Irgendwie gelang es ihm, sich zurückzuhalten. Die Notwendigkeit, behutsam zu sein, war zwingend, dringender noch als das Bedürfnis, seiner Männlichkeit zu ihrem Recht zu verhelfen, die zwischen seinen Schenkeln anschwoll. Er gab ihre harte Brustspitze frei, zog eine lange feuchte Spur von Küssen über die untere Wölbung ihres Busens bis zu der flachen Senke ihres Bauches und hielt an ihrem Nabel inne, um die kleine Höhle mit der Zunge zu erforschen und ihren Körper erzittern zu lassen. Während er ihre Arme, Seiten und Schenkel streichelte, glitt er weiter nach unten.

„Bitte", flüsterte sie, die Stimme rau und verletzlich. „Bitte, Ram." Sie grub die Finger in seine Schultern, als könnte sie von der Macht der Gefühle, die sie durchströmten, in Stücke gerissen werden, als suche sie einen Halt in dem Sturm, der über ihr wütete, in ihr, der durch sie hindurchfegte.

Plötzlich tauchten seine Hände unter sie, umfassten ihre runden weiblichen Pobacken und zwangen ihre Schenkel auseinander.

„Vertrau mir. Lass mich das, was kommt, für dich leichter machen", hauchte er sanft an ihren seidigen Locken.

„Das ist unanständig!", wisperte sie entsetzt und versuchte, ihre Schenkel zusammenzupressen. Erfolglos.

„Ja", bestätigte er und bedeckte sie mit seinem Mund. Sie bäumte sich auf, und er hielt sie fester, drückte sie herunter, während er träge die zarte weibliche Linie ihrer schmalen Öffnung bis zu der kleinen Knospe am oberen Ende nachfuhr.

„Das ist sündig – *ah!*"

Seine Zunge umspielte die kleine Knospe. Sie erschauerte. Er nahm die kleine Perle sanft in den Mund. Helena reagierte sofort, drehte sich von ihm weg und wölbte sich dann wieder gegen seinen Mund. Er zog sie näher an sich, drückte seine Zunge dieses Mal fester gegen sie und gab ihr den Rhythmus vor.

„Nein … oh, bitte.“ Ihre Worte klangen erstickt, ihr Körper war erhitzt. „Du kannst nicht … nein, bitte. Mach es … Was tust du?“

Das Spiel seiner Zunge wurde schneller, er spürte, wie sich die Spannung in ihr aufbaute, in den langen Schenkeln, in denen die Muskeln hart wurden, den Fingern, die sich schmerzhaft in seine Schultern gruben. Das Verlangen zerrte an ihm, trieb ihn über glühende Kohlen, die heißer waren als alles, was der Kerker von LeMons zu bieten gehabt hatte.

In seinen Ohren rauschte das Blut. Seine Bauchmuskeln verkrampften sich. Noch nicht. Noch nicht. Sie musste wissen, dass es Vergnügen brachte und nicht nur Schmerzen.

Er schloss die Augen und drang mit der Zunge in sie ein.

„Oh … oh! … Nein. Ja!“ Ihr Körper bebte. Der Höhepunkt traf sie wie eine stählerne Klinge. Sie fuhr hoch und hielt einen langen Augenblick reglos inne. Sie atmete nicht. Und dann kam ein Schluchzen. Und noch eines. Schließlich sank sie zurück, ihre Glieder entspannten sich, ihr Körper schmiegte sich in die Matratze.

Und dann lachte sie.

Helena lachte vor Angst, dass sie weinen könnte. Oh Gott! Kein Wunder! All das, was Kate ihr erzählt hatte. Oh ja, jetzt verstand sie.

„Im Allgemeinen reagieren junge Damen auf mein Liebesspiel nicht mit Gelächter.“ Rams seidige Stimme umschmeichelte ihre Gedanken wie warmer Brandy und erregte sie sofort aufs Neue. Sollte das von nun an ihr Schicksal sein? Ein paar Worte von Ram, und ihre Haut wurde heiß, ihre Brüste schwer und empfindsam und ihr Mund sehnte sich nach seinem?

Sie hob die Arme und fand ihn über sich, die kräftigen Muskeln, die mageren Flanken, die breiten Schultern und schmalen Hüften. Er wurde ganz ruhig, atmete kaum vor Erwartung. Aber was erwartete er? Ihre Berührung?

Sie ließ die Hände von seinen breiten Schultern hinunter zu seiner Brust gleiten und fuhr durch die weichen Härchen, neugierig auf die Wirkung. Er erschauerte, blieb aber regungslos, verharrte über ihr in der Luft, während sie mit den Fingern die Umrisse der eingebrannten Rose nachfuhr. Sie wollte ihn küssen, und in diesem dunklen magischen Raum konnte sie alles tun, was sie wollte.

Sie legte die Arme um seinen Hals und zog sich hoch, küsste sein schmales regloses Gesicht. Seine rauen Bartstoppeln kitzelten ihre empfindsamen Lippen. Sie küsste sein Kinn, seinen Hals. Dann glitt sie weiter hinunter, hauchte sanfte federleichte Küsse auf sein Brustbein und die Ränder der eingebrannten Rose.

„Ich werde von fast allen, die mich kennen, für einen sehr beherrschten Mann gehalten.“ Seine Stimme klang alles andere als beherrscht. Sie klang rau. Der honigsüße brandyweiche Tonfall war roh und rauchig geworden. „Aber du stellst mich auf eine harte Probe, meine Liebe.“

„Tue ich das?“, murmelte sie und biss jetzt sanft zu. Seine Haut war so herrlich warm, sie umhüllte die Kraft seiner Sehnen und Muskeln so wundervoll. Sie war mit leichter Feuchtigkeit überzogen. Ein Beweis für die Selbstbeherrschung, die er sich auferlegt hatte.

„Ich wollte es so angenehm wie möglich für dich machen. Sanft sein.“

„Was?“, fragte sie und versuchte, ihn zu sich hinunterzuziehen, überwältigt von dem plötzlichen Bedürfnis, ihn auf sich zu spüren, ihren Körper mit seinem verschmelzen zu lassen, von all dieser schönen kraftvollen Männlichkeit bedeckt zu werden.

„Das“, sagte er und senkte den Kopf. Sie begegnete seinen

Lippen mit offenem Mund, ihre Zunge suchte seine. Ihr Kuss war leidenschaftlich, trunken vor Begierde, und er drückte sie mit seinem Körper herunter, während seine Männlichkeit groß und hart gegen die Innenseite ihrer Oberschenkel pochte.

Er legte seine Hand auf ihre noch vom Höhepunkt feuchte Weiblichkeit, suchte wieder jene feine, mit Nerven durchzogene kleine Perle und streifte sie mit dem Daumen. Ihre Hüften schossen hoch, sie wollte mehr, klammerte sich an ihn, während er sie mit seinen rauen geschickten Händen quälte, ihre Beine spreizte und seine Knie dazwischendrückte. Und dann ersetzte er seinen Finger durch etwas, das glatt und hart war.

„Mehr, Ram“, flehte sie matt. *„Bitte.“*

Er drang in sie ein. Ihre Augen weiteten sich, die Empfindungen, die sich langsam in ihr aufgebaut hatten, ergriffen die Flucht vor diesem scharfen Angriff. Sie wich zurück vor seiner Männlichkeit, die tiefer in sie hineinglitt und sie dehnte. Mit zitternden Händen umfasste er ihre Hüften.

„Nein!“, stieß er rau hervor. „Halt still!“

Sie biss sich auf die Lippen und zwang sich dazu, sich nicht zu bewegen. Sie konnte seinen Atem hören, der rau und unregelmäßig ging. Er ließ den Kopf heruntersinken, seine Stirn kam an ihrer Schulter zu ruhen. Angespannt und ein wenig ängstlich wartete sie. Sie wusste, dass es den meisten Frauen wehtat, aber nach dem, was vorher gewesen war, hatte sie gedacht, war sie davon ausgegangen …

Er küsste ihre Kehle. Sanft lehnte er seinen Kopf gegen ihren und streifte die Haut unter ihrem Ohr. Es war nur ein leichtes Hauchen mit den Lippen, und sie zuckte zusammen. Sein Griff entspannte sich langsam, doch der Teil von ihm, der noch immer tief in ihrem Körper war, wurde kein bisschen weicher, sondern blieb hart und mächtig.

„Es tut mir leid“, raunte er und liebkoste ihre Lippen mit einer Sanftheit, die ihre ängstlichen Gedanken dahinschmelzen ließ. „Ich habe das noch nie mit einer Jungfrau getan. Ich bin … Ich bin nicht …“ Seine Stimme klang rau, er stockte. „Ich hätte es besser gemacht, wenn ich gewusst hätte, wie.“

Sie liebte ihn.

Unwillkürlich streckte sie ihren Arm aus und umschloss seine Wange mit ihrer Hand. Er drehte sein Gesicht zu ihr, küsste ihre Handfläche, ihr Handgelenk. Verlangen regte sich in ihr. Sie verlagerte ihr Gewicht etwas, das Gefühl seiner Männlichkeit war nicht mehr ganz so schmerzhaft, und die Bewegung brachte etwas in ihrem Inneren zum Erklingen. „So ist es, sich zu lieben?“, fragte sie.

Er begann, sich langsam aus ihr zurückzuziehen. Zu ihrer Überraschung missfiel ihr das, und sie drängte sich an ihn.

„Nein“, sagte er. „So.“

Behutsam schob er sich wieder in sie hinein. Das Ziehen in ihrem Schoß verstärkte ihr Verlangen. Wieder bewegte er sich vor und zurück, und dieses Mal kam sie ihm entgegen, hob die Hüften, um ihm Einlass zu gewähren, während die Begierde von ihr Besitz ergriff.

„Guter Gott“, murmelte er mit belegter Stimme und begann, sich drängender zu bewegen. Seine Hüften nahmen einen langsamen besitzergreifenden Rhythmus an, bei dem der empfindsamste Teil ihres Fleisches gegen seine Männlichkeit rieb. Sie wollte mehr, ihn ganz in sich spüren, seinen Körper mit ihrem vereinen. Sie spreizte die Beine weiter auseinander, winkelte die Hüften an, erwiderte den schneller werdenden Rhythmus seiner Stöße. Ein tiefes Raunen entfuhr seiner Kehle, er ergriff ihre Beine hinter den Knien und hob sie über seine Hüften, nahm sie noch gründlicher in Besitz, verlangte mit jedem Stoß mehr.

Und sie hieß ihn willkommen. Seinen rohen Ritt, das Gewicht seines schweißbedeckten Körpers auf ihrem. Und als er ihre Hände umfasste und seine Finger mit ihren verschränkte, ihre Arme hinter ihrem Kopf ausstreckte und sie dort festhielt, fühlte sie die pulsierende Kraft, die immer mächtiger wurde. Sie spürte ihn in sich, auf sich, kraftvoll, männlich, eine Flut der Gefühle … Verzückung durchströmte sie … ein wilder männlicher Schrei der Erlösung und dann … da … da … ah! *Da!*

Ausgelaugt und erschöpft sackte sie zusammen, während er von ihr heruntерglitt. Ihre Gedanken wurden klarer, lösten sich wieder auf und wirbelten umher. Ihr Körper fühlte sich fremd an, schlaff und träge. Von so viel Freude gesättigt, dass sie kein bisschen mehr hätte ertragen können. Es könnte ihr gefallen, das öfter zu erleben. Sie fasste nach Ram, wollte von Neuem die aufregende Landschaft seines Körpers erkunden. Aber er hatte sich aufgesetzt.

„Ich hole warmes Wasser und ein Handtuch." Seine Stimme klang sanft und fürsorglich.

„Das wäre wunder… Nein!" Sie rappelte sich hoch und zog die Laken um ihren Körper, als könnte er sie sehen. „Nein." Wenn er Wasser holte, würde er Licht mitbringen. Er würde sie sehen. Dafür war sie nicht bereit. Noch nicht. Sie wollte dem Genuss nachspüren, noch ein bisschen länger außerhalb der realen Welt existieren. Mit ihm.

Im Raum herrschte Stille. Draußen unter dem Fenster holperte ein Brauereiwagen vorbei, die Glöckchen am Zaumzeug des Pferdes klingelten in der Stille der anbrechenden Dämmerung.

Die Matratze knarrte, als Ram aufstand.

„Warum nicht, Helena?", fragte er kühl. „Bist du immer noch entschlossen, mich nicht zu heiraten?"

25. KAPITEL

RÜCKSCHRITT:
Schritt nach hinten; Gegenteil des Ausfallschrittes

Beim Klang ihres Namens schoss Helena senkrecht nach oben. „Wie lange weißt du es schon?"

Plötzlich wurden die Vorhänge aufgezogen, und Licht strömte in den Raum. Sie zog blitzschnell das Laken über ihre Brüste hoch und blinzelte. Er wandte sich um, die Hand immer noch an der Zugschnur. Sein Körper war wunderschön, vollkommen, nackt. Und er schien es nicht einmal zu bemerken. Er stand mit demselben Stolz und derselben Ruhe da wie in Lady Tilpots Ballsaal. Seine Arme waren lang und sehnig, seine kraftvollen Beine mit demselben dunklen Haar bedeckt, das auf seiner Brust und den Bauch hinunter wuchs. Ihr Blick wanderte weiter nach unten. Seine Männlichkeit lag jetzt regungslos inmitten eines dichten dunklen Haarkranzes. Helena spürte, wie ihr die Hitze in die Wangen stieg, und blickte weg. „Antworte mir."

„Ich habe es schon immer gewusst. Seit dem Augenblick, als ich dich zum ersten Mal auf dem Lovers Walk gesehen habe, wusste ich, wer du bist."

Er hatte es gewusst? Er hatte sie in Vauxhall geküsst, sie beinahe an einer Mauer in einem Hinterhof genommen und war ihr dann als Helena Nash begegnet und hatte so getan, als verführe er sie, als wisse er nicht schon ganz genau, welch leidenschaftliche Empfindungen er in ihr wecken konnte. Er hatte sie zu sich kommen lassen, sie all ihrer Würde beraubt, während er es die ganze Zeit über gewusst hatte …

„Du Bastard."

Da er mit dem Rücken zu dem hellen Fenster stand, war es unmöglich, seinen Gesichtsausdruck zu erkennen. „Nun, ja." Diese Stimme war so seidig. So trocken. „Aber ich dachte, diesen Punkt hätten wir bereits geklärt."

„Du hast mit mir gespielt! Genau, wie du mit den Männern spielst, denen du das Fechten beibringst."

„Nein, das habe ich nicht."

„Doch", beharrte sie, erniedrigt und wütend. Sie erhob sich, griff nach ihrer Hose und zog sie an. Er bewegte sich nicht.

„Soll ich vielleicht sagen, dass es mir leidtut?", fragte er. „Wenn du das möchtest, werde ich es tun, aber bitte vergiss nicht, Helena Nash, dass du diejenige warst, die mit dieser Maskerade begonnen hat. Ich habe einfach nur mitgemacht."

Sie ergriff das weiße Hemd, das auf einem Stuhl in der Nähe gelandet war, und zog es sich unsanft über den Kopf. „Du hättest es mir sagen sollen. Du hättest der Maskerade jederzeit ein Ende machen können!"

„Und dann?" Die Sanftheit war verschwunden, in seiner Stimme schwang jetzt Wut mit. „Dein Abenteuer ruinieren? Ich würde nie auch nur daran denken, eine Dame zu enttäuschen."

„Bastard!"

„Schon wieder? Wenn du vorhast, weiterhin zwielichtige Orte aufzusuchen, werde ich dir ein paar neue Wörter beibringen müssen. ‚Bastard' ist so schrecklich einfallslos."

Sie schluckte eine wütende Entgegnung hinunter und spürte, wie brennende Tränen in ihren Augen aufstiegen. Nein. Sie würde nicht weinen.

Sie erspähte ihr Halstuch auf dem Boden, hob es auf und schlang es sich um den Hals, bevor sie die nackten Füße unsanft in ihre Schuhe steckte.

„Helena …" Sie wandte sich um und sah, dass er auf sie zukam. Das Licht fiel ihm jetzt voll ins Gesicht. Keine Schatten mehr. Er sah hart aus, wütend, seine Augen leuchteten. „Helena, warte."

„Warum? Damit du dich noch länger über mich lustig machen kannst?“

„Das tue ich nicht.“

Sie warf den Kopf zurück, und ihr Haar flog nach hinten. „Oh, wie herrlich amüsant das für dich gewesen sein muss. Die würdevolle unnahbare Miss Nash, die wie eine räudige Katze um dich herumstreicht. Oh!“ Sie bedeckte ihr Gesicht.

Er ergriff ihre Hand und zog sie zu sich herum, bis sie ihn ansah. „Stehst du etwa so weit über mir, dass der Gedanke, mich zu begehren, dir vor Erniedrigung die Schamesröte in die Wangen treibt?“, fragte er mit zusammengebissenen Zähnen.

Nie zuvor hatte sie einen solchen Ausdruck auf seinem Gesicht gesehen. Seine Augen funkelten, sein Kiefer war angespannt, seine Lippen verzerrt. „Und wenn wir schon bei den Enthüllungen sind, Helena, wann hattest du denn beabsichtigt, mir zu sagen, wer du bist? Oder hattest du einfach vor, weiterhin in der Dunkelheit in mein Bett zu kommen, bis du deines Bastard-Liebhabers überdrüssig geworden wärst?“

„Nein!“

„Wann also?“, forderte er, und der Griff seiner Hand an ihrem Handgelenk wurde so fest, dass es schmerzte. „Wann wolltest du mir deinen Namen verraten, ‚Corie‘?“

Sie starrte zu ihm hoch, wutentbrannt, unfähig zu antworten.

Sie wusste es nicht. Sie hatte nicht so weit gedacht. Das war von Anfang an das Problem an der ganzen Sache gewesen, an ihrer Reaktion auf ihn. Sie hatte nicht nachgedacht. Sie hatte ihn einfach nur … begehrt. Weil sie ihn liebte.

Sie war so eine Närrin. Er durfte es nicht wissen. Alles, was sie aus dieser Nacht noch retten konnte, waren ein paar letzte Reste ihres Stolzes. Sie hob das Kinn, ohne auf die Tränen zu achten, die ihr das Gesicht hinunterliefen.

Mit einem plötzlichen Ausdruck des Schmerzes sah er sie an. „Nein."

„Lass mich gehen."

„Nein. Das ist falsch." Er schüttelte den Kopf. „Wir reden aneinander vorbei. Heirate mich."

„Das wird nicht notwendig sein. Ich kann dir versichern, dass ich kein Kind bekomme." Ihre Blutung stand unmittelbar bevor, es konnte höchstens noch einen Tag dauern.

„Das hat nichts mit Notwendigkeit zu tun", erklärte er, und erneut blitzte Wut in seinen Augen auf. „Du musst wissen, dass ich …"

„Mr. Munro!" Ein ungestümes Klopfen ertönte an der Schlafzimmertür. „Mr. Munro! Bitte!", rief Gaspard verzweifelt.

„Nicht jetzt, Gaspard!", donnerte Ramsey, den Blick fest auf Helena gerichtet.

„Aber Sir! Sie haben gesagt, wenn diese Dame kommt, soll ich es Ihnen sagen, egal, was ist", rief Gaspard durch die Tür. „Sie ist hier! Und sie ist überaus besorgt. Sie besteht darauf, Sie zu sehen!"

Helena fühlte sich, als hätte ihr jemand einen Schlag verpasst. Ihre Augen weiteten sich vor Entsetzen über diesen Vertrauensbruch.

„Nein." Er starrte sie an. „Nein." Er schüttelte heftig den Kopf und streckte die Hand nach ihr aus, aber sie wich stolpernd zurück und tastete nach der Tür.

„Helena, du verstehst das falsch." Seine Stimme war angespannt, aber sein Blick war hoffnungslos. Er konnte ihr nichts vormachen.

„Oh nein", sagte sie, die Lippen feucht von ihren eigenen Tränen. „Ich verstehe es durchaus richtig. Bitte richte der

Dame meine Entschuldigung aus, und sage ihr, dass mir nicht bewusst war, dass ich ihre Zeit in Anspruch nehme."

Und damit riss sie die Tür auf und rannte hinaus.

Ramsey fluchte, zog die Morgenrobe über, die Gaspard ihm zuwarf, und rannte Helena in die Eingangshalle nach. Sie war verschwunden. Teufel und Verdammnis! Er fuhr sich durch die Haare. Er hatte sie gehabt, seine Helena, in seinen Armen, in seinem Bett, und dann hatte er sie verjagt. Wegen seinem Stolz, seinem verfluchten Stolz!

Sie hatte recht. Er hätte ihr von Anfang an sagen sollen, dass er ihre Identität kannte, aber das hatte er nicht getan. Anfangs, weil er widerwillig ihre unaufrichtige Behauptung, auf Abenteuersuche zu sein, gebilligt hatte, und später, weil er gewollt hatte, dass sie zu ihm kam. Er hatte gewollt, dass sie ihm bewies – verdammt, was nur? Dass sie ihm vertraute und ihn liebte?

Und warum hätte sie das tun sollen, wo er ihr doch keinen Anlass dazu gegeben hatte? Gott, wie dumm konnte man eigentlich sein, und jetzt … jetzt hatte er sie verloren.

Ein überwältigender Schmerz durchfuhr sein Herz und hinterließ eine klaffende Wunde, die drohte, ihn ganz zu verschlingen und an einen Ort zu werfen, der dunkler war als der Kerker von LeMons. Er kniff die Augen zu und knirschte mit den Zähnen. Gütiger Gott, was hatte er nur getan?

„Ramsey!" Mit einem rauen Aufstöhnen fuhr er beim Klang der Frauenstimme herum.

Page Weinberger hob erschrocken die Hand an die Brust und wich vor seinem wilden Gesichtsausdruck zurück.

„Sie ist weg, Ram. Helena! Ich habe die ganze Nacht damit verbracht, nach ihr zu suchen, ich bin durch die ganze Stadt gefahren, bevor ich hergekommen bin, weil ich wusste, dass du …"

Er schloss einen kurzen Moment lang fest die Augen, und sie sah, wie seine Nasenflügel zitterten, als er tief einatmete. Er rang deutlich erkennbar um Fassung. Ram Munro, der Mann, der von allen Menschen, die sie kannte, die größte Selbstbeherrschung besaß.

Voller Mitleid streckte sie beide Hände aus. „Es tut mir so leid. Ich habe sie aus den Augen verloren, und DeMarc ist nirgends zu finden, und oh, Ram! Ich befürchte das Schlimmste! Vergib mir! Ich schwöre dir, dass ich mein Bestes gegeben habe, um deine Bitte zu erfüllen! Bitte zieh dich sofort an. Wir müssen sie finden."

„Sie ist in Sicherheit, Page."

„Nein." Page schüttelte den Kopf. „Sie ist verschwunden …"

„Sie hat gerade eben mein Haus verlassen."

Benommen stieg Helena die Hintertreppe zu ihrem Zimmer im dritten Stock hinauf. Natürlich musste es noch eine andere Frau geben. Und natürlich hatte er Helenas Identität gekannt. Ein Mann wie er? Vermutlich erkannte er jede Frau an ihrem individuellen Duft. Prägte sich wahrscheinlich die charakteristischen Rundungen jeder einzelnen Frau ein, den Klang ihrer Seufzer, die Art, wie sie küsste …

Die Tränen kehrten zurück, und sie presste ihre Faust auf die Lippen. Sie durfte nicht weinen. Nicht mehr. Sie musste sich um Fassung bemühen. Sich daran erinnern, wer sie war – die gefasste, würdevolle, unnahbare Miss Nash. Wenn sie nur wieder die werden könnte, die sie gewesen war, dann wäre sie wieder in Sicherheit. Ruhig. Frei von jeglichem Schmerzempfinden.

Es hatte die ganze Zeit über Hinweise gegeben. Er hatte ihr keinen Fechtunterricht geben wollen, aber bei all den Einwänden, die er erhoben hatte, hatte er nie den offensichtlichsten genannt: dass eine Frau keinen Degen trug. *Es sei denn, sie ist nicht wie eine Frau gekleidet.* Und als sie in seinem Fechtsaal erschienen war und er „Helena" gesagt hatte, hatte er nicht gewirkt, als müsse er sich von einer lange vergangenen Begegnung ihr Gesicht in Erinnerung rufen.

Oh Gott, warum hatte sie es ihm nicht gesagt? Warum hatte sie ihm nicht von Anfang an verraten, wer sie war? Aber sie kannte die Antwort. Weil es zu aufregend gewesen war, zu faszinierend, seine Welt ohne Regeln und ohne Konsequenzen kennenzulernen. Nur, dass es doch Konsequenzen gab. Sie hatte sich verliebt.

Stell dich in die Schlange, Helena, sagte sie sich. Warte, bis du an der Reihe bist.

Zur Hölle mit diesen Tränen.

Jetzt erkannte sie, dass sie sich immer für etwas Besseres gehalten hatte als alle anderen. Wenn schon nicht von ihrer gesellschaftlichen Stellung her, dann doch geistig überlegen. Als wäre sie feiner als die anderen, weil sie sich selbst genügte. Als stünde sie ein wenig über den Dingen.

Sie biss sich auf die Lippen. Alles, was sie wollte, war, wieder in seinen Armen zu liegen, und das machte ihr Angst. Sie brauchte ihren Stolz. Er war das Einzige, was niemand ihr je hatte wegnehmen können. Aber was nützte er ihr jetzt?

Sollte sie zu ihm zurückkehren, ihm sagen, dass sie ihn heiraten würde, und die nächsten Jahrzehnte lang versuchen, das Getuschel über seine neuesten Eroberungen nicht zu hören, während ihr Herz immer wieder von Neuem gebrochen wurde?

Ja. Nein!

Sollte sie stattdessen seine Mätresse werden? Ein Stück Besitz, das ersetzt werden würde, wenn ihm ein schöneres frischeres Gesicht ins Auge fiel? Oh, er würde es gut machen. Ram Munro würde alles regeln. Er würde ihr ein Haus einrichten und eine hübsche kleine Summe für sie auf der Bank deponieren, aber … sie würde ihn mit seiner neuesten Flamme sehen. Im Park. In der Oper. Beim Ausfahren in St. James's Park.

War ein Jahr mit ihm eine Zukunft mit einem gebrochenen Herzen wert? Vier Jahre? Zehn?

Nein. Ja!

Mit leeren brennenden Augen blieb sie vor ihrer Zimmertür stehen. Eine Uhr unten im Haus schlug die fünfte Stunde. Sie löste ihr Halstuch, und irgendetwas stach sie in den Daumen. Als sie hinuntersah, erblickte sie Rams goldene Rose, die auf einem Bett aus weißer Seide glitzerte. In der Eile musste sie sein Halstuch erwischt haben statt dem, das sie getragen hatte.

Mit zitternden Fingern berührte sie die kleine zierliche Rose und versuchte, sich die Wärme seines Körpers in Erinnerung zu rufen. Er war gefoltert, gebrandmarkt und zum Sterben in einen Kerker geworfen worden, hatte all das überlebt und war in der Lage, über Jahre des Schreckens zu lächeln, die ihre Vorstellungskraft schier überstiegen.

„Mich von Gefängnissen fernzuhalten", hatte er seiner eigenen Aussage nach aus dieser Erfahrung gelernt. Wie viele Männer hätten das alles überstanden, ohne dass ihr Geist dabei Schaden nahm? Und doch … und doch trug er sowohl auf seiner Kleidung als auch darunter eine Rose. Wie kompliziert er doch war. Wie kompliziert das alles war. Sie kannte sich selbst nicht mehr. Sie stieß die Tür zu ihrem Zimmer auf und …

„Helena!"

Beim unerwarteten Klang von Floras Stimme schreckte sie zusammen und trat dann zögernd ein. Auf ihrem Bett bewegte sich ein riesiger Berg von Decken und Tüchern. „Flora?"

Flora spähte aus großen braunen Augen über den Rand einer schweren Wolldecke. „Was machst du hier?", fragte das

Mädchen besorgt. Nein, sie klang nicht besorgt, sondern ärgerlich.

„Ich schlafe hier." Sie würde gar nicht erst damit anfangen, Flora zu erklären, wo sie herkam. „Und was machst *du* hier?"

„Ich habe dir doch eine Nachricht geschrieben. Ich habe sie gestern Abend um kurz nach zehn unter deiner Tür durchgeschoben."

„Was für eine Nachricht?", fragte Helena verwirrt. Sie war nicht in der Stimmung, sich mit Floras schwangerschaftsbedingten Launen zu befassen.

„Ich hatte dich gebeten, um Mitternacht mit mir den Raum zu tauschen, und als ich hochgekommen bin und du weg warst, habe ich natürlich angenommen, dass du …" Sie verstummte, ihre großen Augen verengten sich. „Wenn du nicht in meinem Zimmer warst, wo warst du dann? Und noch dazu in diesem Aufzug?"

„Ich … Ich habe natürlich nach Mr. Goodwin gesucht."

„Die ganze Nacht lang?"

„Ja." Helena nickte. Sie fühlte sich dumm und ertappt.

„Ach du lieber Himmel!" Die Überdecke rutschte ein Stück herunter und Flora setzte sich mit ausgebreiteten Armen auf. „Meine liebste Freundin! Aber das hättest du nicht tun müssen! Wenn du doch nur die Nachricht gelesen hättest. Denn Mr. Goodwin ist hier!"

Mit einer schwungvollen Bewegung, die jedem Zauberkünstler zur Ehre gereicht hätte, zog Flora die Überdecke fort und enthüllte einen rotgesichtigen, aber strahlenden Mr. Goodwin. Gott sei Dank trug er ein Nachthemd.

Helena starrte ihn mit offenem Mund an. „Was macht Mr. Goodwin in meinem Bett?", fragte sie und fuhr dann fort: „Nein. Antworte nicht. Entferne ihn bitte aus meinem Bett. Sofort."

„Natürlich, Miss Nash", antwortete Oswald und rutschte

auf die andere Seite des Bettes hinüber, wo er seine Arme in etwas steckte, das Helena vage als einen von Floras Morgenmänteln identifizierte.

„Ist euch klar, dass, wenn ihr erwischt werdet …"

„Also wirklich, Helena!" Flora sprang von ihrer Seite des Bettes hoch. „Für wie dumm hältst du uns eigentlich? Natürlich sind wir uns dessen bewusst, was passiert, wenn wir erwischt werden. Deswegen haben wir ja mit dir das Zimmer getauscht. Es kommt zwar höchst selten vor, dass Tante Alfreda mich in der Nacht besucht, aber nur über ihre Leiche würde sie in der Kammer einer Angestellten erwischt werden."

„Und was hätte ich sagen sollen, wenn sie in deinem Zimmer aufgetaucht wäre und mich dort vorgefunden hätte?"

„Dir wäre schon etwas eingefallen", erwiderte Flora zuversichtlich.

Ein schlauer Plan, dachte Helena benommen.

„Trotzdem, hättet ihr nicht damit warten können, zu… zu… zusammen zu sein?", fragte Helena. „Nachdem Mr. Goodwin mir versichert hat, dass seine Schäflein sozusagen bald im Trockenen sind."

„Ja, in der Tat", erwiderte Oswald und lächelte versonnen, während er den rosa Gürtel des Morgenmantels zu einer Schleife band. „Deswegen habe ich Flora einen Brief mit der Botschaft geschickt, dass ich heute Nacht zu ihr kommen würde. Ich kann mit Gewissheit sagen, dass in zwei Tagen alles in trockenen Tüchern sein wird."

„In zwei Tagen?", wiederholte Helena misstrauisch.

„Ja. Nun, das heißt, dann ist die letzte Wettkampfrunde des Internationalen Fechtturniers. Die Vorrunden finden heute und morgen statt."

„Vorrunden?", fragte Helena verwirrt. Warum sprachen sie über das Turnier? Es sei denn … *Oh, nein. Bitte nicht.*

„Ja", nickte Flora eifrig. Offensichtlich war sie im Laufe des Abends, den sie mit Oswald verbracht hatte, unter anderem zu einer Expertin für Fechtturniere geworden. „Die Teilnehmer werden entsprechend ihrer bisherigen Siege *oder* ihrer Reputation eingestuft. Manche Herren müssen nicht an den Vorrunden teilnehmen. Wie beispielsweise Mr. Weinberger und Michel St. Joan."

Oswald zwinkerte Flora zu. „Und nicht zu vergessen Mr. Munro."

Helena schlug das Herz bis zum Halse. „Mr. Munro?"

„Ja!", erwiderte Flora aufgeregt. „Mr. Ramsey Munro. Der Herr, der auf Tante Alfredas Ball war. Und jetzt tu nicht so, als wüsstest du nicht, von wem ich rede, es wird nämlich gemunkelt, dass er nicht von dir fernzuhalten war und ihr zwanzig Minuten lang zusammen im Garten gesessen habt."

„Was ist mit Mr. Munro?", fragte Helena.

„Durch ihn werden Ossie und ich wieder vereint."

„*Was?*"

„Es stimmt, Miss Nash." Oswald kam um das Bett herum und stellte sich neben Flora, die am Kopfende saß. Er nahm ihre Hand, und Flora legte mit einem glücklichen Seufzen ihre Wange gegen seinen Handrücken. Die Geste erinnerte an ein Hündchen, das sich an seinen Herrn lehnt. „Ich habe das Gebiet seit Monaten studiert, und nachdem ich mit jedem gesprochen habe, der sich in diesem Sport auskennt, wurde mir klar, dass Munro siegen wird, auch wenn das Turnier mit den berühmtesten Vertretern der Fechtkunst aufwartet."

Helena starrte ihn mit wachsendem Entsetzen an. „Sie wetten darauf, dass Ramsey Munro das Fechtturnier gewinnt?"

„Ja!"

Aber Ramsey wollte seine Teilnahme absagen. „Das können Sie nicht", wandte sie mit schwacher Stimme ein.

„Oh, das kann ich sehr wohl“, widersprach Oswald und wippte selbstzufrieden auf und ab. „Glauben Sie mir, Miss Nash. Ich weiß, was ich tue. Munro hat die meiste Beherrschtheit von allen.“

„Was hat Beherrschtheit mit der ganzen Sache zu tun?“

Oswald beugte sich vor und blickte misstrauisch nach links und nach rechts, als befürchte er, dass jemand ihn belauschen könnte. „Das wissen nur sehr wenige – sonst würde ich nicht annähernd so viel Geld damit gewinnen –, aber Munro wurde über zwei Jahre lang in einem französischen Kerker festgehalten.“ Er nickte schulmeisterhaft.

„*Jeder* weiß das.“

Er richtete sich wieder auf und nickte schließlich mit widerwilliger Zustimmung. „Nun ja, *das* schon. Aber was sie nicht wissen, ist, dass er in diesen zwei Jahren dazu gezwungen wurde, mit den Gefängniswärtern Duelle auszufechten.“

Das hatte sie nicht gewusst.

„Duelle, bei denen er, wenn er den Wärter verletzte, mit dem Verlust eines Körperteils hätte bezahlen müssen. Er musste seine Fähigkeiten bis zur Perfektion schulen, um zu gewinnen, ohne seinen Gegner zu verletzen, oder um zu verlieren, ohne selbst schwer verwundet zu werden.“ Helena legte eine Hand auf ihren Bauch. Ihr war übel. Oswald hätte ebenso gut über einen Kampfhahn sprechen können und nicht über einen lebenden Menschen.

„Er musste lernen, seine Gefühle von seinem Können zu trennen, etwas, das nur wenigen Männern je gelungen ist, selbst unter den Besten. Können Sie sich vorstellen, was für ein großer Vorteil das in einem Turnier sein muss? Aber das wissen nicht viele. Und deswegen schlägt es sich nicht in den Wetten nieder.“

„Er ist nicht unter den Favoriten?“

„Oh nein. Er ist noch relativ neu im Fechtsport und erst

seit weniger als vier Jahren in London. Er hat eine gewisse Reputation, aber die ist bei Weitem nicht so hoch wie die einiger anderer. Ich habe meinen gesamten Bekanntenkreis angebettelt und angefleht, und es ist mir gelungen, *53 483 Pfund* zusammenzukratzen, die ich bei einer Rate von eins zu zwölf zu seinen Gunsten gesetzt habe."

„Das können Sie nicht tun. Geben Sie das Geld zurück."

„Dafür ist es zu spät", sagte Oswald fröhlich. „Die Wette steht bereits."

„Aber was ist, wenn er nicht antritt? Dann würden Sie Ihr Geld doch zurückbekommen, oder etwa nicht?", fragte sie verzweifelt.

Sowohl Flora als auch Oswald betrachteten sie mitleidig und wechselten Blicke, die ihre Enttäuschung über Helena zum Ausdruck brachten. „Das sind keine Leute, die Geld zurückgeben. Ich könnte den Einsatz auf einen anderen Kombattanten setzen. Aber offen gestanden, möchte ich nicht in diese Situation kommen. Ich kann den Rest der Fechter genauso wenig unterscheiden wie einen Haufen Bohnen."

„Aber Sie haben doch gesagt, dass Sie sich damit auseinandergesetzt haben!"

„Nun ja, in gewisser Weise. Hauptsächlich habe ich Munro studiert. Warum, glauben Sie, dass ich Sie auf dieser, nun, recht zwielichtigen Veranstaltung in Cheapside treffen wollte? Üblicherweise treibe ich mich nicht an solchen Orten herum. Ich bin schließlich ein verheirateter Mann! Ich war nur da, weil ich gehört hatte, dass Munro dort eine Vorführung gibt."

„Und was ist, wenn Munro verliert?"

Oswald richtete sich energisch auf. „Das wird er nicht."

„Aber was, wenn er es doch tut?", hakte sie nach und überlegte gleichzeitig, warum Flora ihm nicht diese Fragen stellte, anstatt einfach nur dazusitzen und zu Oswald aufzublicken, als wäre er Apollo selbst, der in seinem Sonnenwagen gekommen war, um sie abzuholen.

„Dann muss ich mir vermutlich die Kehle durchschneiden“, antwortete er endlich und seufzte laut. „Das ist der einzige ehrenhafte Ausweg.“

Bei diesen Worten wurde Flora bleich. Sie fasste sich ans Herz und schoss in die Höhe, wobei sie ihre Arme um Oswald warf und begann, in den Stoff ihres rosa Morgenmantels zu weinen.

Oswald tätschelte ihr den Rücken und warf Helena über Floras Kopf hinweg einen vorwurfsvollen Blick zu. „Wie konnten Sie nur, Miss Nash? Und das, wo sie doch ein Kind erwartet?“

„Ich muss gehen“, sagte Helena langsam.

Er lächelte ein wenig gezwungen. „Das wäre vielleicht das Beste.“

Sie ging rückwärts aus ihrem Zimmer und schloss die Tür hinter sich. Sie bewegte sich wie im Traum. Ihr blieb keine andere Wahl. Sie würde eines von Floras Kleidern anziehen, Lady Tilpot beim Frühstück begrüßen und ihr sagen, dass Flora wieder einmal von einem ihrer Migräneanfälle gequält wurde. Dann würde sie sich Lady Tilpots minutiösen Bericht von dem Whistspiel des vergangenen Abends anhören und später dem Jungen, der die Straße kehrte, ein paar Pennys geben, damit er Ram Munro einen Brief brachte.

Und dazu eine goldene Rose.

26. KAPITEL

REDOUBLEMENT:
Eine neue Aktion, die auf eine gescheiterte oder parierte Attacke folgt

Das *Royal Amphitheatre* war bis auf den letzten Platz besetzt. Obwohl es normalerweise für Reitvorführungen bestimmt war, war der Boden des Auditoriums für diesen, den letzten Tag des Internationalen Fechtturniers, mit frischem Sägemehl ausgestreut worden. Aufgeregte Kombattanten, die darauf warteten, im nächsten Gang disqualifiziert zu werden oder in die nächste Runde weiterzukommen, liefen am äußeren Rand der Arena herum, während in den gekennzeichneten Arealen Fechter paarweise ihre Fähigkeiten aneinander maßen, bis einer von ihnen fünf Treffer gelandet hatte. Derjenige, dem das zuerst gelang, kam eine Runde weiter.

Jeder Kampf stellte nicht nur das Können, sondern auch die Nerven der Kombattanten auf die Probe, denn obwohl die Regeln Treffer bis aufs Blut streng verurteilten, kamen sie doch des Öfteren vor. Mit dem Fortschreiten des Turniers wurden die Kämpfe immer erbitterter, da Erschöpfung und Anspannung den Kombattanten zunehmend zu schaffen machten.

Es war noch früh am Abend, und es standen noch zwei Runden an, bevor der Kampf um die Meisterschaft begann. Die feine Gesellschaft, die der Maskeraden dieser Saison überdrüssig geworden war, war in voller Stärke vertreten, angelockt von einem unglaublichen Gerücht, das sich wie ein Lauffeuer verbreitet hatte: Ein Engländer, Cottrells unehelicher Enkel – der inzwischen nicht mehr unehelich war, aber das war eine andere Geschichte –, legte einen Durchmarsch durch die Reihen der Kombattanten hin, der anzudeuten schien, dass er tatsächlich vorhatte, das Turnier zu gewinnen!

Die drei Reihen von Rängen, die rund um die Arena angeordnet waren, waren bereits voller Zuschauer, und doch kamen ständig noch mehr Schaulustige. Sowohl Damen als auch Herren standen in vier Reihen hintereinander und besetzten jede Loge und jeden Eingang. Da sie den Besitzern des Amphitheaters im letzten Jahr eine großzügige Leihgabe für den Umbau des Gebäudes gemacht hatte, war es Lady Tilpot gelungen, sich eine Loge mit besonders gutem Blick zu sichern.

„Milford kommt als Nächster an die Reihe", teilte Lady Tilpot der illustren Gesellschaft mit, für die sie die Gastgeberin spielte. Sie hatte sich angewöhnt, Ram, seinem Ehrentitel entsprechend, „Earl of Milford" zu nennen, und tat dies mit einer Vertrautheit, die Helena die Haare zu Berge stehen ließ. „Ich weiß nicht, gegen wen er antritt. Schätze, dass es auch keinen Unterschied macht. Er wird natürlich gewinnen."

„Ich hatte gehört, dass er seine Teilnahme absagen wollte", bemerkte einer aus der Gruppe junger Burschen.

„Ich auch", bestätigte Lord Figburt. Auch er hatte als Neuling an dem Turnier teilgenommen. Am Tag zuvor hatte er es bis in die dritte Runde geschafft, bevor er ausgeschieden war, und war ziemlich zufrieden mit sich. „Ich frage mich, was ihn umgestimmt hat."

Das war ich, dachte Helena, immer noch erstaunt über ihre eigene Kühnheit. Sie hatte lange gebraucht, um die Worte, die sie Ram geschrieben hatte, zu verfassen, und doch waren es nur wenige gewesen:

Du musst das Fechtturnier gewinnen.
Helena

Zusammen mit dem Brief hatte sie die goldene Rose geschickt.

Sie hatte keine Antwort bekommen. Nicht einmal ein

Wort. Aber am Morgen des vergangenen Tages war er zum Turnier erschienen und hatte begonnen, seine Gegner umzumähen wie ein düsterer Sensenmann.

„Stolz", verkündete Lady Tilpot mit gesetzter Stimme. „Nationalstolz. Etwas, das anderen jungen Männern zum Vorbild gereichen sollte." Sie wuchtete ihren voluminösen Körper herum und starrte finster ihre Nichte an, die es sich im hinteren Teil der Loge mit jenem unglückseligen Anhängsel gemütlich gemacht hatte. Wie hieß er doch gleich wieder? Oswald Goodfin? Lady Tilpot wäre ihn nur allzu gerne los gewesen.

Flora begegnete ihrem Blick mit einem entschuldigenden Lächeln und zuckte leicht mit den Schultern, als wollte sie fragen, was sie dagegen hätte tun können, ohne ausgesprochen unhöflich zu sein. Und sie hatte recht, musste Lady Tilpot sich ärgerlich eingestehen. Die anderen Plätze waren alle besetzt. Flora konnte ihn wohl kaum bitten aufzustehen, um einem erstrebenswerteren potenziellen Ehemann Platz zu machen. Oder konnte es sein, dass …

„Ah! Da ist er!" Mrs. Weinberger, die hinter Helena saß, deutete mit dem Fächer zur anderen Seite der Arena. Helena richtete sich in ihrem Sitz auf, um Rams dunkles Haupt zu sehen, das sich durch ein Meer aus Menschen bewegte. Sie machten seinen geschmeidigen und zielgerichteten Schritten Platz, und er stieg über die erhöhte Abgrenzung, die den Ring markierte.

Die anwesenden Engländer jubelten voller Begeisterung, stampften mit den Füßen auf und brüllten Rams Namen. Seit Jahrzehnten hatten Franzosen, Preußen und Italiener die Fechtkunst dominiert. Ramsey war einer der ihren, und er war gekommen, um für sie zu kämpfen.

Er schien sich seiner Rolle als nationaler Champion keineswegs bewusst zu sein. Er nahm die Menge nicht einmal zur Kenntnis. Sein Gesicht war angespannt, kalt und streng, Welten entfernt von der eleganten und gelassenen Kultiviertheit, die jene Mitglieder der Gesellschaft, die ihn kannten, erwartet hatten. Er nahm seinen Degen von dem Tisch, auf den die Waffen der Kombattanten vor jedem Duell gelegt wurden, und ließ ihn an seiner Seite baumeln. Im Gegensatz dazu ergriff sein Gegner, ein großer breit gebauter Spanier, ungestüm seine Waffe und führte sofort mehrere schwungvolle Lufthiebe aus.

„Señor Calvino ist sehr gut", murmelte Mrs. Weinberger. „Aggressiv und entschlossen. Zumindest sagt das mein Gemahl."

„Ja", erwiderte Lady Tilpot mit süßlicher Stimme, während sie sich auf dem Hinterteil herumdrehte, um Mrs. Weinberger ansehen zu können. „Was für ein Jammer das mit Ihrem Ehemann doch ist. Zu schade. Ich bin mir sicher, er hätte sich gut geschlagen."

Mrs. Weinberger hatte ihnen traurig mitgeteilt, dass ihr Ehemann am Tag zuvor verletzt worden war, als sein Gegner ihn ungefähr eine Sekunde nachdem das Ende des Fechtganges ausgerufen worden war, am Oberschenkel getroffen hatte. Obwohl er Glück gehabt hatte und keine Arterien oder Nerven getroffen waren, konnte er nicht mehr an dem Turnier teilnehmen. Wie Mrs. Weinberger berichtet hatte, konnte er kaum gehen. „Ja", erwiderte sie traurig, „er hätte sich bestimmt gut geschlagen."

„Es überrascht mich, dass Sie ihn in seiner Niederlage alleine lassen. Obwohl wir natürlich hocherfreut sind, dass Sie sich in der Lage gesehen haben zu kommen."

„Ich hatte das unbestimmte Gefühl, kommen zu müssen", antwortete Mrs. Weinberger, aber auf ihren Wangen hatten sich kleine rote Flecken gebildet.

Unten hatte inzwischen das Duell begonnen. Rams Konzentration war das Erste, was auffiel. Er bewegte sich mit verhaltener Ruhe, seine Beherrschtheit stand in direktem Kontrast zu der scheinbar nicht zu bremsenden Vitalität des Spaniers. Der Spanier schien bei seinen Attacken nicht zu schreiten, sondern eher zu springen, sein langer Fechtarm war bis aufs Äußerste gespannt. Aber Ram gelang es irgendwie, jede Attacke abzuwehren und jeden Angriff abzulenken. Am Ende jedes erneuten Ausfalls von Calvino stieß Ram seinen Degen vor und landete erst einen Treffer, dann einen zweiten und einen dritten.

Der Spanier erkannte, dass er verlieren würde, wenn er nicht die Kontrolle übernahm, und so setzte er seine überlegene Größe und Masse ein, um sich den Weg durch Rams Abwehr zu kämpfen und in kurzer Folge nacheinander zwei Punkte zu machen. Von seinem Erfolg angestachelt, sprang er erneut vor.

Aber Ram hatte die Taktik seines Gegners schnell durchschaut und sich ebenso schnell darauf eingestellt. Er trat näher an den Spanier heran und zwang ihn, enger zu kämpfen. Die Klingen blitzten, flogen und stießen mit tödlicher Präzision zu.

„Vier!", rief der Schiedsrichter und deutete auf Ram. Und dann: „Fünf!"

Die Menge tobte, als der Spanier sich keuchend und mit rotem Gesicht tief vor Ram verneigte. Ram erwiderte die Verbeugung mit deutlicher Ungeduld, ignorierte die wilden Rufe und Pfiffe, mit denen die Zuschauer seinen Sieg feierten, und verschwand in der Menge.

„Gut. Schnell und effektiv. Das gefällt mir", erklärte Lady Tilpot. „Wann ist sein nächster Kampf?"

„Er hat jetzt ungefähr eine Stunde Zeit, um sich auszuruhen, dann tritt er gegen den Gewinner dieser Runde in der Endrunde an."

„Ah. Ausgezeichnet. Und wer wird das sein?"

„Der Franzose St. George oder der Italiener Il Cavaliere Vettori."

„Nun", sagte Lady Tilpot, „dann dürfte es ein äußerst unterhaltsames Spektakel werden. Ich vermute, dass wir keine Zeit haben, uns auf die Suche nach einer Kleinigkeit zu essen zu machen, während wir warten? Nein." Sie beantwortete ihre eigene Frage in bedauerndem Tonfall, aber dann hellte sich ihr Gesichtsausdruck auf.

„Aber Sie, Miss Nash, was interessieren Sie sich schon für Duelle und Fechten und dergleichen? Das kümmert Sie doch nicht im Geringsten. Also, machen Sie sich nützlich, und gehen Sie ein bisschen Gebäck und Obst und Limonade holen. Käse wäre gut. Und wenn es noch Butter und Honig für das Gebäck gibt, umso besser."

Helena konnte sich kaum weigern. Das bedeutete, dass sie sich beeilen musste. Sie stand sofort auf und war überrascht, als Mrs. Weinberger sich ebenfalls erhob. „Ich werde Ihnen helfen, meine Liebe. Zweifelsohne wird eine Person kaum in der Lage sein, das alles zu tragen."

Lady Tilpot tat nicht einmal so, als wollte sie Einspruch erheben. Mrs. Weinberger hatte mit der Verletzung ihres Ehemannes schlagartig jeden Nutzen für sie verloren.

„Danke", murmelte Helena und folgte der Preußin in den Gang.

Sobald sie draußen waren, fasste Mrs. Weinberger Helena am Arm und führte sie zielsicher auf eine der Nischen an der Außenwand zu. „Ich habe schon den ganzen Tag auf eine Gelegenheit gewartet, um mit Ihnen zu sprechen", sagte Mrs. Weinberger eindringlich, setzte sich hin und deutete Helena an, dasselbe zu tun. Zögerlich folgte Helena ihrem Wunsch.

„Bitte, Mrs. Weinberger, ich möchte Mr. Munros Kampf nicht verpassen …"

„Miss Nash." Page Weinberger hob die Hand. Ihre blau-grünen Augen wirkten erschöpft, und um ihren Mund zeugten feine Linien von Anspannung. „*Sie* sind der Grund, warum ich meinen Robert heute alleine gelassen habe."

„Was?", fragte Helena. „Ich verstehe nicht."

„Meine Liebe, Sie müssen mir versprechen, sich alles anzuhören, was ich Ihnen zu sagen habe. Sie müssen mir versprechen, nicht nach dem ersten Satz wegzulaufen. Können Sie das tun?"

Helena sah sie beunruhigt an. „Ja, Madam."

Mrs. Weinberger atmete tief durch. „*Ich* bin die Frau, die vor drei Nächten in Rams Haus gekommen ist. In der Nacht, als Sie dort waren."

Helena starrte unbewegt geradeaus. Sie war so bestürzt, dass ihr die Worte fehlten. Plötzlich hasste sie diese liebreizende Frau, hasste die lockere Vertrautheit, mit der sie Rams Namen sagte, hasste das Mitgefühl in ihren schönen Augen. Es passte alles zusammen: all die persönlichen Dinge, die die schöne Preußin über ihn und seine Familie wusste, ihre Kenntnisse über seinen Fechtsaal, ihr Ehemann, der praktischerweise immer anderweitige Verpflichtungen hatte. *Dies* war die Frau, die Rams Aussage nach stets hereingelassen werden sollte, egal, in welcher Verfassung oder in wessen Gesellschaft er sich befand.

Was noch schlimmer war, noch vernichtender als die Erkenntnis über Mrs. Weinbergers Beziehung zu Ram, war, dass er Mrs. Weinberger offensichtlich von ihr erzählt hatte. Von ihnen.

„Er hat mit Ihnen über mich gesprochen?", fragte sie tonlos. Sie stand auf. Warum hatte er ihre Würde nicht geschützt, wenigstens das bisschen, das er ihr noch gelassen hatte?

Mrs. Weinberger nickte. „Ja. Schon vor langer Zeit. Bevor wir uns überhaupt begegnet sind. Das war unter anderem der Grund, weswegen ich Lady Tilpots Einladungen angenommen habe – weil ich neugierig auf diese junge Frau war, die Ramsey so verzaubert hatte. Vor allem, weil ich glaube, dass er sich dessen nicht einmal selbst bewusst war."

Helenas Herz schlug vor Verzweiflung schneller.

„Hatten Sie Angst, dass Sie ersetzt werden würden?", fragte sie.

„Ersetzt?" Die bezaubernden türkisgrünen Augen weiteten sich. „Oh, du liebe Güte. Nein! Ich bin zu Ramsey gekommen, um ihm zu sagen, dass ich Sie verloren hatte!"

„Was?"

Mrs. Weinberger war offensichtlich peinlich berührt. Ihre Wangen waren rot vor Scham. „Ram hatte mich gebeten, auf Sie aufzupassen. Mich mit Ihnen anzufreunden."

„Warum?" Helena sank verwirrt auf das Sofa zurück. „Ich verstehe nicht."

„Mein Ehemann und Ram teilen die Liebe zum Fechten", erklärte Mrs. Weinberger mit ernstem Blick, „aber sie haben sich auch eine französische Gefängniszelle geteilt. Die Engländer sind nicht die Einzigen, mit denen Frankreich im Krieg ist oder war. Ram hat meinem Robert geholfen zu fliehen. Als Robert ein paar Jahre später von Rams eigener Freilassung hörte, sind wir nach England gekommen. Ich wollte den Mann kennenlernen, der meinen Robert gerettet hat. Wir drei wurden enge Freunde und sind all die Jahre hindurch in Kontakt geblieben." Sie lächelte sanft.

„Als Robert sich dann für dieses Turnier angemeldet hat, haben wir die Gelegenheit genutzt, um unsere Freundschaft wieder aufzufrischen. Bei einer unserer Unterhaltungen erwähnte ich, dass ich Ihnen begegnet war, da er in der Vergangenheit von Ihnen gesprochen hatte. Es war offensichtlich, dass Ram sich Sorgen um Sie machte, wegen irgendetwas, das Sie getan hatten, irgendeiner Gefahr, in der er Sie wähnte. Ich habe ihn gefragt, wie ich helfen kann." Sie zuckte mit den

Schultern, als bedürfe der Rest der Geschichte keiner weiteren Erläuterung.

„Aber warum? Warum sollte er …"

Mrs. Weinberger schüttelte den Kopf. „Meine Liebe, er liebt Sie. Wussten Sie das nicht?"

Helena erstarrte. *Er liebte sie?* Nein. Das war unmöglich. Er hatte nicht einmal annähernd etwas in dieser Richtung gesagt. Er fühlte sich für sie verantwortlich. Er begehrte sie. Er hatte eine Verpflichtung ihrer Familie gegenüber.

„Nein." Sie schüttelte den Kopf, weigerte sich, diesem verführerischen Gedanken Glauben zu schenken. „Vielleicht ist er in mich vernarrt. Aber sobald er meiner überdrüssig ist, wird es eine andere geben, die meinen Platz einnimmt. Es heißt doch, ganz London sei von Ram Munros verflossenen Liebschaften übersät", wiederholte sie bitter Jolly Milars Worte.

Mrs. Weinberger zögerte. „Wenn Ram wüsste, dass ich Ihnen das sage …" Sie verstummte besorgt und blickte Helena unbehaglich an, atmete dann aber tief durch und fuhr fort: „Lassen Sie mich Ihnen von einem jungen Mann erzählen, der von liebevollen Eltern in der Gewissheit aufgezogen wird, dass er trotz seiner unehelichen Geburt genauso viel wert ist wie jeder andere auf Gottes Erdboden. Aber als er neun Jahre alt ist, sterben seine Eltern, und er wird in ein Arbeitshaus gesteckt, wo ihm ein paar schreckliche Wochen lang die brutale Realität seiner Situation mit unerbittlicher Gründlichkeit vor Augen geführt wird. Dann wird er auf geradezu wundersame Weise – so will es jedenfalls scheinen – von einem Priester aus dem Arbeitshaus befreit und in eine winzige Abtei gebracht, die tief in den schottischen Highlands verborgen liegt. Dort findet er Zuflucht vor dem Leben, das einen verwaisten Bastard ohne Freunde oder Schutz gewöhnlich erwartet. Er findet eine neue Familie, liebevolle Führung und Brüder im

Herzen. Sein Wert und seine Würde werden ihm wieder bewusst gemacht. Er beginnt, wieder daran zu glauben. Dieser Junge wächst zu einem Mann von unvergleichlicher männlicher Schönheit heran, doch sein Geist ist noch schöner als sein Äußeres, denn er ist großzügig, edel und mutig. So edel und mutig, dass er und seine Kameraden sich bereit erklären, auf Geheiß ihres Wohltäters, des Abtes, auf eine gefährliche Mission zu gehen."

Helena wusste, dass sie von der Reise nach Frankreich sprach.

„Aber sie werden gefangen genommen, der junge Mann wird gefoltert und gebrandmarkt und dazu gezwungen, sich zu duellieren. Dann muss er mit ansehen, wie ein geliebter Freund hingerichtet wird, im Wissen, dass jemand, dem er vertraut und den er geliebt hat, ein Verräter ist. Unter geradezu wundersamen Umständen wird er freigelassen und reist nach London. Und dort ist er nun. Dreiundzwanzig Jahre alt, von Albträumen heimgesucht, schön, mit Erfahrungen, die kein Mann in seinem Alter gemacht haben sollte, und unerfahren in Bereichen, in denen ein junger Mann es nicht sein sollte."

Helenas Wangen röteten sich. Sie verstand – Ramsey war damals noch unerfahren gewesen, was Frauen betraf. Mrs. Weinbergers nächste Worte bestätigten das: „Er war geradezu prädestiniert dazu, sich zu verlieben. Sie war die Tochter eines Baronets. Hübsch, bezaubernd, starrköpfig. Unmoralisch. Sie wollte Ram. Sie wollte ihn, und sie machte sich daran, ihn zu bekommen, und diese junge Frau bekam immer das, was sie wollte."

„Und Ram?", fragte Helena leise.

„Ram verliebte sich leidenschaftlich in sie. Und er glaubte, dass sie ihn auch liebte."

Helena senkte den Blick.

„Er machte ihr einen Heiratsantrag.“ Mrs. Weinbergers Augen verdunkelten sich. „Nun, Sie können sich wohl denken, wie überrascht und belustigt sie darüber war. Ram sah sehr gut aus, sicher, und er war ein großartiger und leidenschaftlicher Liebhaber, aber sie wollte keinen schottischen Bastard heiraten. Sie hatte allerdings nichts dagegen, ihn als Liebhaber zu behalten, wenn sie den reichen, korpulenten, nicht mehr ganz so jungen Neffen des benachbarten Earls geheiratet hatte. Wie Sie sich vorstellen können, lehnte Ram ihren Vorschlag sehr höflich ab und sagte ihr, dass sie sich nie wiedersehen würden. Und dann wurde er ein wenig übermütig. Er schlug eine breite Schneise durch die Menge hübscher junger Damen, die sich ihm bereitwillig an den Hals warfen. Wenn er schon benutzt wurde, konnte er schließlich auch Spaß dabei haben.“

Helena wandte den Blick ab. Sie hasste es, all ihre Befürchtungen und all die Gerüchte, die sie gehört hatte, bestätigt zu bekommen.

„Nur“, Mrs. Weinbergers Stimme wurde sanfter, „dass es ihm keinen Spaß machte. Er gab das ausschweifende Leben ziemlich schnell wieder auf und schämte sich, glaube ich, auch ein bisschen dafür. Er widerte sich selbst ein wenig an. Und dann, eines Abends in Vauxhall, begegnete er Ihnen. Es war nicht das erste Mal. Seit Jahren hatte er auf Sie aufgepasst. Ah! Wie ich sehe, wissen Sie das. Ich frage mich, woher? Er hat uns erzählt, wie vorsichtig und diskret er bei seinen Beobachtungen vorgegangen ist. Nichts Unschickliches oder Zwielichtiges durfte mit dem ehrbaren Namen der feinen Miss Helena Nash in Verbindung gebracht werden, und gab es irgendetwas Zwielichtigeres als Ram Munro? Er hatte sich bereits ein wenig in Sie verliebt, während er Sie beobachtete, glaube ich. Sie schienen ihm so vollkommen zu sein. Ruhig und gelassen – unberührt von Ihrem gesellschaftlichen Abstieg. Unverdorben von den niederen Gelüsten, die ihn eine kurze Zeit lang verzehrt hatten."

„Das ist alles nur aufgesetzt", murmelte Helena. „Eine Fassade. Eine Maske."

„Manches davon", stimmte Mrs. Weinberger zu. „Aber nicht alles. Doch das wusste er nicht. Alles, was er wusste, war, dass Sie plötzlich in Jungenkleidern in Vauxhall auftauchten und ihm erzählten, dass Sie sich mit einem verheirateten Mann treffen wollten und ein Abenteuer suchten. Ist es, wenn man seine Erfahrungen bedenkt, so erstaunlich, dass er Ihnen und den Gefühlen, die Sie in ihm hervorriefen, misstraute? Nein. Wirklich erstaunlich ist hingegen, dass er alles ignorierte, was seine Augen und Ohren ihm sagten, und sich in Sie verliebte, der Tatsache zum Trotz, dass Sie aus demselben Holz geschnitzt zu sein schienen wie die junge Frau, die ihm das Herz gebrochen hatte."

Helena blickte auf. „So wie Sie das sagen, klingt es, als wäre ich klein und erbärmlich und er edel und großmütig. Aber er *wusste,* wer ich war. Er entschied sich, mich im Unklaren zu lassen, während er sich ein Urteil über mich bilden konnte."

Mrs. Weinberger nickte traurig. „Ja. Er war im Unrecht. Aber vielleicht wollte er, dass Sie sich ihm beweisen, indem Sie Ihre Identität preisgeben, ohne danach gefragt zu werden."

„Um mich auf die Probe zu stellen", stellte Helena nüchtern fest. „Weil er mir nicht vertraute. Ich sage nicht, dass ich recht daran getan habe, ihm meine Identität zu verheimlichen, aber wenigstens habe ich nicht von ihm verlangt, dass er mir irgendetwas beweisen soll."

„Aber er hat Ihnen seine Treue und Zuneigung bewiesen. Immer wieder aufs Neue", antwortete Mrs. Weinberger ruhig. „Er hat mich gebeten, auf Sie Acht zu geben. Er bat den

Marquis, dem er immer die Schuld am Tod seiner Eltern gegeben hatte, ihn zu Lady Tilpot zu begleiten, um selbst beurteilen zu können, in welcher Gefahr Sie sich befinden. Können Sie sich vorstellen, wie schwer es ihm gefallen sein muss, diese Bitte zu äußern? Und doch tat er es, ohne zu zögern. Was hätte er noch tun können?"

Aber er hatte noch mehr getan, wurde Helena bewusst, während sie auf ihre verschränkten Hände hinunterstarrte. Er hatte alles für sie getan. Alles! Er war sogar hier und kämpfte in einem Turnier, das ihn nicht im Geringsten interessierte, im Glauben, dass es keine gemeinsame Zukunft für sie geben würde, *nur weil sie ihn darum gebeten hatte.*

Und sie? Sie war zu dumm gewesen, zu blind, um es zu sehen, alles nur wegen ein paar Gerüchten. Weil sie geglaubt hatte, dass ein Mann, der so vollkommen und schön war, kein treues und ehrliches Herz besitzen konnte. Weil sie ihn nach seinem Äußeren beurteilt hatte, genau wie es ihr auch schon so oft ergangen war. Weil sie sein Vertrauen gewollt hatte, obwohl sie ihm selbst nie vertraut hatte. Sie war schrecklich im Unrecht gewesen. Gott, sie verdiente es, ihn zu verlieren!

Gütiger Himmel, das durfte nicht passieren!

„Ich muss ihn finden."

Page Weinberger lächelte. „Ja."

„Ich muss …"

Eine kleine dreckige Hand legte sich plötzlich auf ihren Ärmel und zog daran. Helena blickte in das schmutzige grinsende Gesicht eines achtjährigen Burschen. „Da war ein Kerl, der hat gesagt, dass ich die hübscheste blonde Lady von allen suchen soll und das wäre dann Miss Nash. Stimmt das? Sind das Sie?"

„Ja", antwortete Helena zerstreut. Sie musste einen Brief schreiben. Nein, sie musste Ram sofort suchen. Sobald das

Turnier zu Ende war …

„Dann ist das für Sie." Der Bursche drückte ihr eine Rose in die Hand. Eine schöne gelbe Rose.

Sie sprang auf und sah sich um, durchforschte mit ihren Blicken die Menge. „Wo ist er?"

„Er hat gesagt, Sie sollen sich hinter dem Amphitheater bei den Ställen mit ihm treffen. Jetzt."

„Aber …" Sie blickte zu Mrs. Weinberger.

Die preußische Dame nickte. „Ich kümmere mich schon um Lady Tilpot. Gehen Sie nur."

Helena bahnte sich einen Weg durch die dichte Menge der Schaulustigen, raffte ihre Röcke und rannte die breite Treppe hinunter ins Erdgeschoss, aber dort war das vordere Foyer von einer riesigen Menschenmasse vollkommen verstopft. Sie wandte sich um, riss eine Dienstbotentür auf und fand sich in einer Küche wieder, umringt von der überraschten Belegschaft und bis zu den Knöcheln in Gemüseabfällen und Hühnchenfedern versinkend.

„Ich muss dringend zu den Ställen. Welcher Weg ist der schnellste?", fragte sie.

Ein Mädchen, das gerade in einem Topf rührte, hob stumm den Löffel und deutete damit auf eine Hintertür.

„Danke!", stieß Helena atemlos hervor. Sie musste Ram sehen. Sie musste ihm sagen, dass sie ihn liebte, dass sie eine blinde selbstgefällige Närrin gewesen war und die Situation immer nur aus ihrer eigenen Perspektive betrachtet hatte und nie aus seiner. Dass es ihr allergrößter Wunsch war, ihn zu heiraten, wenn er sie noch wollte. Und ihn dann anflehen, sie bitte, *bitte,* noch zu wollen.

Sie rannte durch die Tür und stand plötzlich in einem Durchgang, auf den sich rasch die Dämmerung senkte. Die Mauern des Amphitheaters waren von den benachbarten Gebäuden durch diese schmale Gasse getrennt, die ein kurzes

Stück weiter hinten in einen Hof mündete, um den die Stallungen angeordnet waren.

„Ram?“, rief sie, „Ram?“

Eine Gestalt löste sich aus dem Schatten und trat in den schwachen Lichtschein, der aus den hohen Fenstern über ihr fiel. Sie erkannte einen glänzenden goldenen Haarschopf.

„Nicht Ram, meine Liebe“, sagte Forrester DeMarc. „Nie wieder Ram.“

27. KAPITEL

STÄRKE:
Das kräftigste untere Drittel der Klinge

Der Teufel ist hier. Er hat mich gesehen. Wenn wir uns treffen, muss es in einer Stunde in den Ställen hinter dem Amphitheater geschehen. Ich werde nicht länger bleiben. Bringen Sie das Geld mit.
Arnoux

Ram fluchte heftig und zerknüllte den Brief in seiner Faust. Eine Stunde? In einer Stunde würde er das entscheidende Duell austragen, sehr wahrscheinlich gegen diesen verdammt guten Italiener, Vettori. Aber wie konnte er Kit und Douglas im Stich lassen? Er biss verzweifelt die Zähne zusammen, zerrissen von der dreifach verfluchten Entscheidung, die er treffen musste. Helena oder die Vergangenheit? Helena, deren Bild sich in sein Herz eingebrannt hatte? Oder die Gefährten seiner Jugend, seine Brüder?

„Mr. Munro?"

Ram wandte sich um. Ein dreckiger Straßenjunge stand in der Tür des kleinen Raumes, der für die Kombattanten reserviert war. „Was willst du, Söhnchen?"

„Ich hab eine Nachricht für Sie", erwiderte der Bengel und zog eine Grimasse.

„So?"

In diesem Moment tauchte Lord Figburts rosiges Gesicht hinter dem Burschen auf. „Ah! Da sind Sie ja, Sir!"

Ram blickte ihn unwillig an und schob sich den zerknitterten Brief in die Tasche. Der junge Figburt befand sich gerade in einer exaltierten Phase der Heldenverehrung, und Ram war nicht in der Stimmung, vergöttert zu werden. „Kommen Sie rein, Figburt. Versteckt sich noch jemand in der Halle? Ich kann sie auch gleich alle reinlassen. Dann machen wir einfach eine Feier aus der ganzen Sache."

Figburt errötete erbost, trat aber dennoch ein. „Nein. Nur ich, Mr. Mun… äh, Mylord. Ich dachte, vielleicht brauchen Sie jemanden, um den Griff Ihres Degens neu zu umwickeln."

„Nein, danke", lehnte Ram ab und wandte sich wieder dem Jungen zu, der unbehaglich von einem Fuß auf den anderen trat. „Und jetzt zu dir, junger Mann. Was ist das für eine Botschaft?"

„Sie sollen jetzt direkt in die Gasse hinter dem Amphitheater kommen."

Rams Stimmung hob sich. Wenn er sich jetzt gleich mit Arnoux traf, hätte er immer noch genug Zeit, um die letzte Runde auszufechten. Er griff nach seinem Mantel. „Mit wem soll ich mich dort treffen?"

„Mit der hübschen blonden Frau."

Ram fuhr herum. „Miss Nash?"

Das Gesicht des Jungen hellte sich auf. „Aye. Das ist sie. Miss Nash. Die ist schon eine Sünde wert, nich wahr?"

Ram hörte nicht mehr zu. Er war schon an dem Burschen und Figburt vorbeigelaufen und in der Halle verschwunden. Lord Figburt und der Straßenjunge sahen sich einen Augenblick lang an, bevor sie beide gleichzeitig mit den Schultern zuckten.

„Frauen machen so was mit einem", sagte der Bursche mit offenkundiger Verachtung. „Ich hoffe, er achtet ein bisschen auf die Zeit, auch wenn das nich sehr wahrscheinlich ist."

„Warum das?", fragte Figburt.

„Wenn mein Pa so einen Blick hat, verbringt er meistens die ganze Nacht bei seiner Dirne, und Mylord muss doch bald ein Duell fechten, oder nich?"

„Ja“, antwortete Figburt, und sein Blick fiel auf den Degen, den Ramsey zurückgelassen hatte. „Ja. Das muss er.“

Einer plötzlichen Eingebung folgend, hob er die Waffe hoch und schickte sich an, seinem Helden zu folgen.

„Wo gehen Sie hin?“, erkundigte sich der Bursche neugierig.

„Ich werde dafür sorgen, dass England den Sieg davonträgt.“

Der Bursche sah Figburt kurz nach, zuckte mit den Schultern, nahm die Dose mit Salbe heraus, die der andere Herr ihm gegeben hatte, und machte sich an die Arbeit.

„Ich dachte, du wärst anders. Eine Dame. Und das warst du auch. *Meine* Dame.“ DeMarcs Stimme hallte in der Gasse wider. Ram verlangsamte seinen Schritt, die Furcht legte sich wie ein eisiger Griff um sein Herz, während er von Schatten zu Schatten näher schlich. „Wir waren glücklich zusammen, nicht wahr? *Nicht wahr?*“

„Ja, Mylord.“ Er schloss die Augen und fluchte innerlich, als seine Befürchtung bestätigt wurde. Es war Helena. Sie klang ruhig, aber ihr schneller Atem zeugte von ihrer Angst.

„Aber er hat dich geschändet. Er hat dich befleckt.“ DeMarc senkte seine Stimme, sie klang düster und wütend. „Ein Mann hat seinen Stolz, Helena. Ein Mann, ein *echter* Mann, sieht nicht einfach zu, wenn ein anderer Mann auf seinem Land wildert, nicht wahr?“

„Bin ich etwa ein Stück Land, Mylord?“

„Was?“ DeMarc klang verwirrt. Eine ausgezeichnete Finte, dachte Ram. Lenk ihn ab, bring ihn aus dem Gleichgewicht. Er hatte jetzt eine Stelle erreicht, von der er die beiden sehen konnte. Die Spitze von DeMarcs Klinge war auf Helenas Herz gerichtet, während er sie langsam in eine Ecke der gewundenen Gasse zurückdrängte.

„Wie viel Land?", fragte Helena. „Ein Morgen? Ein Hektar? Oder vielleicht eher ein kleiner Gemüsegarten?"

„Du machst dich über mich lustig!"

„Sie beleidigen mich."

„Man kann eine Schlampe nicht beleidigen."

Ram glitt im Schutz der Mauer weiter und sah sich verzweifelt nach irgendetwas um, das er als Waffe benutzen konnte. Doch es gab nichts.

„Es überrascht mich, dass ein Mann mit Ihrem Urteilsvermögen sich von jemandem wie mir hat einwickeln lassen."

„Du warst nicht immer eine Schlampe", entgegnete DeMarc mürrisch. „Aber genau wie Sarah Sweet hast du geglaubt, du könntest mich verlassen. Könntest mir dieses schwarzhaarigen Bastards wegen den Rücken kehren. Warum?" Seine Stimme wurde lauter und klang schrill und wütend.

Helena wurde bleich. *Verdammt!* dachte Ram. Er war immer noch zu weit weg. DeMarc hätte sich auf Helena stürzen können, bevor Ram in der Lage war, ihn zu erreichen.

„Keine Sorge. Ich weiß, was zu tun ist", verkündete der Viscount. „Ich weiß, wie ich dich retten kann. Wir haben schon darüber gesprochen. Du musst sterben."

„Wie kann mich das retten?" Sie hatte den Mut verloren. Ram sah es in ihren Augen. Ihr kurzzeitiger Anflug von trotzigem Aufbegehren war vergangen und hatte nur Furcht hinterlassen.

„Du wirst nicht mehr in der Lage sein, dich an mir zu versündigen. Kein Verrat mehr. Keine Lügen mehr. Genau wie Sarah." Seine Stimme war sanft geworden, beinahe nachdenklich. Er streckte die Spitze seiner Klinge vor und ließ sie Helenas Dekolletee umspielen. Helena schloss die Augen und begann zu zittern. „Du warst so vollkommen. Ich werde um dich weinen, meine Liebe."

„Heben Sie Ihre Tränen für sich selbst auf, Mylord“, sagte Ram und trat ins Licht.

DeMarc wandte sich blitzartig von Helena ab, die Spitze seines Degens streifte ihren Busen. Ramsey stand mit seiner üblichen Gelassenheit da, barhäuptig, ohne Jacke, ohne Weste, ohne Handschuhe. Ohne Waffe.

„Munro!“, rief DeMarc. „Wie nett von Ihnen, uns Gesellschaft zu leisten.“

„Wie hätte ich so eine reizende Einladung abschlagen können, Mylord?“, entgegnete Ramsey.

„Was? Was reden Sie da für einen Unsinn, Munro? Egal. Sie sind hier. Gerade zur rechten Zeit, um zu sterben.“

„Ich hatte eigentlich gehofft, dass dieser Zeitpunkt eher etwas später eintreten würde.“

Der Viscount zuckte mit den Schultern und versuchte, Ramseys lässige Überlegenheit nachzuahmen. „Dann sind Sie wohl dazu verdammt, eine Enttäuschung zu erleben.“

„Im Gegensatz zu Ihnen, DeMarc, denn Sie sind einfach nur verdammt.“

„Bin ich das?“

„Ja, in der Tat. Sie haben Miss Nash verletzt, und das werde ich nicht tolerieren. Wie schwer sind Sie verwundet, Miss Nash?“

„Es ist nur ein Kratzer“, rief Helena rasch. Trotz seiner scheinbaren Unbekümmertheit könnte Rams Sorge um sie ihn ablenken. „Ganz sicher.“

„Danke, meine Liebe“, antwortete er ruhig, und der Blick, den er DeMarc zuwarf, ließ ihr das Blut in den Adern gefrieren. „Ich glaube, Miss Nash sollte jetzt gehen. Es ist nicht nötig, dass sie den Unsinn, der jetzt kommt, mit ansieht.“

„Und was soll das sein? Ihr Tod, Munro?“, entgegnete DeMarc und lächelte mit hämischer Zuversicht. „Mir wäre es lieber, wenn sie hier bleibt. Wenn sie auch nur einen Schritt wagt, werde ich ihr meinen Degen direkt ins Herz stoßen. Und dann werde ich Sie töten, Munro." Sein Blick streifte Helena für einen Augenblick.

„Du gehst zurück in die Ecke. Sofort! Oder du stirbst", befahl er ihr, und da sie erst an seiner Waffe hätte vorbeikommen müssen, um davonzulaufen, gehorchte sie.

„Nun, Munro, jetzt ist es an der Zeit, hübsch Lebewohl zu sagen und zu sterben."

Er trat auf Ramsey zu, den Degen leicht gesenkt, die Handfläche gehoben. Es sah aus wie eine Einladung. Ramsey bewegte sich nicht. Mit der Schnelligkeit einer angreifenden Schlange stieß DeMarc zu, und Ram wich in letzter Sekunde aus.

„Sehr gut, Munro. Man könnte meinen, dass Sie schon einmal als Übungsobjekt benutzt worden sind. Aber wenn die Gerüchte stimmen, ist dem ja auch so!" Er lachte und malte mit der Spitze seines Degens kleine Kreise in die Luft.

Dann stieß er wieder zu. Dieses Mal gelang es Ram nicht, der tödlichen Spitze vollständig auszuweichen. Die Klinge schnitt durch sein Hemd, öffnete es entlang der Rippen und hinterließ eine rote Linie.

Helena biss sich auf die Lippen, bis sie Blut schmeckte. Sie durfte nicht das kleinste Geräusch, die geringste Bewegung oder sonst irgendetwas machen, was Ram ablenken könnte.

„Was ist?", höhnte DeMarc. „Haben Sie nichts zu sagen?"

Ram blickte kurz an sich hinunter und hob unbeeindruckt eine schwarze Braue. „Warum müssen ständig irgendwelche Leute auf Teufel komm raus meine guten Hemden ruinieren?"

„Munro!" Der plötzliche Ruf veranlasste beide Männer dazu, sich umzudrehen. Lord Figburt stand in der Gasse und hielt einen Degen hoch. „Ihre Waffe!“, rief er und warf ihn Ram zu.

Die Klinge blitzte in der Luft kurz auf und glänzte im Dämmerlicht. Ramsey fing den Degen am Griff, und die Klinge zischte leise, als er sich wieder zu DeMarc umwandte. „Ah“, stellte er erfreut fest, „genau das, wonach ich gesucht habe. Ich danke Ihnen, Figburt.“

Der junge Mann errötete verlegen und trat rasch zurück. Aber Ram achtete nicht mehr auf ihn. Sein Blick war mit tödlicher Ruhe auf DeMarc gerichtet. „Mylord, nun ist es an Ihnen, hübsch Lebewohl zu sagen.“

DeMarc brüllte und stürzte sich auf Ram. Sein Angriff traf Rams Klinge, und das Geräusch schallte laut durch die enge Gasse.

Ram parierte die Attacke, aber die Kraft des Viscounts hatte ihn offensichtlich überrascht. DeMarcs Fußarbeit brachte ihn nah an seinen Gegner. Seine Klinge blitzte auf und flog umher, malte kleine Zeichen in die Luft. Aber egal, auf welche Art der Viscount versuchte, Ram anzugreifen, Ram parierte jeden seiner Vorstöße.

Helena wusste, dass sie hätte davonrennen sollen. DeMarc war jetzt viel zu beschäftigt, um ihr noch irgendwelche Beachtung zu schenken. Aber wie versteinert blieb sie stehen, voller Angst, dass irgendeine Bewegung von ihr Rams Aufmerksamkeit ablenken könnte und sie es so DeMarcs glänzender Klinge ermöglichen würde, ihr Ziel zu treffen.

„Mein Gott!“, hörte sie eine Stimme am anderen Ende der Gasse ausrufen. „Es ist DeMarc! Und es sieht so aus, als wäre seine Spitze ungesichert!“

Der unbekannte Mann hatte recht. Das dicke Polster, das die Spitze der Waffen aller Kombattanten entschärfte, fehlte an DeMarcs Degen. Sie wandte sich um und erblickte eine kleine Gruppe junger Männer, die sich in dem Torbogen gesammelt hatte, der zu der Gasse führte. Sie wollte schreien, die Männer anbrüllen, Hilfe zu holen und diesem Wahnsinn ein Ende zu bereiten, bevor Ram verwundet wurde, aber wieder ließ die Befürchtung, Ram abzulenken, sie stumm bleiben.

„Gegen wen kämpft er da?“, fragte einer der Burschen.

„Es ist Munro!“

„Aber Munro muss gleich im Finale antreten!“

„Ich sage dir, es ist Munro! Hol die anderen!“

Bitte, Gott, beschütze ihn, betete sie, während der Kampf weiter andauerte. Dies war kein inszenierter Kampf. Dieses Duell war hässlich, tödlich und blutiger Ernst. DeMarc kämpfte wie ein Wahnsinniger. Leidenschaft und Wut verliehen ihm eine geradezu unheimliche Kraft. Ram konterte im Gegensatz dazu leicht, geradezu sanft, wehrte zischend DeMarcs tödliche Wucht ab, machte Finten, die DeMarcs Angriffe nur um eine Handbreit ablenkten. Seine Bewegungen waren effektiv, aber er suchte nicht nach DeMarcs Blöße, folgte ihm nicht, wenn er zurückging.

„Wieder dieselbe tiefe Linie, DeMarc? Wie oft haben Sie das schon probiert? Fünfmal? Sechsmal? Das war schon immer Ihre Schwäche. Bei Ihnen ist alles nur Technik und keine Kunst.“

„Ich verspreche Ihnen, mit Ihrem Herzblut ein Bild zu malen, wenn Sie das möchten.“

„Ah, sehr subtil. Wie Ihr Stellungswechsel. Sie haben doch versucht, die Stellung zu wechseln, oder nicht? Ich bin mir nicht ganz sicher.“

Ein Augenblick der Stille, während die Klingen klirrten, dann traten beide Kombattanten zurück und beäugten einander misstrauisch.

„Mein Gott! Es sind wirklich Munro und DeMarc!“ Mehr Stimmen ertönten, dieses Mal aus den Fenstern, die aus dem zweiten Stock des Amphitheaters auf die Gasse gingen.

Helena schaute hoch. Männer und Frauen standen dicht gedrängt an einigen der Fenster, und weitere Fenster wurden aufgestoßen. Sie blickte sich um und sah, dass jetzt zahlreiche Menschen das Ende der Gasse bevölkerten, sich dort drängelten und die Hälse reckten, um besser zu sehen. Zwei Damen mittleren Alters hatten es geschafft, auf einen beladenen Brauereiwagen zu klettern, und jetzt saßen sie in ihren Seidenkleidern und mit Federkopfputz auf den Kisten, als wären sie in ihren Logen.

Um Gottes willen, verstanden all die Menschen denn nicht, was hier passierte? Dass Rams Leben auf dem Spiel stand?

„Bastard!" Bei DeMarcs wütendem Aufschrei wandte sie blitzartig den Kopf herum. Er hatte Ram die Gasse heruntergetrieben, im Versuch, ihn hinter einer Reihe von Fässern in die Ecke zu drängen. Aber Ram hatte sein Vorhaben vereitelt, indem er auf eines der Fässer gesprungen war und das nächste Fass weggetreten hatte, sodass es auf DeMarc zurollte. Der Viscount fluchte wütend, während er sich beeilte auszuweichen.

Mit einem vergnügten Lachen sprang Ram zu Boden.

„Warum lassen Sie nicht einfach zu, dass ich Sie töte, Munro?", stieß DeMarc hervor, im Versuch, seine Selbstsicherheit wiederzuerlangen.

„Wo läge darin die Kunst? Und was ist ohne Kunst der Reiz daran zu gewinnen?"

„Ihre Sorge um mich ist überaus rührend."

„Eins muss ich sagen, Mylord", bemerkte Ram im Plauderton, während sein Degen an DeMarcs Klinge entlangglitt, „Sie sind besser geworden, seit wir zuletzt Nettigkeiten ausgetauscht haben. Was haben Sie in der Zwischenzeit nur gemacht?"

DeMarc führte mit beweglichem Arm eine wütende

schnelle Folge von Hieben aus, die Rams Unterarm trafen und seine Haut aufschnitten. „Ich habe für Ihren Tod geübt!"

Ram trat zurück und führte eine Vierteldrehung aus, wodurch er seine Seite entblößte und DeMarc förmlich zu einem Angriff einlud. DeMarc ging darauf ein. Er sprang vor, aber im letzten Augenblick wandte Ram sich um und stieß die Spitze seines Degens in den ausgestreckten Oberarm des Viscounts.

„Ah!" DeMarc wich zurück.

Ram lächelte grimmig. „Sie hätten Ihre Zeit besser darauf verwenden sollen, Ihre Rimesse zu üben."

„Ich werde auf Ihrem Grab tanzen", schwor DeMarc.

„Wie morbide, Mylord. Früher hatten Sie angenehmere Manieren. All die Rosen zum Beispiel, mit denen Sie Miss Nash überhäuft haben. Ich muss gestehen, dass mich eine derart romantische Geste überrascht hat."

„Was für Rosen?", knurrte DeMarc ungeduldig. „Ich habe ihr keine Rosen geschenkt. Ich habe ihr mein *Herz* geschenkt! Aber sie wollte lieber Ihr ..."

„Aber, aber, Viscount", schalt Ram, aber sein Blick war hart. „Wenn das ein Beispiel für Ihr Werben ist, dann wundert es mich nicht, dass Miss Nash Sie nicht haben wollte."

Beim Klang von Helenas Namen verengten sich die Augen des Viscounts. „Oh, ich werde sie bekommen, Munro. Und dann werde ich sie töten. Genau wie Sarah Sweet."

„Mylord", erwiderte Ram, trat zurück und nahm seine Position wieder ein, „da haben Sie ganz entschieden das Falsche gesagt. *En Garde.*"

Und jetzt endlich erkannte Helena, was Ram in diesen letzten langen Minuten getan hatte. Er hatte nicht nur den Viscount mit all seinen Sprüngen und schweren kraftvollen Attacken an den Rand der Erschöpfung gebracht, sondern er hatte ihn auch beobachtet, ihn studiert, DeMarcs Fähigkeiten im Geiste kritisiert.

Und jetzt kannte er sie.

Sein Angriff war schnell und tödlich, so schnell, dass das Auge kaum folgen konnte. DeMarc wich sofort vor der ersten Attacke zurück. Ram folgte ihm mit geschmeidiger eleganter Fußarbeit, nutzte DeMarcs kurzzeitigen Gleichgewichtsverlust aus und zwang ihn zurück, während er mit der Klinge die zunehmend fahrigen Stöße abwehrte.

Es war ebenso schnell vorbei, wie es begonnen hatte. Gerade noch stieß DeMarc vor, und im nächsten Moment umkreiste die Spitze von Rams Degen bereits mit blitzartiger Geschwindigkeit die Klinge des Viscounts und glitt daran herab. Die Kraft der Bewegung riss DeMarc die Klinge aus der Hand, und sein Degen fiel laut klirrend zu Boden. Ram trat ihn achtlos beiseite.

DeMarc duckte sich an der Stelle, wo er gestanden hatte, als sein Degen ihm entglitten war. Seine Blicke flogen nach links und nach rechts, als wäre er eine Ratte, die nach einer Möglichkeit zur Flucht aus dem Hundezwinger sucht.

Ram blickte auf ihn hinunter. „Ich gratuliere, Mylord, dass Sie endlich die Ihnen angemessene Stellung gefunden haben."

„Was?"

Ram wandte sich von ihm ab und trat der riesigen Menschenmenge entgegen, die sie mittlerweile umgab. Es mussten an die dreihundert Leute sein, die sich in der Gasse drängten und aus den Fenstern darüber hingen. „Sie alle haben gehört, wie Lord DeMarc den Mord an einer gewissen Sarah Sweet gestanden und seine Absicht erklärt hat, Miss Helena Nash dasselbe anzutun, nicht wahr?", rief er laut.

Wütende Rufe der Zustimmung und Empörung ertönten aus der vornehmen Zuschauerschar. Jemand rief nach dem Konstabler. Eine andere Stimme verlangte, dass jemand DeMarc ergreifen sollte.

Rams Blick fiel auf Helena und seine Kaltblütigkeit war wie weggewischt. Deutlich sah sie, wie eine schreckliche und verzweifelte Angst aus seinen Augen wich. „Helena“, sagte er leise und trat einen Schritt auf sie zu.

Doch im selben Moment bemerkte sie, wie DeMarc sich hinter ihm aufrichtete, sein Gesicht von Hass verzerrt, seine Hand um den Griff seines wiedergefundenen Degens geklammert. Mit einem Knurren stürzte er sich auf Rams ungeschützten Rücken.

„*Nein!*“

Ram fuhr herum und ließ sich geistesgegenwärtig in einen Ausfallschritt fallen. Seine Klinge traf die Schutzglocke von DeMarcs Waffe mit der Wucht eines Keulenschlages. Dabei wurde die Spitze des Degens zerschmettert, und Ram drückte das zerbrochene Ende hart gegen den Handschutz des Viscounts, während der Rest seiner Klinge sich unter dem Druck bog. DeMarc konnte der Kraft nicht standhalten. Er fiel nach hinten, und als sich der Druck löste, der Rams beschädigten Degen festhielt, schoss die gebogene Klinge zurück, peitschte über DeMarcs Schulter und schnitt bis zum Knochen.

Mit einem Ausdruck verblüfften Erstaunens brach DeMarc zusammen. Ram trat den Degen wieder zur Seite, aber es war offensichtlich, dass DeMarc weder jetzt noch in der Zukunft jemals wieder eine Waffe halten würde.

„Jemand soll einen Arzt holen“, rief Ram. „Und den Magistraten.“

„Aber … es war doch ein Unfall!“, ertönte eine Stimme.

„Das ist doch sonnenklar, es war ein Unfall!“, wiederholte eine andere Stimme und dann noch eine und noch eine weitere. Ram blickte sich um. „Wir haben es alle gesehen!“

„Großer Gott, Mann, Sie müssen in fünfzehn Minuten

kämpfen. Um den Sieg!“, rief jemand. „Für England!“

„Beeilen Sie sich besser.“ Ein würdevoller älterer Mann trat auf DeMarc zu, gefolgt von zwei großen jungen Männern in Livree. „Wir kümmern uns um das hier.“

Rams Gesicht hellte sich auf, als er verstand, und zugleich begriff auch Helena. England hatte noch nie einen eigenen großen Fechtmeister gehabt. Das hier war die Chance. Und, wie Helena mit einem Gefühl der Übelkeit wieder einfiel, es war gleichzeitig auch Floras einzige Chance.

Die Menge drängte sich ebenso schnell, wie sie gekommen war, wieder aus der Gasse heraus. Alle waren in Eile, um rechtzeitig für die letzte große Attraktion wieder auf ihren Plätzen zu sein. Innerhalb von wenigen Minuten war die Gasse beinahe leer, abgesehen von dem alten Herrn, seinen Dienern, die DeMarc davontrugen, und Lord Figburt, der unschlüssig in der Mitte der Gasse herumlief. Und Ram.

Rams Stirn war gerunzelt. „Ich kann nicht, Helena.“

„Nein“, stimmte sie zu. „Natürlich nicht. Du bist erschöpft und verwundet und – du wärest ohnehin nicht mehr in der Lage zu gewinnen, nicht wahr?“

Er blickte düster zu ihr hinunter. Irgendetwas in ihrer Stimme beunruhigte ihn. Etwas, das sie nicht vor ihm verbergen konnte. Dann erkannte sie, dass sie keinerlei Bedürfnis hatte, irgendetwas vor ihm zu verheimlichen. Und dass dazu auch gar keine Notwendigkeit bestand. Er kannte sie, kannte sie ebenso gut, wie sie sich selbst kannte.

Sie war die Masken unendlich leid. Sie wollte nur noch bei ihm sein.

„Warum hast du mich gebeten zu kämpfen, Helena? Welche Bedeutung hat es für dich, ob ich gewinne oder verliere?“

Sie blickte ihm in die Augen. Sie waren aufrichtig und besorgt, ohne eine Spur des Misstrauens. „Es ist wegen Flora, Lady Tilpots Nichte. Sie hat heimlich einen Nichtsnutz, einen bettelarmen Narren geheiratet, Oswald Goodwin. Ich habe für die beiden den Kurier gespielt. Deswegen war ich auch in Vauxhall. Aber Flora liebt ihn. Sie liebt ihn und trägt sein Kind, und Oswald, der Dummkopf, hat sich ein kleines Vermögen geliehen und alles darauf gesetzt, dass du dieses Turnier gewinnst, damit er Flora als seine Braut einfordern kann. Ansonsten befürchtet Flora, dass ihre Tante die Ehe annullieren lässt und ihr das Kind wegnimmt und Oswald für den Rest seines Lebens ins Schuldnergefängnis geschickt wird.“

Er blickte sie nüchtern an. „Und was glaubst du?“

Helena lächelte entschuldigend. „Ich glaube, ihre Befürchtungen sind berechtigt.“

„Und diese Sache ist dir wichtig?“, fragte er ruhig.

„Ja.“

Er streifte ihre Wange mit einer federleichten Berührung. „Dann gehe ich jetzt wohl besser hinein und gewinne dieses verdammte Turnier, nicht wahr?“

28. KAPITEL

SUPINATION:
Handhaltung, bei der die Handfläche nach oben zeigt

„Mylord!“, rief Figburt aufgeregt. „Bitte!“

„Ich muss jetzt gehen“, sagte Ram. Sein Blick war besorgt und seine Berührung eine Liebkosung. „Ich muss mich vorbereiten.“

„Ich weiß“, erwiderte Helena. Ram zögerte noch, aber auf Figburts ungeduldige Bitte hin wandte er sich schließlich mit einem leisen Fluch um und ging schnellen Schrittes die Gasse hinunter.

Helena zögerte und überlegte, von wo aus sie dem Duell zusehen sollte. Lady Tilpot legte sich sicher bereits einen Plan zurecht, wie sie Helena möglichst grausam öffentlich erniedrigen und anschließend hinauswerfen konnte. Es kümmerte sie nicht mehr, aber sie wollte Lady Tilpot auf keinen Fall die Befriedigung verschaffen, sie zu entlassen. Das bedeutete, dass sie sich wahrscheinlich an die Küchentür stellen musste, um einen Blick auf den letzten Fechtgang zu erhaschen.

Sie bedauerte nichts. Sie hatte alles für Flora und Oswald getan, was in ihrer Macht stand. Welches Schicksal die beiden nun auch erwartete, sie würde nicht mehr versuchen, Einfluss darauf zu nehmen.

Langsam ging sie auf den Eingang zu. Da fiel ihr Blick auf ein zerknülltes Stück Papier. Es lag nahe der Stelle, wo DeMarc Rams Hemd aufgeschlitzt hatte. Sie hob es auf und blickte auf die Unterschrift. *Arnoux.* Das war der Name des Mannes, den Ram hatte treffen wollen. Mit einem aufkeimenden Schuldgefühl las sie den Brief und erkannte sofort seine Bedeutung.

Das also hatte Ram gemeint, als er gesagt hatte, dass er

nicht kämpfen konnte. Es hatte nichts mit seinen Wunden oder seiner Erschöpfung zu tun gehabt. Er hatte gemeint, dass er nicht antreten konnte, weil er sich mit Arnoux treffen musste. Weil das seine einzige Chance war, den Namen des Mannes zu erfahren, der ihn und seine Gefährten im Kerker von LeMons verraten hatte. Stattdessen hatte er beschlossen zu kämpfen.

Weil es ihr wichtig gewesen war.

Mein Gott, was hatte sie nur getan? Eine jahrelange Suche zunichtegemacht, damit die Geschichte von Flora und Oswald ein glückliches Ende finden konnte. Und was war mit Ram? Was war mit seinem Bedürfnis, *seine* Geschichte abzuschließen, die Jahre zuvor ihren Anfang damit genommen hatte, dass vier Burschen sich zu einer Bruderschaft zusammengeschlossen hatten? Was war mit seinem Bedürfnis nach Verstehen, nach Antworten?

Nachdenklich blickte sie auf den Zettel hinunter. Dort stand, dass das Treffen in einer Stunde stattfinden sollte. Es musste bald so weit sein. Es blieb keine Zeit mehr, Ram zu suchen und ihn aus seinem Versprechen zu entlassen. Sie musste an seiner statt gehen.

Sie ging auf die Stallungen zu und trat ein. Es war still. Die Stallburschen hatten sich in das Amphitheater geschlichen, um den letzten Fechtgang mit anzusehen, und die meisten Laternen waren heruntergedreht. Ein süßer Geruch von frischem Heu und gut geöltem Leder erfüllte die Luft, und die Pferde wieherten leise.

Sie trat tiefer hinein, vorbei an den unruhigen schattenhaften Umrissen der Pferde, die in einer Reihe von Boxen standen. Hin und wieder blitzte eine polierte Trense oder ein Gebissstück auf, wenn ein zufälliger Lichtstrahl darauf fiel. Jemand war hier. Sie konnte es spüren.

„Arnoux?“, rief sie leise. „Monsieur Arnoux?“

„Hier!“, flüsterte eine tiefe Stimme. „Hier hinten.“

Sie eilte auf die Stimme zu. Sie wollte es schnell hinter sich bringen und zu Ram zurückkehren. Am anderen Ende des Stalles sah sie eine Gestalt, die an die Tür einer Box gelehnt auf dem Boden saß.

„Monsieur?“

Ein Schatten bewegte sich direkt hinter dem Mann, dessen Kopf auf der Brust ruhte, als schlafe er.

„Monsieur?“

Die schattenhafte Gestalt löste sich aus der Dunkelheit. Der Mann war mittelgroß, mager und wirkte auf eine seltsam vertraute Art elegant. Ihr wurde bewusst, dass er sich wie Ram bewegte. Er kam näher, und sie sah, dass er ganz in Schwarz gekleidet war. Sein Gesicht wurde von einer jener Korbmasken verdeckt, die Duellanten in Übungskämpfen benutzten, um sich zu schützen. In der Hand hielt er einen Degen. Mit einem aufkeimenden Gefühl des Entsetzens erkannte sie, dass Blut von der Klinge tropfte.

„Ah, Miss Nash“, sagte der Mann in spöttischem Ton. „So ein tapferes Mädchen. Ich hätte nie gedacht, dass Sie an seiner Stelle kommen würden. Ich schätze, ich hätte damit rechnen müssen. Ihr Pflichtgefühl ist außerordentlich beeindruckend. Deshalb habe ich auch von Anfang an auf diese Eigenschaft gesetzt.“

Sie wich einen Schritt zurück.

„Bitte. Laufen Sie nicht davon. Das wird die Angelegenheit nur noch unangenehmer machen, und ich mag Sie. Das tue ich wirklich. Fast so sehr, wie ich Sie hasse.“

„Mich hassen?“ Sie trat noch einen Schritt nach hinten und dann noch einen weiteren. Er folgte ihr, blieb jedoch gelassen, als hätte er jede ihrer Bewegungen schon lange vorausgesehen. „Warum? Wer sind Sie?“

„Erkennen Sie mich nicht? Das verletzt mich. Andererseits …“, ein tiefes Lachen ertönte hinter der Maske, „… muss ich zugeben, dass ich mich in gewisser Hinsicht auch geschmeichelt fühle. Ich muss gestehen, dass ich geradezu unanständig stolz auf meine Verkleidungskünste bin. Aber ich bin mir sicher, dass Sie auf die Ihren genauso stolz sind.“

„*Wer sind Sie?*“ Sie bewegte sich vorsichtig auf die Tür zu.

„Ich habe eine Idee. Wir spielen ein Spiel. Ich war schon immer gut im Spielen. Hier ist ein Hinweis: ‚Meine liebe Miss Nash, wären Sie wohl so freundlich, mir noch eine kandierte Pflaume zu holen? Ich habe eine ganz außerordentliche Vorliebe für kandierte Pflaumen!‘“

„Mr. Tawster“, flüsterte sie entsetzt.

Er lachte. Dann zog er die Maske herunter und enthüllte den kahlen Kopf und die gütigen Gesichtszüge des Pfarrers. Nur, dass er jetzt nicht mehr annähernd so gütig wirkte. Seine ungewohnte Lebhaftigkeit enthüllte eine Vitalität und Schönheit, die sie nie gesehen hatte, wenn er die Lippen geschürzt, den Blick gesenkt oder besorgt geschielt hatte.

„Ja, der *ehrwürdige* Mr. Tawster. Recht amüsant eigentlich, aber ich vermute, dass Sie die Ironie daran nicht zu schätzen wissen. Nein? Nun gut. Wissen Sie“, er beugte sich vertraulich vor, „ich mag kandierte Pflaumen eigentlich überhaupt nicht.“

„Aber Ihre Figur, Ihre Stimme!“

„Polster und Verstellung.“

„Ich verstehe nicht.“

„Natürlich tun Sie das nicht. Aber ich werde es Ihnen erklären, weil ich wirklich eine hohe Meinung von Ihnen habe und glaube, dass es schrecklich sein muss zu sterben, ohne zu verstehen. Ich würde auch nicht wollen, dass mir das passiert, und, wie ich zu sagen pflege, was du nicht willst …“

Sie hatte jetzt die Tür erreicht und trat hinaus in den Hof.

Immer noch folgte er ihr ohne besondere Eile. „Sagen Sie es mir."

„Wenn Sie Ihren Fluchtversuch einen Augenblick lang unterbrechen würden, werde ich das tun. Die Geschichte ist zu gut, als dass man sie im Gehen erzählen könnte."

Er ist wahnsinnig, dachte sie, wich aber weiter zurück. Draußen war es noch dunkler geworden. Und menschenleer.

„Lassen Sie es mich so sagen", erklärte er, und die Stimme mit dem leichten Akzent klang jetzt ein wenig schärfer. War das Französisch? „Wenn Sie nicht stehen bleiben, werde ich Sie auf der Stelle töten. Also."

Sie hielt inne, das Herz schlug ihr bis zum Hals.

„Das ist schon besser. Also, wo waren wir stehen geblieben? Ach ja. Warum ich Sie hasse. Weil Sie ein Abkömmling jenes schrecklichen Colonel Nash sind, der sich so einen verdammt schlechten Zeitpunkt für seinen verfluchten Heroismus ausgesucht hat. Wenn er nicht etliche Male nach LeMons gekommen wäre und darauf bestanden hätte, sein Leben zu geben im Tausch gegen … Nun, ich bin mir sicher, Sie wissen, wen ich meine", – seine Augen glitzerten –, „dann müsste ich jetzt nicht insgeheim dafür sorgen, dass sie sterben."

Trotz ihrer Angst fiel Helena die seltsame Wortwahl auf.

„Warum wollen Sie sie töten?"

„Ich würde sie *nie* töten." Sein gerade noch leichter Tonfall war von einer Sekunde zur anderen tödlichem Ernst gewichen, und der Blick, den er ihr jetzt zuwarf, war voller Abscheu, als hätte sie etwas Beleidigendes gesagt. „Ich liebe sie. Wie Brüder. Wie Söhne. Auch wenn sie mich immer ausgeschlossen haben." Er grinste. „Aber ich werde sie nicht töten. Nein. Denn dann hätten sie gewonnen. Sie wären dann besser als ich. Es wäre eine Sünde. Aber das bedeutet nicht, dass ich ihren Tod nicht arrangieren werde, so, wie ich schon einen sehr schönen Tod für Ram arrangiert habe."

„Was heißt das?“, fragte Helena erschrocken.

Er sah aus, als bereite ihm ihre Frage Freude. „Ich weiß von dem Schwur, den sie abgelegt haben. Ich weiß, dass Sie allein auf der Welt waren. Ohne Schutz oder Freunde. Also habe ich Sie in Gefahr gebracht und dazu, dass Sie sich jemanden suchen, der Sie aus dieser Gefahr befreit, und die Sache dann von selbst weiterlaufen lassen. Natürlich habe ich zu der Gefahr auch ein wenig beigetragen.“ Er lächelte selbstzufrieden. „Eigentlich sogar ziemlich viel.“

„Ich verstehe nicht, was Sie meinen.“

„Natürlich nicht“, sagte er. „Die ganze Inszenierung hat einzig und allein dazu gedient, dass niemand etwas von meiner Beteiligung merkt. Sehen Sie, ich habe DeMarc kennengelernt, als ich in London ankam, und schon bald seine Neigung zur Besessenheit erkannt. Der Viscount wurde von der unglücklichen Episode mit dem früheren Objekt seiner Besessenheit, Sarah Sweet, ziemlich aus der Bahn geworfen. Er kam zu mir und bat um Absolution. Ich habe ihm jedoch etwas anderes angeboten: Sie.“

„Sie haben ihn ermutigt?“, wiederholte Helena. Sie konnte kaum glauben, dass ein Mann dazu fähig sein sollte, einen anderen mit derart verwerflichen Absichten zu manipulieren.

„Oh ja. Oft und eindringlich. Ich war derjenige, der ihn in seinem Glauben bestärkt hat, dass Sie seine ziemlich scheußlichen Gefühle erwidern. Dann habe ich ihm gesagt, dass Sie ihn ‚betrügen‘. Ich habe ihn nach Vauxhall geschickt, nachdem ich ihm gesagt hatte, dass Sie dort auf der Suche nach Männern sind, die Sie verführen können. Er hat die Rolle des Gehörnten natürlich nicht perfekt gespielt. Das tun sie nie.“ Er seufzte betrübt. „Ram hat die Schwächen des Viscounts genau auf den Punkt gebracht: ‚Keine Kreativität. Keine Fantasie. Kein Stil.‘ Also habe ich manchmal ein wenig nachgeholfen. Wer, glauben Sie, hat Sie in Cheapside im Regen angegriffen? DeMarc?“, spottete er. „Als ob DeMarc je eine Maske aufsetzen würde. Und die Rosen? Das war eine hübsche Idee, finden Sie nicht? Und Lady Tilpot hat mir sogar die Hausschlüssel gegeben …“

„Sie sind wahnsinnig.“

Tawster dachte über ihre Worte nach. „Nein. Ich bin klug. Ich habe DeMarc auf Kollisionskurs mit Ram gebracht. Er hätte ihn heute Abend umbringen sollen. Ich habe Ihnen die Blume geschickt, dann habe ich Ram eine Nachricht gesandt, dass Sie sich hier mit ihm treffen wollen. Aber zuerst hatte ich DeMarc informiert, dass Ram und Sie hier ein Stelldichein haben würden. Aber dann ist dieser erbärmliche Junge – Figburt? – mit Rams Degen aufgetaucht, und … nun, Sie waren ja dabei.“

Er seufzte. Dann fuhr er fort, als erinnere er sich gerade an etwas sehr Erfreuliches: „Glücklicherweise bin ich ein Mann, der immer einen Alternativplan bereithält. Aber bis sie alle tot sind, werde ich, zumindest für eine Weile, immer die eine oder andere Verkleidung tragen müssen. Ich darf die Burschen schließlich nicht wissen lassen, mit wem sie es zu tun haben, nicht wahr? Deshalb musste ich den alten Arnoux dort hinten töten. Und deshalb muss ich natürlich auch Sie beseitigen. Es tut mir leid.“

„Was meinen Sie mit einem Alternativplan?“

Er verzog sein Gesicht zu einer besorgten Grimasse, die an die sorgenvolle Miene des ehrwürdigen Mr. Tawster erinnerte. „Es ist ein Skandal, in welcher Armut und Verzweiflung wir die Bürger dieser großen Stadt leben lassen. Dieser Junge, den ich zu Ihnen und zu Ram geschickt habe – wussten Sie, dass er mit acht anderen Leuten zusammen in einem Zimmer lebt? Das ist doch schrecklich, nicht wahr?“

„Was wollen Sie damit sagen?“

„Für eine halbe Krone war er dazu bereit, die Sicherung

an der Spitze des Degens zu lockern, den Vettori benutzt hat oder vielmehr …", er blickte zum Abendhimmel hinauf, „… gerade benutzt, und ihn mit einer Salbe einzureiben, die ich ihm gegeben habe. Es ist Gift. Der Junge weiß das natürlich nicht. Aber bei einer halben Krone hat er auch nicht viele Fragen gestellt."

Oh nein! Die ganze Bedeutung seiner Tat wurde ihr schlagartig bewusst. Die Sicherung war gelockert, der letzte Fechtgang würde hitzig und ungestüm sein. Der kleinste Schnitt …

Sie wandte sich um und rannte los.

Er war sofort hinter ihr. Sie raffte ihre Röcke und stolperte die dunkle Gasse hinunter, im Wissen, dass sie niemals schneller sein konnte als er. Sie wartete förmlich darauf, seine Klinge im Rücken zu spüren, und dann sah sie vor sich etwas aufblitzen: DeMarcs Degen, der immer noch auf dem Boden lag!

Mit einem Schluchzen streckte sie sich danach und umklammerte den Griff. Dann drehte sie sich zu ihrem Verfolger um. Er kam ohne Eile auf sie zu, und sein Gesicht – gütiger Himmel! – sein Gesicht drückte beinahe selige Erleichterung aus.

„Danke, meine Liebe! Ich hatte gehofft, dass Sie das tun würden. Mutig, Mädchen! Bravo!"

Ihre Hände zitterten so stark, dass Helena sie beide benötigte, um die Waffe aufzurichten. Als es ihr endlich gelungen war, bebte und schwankte die Spitze unregelmäßig.

Sein Lächeln war gütig und beinahe mitfühlend. „So seltsam das auch klingen mag, es wäre für mich wirklich eine große Überwindung gewesen, Sie zu töten, wenn Sie vollkommen wehrlos sind."

Er trat auf sie zu, bis er innerhalb ihrer Reichweite war, und nahm dann mit entsetzlicher Feierlichkeit die Ausgangsposition ein. „Nach Ihnen, meine Liebe."

Mit einem Aufschluchzen schwang sie beidhändig die Klinge und versuchte, sich selbst zu beruhigen. Sie hatte das Gefühl, als würden ihre Knie gleich nachgeben. Vor ihren Augen tanzten Pünktchen, und ihre Arme fühlten sich kraftlos und schwer an.

Er stieß ihren schwachen Schlag beiseite und seufzte. „Ich bitte Sie. Können Sie das nicht besser? Sie haben nicht die geringste Ahnung vom Fechten, nicht wahr?“

Der einzige Vorteil, den Sie je in einem Duell haben könnten, junger Herr, ist Ihr offenkundiger Mangel an Vertrautheit mit Ihrer Waffe. Niemand, der Sie damit sieht, könnte Sie wirklich ernst nehmen. Die Worte, die Ram an jenem ersten Abend in Vauxhall zu Figburt gesagt hatte, tauchten wie ein sanftes beruhigendes Flüstern in ihren wirren Gedanken auf.

Der einzige Vorteil, den ein schwaches Opfer hat, wenn es angegriffen wird, ist seine Verletzlichkeit. Der Angreifer erwartet nicht, auf Gegenwehr zu stoßen.

Tawster betrachtete sie enttäuscht. „Nun, ich schätze, ich kann nicht die ganze Nacht in der Hoffnung hier stehen bleiben, dass Sie plötzlich irgendeine Art von Können entwickeln.“ Mit einem Seufzer trat er vor …

„Bastard!“ Sie stürzte sich nach vorne und drehte sich, ihre Hand schlug auf den Boden auf, ihr Körper dehnte sich, ihr Arm streckte sich in einer einzigen geschmeidigen Bewegung nach vorne und aufwärts. Sie spürte, wie die Spitze ihres Degens in eine dichte schwere Masse stieß und dann von etwas Hartem abgebremst wurde. Mit einem Schrei ließ sie den Degen los und wich auf Händen und Füßen stolpernd zurück.

Tawster starrte auf die Klinge hinunter, die aus seinem Brustkorb ragte. „Gütiger Himmel“, sagte er schwach, während das Blut aus seinem Gesicht wich. *„Passata sotto.“*

Er blickte Helena an. Sie war bereits außerhalb seiner

Reichweite. „Zum Teufel mit Ihnen."

Er machte einen Schritt nach vorne, aber der unerwartete Schmerz brachte ihn ins Wanken. Wieder sah er an sich herunter, dieses Mal mit echter Angst. Sein Blick irrte wild umher, und er ließ seinen eigenen Degen fallen. Mit beiden Händen ergriff er die Waffe, die in seinem Fleisch steckte, und zerrte daran. „Ah!" Sein gehetzter Blick begegnete ihrem, und sein Mund verzerrte sich zu einem abscheulichen Grinsen. „Sagen Sie Ram, dass Dand ihn grüßen lässt!"

Helena wartete nicht ab, was als Nächstes passierte. Sie sprang auf die Füße. In Gedanken war sie bereits bei Ram. Sie musste zu ihm und ihn warnen! Sie musste zu ihm, bevor es zu spät war!

Verzweifelt rannte sie die Gasse hinunter, stürzte durch die Tür ins Amphitheater und flog den Gang entlang bis zum Eingang der Hauptarena. Aus dem Inneren erscholl tosender Lärm, es klang wie ein Inferno. Gütiger Himmel! Nein!

Sie bahnte sich entsetzt einen Weg durch die tobende Menge, die sich in der Arena drängte.

„Haben Sie so etwas je gesehen?"

„Mein Gott, der arme Kerl hat es nicht einmal kommen sehen!"

„Er weiß immer noch nicht recht, wie ihm geschehen ist!"

Nein. Nein. Nein. Sie schob und drückte sich weiter durch das Gedränge, im verzweifelten Versuch, zu ihm zu kommen. Dann hatte sie es plötzlich geschafft und erblickte ihn. Ram. Er stand.

In diesem Augenblick vergaß sie alles – Tawster und DeMarc, den Mord an Arnoux, den vergifteten Degen. Alles, was zählte, war, dass Ram lebte. Unverletzt. Heil.

„Danke", hauchte sie und war sich kaum bewusst, dass ihr Tränen das Gesicht hinunterliefen und ein Lächeln auf ihren Lippen bebte. Sie ergriff den nächstbesten Ärmel und klammerte sich daran fest, bis ein rundgesichtiger Mann sie strahlend vor Stolz ansah. „Was ist geschehen?“, fragte sie.

„Nicht ein Treffer. Der Italiener hat nicht einen einzigen Treffer erzielt!“, rief er über den ohrenbetäubenden Lärm hinweg. „So was hab ich noch nie gesehen. Schätze, dass ich so was auch nicht noch einmal sehen werde! Ein einzigartiges Talent! Einfach einzigartig!“

Ramsey wandte sich um. Der Blick aus seinen blauen Augen schweifte über die Menge, während ihm Leute auf den Rücken klopften und andere ihm wild zuwinkten.

Dann sah er sie. Und die Menge, die seinem flammenden Blick gefolgt war, teilte sich auf wundersame Weise und öffnete einen Gang zwischen ihnen. Wie im Traum ging Helena auf ihn zu.

Sie hörte jemanden rufen: „Welchen Preis für Englands Meister? Was hätten Sie gerne, Sir? Welche Belohnung können wir Ihnen anbieten?“

Ihre Blicke begegneten sich. „Ich will nur eins“, sagte er. Steif stand er da, dieser wunderbare, ehrenhafte, edelmütige Mann. Er hatte Angst vor ihrer Antwort, war sich unsicher, aber dennoch bereit, seinen Stolz zu überwinden und sich ihr öffentlich zu erklären.

Stolz. Von dieser Eigenschaft besaß sie bei Weitem zu viel. Früher hatte sie geglaubt, dass er das Einzige war, was ihr die Welt nicht nehmen konnte. Sie hatte sich daran geklammert. Sich dahinter versteckt. Hatte ihn voller Misstrauen gehütet. Aber was war schon Stolz ohne Demut? Ohne Vertrauen? Ohne Liebe?

„Miss Nash“, hob Ram mit rauer Stimme an. „Miss Nash, würden Sie …“

Blitzschnell legte sie die Finger auf seine Lippen und brachte ihn so zum Schweigen. Er verstand sie falsch. Er schloss kurz die Augen, um nicht sehen zu müssen, was er für ihren Versuch hielt, seine öffentliche Erniedrigung zu verhindern. Dann schluckte er und öffnete die Augen wieder. Sein Blick war gequält und voller Verlangen. Langsam begann er sich abzuwenden.

„Heirate mich, Ramsey Munro“, sagte sie. Er hielt inne. Um sie herum schien alles stillzustehen. Alle Gespräche waren verstummt, das Klatschen und Jubeln war plötzlich vorbei.

„Was?“ Er bewegte sich nicht, sein Rücken war steif, seine Schultern angespannt, seine Stimme klang ungläubig.

„Heirate mich, weil jeder Traum, der mir den Mut gibt, wieder aufzuwachen, und jedes Bild, das mich auf einen neuen Tag hoffen lässt, wenn ich nachts die Augen schließe, von dir erfüllt sind. Ich sehe, wie du die Arme ausbreitest, um mich zu umfangen, und ich will ihre Kraft spüren. Ich sehe dein Lächeln, und auch ich will lächeln. Ich höre deine Stimme, und ich will antworten. Weil ich dich liebe.“

Er wandte sich zu ihr. In seinem Blick schienen Hoffnung und Vorsicht gegeneinander anzukämpfen.

Sie sah ihn an und suchte nach den richtigen Worten, damit er verstand, und schließlich fielen sie ihr ein. Ironie wusste er stets zu schätzen, ihr unehelicher Marquis.

„Heirate mich, weil du einmal Marquis sein wirst und ich eine wundervolle Marchioness abgeben würde. Heirate mich, weil ich dich nie langweilen werde. Heirate mich, weil unsere Kinder wundervoll sein werden. Heirate mich, damit ich die beste weibliche Fechterin der Welt werden kann.“ Sie senkte den Blick. „Heirate mich, weil ich dich begehre. Heirate mich einfach, Ram. Ich flehe dich an …“

Er riss sie hoch und erdrückte sie fast in seinen zitternden Armen.

„Genug, meine Liebste!“, flüsterte er an ihren Lippen. „Ich gehöre dir!“

29. KAPITEL

DÉPLACEMENT:
Bewegung, um einer Attacke auszuweichen

Und als sie die Wachen losschickten, um nach Tawsters Leiche zu suchen … war sie verschwunden.

EPILOG

Warum benennen wir St. Bride's nicht einfach in Gretna Green um", grummelte Bruder Martin, der stets übellaunige Apotheker der Abtei.

„Ich mag Hochzeiten", entgegnete sein Begleiter, der dicke und gutmütige Bruder Fidelis, der als oberster Gärtner der Abtei mit der Aufgabe betraut worden war, die Kapelle mit Blumen zu dekorieren, um sie nun, am Tag nach der Zeremonie, wehmütig wieder zu entfernen. „Und hat es je eine schönere Braut gegeben?"

„Mrs. Blackburn war mindestens genauso schön", stellte Bruder Martin mit einem Schniefen fest. Er hatte während ihres Aufenthalts bei ihnen eine Vorliebe für Helenas Schwester Kate entwickelt und ließ es nicht zu, dass irgendjemand sie mit einem Wort oder einer Andeutung kritisierte.

„Oh ja. Sie ist eine sehr hübsche Frau. Aber Miss Nash!" Bruder Fidelis lächelte verträumt. „Sie sah aus wie ein Engel, mit ihrem silbrigen Haar und diesem hübschen weißen Kleid."

„Ein Engel, der Luzifer zum Gemahl genommen hat", sagte Bruder Martin düster. „Was Vater Tarkin je an diesem schwarzhaarigen Kind gefunden hat, werde ich nie begreifen. Er war immer eine Spur zu gerissen, wenn du mich fragst, und Allüren hat er schlimmer als der Teufel selbst."

„Mir hat er nie Angst gemacht."

„Ich habe nicht gesagt, dass er mir Angst macht!", protestierte Martin mürrisch. „Ich habe gesagt, dass er Allüren hat."

„Na ja, er wird eines Tages Marquis. Ein Marquis muss ein paar Allüren haben."

„Ja", erwiderte Martin nachdenklich. „Das ist seltsam, findest du nicht? Dass er jetzt Marquis wird? Vor allem, nachdem die Engländer, soviel ich weiß, eine katholische Hochzeit mit einer minderjährigen Braut nicht anerkennen.“

„Hm“, meinte Bruder Fidelis ohne großes Interesse. „Nun, ich habe noch nie verstanden, wie diese Dinge funktionieren.“

„So jedenfalls nicht, das kann ich dir versichern …“

„Kommt raus!“ Einer der jüngeren Mönche steckte den Kopf in die Kapelle, deutete einen kurzen Kniefall vor dem Altar an und zeigte nach draußen. „Sie fahren ab!“

„Wird auch Zeit“, grummelte Bruder Martin und verbeugte sich rasch vor dem Altar, bevor er sich beeilte, Fidelis einzuholen, der bereits nach draußen trottete. „Sonst halten wir als Nächstes noch Taufen hier ab.“

Sein Blick wanderte düster zu der hochschwangeren Gestalt der jungen Flora Goodwin hinüber, die beglückt von ihrem Platz neben ihrem leicht beschränkt, aber sehr wohlhabend aussehenden Ehemann herunterlächelte. Hinter ihnen saß eine säuerlich dreinschauende dicke Frau in Schwarz. Martin wollte gar nicht wissen, um wen sie trauerte. Aber wenn er gefragt hätte, so hätte Lady Tilpot mit Grabeskälte geantwortet: „Um meine Nichte.“

Flora kümmerte es nicht. Sie hatte ihren Ossie, und Ossie hatte sein Vermögen, und bald würden die beiden einen kleinen Goodwin haben. Wenn es ein Junge wurde, würden sie ihn Oswald nennen. Wenn es ein Mädchen wurde, Alfreda. Schließlich war Flora nicht auf den Kopf gefallen, selbst wenn sie in der Vergangenheit die eine oder andere Entscheidung getroffen hatte, die das Gegenteil vermuten ließ.

Auch die rotblonde junge Dame, die mit übertrieben lässigem Schritt und einem Lächeln, das viel zu erfahren war für ihre jungen Jahre, auf die Mönche zuging, war ganz offensichtlich nicht auf den Kopf gefallen. Charlotte Nash hatte weder das dunkle gute Aussehen ihrer Schwester Kate noch Helenas ätherische Schönheit. Schräg stehende haselnussbraune Augen, ein Mund, den manch einer großzügig genannt hätte, der aber von den meisten als zu groß bezeichnet wurde, ein trotziges Kinn und honigfarbene Haut hatten ihr die gefeierte Schönheit ihrer beiden Schwestern verwehrt. Doch es schien niemanden zu kümmern, am allerwenigsten Charlotte selbst. Sie war tollkühn, unbeherrscht und undiplomatisch, und ihr eilte ein wachsender Ruf als koketter Wildfang mit einem katastrophal losen Mundwerk und ungeniertem Witz voraus.

Es war ein Ruf, den sie nur allzu gerne förderte.

„Er ist einfach der wundervollste Mann in ganz England“, teilte sie dem errötenden Bruder Fidelis mit.

„Wovon reden Sie, junge Dame?“, fragte Bruder Martin verdrießlich.

„Ramsey. Einfach schrecklich, dass er jetzt mein Schwager ist. Aber“, sie lachte, „wie erfreulich, dass er einmal Marquis wird. Das wird mir mit Sicherheit eine ganze Menge neuer Freiheiten bringen.“

Auf Bruder Martins tadelnden Gesichtsausdruck antwortete sie, indem sie eine glänzende Braue hob.

„Jemand hätte Ihnen schon vor Jahren einmal ordentlich den Hintern versohlen sollen“, erklärte Bruder Martin.

„Oh?“ Sie riss die fröhlich funkelnden Augen auf. „Ich bin noch nie geschlagen worden. Hm. Das könnte durchaus amüsant sein.“

Bruder Martin atmete zischend durch die Zähne ein und stampfte davon.

„Also *das* war bei Weitem zu einfach“, bemerkte Charlotte enttäuscht.

„Meine Liebe“, sagte Bruder Fidelis mit einem Ausdruck der Besorgnis auf dem freundlichen runden Gesicht. „So können Sie doch nicht weitermachen. Sie müssen an die Zukunft denken, an die Familie, die Sie eines Tages haben möchten, den Ehemann, den Sie respektieren wollen und der Sie ebenso respektieren soll, an das Heim und den Herd, die Sie sich wünschen."

„Puh! Herde müssen gereinigt werden, Ehemänner sind viel zu besitzergreifend, und was Familien angeht, nun ja", sie zuckte ein bisschen wehmütig mit den Schultern, „heute sind sie da, morgen schon Vergangenheit. Jetzt schauen Sie doch nicht so, Bruder Fidelis, und machen Sie sich keine Sorgen. Ich habe meine Zukunft schon von vorne bis hinten geplant, und sie wird einfach herrlich sein."

„Wird sie das?", fragte Bruder Fidelis hoffnungsvoll. „Aber … was werden Sie tun, wenn Sie nicht heiraten wollen?"

„Eine berüchtigte Berühmtheit sein", verkündete sie schlicht, und dieses Mal sah sie nicht so aus, als würde sie scherzen.

„Du bist dir sicher, dass er deiner Frau ‚Dand' gesagt hat?" Vater Tarkin, der hinter einem großen abgenutzten Schreibtisch in seinen Privaträumen saß, runzelte die Stirn. Er beugte seinen weißen Kopf über den Rosenkranz, den er in der Hand hielt, und blickte dann über den mit Briefen, Karten und Büchern übersäten Tisch hinweg auf Ram.

„Ja", erwiderte Ram. „Aber ich habe den Mann nie gesehen. Oder vielmehr, wenn ich ihn gesehen habe, habe ich ihn nicht beachtet. Helena hat gesagt, dass das einzig Auffällige an ihm sein kahler Kopf war."

„Hm. Dann wissen wir noch nicht einmal, welche Haarfarbe er hat."

„Wir wissen nicht einmal, was der Mann genau behauptet. Seine Worte an Helena waren: ‚Sagen Sie Ramsey, dass Dand ihn grüßen lässt.' Vielleicht hat er damit gemeint, dass er Dand getötet hat."

Der Abt schüttelte den Kopf, als wollte er seine Gedanken ordnen. Er war ein alter Mann mit geradem Rücken. In seiner frühen Jugend hatte Ram versucht, diese strenge aufrechte Haltung nachzuahmen. „Du musst vorsichtig sein, Ramsey."

„Das habe ich vor, auch wenn ich bezweifle, dass es notwendig ist. So, wie Helena seine Verletzung beschrieben hat, wurde er in der Lunge getroffen. Er mag noch genug Zeit gehabt haben, um davonzukriechen. Aber sehr wahrscheinlich ist er daran gestorben."

„Darauf kannst du dich nicht verlassen."

„Vater Tarkin", sagte Ram mit ernstem Gesicht, „ich kann Ihnen versichern, dass ich mich seit meiner Befreiung aus Le-Mons auf nichts verlassen habe, und jetzt, mit Helena ..." Er hob die Hand. Er brauchte nicht mehr zu sagen. Der Abt hatte sie zusammen gesehen: wie Ram sie ansah, wie Helena erblühte, wann immer er in ihre Nähe kam, wie er über sie wachte, selbst von der gegenüberliegenden Seite eines Raumes aus, und vor allem all die Zärtlichkeit und Freude, die sie teilten.

„Dann werden wir warten." Der Abt schob zufrieden seinen Stuhl zurück. Es gab einiges zu tun, er konnte gewisse Maßnahmen einleiten, um herauszufinden, was wirklich vor sich ging. Maßnahmen, die Rams Mitwirkung nicht erforderten. Er lächelte. „Wie ich höre, bist du seit Kurzem ein legitimer Erbe."

Ram hatte genug Anstand, bei dieser Bemerkung betroffen auszusehen. „Ich habe gespürt, dass ich die richtige Wahl treffe, Vater. Der Marquis hat mir die Mittel angeboten, den Verräter zu finden. Der Preis erschien mir nicht zu hoch, wenngleich es ein harter Schlag für meinen Stolz war."

„Nein, mein Sohn. Das war er nicht. Und Gott kennt die Wahrheit. Also, was nun?"

Ram lächelte leicht. „Wir fahren zurück nach London und

suchen uns ein Haus. Helena versucht, mich dazu zu überreden, eine Abhandlung über die Fechtkunst zu verfassen. Vielleicht mache ich das. Vielleicht gebe ich sogar Unterricht. Anscheinend kann man alles tun, wozu man sich tra... was man will, wenn man ein Nationalheld ist."

„Wirst du Charlotte Nash einen Platz in deiner neuen Familie anbieten?"

Ram runzelte die Stirn. „Helena hat es ihr schon angeboten, aber Charlotte hat abgelehnt. Sie hat gesagt, dass sie schon oft genug die Adresse gewechselt hat und dass die Weltons ihre Gesellschaft vermissen würden. Es wäre unhöflich, sie ihnen wegzunehmen."

„Sie scheint eine eigensinnige junge Dame zu sein."

„Ja."

„Und was denkt deine Frau darüber?"

Ram wirkte etwas verlegen. „Sie akzeptiert es. Sie sagt, dass Charlotte ‚triumphieren' wird, was auch immer das bedeuten mag, und als frischgebackener Ehemann bin ich natürlich ganz ihrer Meinung. Außerdem hat sie mir mitgeteilt, dass sie sich in der nächsten Zukunft mit anderen Dingen beschäftigen wird. Sie ist fest entschlossen, die Ehestifterin zu spielen."

„Wirklich. Für wen denn?"

„Für meinen Großvater und Lady Tilpot. Sie ist der festen Überzeugung, dass sich die beiden gegenseitig verdient haben." Seine blauen Augen blitzten belustigt auf.

Der Abt, der Lady Tilpots Bekanntschaft gemacht und im Laufe der Jahre auch schon einiges über den Marquis gehört hatte, starrte Ram an. „Deine Frau hat eindeutig einen jesuitischen Humor."

„Ich weiß", antwortete Ram stolz. „Köstlich, nicht wahr?" Er blickte zu der Uhr auf dem Tisch des Abtes. „Und wo wir gerade von Ehefrauen sprechen – ich würde sehr gerne bleiben, aber noch lieber möchte ich mit Helena fahren. Ich bin mir sicher, dass sie schon in der Kutsche wartet. Meine Frau ist sehr pünktlich.“ Er lächelte noch breiter. „Es gefällt mir sehr, das zu sagen: ‚meine Frau‘.“

„Natürlich.“ Der Abt stand auf. „Gott sei mit dir und den deinen, Ramsey.“

„Offensichtlich ist er das, Vater“, erwiderte Ramsey mit einem Aufglimmen seines trockenen Humors. „Und dafür bin ich äußerst dankbar.“

Nachdem Helena sich von den Hochzeitsgästen verabschiedet hatte, stieg sie in die elegant lackierte Kutsche. Der Marquis hatte darauf bestanden, diese Kutsche zur Abtei zu schicken – auch wenn ihn nichts auf der Welt dazu bewegen konnte, der katholischen Zeremonie beizuwohnen, auf der Ramsey bestanden hatte. Mit einem Lächeln der Vorfreude auf den Lippen lehnte sie sich in die weichen Samtkissen zurück.

Einen Augenblick später öffnete sich die Tür. Ram kletterte herein und klopfte laut aufs Dach, bevor er den Sitz ihr gegenüber einnahm. Die Kutsche setzte sich sofort in Bewegung. „Bei Einbruch der Dunkelheit werden wir in Stirling sein“, sagte er.

„Das ist schön“, erwiderte sie und gähnte anmutig.

„Du bist müde“, bemerkte Ram fürsorglich.

„Ein bisschen“, gab sie zu. Ihre Hochzeitsnacht war außerordentlich erfüllt gewesen, aber nicht mit Schlaf.

„Lass mich die Vorhänge zuziehen. Ich wecke dich, wenn wir zum Mittagessen anhalten.“

„Würdest du das tun? Danke“, sagte sie und lächelte sanft. Bald war das Innere der Kutsche in warme samtige Dunkelheit getaucht. Helena wartete, sie zählte die Minuten, bis sie aus dem Hof der Abtei gefahren waren und sich auf der langen Straße nach Süden befanden. Dann glitt sie langsam und sehr leise zu Ram hinüber. Sie fasste nach seiner Brust und hörte, wie er den Atem anhielt, aber er bewegte sich nicht. Mit geschickten Fingern löste sie die Rosennadel von seinem Halstuch und schob sie in ihre Tasche. Dann zog sie ihm die Jacke von den Schultern und über seine langen Arme herunter, während er sie stillschweigend gewähren ließ.

Zögerlich knotete sie sein Seidenhalstuch auf, und als sie die kleinen Perlmuttknöpfe an seinem Hemd fand, öffnete sie einen nach dem anderen. Langsam und vorsichtig schob sie das Leinen seines Hemdes zurück und spürte die kurzen seidigen Locken, die seine muskulöse Brust bedeckten. Sie drückte ihre Lippen hinein und fühlte das heftige Pochen seines Herzens.

Ihre Finger wanderten auf einem sinnlichen Pfad seine Brust hinunter, über jede einzelne samtige Rippe bis zu seinem harten Bauch und dem Hosenbund, wo sie innehielt. Sie fuhr mit den Lippen über seine Brust, knabberte sanft an seiner Haut, zögerte an seinen flachen männlichen Knospen, um mit der Zungenspitze probeweise den harten Kern in der Mitte zu berühren. Ein Schauer durchfuhr seinen Körper. Er hob die Hand und umfasste fest ihre Taille, ohne sie jedoch zu drängen oder zurückzuhalten. Er hielt sie einfach nur. Sie lächelte, die Lippen an seinen warmen harten Körper gedrückt.

Er war ein sehr starker Mann, ihr Ehemann. Er konnte viel ertragen. Er hatte bereits viel ertragen müssen, dachte sie, während sie mit der freien Hand über die gewölbten glatten Umrisse seines Brandzeichens fuhr.

Sie rückte näher zu ihm und schmiegte sich an ihn, während sie sanfte Küsse auf seine Brust hauchte, der Spur aus kurzen Haaren folgend, die in seinem Hosenbund verschwand.

Er umfasste ihr Kinn mit einer Hand und hob ihr Gesicht leicht an. Seine Augen glänzten im Dämmerlicht, sie waren dunkel vor Leidenschaft und voller Verlangen. „Ich dachte, du wolltest dich ausruhen." Seine Stimme klang belustigt und atemlos zugleich.

Sie schob eine Hand hinter seinen Hals und zog seinen begierigen Mund zu sich herunter.

„Ich habe eine bessere Idee", flüsterte sie, als er seinen Mund auf ihren drückte.

Und die hatte sie wirklich.

– ENDE –

Connie Brockway
Der Kuss des Spions

Ganz auf sich allein gestellt, sieht Kate nur einen Ausweg für sich und ihre Schwestern, um dem Armenhaus zu entkommen: die weite Reise nach Schottland. Dort, hofft sie, wird der reiche Marquis of Parnell sich ihrer annehmen …

Band-Nr. 25517
8,95 € (D)
ISBN: 978-3-89941-840-8
352 Seiten

Connie Brockway
Spionin der Krone

Dand Ross ist der betörenden Charlotte Nash rettungslos verfallen. Doch die heißblütige Spionin der Krone darf niemals erfahren, wie es um ihn bestellt ist …

Band-Nr. 25537
8,95 € (D)
ISBN: 978-3-89941-877-4

Julia Quinn
In Liebe, Ihre Eloise
Band-Nr. 25440
6,95 € (D)
ISBN: 978-3-89941-723-4
400 Seiten

Julia Quinn
Ein hinreißend
verruchter Gentleman
Band-Nr. 25455
6,95 € (D)
ISBN: 978-3-89941-742-5
416 Seiten

Julia Quinn
Mitternachtsdiamanten
Band-Nr. 25488
7,95 € (D)
ISBN: 978-3-89941-795-1
368 Seiten

Julia Quinn
Hochzeitsglocken
für Lady Lucy
Band-Nr. 25496
7,95 € (D)
ISBN: 978-3-89941-807-1
416 Seiten